我不是什么良善伟大的英雄，
师父，这天地世间，
我唯独珍重你一人，
所以不愿你为我
而使苍生凋零，背负重责……
我愿为你去珍惜这苍生。

欣梦享
ENJOY LIVING

沧海月明

终章

崖生 著

团结出版社

目录

第一卷　执念

第一章 忘川之下

站在昆鹏宽阔的鸟背上，看着高大的玄武和清俊的灵湫，楚曦丝毫没有被救的感觉，反而内心一阵抽疼，眼前浮现刚才看到的三百年前的景象，沧渊血肉模糊的身影似乎还在眼前晃动。

楚曦闭上眼，如鲠在喉，声音沙哑地道："日蚀之刻将近，他们很快就要祭祀万魔之源了，你们通知天禁司了吗？"

"已经通知了，只是不知天禁司会派谁来。"灵湫的语气有些担忧。

楚曦同样感到担忧。二十八颗补天石落到魔界，私通魔族的内鬼到底是谁？如今也没有眉目。若是派的人中间有内鬼，那情况便更加棘手了。

灵湫又道："不过我召了丹朱，玄武也通知了禹疆，至少他们二人我们是信得过的。"

"那家伙要是来了……北溟，你就悠着点吧。"玄武瞥了楚曦一眼，露出一种一言难尽的神色。

楚曦却无暇回想跟禹疆的那些纠葛，脑中盘桓着一个念头。要是沧渊待会儿找来……正巧遇上天禁司的人，那就难以善了了。他一把抓住玄武和灵湫的手腕，不由分说，借了些灵力来，勉强扼制住了体内又开始蠢蠢欲动的傀儡咒。

此时，昆鹏呼啸一声，降落在了一处山脉之中。魔界的山上硕大的怪石如林耸立，形成了天然的屏障，是个藏身的绝佳场所。三个人启用了一个传送阵，便坐下小憩。未过几时，阵中便光晕闪烁，浮现出数个人影来。

八名天禁卫都着清一色的银灰的甲胄，便让其中五个衣着不同的人格外打眼。三百年不见，丹朱的模样也长开了些，成了个俏生生的少女模样，人倒是和以前一样调皮，上来便拿手里绯色的羽扇挑了挑昆鹏的下巴，惹得后者立时满脸通红，躲到一边去。

他的身后一个人上前，率先朝楚曦行了个礼，便是那在万年前曾经抛弃他投靠了东泽神君，又在蓬莱支援过他们的天璇。

而站在旁边一身鸦黑羽袍、浑身散发着寒凉之意的男子，显然刚从极北的寒地赶来，肩上还带着未化的霜雪，脸上一副阴沉沉的表情，一出来目光便冰似的凝在楚曦身上，正是禹疆。

楚曦猝不及防地与他四目相交，一时感到十分恍惚。

眼前乌鸦一般阴暗的男子，与万年前那总着一袭淡蓝色衣衫、风流倜傥的少年大相径庭，委实让他感到陌生了。

可他又怎能忘得了，一千年之前，禹疆尚未成为幽都冥王，尚是常驻北溟之畔的风神。他们实在认识得太久了。从低阶的仙灵开始，他们俩便在一起修炼，飞升之后也是常如影随形，并肩作战。人皆道，哪里有狂风暴雨，那便是海风二神在合奏切磋。

只是如今……他错开目光，及时收回思绪，打量了一番另外两个人。

这二者都十分年轻，介于少年和青年之间，额上分别带有叶状和火焰状的神印，定是出自春神女罗和火神重黎的氏族。正想着，其中一人已向他们行了礼。

"小神林蕴，拜见三位上神。"那行礼的少年微笑着率先道，语气轻柔，令人有如沐春风之感。另一位稍微年长些的却只朝他们略一点头，语速很快地道："我叫重煜，请多指教。"

楚曦见怪不怪，重黎向来傲慢，他的血亲脾气自然也随他。再瞧这位年少的神君神印的亮度，想必仙阶也不低了，在天禁司至少也是个能指挥几百号天禁卫的鸾卫使的职级。他并不介意，禹疆却怪笑了一声："重黎的弟弟？不知本事如何，倒是跟他一般目中无人，见到上神也不知行礼。"

重煜脸上泛起一层薄薄怒意，似乎张嘴想撑，被旁边的林蕴拍了一下肩膀，又强压下去，给他们三位补了个草率的礼。楚曦扫了一眼禹疆，只得暗暗庆幸重黎没有亲自来，不然还没有开始对付魔族，这几位上神就要先开始窝里掐架了。

神族别的没有，就是这点比别的活物强——活得久，记性好，梁子一且结下，能延续到天荒地老。

唉！他叹了口气，一个个都让人不省心，二十八块补天石还离奇被盗，也不知那位变成田螺的老天尊这会儿是不是烦得壳都要炸了。

"就派这么几个人？"玄武道，"事关天界秩序，执明是不是也太过随意了？重黎也看得下去？他这是要逆天了啊？"

天禁司的大司长虽是邢昭，可实权却掌控在执明手里，是由他指派哪些人下界，但令牌在玄武手上，是可以直接联络小天尊的。小天尊必然也知晓事情的严重性，为何不多派几个人来？这时候还意气用事吗？不至于如此幼稚吧？难道执明已经将小天尊全然架空，天庭里再也没有能和他抗衡的人了吗？身为首席战神的重黎也视而不见吗？

"小天尊该不会出了什么事吧？"楚曦传音入密给灵湫二人。

"不知，昨日我用令牌给小天尊传信，却没有回应。"玄武回道。

"师尊，"灵湫道，"来的人恐怕是小天尊如今还能调得动、信得过的。局势不太妙。我担心，若此次的事我们解决不了，天庭就要易主了。"

灵湫的想法与楚曦不谋而合，他感到有些不安，又见重煜的眼神微微一暗，道："我兄长……日前发现紫薇垣附近的结界有异，独自前去察看，人便不见了。"

楚曦感到有些吃惊，重黎失踪了？天庭武力值最高的战神，怎么说失踪就失踪了？

正疑惑间，却听丹朱轻呼了一声，道："你们看头顶。"

楚曦抬头看去，只见头顶魔界原本幻光浮动的天幕上，月轮不知何时已变成了暗红色。这种情形他并不陌生——跟万年之前，那场浩劫开始时一模一样。他沉声道："我们没有时间了，得抓紧分头行动。"

"师尊，请您部署。"灵湫正色道，朝他半跪下来。见其余几个人除了玄武与禹疆皆朝他俯首请示指令，楚曦蓦然意识到，在场的人中的确属他的仙阶最高，便连玄武和禹疆也曾是他座下的护法神。肩负重责，他不敢多犹豫，道："丹朱、灵湫、昆鹏，你们随我去忘川。玄武，阻止祭典的事便交给你们了。"他顿了顿道，"若与重渊交手，请务必……手下留情，别伤他性命，只将他拿下，交与我处置便是。"

玄武大笑起来："你怕不是在说笑？北溟，你睁开眼瞧瞧，我们这么少的人，以寡敌众，能破坏祭典便已算很不错了，想拿下你那孽徒，实在够呛，'手下留情'这四个字不如我帮你带给他吧？"

说得倒也是。楚曦觉得有点尴尬，干咳了一声，冷不丁地听见禹疆冷冷地"呵"了一声："北溟神君待昔日旧友无情无义，待这魔头倒是分外心慈手软。"

"我……"楚曦百口莫辩，此刻也不是解释陈年破芝麻烂谷子的事的时候，他看了眼天色，知晓再不行动便来不及了。

三个人爬上昆鹏的背，乘风而起之时，楚曦无意中回头看了一眼，却见昆鹏的背上除了灵湫等三人，竟还多了一个人。他看着阴沉着脸的禹疆，一时僵住，道："你怎么……"

禹疆脸色阴沉地道："你莫以为我是为你而来，你的死活，与我无关。"

前世的几幕闪过脑海，楚曦叹了口气，再未置一词，回过身去。前世在蓬莱岛与禹疆分开后，禹疆到底经历了什么他并不知晓，但是分别前，禹疆对他说的话犹在耳畔，也许从那一刻起，他们的交情就已经无可挽回了吧。遗憾当然是遗憾的，只是当时的选择，如果重来一次，也许他依然会那么做。

走神间，昆鹏已滑翔而下，潮湿寒冷的风倒灌而上。

楚曦垂眸看去，就见魔界奇异高耸的群山之间，出现了一道深长的峡谷，散发着幽绿色光晕的瀑布倒挂而下，汇聚成一道宽阔的河流，朝峡谷内半露于水面的溶洞里流淌而去，不知深长几许。

黑暗的峡谷内，阴寒沁骨，散发着浓郁得令人窒息的魔气，更是笼罩着一层迷雾。他们虽然都是生者，可降落在水面的一瞬，也仿佛一下跨入了亡者的世界。水面之下依稀能看见无数漂荡的魂灵，惨白的脸朝上望着他们，已成群聚拢过来，伸出枯槁的手试图抓住昆鹏的羽毛。

"咦，恶心死了！"丹朱嫌恶地道，挥扇画出一道火焰防护阵，生怕他们弄脏了昆鹏一般。

楚曦不免好笑，伸手将她的法阵化去，换作一道较为隐蔽、温和的屏障，道："丹朱，你低调些，否则招来了魔族，对我们的行动十分不利。"

"我这不是心疼昆鹏嘛。"丹朱一笑，挠了挠昆鹏的脖颈，后者毛发一参，当场把脑袋埋进了水里，加快了游速，顺着湍急的水流一头冲进了溶洞。

一进洞内，楚曦便觉得头皮一麻。

这洞壁上，也蜿蜒覆盖着那种赤红色生着鳞片的根须，密密麻麻的，像是爬满了无数条毒蛇。这些根须还在微微蠕动着，让人看着背脊发凉。

"这万魔之源，到底是什么东西所化……"楚曦疑惑地喃喃着，伸手去触碰，手指刚碰到那树根上暗红色的鳞片，便觉得神识像被什么猛然冲撞了一下，眼前一黑，心里却莫名生出一股极重的悲凉与凄然，恍惚间，手腕突然一紧，竟是被那根须绞住了。

"师尊小心！"灵湫在背后低呼一声，伸手拉住了他。楚曦蓦然惊醒，见灵湫取下头上的玉簪，为他撬开一道缝隙，"对付这种根须不可硬来，我们来时，便是因为伤了其中一根，这里边水势便突然变得极其汹涌，差点将我们卷入涡流之中，冲到这忘川暗洞的深处。"

"还是你谨慎。"楚曦缩回手，见手腕上多了一道赤红色的绞痕，肌肤深处更是传来灼热的痛楚，竟如同被烫伤一般。他蹙了蹙眉，这忘川之中本是极寒之所，为什么这万魔之源竟会将他灼伤？

他探指聚起一丝灵力点上伤处，无意间瞥见灵湫似乎正想帮他疗伤。与他的目光一撞，灵湫便又将手缩了回去，那张冰雪雕铸的清俊面容上闪过一丝尴尬。楚曦不由得暗叹，这首徒虽然经常摆着一张臭脸，可待他这个师尊当真是极为周到，行事也是有规有矩，思虑周全。若沧渊能如他一半省心……

后边禹疆忽道："我说北溟，你带我们到这忘川里来，到底是想做什么？不会是来赏景的吧？"

楚曦道："我们恐怕得到这忘川的最深处去……下水。"

"下水？"禹疆嗤道，"在这忘川下水？你怕不是疯了？"

的确，哪怕他们是上神之躯，下到这阴气深重还受魔气污染的忘川水中，也是极为冒险的，稍有差池，便会神骨乃至元神受创，变得极其虚弱。可若只是像楚曦之前那般仅以灵识行动，便什么也做不了。一缕无形无质的灵识，又能做什么呢？连一探究竟都很难。

灵湫道："师尊，我愿随你下水。我倒要看看那底下有什么，兴许便是这万魔之源的巢穴或命脉。"

昆鹏问："主人，可是要去之前我们落水之处？"

"不错，"楚曦说着，转头看向禹疆，"冥君可留下，替我们护法守阵便可。"

禹疆突然凝视着他，瞳孔缩得极小，那淡色的眼眸如利剑一般雪亮刺人，恨意昭然，声音也阴寒刺骨："我……最……讨……厌……留……下。"

楚曦被他那目光狠狠一刺，下意识地避开视线，心里忽然生出几分异样之感。当年他执意离开……禹疆的确有理由感到心寒，如今再见，与他形同陌路，他尚可理解，可为何感觉，禹疆竟是如此……憎恨他？

莫非之后发生了什么？

此刻不是发问的时机，他甩开这种异样感，道："那你，愿与我们一道下去？"

禹疆抱着胳膊，冷冷地"哼"了一声，不置可否。

楚曦见实在无法与他交流，只得无奈地转过身去。只见前方出现了两个洞口，水流分岔处，一边湍急无比，洞口处有个漩涡，一边却变得平缓起来，那些赤红色的根须也消失了。可楚曦却知，那个看起来比较安全的路线，显然并不是他们即将选择的那条。他看了灵湫一眼，见对方点了点头，便道："下去吧，昆鹏。"

昆鹏低啸一声，一头扎入左边的洞口，背上的几个人顿觉身子一沉，被一股巨大的水流卷入，旋转着被往下冲去。楚曦抓住昆鹏背上的羽毛，但听水声如雷，在深邃的洞内颠簸了几下，随着一阵轰鸣，整个人被颠飞了出去，瞬间落入了冰寒刺骨的水里。

身下被什么托起，他低头一看，原来是昆鹏化作巨鱼，背上的羽毛尽数变为鳞片，游到了他的下方。楚曦拍了拍他的脊背，抬眸见其他几个人也聚拢过来，便朝他们点了点头，径直下潜。

他本为溟神，在水下行动自然容易，但以肉身下到这被污染的忘川水中，也感到十分不适，只觉得这水里的阴寒之意在往体内渗透、侵蚀一般。

他运起灵力，将"灵犀"化作一盏灯，提在手中。光芒亮起，才觉周身的寒意稍减。他借着光亮，朝水底的树根缠绕处游去，却对所见的情景感到震惊。只见那些原本结在树根上的大大小小的"卵"，竟然都已开始萎缩了，似乎是被吸干了汁液的果实，中间包裹的人影也都变得透明起来。

"师尊，这是何物？"灵湫惊讶地道。

楚曦摇摇头，却听一旁禹疆的声音传来："是被万魔之源吞噬的生者。"

楚曦朝他看去，见他将手覆在其中一枚卵的表面，额中的印记微微发出蓝光，心知这是禹疆身为冥君的能力，能与其中亡者的魂魄沟通。

不知是听见了什么，禹疆脸色稍变，深深地看了楚曦一眼。

"怎么了？"楚曦不解，见他似乎想说什么，又忍住了。

此时一个声音隔空传来，是玄武："北溟，日蚀已经开始了，这棵魔树居然在往天上长，而且生长的速度飞快，现在已经冲入云霄了！它的顶上就是紫薇垣，它八成要长到那上面去，你们快想想法子，找到它的根。"

楚曦一愣，紫薇垣？紫薇垣是星宿运转之枢，他联想到那对照着二十八颗星宿的补天石，当下心里一沉。若是万魔之源真的长到紫薇垣上，那星宿运转必然会受到破坏。他立刻朝下游去。之前他来此时，觉得越往这树根中心游，魔气越深重，便料定它的命根也就在附近。

凭着记忆游了一段距离，他的瞳孔微敛——但见下方不远处，那原本包裹着少年模样的沧渊的"卵"，并未如其他的"卵"一样萎缩，反而膨胀起来，并且散发出灼亮的光芒，而连接着这枚"卵"的树根也同样变得极为粗壮，并且盘踞在那枚"卵"的周围，真如一条在孵化着蛋的巨龙一般。

"这东西……"禹疆低声喃喃着，"该不会是条龙吧？"

说着，他也游近了那枚卵，细看之下，脸色一变："怎么是他？"

手里的寒光一闪，一把冥王的夺魂钩赫然现出。

楚曦反身挡住："你想做什么？这不一定是万魔之源的命根所在，若是动了，适得其反怎么办？"

禹疆看着他，细长的眉挑起来，蓦地笑出声。这一笑犹如春风拂面，若非他的眼中含有冷意，倒有了几分当年的模样："呵呵，你倒是跟当年一模一样地护崽，我还没打算动手呢。让开，我将这卵中之魂钩出来瞧瞧。"

楚曦用灵犀架着他的夺魂钩，暗用灵力相阻，道："你别轻举妄动。"

电光石火间，两个人已经缠斗了几个来回，大家都是上神，一时间谁也奈何不了谁。禹疆忍无可忍，一把揪住他的衣领："你……"

此刻"唰"的一声，一道绚丽的幽光不知从何处窜来。但听灵湫大喝了一声，楚曦只觉得被一股汹涌的水流卷到了一边，撞在一根树根上，灵犀闪到他的身前，将他护在身后。楚曦稳住身子抬眸看去，便见水中现出一抹颀长的身影——翻飞浮动的衣袍和长发下，是一条幽光潋滟的长长的鱼尾，不消说来者是谁。

　　沧渊侧头看了楚曦一眼，那眼神很深很暗，令他的呼吸一凛。

　　还未来得及说话，却见他转过头，看向了禹疆，那眼神竟然杀意肆横，却冷冷地笑道："我倒是真的没想到，时隔万年，还会再见到你，风神大人。"

　　他说这话时，字字沉重，似乎是咬着牙说出来的，同时袖中的蓝芒浮现，一把冰刃已然凝聚成型。

　　下一刻，他已一挥袖摆，那把冰刃携着强劲的水流朝禹疆袭去！

　　"沧渊！"楚曦惊讶地道，瞬间移动到禹疆身前，来不及祭出灵犀，只得以身去挡。沧渊看见他登时变色，冰刃、水流临到他身前毫厘时转了个弯，径直刺中了旁边的树根，那股凛冽的杀意仍将他飘起的一缕长发齐齐切断。

　　——他是真的对禹疆下了死手。

　　可是为何？沧渊能和禹疆有什么旧怨？怎么他毫不知情？对上沧渊那双泛着血红色的眼睛，楚曦惊疑不已。

　　"沧渊，为何？"他盯着沧渊问道。

　　沧渊未回答，只是盯着他缓缓问道："师尊，我只问你，若要师尊在徒儿与他之间做选择，或我生他死，或他生……我死，师尊会选哪一个？"

　　"你们……"楚曦蹙起眉，刚要发问，却发觉背后有动静，偏头便瞥见一道弧光闪电般袭向那树根中裹着"沧渊"的卵，来不及驱动灵犀阻拦，刹那间弧光已穿过了那颗卵回到禹疆的手中。

　　楚曦大惊，只听那边的沧渊发出一声痛苦的嘶吼，整片树根突然如炸巢了的蛇群疯狂地扭动起来，在水中搅出一个巨大漩涡，几个人瞬间便被卷向了下方的漩涡中心。

混乱中，楚曦只觉得周身似乎被数根树根缠绕住，感到一阵窒息，失去了意识。

"师父……"

一个声音从邈远处传来。楚曦睁开眼睛，眨了眨被水打湿的睫毛，周围的景象映入眼帘，他赫然发觉，似乎已不在那忘川之下。

他身处一条宽阔的河流中，河水不深不急，周围巨树丛生，繁花盛开。前方不远处便是一处瀑布，烟雾缭绕。向远处看，似乎有山岳若隐若现，可明显与魔界的山形不同，反倒像是神界的仙山。定睛细看，上面似乎还有神殿宫阙的轮廓。他这是在何处？

楚曦不解，扶着旁边石块站起身来，环顾四周，忽然瞥见一只通体雪白的鹿在河边饮水。那鹿却不是普通的鹿，毛发神光灿灿，头上生着四只角，通透流光，是翡翠的色泽，宛如玉质。

他愣了愣，忽然想起什么，不由得一惊。这不是"夫诸"吗？

他曾阅览神界经典，记得这种异兽早已灭绝十多万年了，怎么能在这不知名的地方看见？

好奇之下，他屏息向它游近，却见那夫诸似乎被什么惊动，一蹦三尺高，蹿入林间不见了踪影。再看它饮水之处，似乎有一团深蓝色的水草。不对，那是——

楚曦立时游近，果然看到水下鲛人的身影。沧渊伏在一块礁石上，似乎已经昏迷，鱼尾沉在水底一动不动，只有长发与衣袖随着水流静静地漂动。他伸手一捞，将沧渊从水底拽了上来，拖到岸边的浅滩上。

他这才注意到，浅滩上的石子也都是玉石，有的甚至似乎是黄金。心中一股异样升起，他无心去想，将沧渊翻过来，拨开他脸上的发丝。手指触到鲛人身上那热得不正常的体温，一张苍白如纸的脸映入眼底，楚曦一愣，唤道："渊儿？"

"师，父……"沧渊嘴唇翕动着，眼睛却是闭着的，显然神志不清。神情也不是之前魔君的神情，此刻浸在水里，皮肤几若透明，就像尊玻璃人，脆弱得一碰就碎。

他心一软，仿佛看到了幼年期的小鱼仔，又想起那幻境里沧渊的惨状，一股保护欲顿时就蹿上来，于是他轻声安抚道："师父在，不怕。"

冷不丁地瞥见沧渊胸口上爬满暗赤色的纹路，楚曦略微一惊，抬手掐了个清心咒，击在他的眉心。又掀开他的衣衫，果然见他的周身也是血丝密布，而身下墨蓝色的鳞片不知为何也从尾端开始，蔓延上了那树根一般的赤色。虽然不知道是什么原因造成，他也知道这绝不是什么好的兆象。

他记得，先前沧渊被魔气侵染时，也是这样浑身发着高热，可是如今沧渊业已入魔，再糟还会怎么样？

他想不到，可联想到那卵中的身影，有种无法言明的不祥的预感涌上心间。

"窸窸窣窣……"

忽然，身后传来草叶摩擦的响动。他回过身，眼角的余光瞥见一个黑影闪过林间，携来一股浓郁的腥臭，闻起来叫人发晕。他忙闭了气，站起身来，祭出灵犀，画出法阵，把沧渊护在其中。

这一动，便有一个黑影直扑而来。他挥手一刺，只见那个黑影擦身而过，落在几米开外。

楚曦蹙了蹙眉，出现在眼前的是一只一人多高的异兽，蛇首鸟身，背上生着四翼，只有一只血红的眼睛，虎视眈眈地盯着他们，大张的嘴里垂涎三尺。涎水滴落之处，草木瞬息就被烧为灰烬。

这不是……"酸与"吗？

这个东西，他记得，也早就灭绝了。心中古怪感更甚，又听一阵窸窸窣窣的动静，周围窜出来十几只酸与，将他们围在其中，蠢蠢欲动。

他的手腕微微绷紧——他也记得，古籍中讲，这种上古异兽的战斗力是不容小觑的。四五只对他一个上神而言也许尚无威胁，可是现在这么多只，还要护着这条大鱼仔，就有点吃力了……这是落在鸟巢里了？

他握紧灵犀，化笔为剑，做好了大战一场的准备，却见随着一声嘹亮的口哨，酸与们突然纷纷散开去。但见一丛树影摇曳，楚曦眯起眼睛，看到一个人影从不远处缓缓走出。

那人拄着一根木杖，披着件灰白色的斗篷，是个身躯佝偻的老者，手腕上戴着多串骨镯，身后还跟着个少女，也同样披着斗篷。行至近处，那位老者竟然颤颤巍巍朝他跪了下来，毕恭毕敬地道："神君，这些孽畜无礼，冒犯了神君，还请神君恕罪。"

楚曦打量了他们一番，迅速判断出这位老者和少女不是神族，也不是魔族，而是人族。他伸手扶了老者一把，只觉触手之处一片冰凉。他没动声色，道："起来吧。你们是何人？这里又是何处？"

老者抬起头来，楚曦才注意到他的双目白茫茫的，没有瞳孔，他是个盲人："回神君，老朽是供奉神族的神巫，此地便是奉仙山，神君不曾来过？"

楚曦觉得背脊发凉，心中的疑惑愈发深了。他思忖了一瞬间，旋即笑了笑，神情自若地道："本君休眠许久，许多事都忘了，应当是来过的。除本君之外，你们今日可有见到其他神君到来？"

老者缓缓地道："有的，有的，先前见到四位神君，老朽已经引他们去寨中沐浴歇息了，请神君随老朽来。"

楚曦犹豫了一下，有了决定，一拂袖，将昏迷的沧渊收入袖中，跟在那位老者的身后。

林间枝叶茂密，更兼有雾气，楚曦一边观察四周，一边尝试用传音入密的方式联系灵湫和禹疆他们，却未得到任何回应。难道这忘川之下，是有什么特殊的屏障不成？正思忖着，突然听到脚下轻微的"咔嚓"声，似乎是踩到了什么。

他低头看了一眼，泥土之下，露出一截森然白骨，不知是什么东西的尸骸。匆匆一瞥，似是还不止他脚下的一处，前后都有隐隐约约的白骨露出泥土。

"神君，怎么了？"老者回头问。那个少女也回过头来，来到他的身边："神君，林间路多泥泞，小心别弄污了鞋。"

楚曦假作没看到，笑着走过去："无事，滑了一下而已。"

前行了一阵，便见前方灯火通明，俨然是一座城池，建在山腰之上。寨中建筑皆用白色岩石筑成，在火炬的映照下，有种不输仙殿的庄严圣洁。只是不知里边藏着什么。

通往山城的桥缓缓放下，楚曦踩上去的一瞬间，袖中一阵异动。要醒了吗？他拍了拍袖间的沧渊，走上桥面。两旁各有两列着身着白色斗篷的巫女前来跪迎，手中捧着盛有鲜果酒酿的银盘。楚曦婉拒了她们的供奉，跟着那位老者走入山城大门，便见门前的人黑压压地朝他跪了一片。

为首的一个，身披缀满青色鸟羽的斗篷，头戴羊角金冠，似乎是这儿的头领，也匍匐在他的脚下叩过首，才抬起头来。他生着一副深邃鲜明的面孔，小麦肤色，眉眼居然有些熟悉。

楚曦的眉头跳了跳，这人生得……怎么像那个苏离？他不是说他也是巫族吗？是巧合吗？

"巫族恭迎神君降临。"那人低声道，与他短暂地对视了一眼，那眼神有些说不出的古怪。见楚曦在打量他，他又立刻恭敬地低下头去，道："神君面生，想必是头一次来奉仙山吧？"

楚曦不置可否地问道："你们这里为何叫奉仙山？"

巫族的头领道："我们巫族世代生活在此，以供奉神君、传授神谕为使命，所以这里便叫奉仙山了。神君今日来此，可是有什么神谕要传达？"

"不是，我随意闲逛到此罢了，"楚曦笑了笑，"先前听说有几位神君已经来了你们这儿，他们在何处？"

"啊，那几位神君已在神殿沐浴了。奉仙山顶的仙池集聚日月灵气，许多神君喜欢来此，神君若是试了，定会十分喜欢。"巫族头领一面领着他，一面将他引入城内。城道上巫族的男女老少夹道相迎，连在屋子里的人都探出头来看他，双眼皆是灼灼发光。

楚曦感到有些不适，只觉得这些人的眼神，不像在敬仰神明，倒像是……饿狼们见到了一块带血的肉。

冷不丁什么东西撞到他的膝盖上，他低头一瞧，发现竟是个两三岁的小童，抱着他的膝盖咿咿呀呀的。楚曦弯腰摸了一把他的头，那个小童抬头对着他的手一通乱嗅。他无意中瞥见，这个小童的嘴里，竟然满是细密的尖牙，嘴里的涎水淌出来，都快滴落到了他的衣摆上。不论如何，这肯定不是普通的人族了。

袖子里沧渊又乱扭起来，似乎也察觉到了什么异状。

"阿古，休得对神君无礼！"一个女人冲上来，一把抱起了那个小童，对楚曦跪下一通磕头，"神君恕罪，小儿第一次见到神君，有些好奇，冒犯了神君！"

"无事。"楚曦按住袖口，心知沧渊多半是真的要醒了，得找个地方放他出来才是，只是不知道那山顶的仙池藏着什么猫腻，能不能容他栖身。

巫族首领在旁边解释道："神君莫见怪。不知是何原因，也有许多年不见神君们降临了，我族的兴衰荣辱皆赖神君们传达的神谕，所以族民们都盼望得很。"

楚曦点了点头，朝四周望去，这才注意到城中的房屋几乎都与树木长在了一处，表面爬满植物，朽破不堪，就像已经很久没有人居住了一般。"嘭嘭咚咚"，赤着上半身的男子敲响了城墙上的大鼓，穿着五彩璎珞的女子摇着铜铃在城墙上跳起狂放的舞蹈，也似在热烈迎接他。

城道上的树上绽放着不知名的红花，散发出浓烈的异香，花瓣飘落在他的周围。楚曦伸手拈起一片，指尖便粘上了血一样艳丽的色泽。

袖子里的沧渊扭动得越发厉害起来了。他一弹指，把那片花瓣弹落，便见它在地上化作一条多足虫，飞快地爬了开来。

虫！又是虫啊！怎么哪里都有虫？

楚曦的脸色发绿，他忍住当场拔腿狂奔的冲动，提着袍摆加快了脚步。

跟着那位巫族首领一路来到山顶的石殿前，楚曦抖了抖身上衣袍，不见一片花瓣，才松了口气。

"神君，请。"

巫族首领伸出手，两旁的巫族女子应声将殿门推开来。

一股潮湿的水汽扑面而来，楚曦看见殿中的景象。与城中巫族所居的房屋风格迥异，这殿内修筑得美轮美奂，立柱高大，足有四五层高，除主殿外，两侧还有许多耳室。四面的墙壁皆刻有浮雕、壁绘，依稀可见其上人物衣袂飘飞，只是年代久远，上面覆满了殿外延伸进来的植物，无法辨认刻的是哪些神界同僚。墙上有壁灯，但未点燃，月光从穹顶圆形的天井投射而下，落在殿中的水池之内，泛出清澈的虹彩。

水池之上，有一尊巨大的雕像，人首龙身，尾部是暗赤色，男子形态的上身是吹笛的姿势，脸上被一张青铜面具掩住，看不见面目，水流正是自笛腔内流淌而出。

不知为何，一看见这尊雕像，楚曦的心中便莫名泛起一种凄凉、哀伤之意，便如在忘川洞穴内被那树根缠绕住手腕的一刻，竟然有种揭下那张面具看上一眼的冲动。

"这便是仙池了，神君可以选一间耳室稍作歇息，我稍后会派侍女过来伺候神君沐浴。"那位巫族首领压低声音道，"不知……神君喜欢瘦的还是胖一点的？肤白还是肤色略深的？"

楚曦挑起眉毛——好家伙，这话说得怎么好似进了青楼？莫非这奉仙山一直以来便是神族的休闲娱乐场所，那些来这儿的同僚一个个在天上装得清心寡欲，到了侍候神族的巫族这儿来就本性毕露了？

他轻轻"啧"了一声，道："倒也不必，本君沐浴时不喜有人打扰，自便就行。之前来的那几位神君在何处？"

那巫族首领似乎轻轻笑了一声，楚曦侧头看向他，见他仍然低着头，还是那副毕恭毕敬的样子，没有半分异状："就在这神殿之内，神君找一找便能找着。"

下一刻，他便退了一步，打算离去，楚曦忽然道："苏离？"

巫族首领的脚步一顿，他与楚曦对视，眼神迷茫了一瞬间，问："神君是在叫谁？"

不是同一个人吗？楚曦心里觉得疑惑，可方才那般不正经的话，又像极了苏离那家伙的口吻。他干咳了一声，笑着道："认错了，你长得像本君的一位故人，苏离便是他的名字。他也是巫族人。"

话音一落，他便见那位巫族首领的脸色一滞，眼神又有些游离，可只是一瞬间，他便摇摇头道："我未曾听过这个名字。"

楚曦观察着他的神色，冷不防地一伸手掐住了他的手腕，灵识侵入他的识海，想判别他是不是在说假话。一探之下，却觉诡异。无论是神、是魔、还是人，识海中都会有其一生的回忆，可是这位巫族首领的识海里什么也没有，是混沌黑暗的一片。

即便他真是苏离，他也找不到任何证据。楚曦缩回手，蹙起了眉，但见巫族首领回过神来，呆滞了片刻，抚着额道："神君，方才怎么了？"

楚曦挥挥袖子："无事，你退下吧。"

巫族首领没有多话，应声退下，巨大的石殿内恢复了安静，似乎只有他一个人。灵湫、禹疆他们当真在此地吗？

他环顾四周，感到袖中又有了动静，忙绕过水池两侧的回廊，走进一间耳室。耳室中亦有小池，由水渠贯通连接。他弯下身，伸指试了试那水。

除了水温极低外，似乎并没有什么异常。他抖了抖袖子，"哗啦"一声，一个身影落入池内，水花溅了他满头满脸。

"喀喀！"一阵压抑的低咳声响起，楚曦垂眸，浑身一僵。

鲛人青年一手扶着池壁，一手抵着嘴唇，咳得剧烈，一双眼睛眨也不眨地盯着他。那蓝紫色的眸子哪怕是藏着怒意，也是入骨及髓的。不知道是愧疚还是别的什么原因，楚曦一时竟不敢与他对视，避了锋芒，掐了疗伤的灵诀，向他的心口点去。

却被他伸手挡住，冰冷的男子声音响起："师尊，你做什么？"

现下又变成师尊了。楚曦算是明白了，叫"师父"，代表这个小魔头的心情不错，叫"师尊"就代表他正生着气。今时不同往日，小鱼仔长大了，不像从前那般好哄，还是顺鳞捋吧。

"当然是替你疗伤，还能是什么？"楚曦温和地道。

沧渊咳了一声，咬着牙道："我无伤。入魔之身，哪有那么容易受伤？"

这是——不想让人觉得他如今太虚弱吗？楚曦觉得有点好笑，另一只手仍然探向他的心口。这下触了逆鳞，沧渊变了脸色，又抓住他的另一只手，楚曦猝不及防，被拽入水中。

楚曦下意识地一掌击去："你放肆！"

沧渊竟然被一掌不费吹灰之力地推开，撞在对面的池壁上，张口便咳出一股黑血。

楚曦一惊，伸手将他扶住，沧渊似乎恼羞成怒，那硕长的鱼尾一甩，将他掀到一边，声音嘶哑地道："不用你管！"

楚曦觉得又好气又好笑，蓦然看见那些赤色血丝已经蔓延上他的侧脸，管不了那么多，手中的灵犀瞬息化作长练，把沧渊缠了个结实，趁机在他的颈侧一点，掐了个清心咒注入他的心窍之中。

眼见那些赤色的血丝缓缓褪去，他心知起了效果，略微松了一口气。

再看沧渊，已是又要昏迷过去，那双狭长的眼睛慢慢闭合，仅留一线，却还凝视着他，嘴唇微微动弹。

楚曦凑过去，只听他低声喃喃着道："师父……你从不懂我。"

渊心似壑

第三章

　　楚曦暗叹，他的小徒弟心思似海底针一般，他想懂也难。原地画了个法阵，他闭上眼睛，一手按在沧渊的心脉上，灵识探入他的识海之内，但见一片深蓝中，沧渊的元神静静地蜷卧在神窍内，周身三魂七魄却残缺不全，他想到那枚"卵"里与沧渊一般模样的人影，心里便有了些猜测。

　　莫非，那便是他的魂魄碎片吗？因何会被困在万魔之源中？可想而知，沧渊一定经历了比他在幻境里所见更痛苦更可怖的事情。

　　"为师知晓，你入魔定是不得已，是不是？"楚曦叹了口气，咬咬牙，从自己的心窍缓缓拔出一丝魂焰，覆在他残破不堪的魂魄上，细细地织补起来。

　　每织一丝，心窍处袭来的剧烈痛楚便似千刀万剐，叫他连呼吸都变得困难起来。他深吸一口气——也难怪，魂焰乃元神根基，抽这一丝，与抽他的神骨无异。

　　罢了，若能救沧渊，也值得，终究是他这个师父亏欠了他。

　　勉强补好一魄，正要去拔第二丝魂焰，却不知道是不是惊动了沧渊，只见心窍中他的元神动了一下，睫毛微微颤动，似乎要醒来。一抹长长黑影突然从楚曦的身边擦过，他心下一凛，回过身去，只见那个巨大的黑影在远处游弋，却看不清是何物，只看得清轮廓，似乎是龙蛇之属。

　　那是何物？

　　为何会在沧渊的识海之中？

　　他祭出灵犀，化作长剑，直逼而去，但见那个神秘的蛇影立时蹿入了更远处，楚曦提剑疾追，直追入识海深处，但见周遭飞过一片片半透明的泡沫，随手一拂，那泡沫便在他的手心里破碎，变幻出一幕幕影像。

他摇了摇头，勉强定神，再放眼望去，蛇影已游到更远处，那里是更深更黑暗的一片，眨眼便已看不见蛇影的踪迹。他顾不得许多，只想着今日便将这魔源从沧渊的体内根除，当下快步追去。

不知道追了多久，他竟然追入了一片密林之中，回头去看，已经看不见沧渊的元神所在了。楚曦心知，这恐怕已是沧渊识海的极深处了。神魔之属，在识海之中，往往离元神越近的，便是越清晰、越深刻、时隔越短的记忆，反之，离元神越远的，便是年代越久远的、越隐秘的记忆。

但识海里的距离无从判别，他也无法确定此处是沧渊哪部分的记忆。

他环顾四周，在这片寂静的森林中听见一个稚嫩的叫喊声。他循声走去，走入密林不知多远，但见树叶漫天飘飞，一个幼小的身影正在林中舞剑。楚曦停下脚步时，他正飞身祭起冰剑，朝一棵大树劈刺而去。剑势如电，几乎一下将那棵大树劈成了两半，可他在收剑时脚步不稳，一下子半跪在了树下。

"啊啊啊……可恶！"那个少年吼叫了一声，狠狠地捶了一把自己的脚踝，似乎感到恼怒不已。

楚曦又怎么会不认得，那是幼年的重渊。

——这里离他的元神如此之远，莫非是什么很隐秘的记忆吗？

楚曦看着少年咬着牙站起来，换了另一棵树不断劈刺练习的拼命模样，感到有些意外。印象里，重渊似乎从来没有在他的面前表现出这样的一面。重渊在他的记忆里，一向是天资聪慧，天赋远远超过他的其他弟子，学什么东西都上手极快，从未有过受挫和气馁的时刻。

"呀！"重渊再次飞身而起，由上至下，朝一块岩石击去，冰剑在半空中画出一道法阵，将岩石击了个粉碎，可他自己也被这凌厉的攻势震得飞了出去，重重地撞在树上，滚落在地，嘴角都溢出血来。

楚曦一惊，下意识地喊了一声："渊儿！"

可这只是记忆而已，重渊又哪里听得见他的呼喊？只见重渊擦拭了一下嘴角的血，捶打了几下地面，又爬起来，发了狠劲，又是一阵疯狂地练习，一直练到气喘吁吁，遍体鳞伤，站都站不稳了才停下来。

楚曦看着此情此景，却只觉得惊愕。从重渊练习的过程中，他可以清清楚楚地判断，重渊的天赋其实并不高，甚至于，是有些缺陷的。

他的身骨非常差……差到连平平无奇都算不上。

可是，怎么会？

只见小小的少年拎着剑，一瘸一拐地从眼前走远，楚曦忙收摄心神跟上去，那跟跟跄跄的身影却忽然消失了。又听见不远处传来嘈杂的叫喊声和吆喝声，楚曦循声找去，但见周围的密林幻化成一片云雾缭绕的冰雪仙境。

他认得，这是在北溟附近的月落峰。

他站在悬崖之上，感到有些迷惑，环顾足下，才发现陡峭的绝壁之上，一个小小的身影正在往上攀爬。

他的身形并不敏捷，一点一点地，爬得艰难，不知道已经爬了有多久，楚曦看见他的手指已经被血染红了，人却还在拼命地往上爬着。

这是在做什么？

楚曦感到又疑惑又心疼，恨不得能把此时的重渊拉上来，却见他的脚一滑，朝下直直地坠去。楚曦的心几乎要跳出来，好在少年眼疾手快，一把抓住了一根树藤，在绝壁上碰撞、晃荡了几个来回，又稳住了身形。

只是，他的脸上、身上都已经被尖利的岩石磨出了累累伤痕。他却像感觉不到痛楚似的，一咬牙将树藤捆在腰间，又继续向上。

好不容易来到悬崖下，少年汗水密布的脸上终于绽开一丝笑容。这笑容似云开雨雾后的绚烂虹彩，令楚曦不由得一怔，目光随着他伸出的手落在崖下一处，才注意到，那里有一株碧蓝色的奇花。

——那是月溟草。

他猛地意识到什么，心里一颤。

忽然，一阵鹰啸由远及近。楚曦回过神，但见一个乌云似的巨大黑影袭来，直扑在少年的背上，铁钩般的双爪切入他的双肩。重渊惨叫一声，竟然奋力纵身一跃，将那棵月溟草摘了下来。狼枭张大利喙，一口咬中他的脊背，宛如刀锋剜过，一下子便撕扯下一大块皮肉来。

"啊——"

少年惨叫着从山壁上滚了下去，身体被树藤吊住，重重地砸在山壁上，那狼枭却不肯放过擒获的猎物，疯狂地撕咬着他。

楚曦心如刀绞，伸手想护着他，却只触到一片虚无。

几番挣扎过后，似乎被激出了血性，少年大吼一声，拔出了佩剑。剑光一闪，树藤齐齐断裂，他便如断线风筝直坠而下。

楚曦的心提到了嗓子眼。却见他坠落的身影在半空中一凝，晃晃悠悠动浮了起来。少年抓着佩剑，似乎是在这性命攸关的时刻第一次学会了御剑飞行，动作笨拙，却飞得快如疾风，直朝下方的森林冲去，被茂密的树枝拦了几下，摔进底下的灌木丛里。

或许是伤得太狠，少年已经没了反应。

楚曦来到他的身边，少年仰在草丛里，一动不动，显然是已经昏死了过去，背上的数道血口深可见骨，触目惊心。可手里还紧紧地攥着那棵月溟草。

楚曦瞧着他，呼吸凝滞，那棵月溟草灼着他的眼，令他眼底生疼。

没容他多看上一刻，眼前便又换了场景。

这是一片布满白色石子的浅滩，前方便是北溟，海天如镜。身后传来叫嚷之声，他回过头，看见一群少年正你追我赶，争夺着什么。

被追的那个正是重渊，他捂着胸口，警惕地看着把他团团围住的少年们，像只护食的小兽，凶巴巴地道："这棵月溟草是我的！你们想干什么？"

"哈，就凭你这个废物也能拿到月溟草，明明是你从我这儿偷的！小贼，给我还来！"一个身躯修长、皮肤白皙、长相有些刻薄的半大少年逼过去。楚曦愕然，他自然认得，那是他的次徒长岳，而其他的少年，也都是他的弟子。

重渊盯着他，眸光如焰："这是我熬了好几夜辛辛苦苦找到的，是要送给师尊泡酒的！"

"就你想着师尊，我们不想？呸，你这个废物也配！"长岳骂道，"把你偷的东西还来！"

"就是，废物就算了，还做贼！"少年们七嘴八舌地捡起石头就往重渊的身上砸。重渊想躲，却避之不及，一颗石头不偏不倚地砸在他的额头，鲜血便从鲛人少年那昳丽的面庞上淌下来，可是他的双手却紧紧地将那棵发光的月溟草护在怀里，任由少年一拥而上，对着他拳打脚踢起来。

"你还来！哎哟！这个废物还咬人！"

"明明是个废物却能得到师父的亲自点化飞升，凭什么？"

"小贼！敢偷东西！揍他！"

重渊蜷作一团，用单薄的脊背把怀中之物死死地护住，黑色的衣服早已湿透了。即便看不出颜色，楚曦也知道，那是他身上的伤口沁出来的血。不知道是谁的脚踏在他的背上，又是谁把他的脸踩在脚下，少年整个人几乎被踹进尘土里，却始终保持着护着怀中之物的姿势，像只小小的穿山甲。

楚曦的眼圈红了。

重渊受过师兄、师姐的欺负，这件事他是知晓的，可是亲眼看见又是另一番感受，他从不知道他们下手如此之狠，因为他从未看见过重渊被揍得鼻青脸肿的模样，便以为只是言语上的挤对罢了。

可是眼前的此景此景……他才知道，他的确不曾真正了解过重渊。

这是他无力改变的、一无所知的过去，他无法保护过去的重渊，而他的这些弟子，也早已不在人世了。

不知道过了多久，远处有一个声音传来，围殴重渊的少年们忽作鸟兽散。楚曦一惊，睁开眼睛，见远处一个身影乘着鲲鹏从天而降——

那是他自己。

少年们围过去，聚拢在他的身边，他点头微笑着，一点儿也没有察觉到有什么不对。而再看那个浅滩上满身是伤的少年，却只是抬头看了他一眼，便撑起身来，艰难地爬进了水里，似乎是害怕被他瞧见。

可这是重渊的记忆，而他直到此时，才终于将少年狼狈不堪地缩在礁石后面独自舔舐伤口的模样看得一清二楚。

他也不曾忘记，后来那个少年笑着将亲手酿的那壶酒捧来送给他的模样，只是他从不知道，那个笑容的背后到底都湮没了什么。

虽然明知只是回忆的虚影，楚曦仍然情不自禁地伸出手，抚摸了一下少年的头。

但见他咬了咬牙，一甩尾游向溟海中央，在暗流与漩涡之中修炼起御水之术来。自此之后，别的弟子修行时他在修炼，别的弟子休息时他仍在修炼，经过日复一日、不分昼夜的苦修，他似乎终于有所小成。

楚曦瞧着这一幕幕往事，心下愈发怜惜，只见不知道过了多少年月，眼前的景象终于变了，成了一座冰雕玉砌的宫阙。

那是他的居所。不知道是哪一年，这一日大雪纷飞，月光皎白，满地皆是银霜。银霜之中，有一个瘦削的黑衣身影打着伞，徐徐拾级而上。

少年的个子比之前要高了不少，脸也长开了些，模样变得更加俊美。

他一边的臂弯里抱着壶酒，嘴角微微弯着，有掩饰不住的欢欣。似乎那些欺辱，那些伤口，此刻他一点儿也不在乎。

进了回廊，他拂了拂肩头未化的雪，整肃衣装，还不忘将里袖扯下些，遮住了手背上一处明显的伤痕。将伞立在一旁，他便想伸手敲门，手却顿住了。门内传来谈笑之声，楚曦稍加分辨，便能听出那是他与禹疆的谈话声。

"……说起来，明日便是试炼之日，不知道你这一批弟子中间，谁能考上你的护法神司，我赌是灵湫，要不要来押个注？"禹疆的轻笑溢出门缝。

他听见自己笑着道："灵湫啊，他不是池中之物，很快就要飞升上仙去上穹领神职，不会参加试炼，留在我座下了。"

"那，长岳？我瞧那小子也不错，根骨极佳，若能留在你的座下，想必是个得力之人。"

楚曦看见，门口的重渊的下颔绷紧了，脸不自觉地贴近了门。

"其实，我倒是比较看好重渊。"

因为这简单的一句话，门前少年的嘴角止不住地上扬。

"重渊？"禹疆的语气一沉，"你为何看好他？"

"他天资聪慧，人机灵，又善解人意，是我这些弟子中最出挑的一个。怎么了？听你这语气，你是有什么意见吗？"

禹疆笑着道："你的这个弟子，聪慧倒是聪慧，可他不宜留在你的身边。"

楚曦注意到，重渊垂在身侧的手蜷了起来。

"哦，怎么说？"

禹疆沉默了片刻，压低声音道："你的命轨中有一劫数，是颗带煞的妖星，我瞧着平日里与你有交集之人中，唯有可能是他。"

楚曦大笑："你何时去看了我的命轨？我们的命轨只有在天机宫里的那些司命官能看，我自己都看不着，你是怎么知晓的？"

"我……"禹疆顿了一下，"自然是偷看的。"

"你！"楚曦嗤笑道，"你的胆子真是够大的，你也不怕触犯了天律受罚？偷看命轨可是重罪。"

"我是去取东西的，谁知道恰好那几个司命官被帝君召去了，门又没锁，我一时好奇便……总之，你相信我，莫留他。"

门内他微微笑着道："你多心了，我的小徒弟乖顺得很，如何会成为劫数？且他若在试炼中能拔得头筹，我不留他，于他便太不公平了。"

重渊抿了抿嘴唇，似乎是下定了什么决心，悄无声息地离开了。

周围景象再次变换，楚曦环顾四周，发现自己已身在一片峡谷之中，两侧峭壁高耸入云，脚下是一道蜿蜒的河流，延伸向峡谷尽头。一轮残阳如血，在河流汇聚成的深潭中燃烧着剩余的光焰，数只三足金乌在湖边觅食。

那是咸池——此处是日落之谷，虞渊。峡谷深处有道深渊，那里栖息着凶兽伏明。因为伏明只在日落后苏醒，所以到了晚上，虞渊深处便是神界极为凶险之地，也是仙家众弟子的试炼之所。

他蓦然想起，似乎便是在这一日，发生了那件令他尤为震惊之事。

试炼之劫

第四章

"当——"

远处传来浑厚的钟声，回荡在峡谷之内。那是试炼开始的信号。听见杂沓的脚步声响起，楚曦侧头看去，便看见重渊和一众少年御剑飞来。这些少年中有他的弟子，也有不少出自其他上神的门下。

飞在最前那个身影蓦然撞入他的眼帘，楚曦不由得厌恶地一躲。那个少年生得面目阴柔，眉眼细长，身着一袭银线绣星的紫袍，可不正是楚玉？或者说此世，他应当叫作星桓，是同为上神的东泽神君的弟子。与此世阴狠的模样不同，此时的星桓还是个争强好胜的少年，几个飞过他身边的人，都被他故意撞到了一边。重渊远远地避开，迂回绕道而行，竟先他一步飞入了虞渊之内。

星桓的脸色当即变了变，他加快了速度，紧咬在重渊的身后，与他前后脚地降落在了虞渊下方的沼泽之中。

甫一触水，重渊便化出鱼尾，行动起来就甩了其他小仙一截，招来不少惊讶的目光。楚曦记得，试炼的题目，便是从伏明的巢穴中取得它的卵。伏明生有十首十目，每苏醒一分，便睁开一目，它睁开的眼睛越多，便越凶猛，若是十目皆睁，便是上神也难以应付。故而这仙家试炼也是生死之局，稍有不慎，便会成为伏明的腹中之物。

而伏明的巢穴藏在何处，谁也不知。

天色很快暗下来，沼泽密林之内，迷雾四起，入目皆是一片幽暗昏惑。一众小仙都有些紧张起来，借着手中的剑芒观察四周。唯独重渊潜水而行，隐蔽在黑暗之中。鲛人可在夜间视物，此时可谓得天独厚，不多时，他便找到了伏明的巢穴所在——正位于沼泽中某棵巨树的树洞之内。凄厉的尖啼声从树洞中阵阵传出，显然，伏明已经醒了。

楚曦跟在重渊的身后，见他并不急躁，而是静静地蛰伏在巢穴不远处，似乎是在观察环境，等待时机。忽然近处有轻微的水声响起，楚曦侧头看去，竟然是楚玉——星桓悄悄来到重渊身边，明摆着是尾随他而至。

无耻。

虽然并未亲眼瞧见，楚曦也猜到了后来发生的事，心下暗骂。

重渊听到动静，回头瞧见楚玉，眼神生出几分戒备。

"你倒是挺厉害啊，居然这么快便找到了伏明的老巢。"星桓扯起嘴角，竟然笑了，"不过你一个人怕是取不到伏明的卵的，不如我们俩联手去取，如何？"

"别答应他！"尽管已经记起后面会发生什么，楚曦仍然忍不住脱口而出。

重渊眯着眼睛打量了他一眼，抬起手，比了个噤声的手势："我自己便可以。"

星桓碰了个钉子，脸上的怒意一闪，却没有作声。楚曦知道他此世作为楚玉时，是个相当阴狠的性子，大抵前世也差不了许多。

重渊没有管他，朝巢穴中慢慢潜伏靠近。楚玉悄无声息地跟在他的后边，却在越来越深的沼泽中愈发举步维艰，不得不攀上了头顶的树枝。楚曦看向他，这才注意到，头顶绵延交错的树枝上竟然还蹲着几个人。

"哟，这不是东泽神君座下的星桓师兄吗？怎么？你居然没第一个进去？"那是长岳的声音，似乎有些嘲弄和不甘。

"呵呵，少说风凉话。"星桓冷笑着道，"如果我没看错，那位就是你们师父最小的弟子吧？怎么？北溟神君门下除了最小的那一个能拿得出手，其他的都是废物点心吗？"

"你！"

树上传来一阵窸窸窣窣的动静，一个身影站了起来，又被另一个人抓住了胳膊："二师兄！别冲动！这里危险！"

楚曦抬眼望去，见那个出声之人面容俏丽，似乎是个作男装打扮的少女。细观竟是他排行第八的女弟子连姝。

"有本事，你们去把伏明之卵抢下来，再跟我呛声。"星桓扔下一句话，便追着树下的重渊，纵身飞向另一棵树，弯下身似乎准备伺机而动。

楚曦回眸，但见后面的几个人也都跟了过来，虎视眈眈地盯着下方。

重渊并没有察觉，无声无息地向树巢内潜去，水面上只划过一道极细的痕迹。楚曦跟在他的身后，巢内那巨大的身影便逐渐出现在他的眼前。伏明静静地卧在巢内，车轮大小的头颅上只有一个尖牙环绕的圆形口器，那个口器里便含着它的卵。而在它的头颅周围生着宛如蛇尾的长肢，尾端的一目大如风灯，目中还长着蝎子般的倒钩，只看一眼，便令人感到头皮发麻。真不知道，神界为何会栖息着如此邪门的怪兽。

重渊却似丝毫不惧，灵活地穿过伏明交错盘绕在沼泽中的长肢，竟然一点儿也没有惊动它，便来到了那颗头颅的前方，伸出手，仿佛向伏明口中取卵便如探囊取物一般。

突然，"扑通"一声，伴随着长岳的惊呼："小八！星桓，你居然……"

刹那间，一声凄厉的啼叫划破黑暗，周围长肢上的兽目齐齐地睁开，将整个树巢照得灼亮如昼！但见那张巨口一合，眼看便要咬住重渊的手臂，他却反应极快，用另一只手祭出佩剑，往伏明的口中一卡，闪电般地将那枚卵捞入怀中，纵身跃入沼泽中。而与此同时，便听见一声尖叫，一个娇小身影从泥水间被猛然掀起。楚曦定睛看去，那正是连姝，她被伏明长肢上的倒钩挂住了腰带，朝口中拖去。

"救命，救命呀——"连姝尖声哭喊，"师兄！"

又是"扑通"几声，长岳等几个人扑进树巢，与长肢搏斗起来，却哪里来得及，眨眼间连姝便已经被拖到那张血盆大口前。这一瞬间，连姝身前一处水花爆开，一个瘦长的身影鱼跃而起，一剑便将拖住连姝的长肢斩断，将她护在怀中。在这电光石火间，一个紫色人影横飞而来，一掌劈去！

那一掌不偏不倚，正中重渊的胸口。

黑衣少年猝不及防，从半空中坠下，却不忘将连姝竭力一推。连姝翻飞出去，落入扑来的长岳怀里，而那枚卵在半空中便被星桓收入囊中。一片混乱中，似乎都无人在意，那直直地落入伏明口中的人影。

下一刻，眼前鲜血四溅，筋骨折裂声贯穿了楚曦的耳膜，让他只觉得震耳欲聋。

楚曦觉得脑中嗡嗡作响，闭上了双眼。

人人皆说他的这个弟子是劫数，是邪物，是魔头，哪知道他在生死关头，仍然心存良善。他闭着眼睛不忍看，周围的声音却往他的耳朵里钻。

"师……师兄！重渊救了我，咱们就不管了他吗？若是师尊问起来——"

"快走，走！再不走我们都要死在这里！"

……

只觉得心口处痛楚难当，气血直冲喉咙。楚曦闭上眼睛。若是星桓在眼前……

即便知晓星桓后来堕入魔道后，便成了如今屠戮众生的靡魅，他恐怕也忍不住如当年一般，再狠狠地挫一次他的仙骨。

待到周围的声音逐渐散去，楚曦才缓缓地睁开眼睛。

眼前的景象，已经变换成那一幕——是他当年赶去伏明巢穴时所见。那个黑衣少年拄着佩剑，在伏明的口中垂死支撑，半身已是血肉模糊，一边臂膀也已经被尖牙利齿嚼成了一团烂肉，人也已经气息奄奄了，却还强撑着最后的气力，用剑柄卡着一线生存的空间。

后方"铿"地一道白亮的剑光袭来，楚曦一怔，见一个熟悉无比的白色身影擦肩飞过，手起剑落，只是利落霸道的一下，便将伏明劈成了两半。

他侧眸看向自己的脸——他那时的确是震怒，脸色都是煞白的。

若非连姝心存善念，偷偷跑来告诉了自己，重渊恐怕便会如此可怜地葬身在此，尸骨无存。将重渊从伏明的口里救出来时，他的手是颤抖的，那般心疼的感觉直至今日记忆犹新。

而虚弱的少年怔怔地看着他，眼睛一眨不眨的，瞳孔扩得很大，那仅存的一只手死死地抓着他的袖子，力气之大，都不似一个濒死之人。

他想不出来，后来在蓬莱到底发生了何事，令他与他如此疼惜的小弟子反目，以至于他要将重渊一箭穿心，亲手杀死。

坠入靡魅陷阱之后的记忆，时至今日，仍然是支离破碎、模糊不堪的。

也许答案，便藏在重渊的识海中。

眼前光晕笼罩，再次变换，成了一片纯白皎洁的景象。烟雾缭绕的水面上，有一座亭台，不知道是什么地方，只是看起来有几分眼熟。

"师尊？"

循着这声轻轻的呼唤，楚曦来到亭边，一愣。那是重渊和他——这一次，却换成了重渊将他扶着。他似乎已经昏迷，闭着眼睛，脸上汗水淋漓，嘴唇亦是毫无血色。而重渊先前支离破碎的躯体已经恢复如初，着一袭白色衣袍，看不见身上有没有留下什么伤痕。

他仔细在脑中搜索这是何时，一眼瞧见石台上的法阵，这才想起，那是重渊身受重伤之后，他动用了神界禁用的法阵，往重渊的体内灌注了万年修为，将他的小命救了回来，可是这个法阵反噬，故而损耗了他的元神。

"师尊？"少年一声声唤着，见他不答应，急得将他背起，却不留神，脚踩在袍裾上，扑倒在地，将他从昏迷中惊醒。

"……渊儿？"

"师尊，你怎么了？我去喊人！"

"不可！喊不得，听话……为师无事。"只说完这一句，楚曦便看见自己又陷入了昏迷。

"是。"少年的嘴里答应道，双臂撑起身子，却忽然不动了。重渊垂眸瞧着他，不知道在想什么，那神态专注至极……

少年忽然撑起身子，跪在一边，朝他深深地一叩首。

"北溟！"

一声呼唤从远处传来，少年一愣，忙起身，朝亭外走去。才刚出来，便与匆匆前来的一个人撞了个满怀。

重渊后退了一步，看清来人，拱手行礼："禹疆神君。"

"你？"禹疆上下打量了他一眼，瞥见旁边昏迷的楚曦，脸色一沉，扬手一扇将他掀翻在地，快步走进去，伸手在楚曦的心脉一探，脸色更是变得恶劣起来，朝重渊冷冷地瞥去。他素来是个玩世不恭的做派，见谁都是言笑晏晏的，此刻却疾言厉色，宛如变了个人："呵呵，都是你这个祸害，惹得你师尊得罪了东泽神君不说，还害得他修为受损。本君早就知道，你留在他的身边迟早会出么蛾子。本君警告你……你若识相，便自己退出师门，本君便不再为难你。若是执意留下，便休怪本君心狠。"

重渊的表情瞬间变得难看至极，身体僵立在原地。

楚曦愕然，原来禹疆对重渊私下说过这种话！

眼前的景象又一次变换，一排排高耸的书架出现在楚曦眼前。环顾四周，他便看见了重渊。周遭静得连根针落在地上都听得一清二楚，重渊屏住呼吸，越过几排书架，朝里走去。少顷，一个庞然巨物出现在书架环绕的中心。那是一个悬浮在半空的透明球体，内中发光的线条织就日月星轨，密密麻麻的卦文在表面时隐时现，宛如虫群。

"为何看不得？"重渊突然出声道，将楚曦吓了一跳。

楚曦看了看四周，此处并无一人，重渊是在自言自语？

"你不让我看，我偏要看。"重渊又冷哼一声道，"我就不信，我当真是师尊命中的劫数！若是劫数，我也要破了它！"

楚曦忽然意识到，重渊是在和"它"——那个从溟海中出现的诡异黑影对话。重渊将手缓缓地放上球体表面，凝神盯着内里，但见内中浮现出一个人影。那个影子人首蛇身，蛇尾被巨大的铜钉钉住，身上亦被钉了数枚铜钉，似乎是在受刑。他低着头，长发掩面，不知道生的什么模样。

楚曦心下又涌起那种莫名的凄凉哀意，但见那个人影缓缓地抬起头来，露出小半张脸。他看了一眼便心头大震，还没来得及再看，就在这时，忽然听到身后风声袭来，甫一回头，便见重渊整个飞了出去，重重地撞在身后的书架上，滚落在地。一把扇子旋了个来回，被一只手堪堪接住。

"你竟敢私自跑到天枢阁来？谁给你的胆子！"蓝衣男子厉声呵斥了一声，不等重渊爬起来，便用扇子抵在他的脖颈上，将他按在墙上。

少年神情倔强，盯着他，咬着牙一字一句地道："风神大人不也是私自跑的来吗？"

禹疆被他呛了一下，脸色变得越发阴沉："本君警告过你，让你自行离开。你非但不听，这段时间反倒黏你师尊黏得越发紧了，你真想害死他？"

"我不信！"重渊梗着脖子，"我一心待我师尊好，怎么会害他？"

"心术不正的弟子，你的师尊怕是无福消受。"禹疆压低声音，"上回你师尊命你们一众弟子下凡历练，你要了什么手段让长岳修为大损，不得飞升，你师尊不知，你当身为监官的我也不知道？"

重渊先是一惊，后又笑了："这便是心术不正？难道我活该受人欺辱？"

禹疆缓缓地道："你是不是受了欺辱我不管，我只管我的分内之事。若我将此事告诉你的师尊，你说他会如何？"

重渊的脸色顿时变了。沉默了一下，他才道："若风神要以此事要挟我离开师门，我宁可去死。"

"你还真是……冥顽不灵。"禹疆微微一愣，似乎思忖了一会儿，道，"也罢，你若不肯离开，便答应我一个条件。"

"你说。"

禹疆未答，只伸出两指，指间金光一闪，现出一道灵符。

"本君不知道你日后会变成什么妖孽，只能先行约束约束你。你若安分，木君便许你留在你师尊身边，否则，本君便索性除了你。"

楚曦定睛看去，呼吸一滞。那竟是缚元咒。

这种咒法若是用在仙家弟子的身上，便会令其修为原地踏步，灵力每用一次，便损耗一次，不再复原。这种咒法，只有惩罚犯了大错要被幽禁的罪仙才会动用，还得是天刑司的人才有资格用。禹疆如此，就是用私刑了。

他感到震惊难言，看着重渊闭上眼睛，一言不发，任由禹疆将那道符咒硬生生地摁进了他额心的神印里。

眼前的画面一闪，是少年在林间发狂似的奔跑，一脸悲愤交加，跌跌撞撞地跑到山崖上，纵身跃入海中。

但见他游到一片暗礁之间，疯狂地朝一块礁石抓刨捶打了一番，将那块礁石打得四分五裂才停下。盯着那龟裂的石块发了片刻呆，他双眼发红，紧咬牙关，怔怔地落下一滴泪来。

那滴泪水甫一落水，便激起一圈涟漪来，恰好在他的身影之下，有一缕黑影自漩涡中沿他的脊背爬上来，所过之处，便令他的肌肤上蔓延出暗红色的纹路来。似乎是感到极为痛楚，重渊浑身一抖，挠着后背，便见那黑影腾然升到他的上方，凝聚成一个颀长的轮廓来——看不见面目，只能辨出男子的上躯和身下拖曳着的长尾，看形状，似乎是一条……龙尾。

他皱起眉头，这是何物？为何会从他管辖的北溟之中出现，几万年来，他竟然从未曾察觉到有何物入侵过！

感到疑惑之际，一个极为低沉的声音，似乎从地狱里传来："重渊，受人欺辱的滋味，不好受吧？"

"你是谁？为何知道我名字？"重渊一脸戒备之色，似乎并不害怕，反倒更多的是因为被人撞破了狼狈之状而感到羞恼。

"我？"那个黑影道，"我与你同根同源，本为一体，是世上最能体会你喜怒哀乐，知道你所思所想之人……你怨怒伤心之时，无助迷惘之际，只要流泪，便会见到我的幻身。"

重渊的眼神一凛，奇道："同根同源，本为一体？你在胡说什么？你又如何能体会我的喜怒哀乐，我的所思所想，难道你是我肚子里的蛔虫不成？"

"不错……你出世之时，我便与你共生……你若说我是你肚子里的蛔虫，也并无不妥。"那个虚影缓缓地游近，来到接近重渊处，楚曦却仍然看不清影子真实的模样，只见他长长的龙尾将重渊环在其中，"你是否想变强，是否想一世守在你师尊的身边，成为他最重视的弟子？"

重渊本欲退后，听到后面那句话，脸色一变，整个人呆住了，仿佛这句话于他而言，是个极难抗拒的诱惑。

他看着那个黑影，瞳孔微微扩大，脸上现出矛盾之色："你到底是何物，说这话，有何目的？"

"不论我是何物……你只需知晓，我与你，感同身受，你之心中所求，便是我之所求。"那个黑影幽幽地道，"重渊……遵从你的本性，你的夙愿，来忘川之下寻你的真身。"

忘川之下？这个黑影到底是何来头？

楚曦抿紧了嘴唇，盯着那个拥有龙尾的人影，眼睁睁地看见那个黑影伸出一只手，指尖点向重渊额心由他亲手赐予的神印，却见重渊蓦然后退一步，挡住自己的额心，摇了摇头道："你来路不明，定然居心叵测，想要利用我！我想变强，靠自己也可以！滚！"

那个黑影轻笑一声："重渊，你的根骨如此之差，靠你自己，实现你心中的奢望，怕是难于登天！"

"滚！"重渊怒吼一声，一掌向那个黑影击去，却见那个黑影一刹那就没入水中，化出一个漆黑的漩涡，仿佛是通往另一个世界的入口。

重渊盯着那个漩涡，迟疑了片刻，缓缓地后退，仿佛是逃离什么一般游上了岸。

只见他一路跌跌撞撞，有些失魂落魄似的，回到他所居住的行宫的后山，在一棵树前坐下来，挖出树下埋的酒，仰头一阵痛饮。

将酒一饮而尽后，他随手一掷。未闻酒壶碎裂之声，楚曦侧头去看，便见当年的自己从树后走了出来。他似乎是晚间出来散步，穿得极为随意，只着深衣，披了件缥色的流云长袍，头发也是散着的。

"师尊？"重渊愣住了，眼神有些迷离地瞧着他。

他审视着重渊，扬了扬手里空了的酒壶："你喝了多少酒？为何如此？"

"师尊……你别生气……"重渊朝他跪下，膝行过去，他自己一愣，下意识地去扶。重渊仰头看着他，如同一个讨食的小兽，嘴里喃喃着道，"不论徒儿犯了什么错，师尊，你都别不要我，好吗？徒儿别无所求，只想……留在你的身边。"

"好，为师答应你。"楚曦看见自己叹了口气，蹲下来，将少年温柔地扶起。

他怔怔地看着这一幕，如鲠在喉。

他想也想得明白，被下了缚元咒的重渊，必然无法再继续修行正道，禹疆的做法，不是约束他，反而是把他逼上了绝路。若非禹疆逼迫，兴许那个自他的眼泪中现身的黑影便不会有可乘之机……而假若自己当年能有一丝丝察觉，是不是后来重渊便不会堕入魔道？

然而昨日不可追，做这种假设毫无意义。万年时光弹指而逝，当年的遗憾，也永远成了遗憾。

楚曦瞧着当年的重渊，不禁思索着，那个自称来自忘川之下的魔物不知是何来头，竟试图引诱重渊离开神界去寻他，目的定然不简单，兴许，便是重渊后面会堕魔的因由。

只是重渊此时并未听他的诱导，想来后来会堕魔，一定发生了什么别的事情。

　　出神间，新的景象又如海市蜃楼般浮现出来。身周的云雾如海水翻涌掠过。他环顾四下，见数十人簇拥着他御剑而行，是他的弟子。此时他们都身披甲胄，连他自己也不例外。他立刻意识到这是何时。

　　垂眸俯瞰，果然一座黑雾笼罩的岛屿在云雾间显现。

　　这是蓬莱。被魇魅毁灭前夕的蓬莱。

　　他想知道的答案，便在这里。

　　不知为何，他觉得心跳得莫名有些急促，正要追着当年的自己下去，忽然听见一声低呼，如在耳边响彻："师父？"

　　他猛地一惊，从重渊的识海中脱离出来，睁眼便对上咫尺处的一双眼眸。只听沧渊道："你为何流血了？"

　　自然是他抽了魂焰的缘故。

　　楚曦别开头："没什么。"

　　身子一动，便立即被沧渊拽住，沧渊在他的耳畔道："师父小心。你看下边。"

　　他这才察觉不对，朝脚下一看，他们竟然已经不在那池中，而在这个石殿上方的穹顶之上。而下方他们方才待过的水池，不知为何似一张大嘴般一张一缩起来，而且整个石殿的地面都在微微蠕动，像某种活物正在下方苏醒。同时，一阵奇异的笛声从侧方传来。楚曦循声看去，便见大殿正中，那座人首蛇身吹笛的石雕的脸上，流下了两行血泪。

　　楚曦将目光停留在那雕像的面具上，想起方才在重渊的识海中所见。

　　那个人首蛇身的影子的脸，似乎与他自己有些相似。可是他自己的原身，并非是娲皇一族，那个影像绝非他本人。这个雕像到底是什么来历？

"我方才察觉不对，便躲上来了。"沧渊道。

"这个地方你可曾来过？"楚曦低声问。

沧渊摇摇头："我待在魔界这么多年，从未踏足过忘川之下。"

楚曦瞥了他一眼，与他的目光相触，心下无数疑问正翻涌着。

忽然听到哗啦一声，他又向下看，见石殿正中的水池中竟然升起数个人影，俱是衣袂飘飞，华彩熠熠，长发飘飞，可是他们的肢体却是畸形的，双手似乎被折断了扭在背后，如罪人一般，而额头上却都有着发光的神印，竟然是和他一样的神族。

他定睛辨别着那数十人的脸，都是陌生的，此刻的距离，也无法通过神印的形状辨别他们来自哪个氏族。只见这数十人爬上了池沿，楚曦这才注意到，他们的双足是被缚在水中的，而用来束缚他们的，正是那种忘川之中生长的万魔之源的根须。他们左右观望着，手在池边摸索，似乎在寻找什么，那神态好似一群觅食的兽。

少顷，有一人尖声嘶喊起来："巫炎，吃的呢？在何处？"

那个声音十分凄然，叫人听了头皮发麻。

嘴巴被一只修长的手捂住，楚曦一愣，只听沧渊低声道："师父，请屏息，你的呼吸中有神息，这些魔物会有所察觉。"

楚曦屏住呼吸，点了点头。

那个喊叫者穿着一身白色的衣袍，虽然已有些腐朽，仍可辨出原本的精致华贵，袖摆袍裾上似乎都点缀着星辰的碎片，闪闪发光。

随着这声呼喊，殿门洞开，那个巫族首领战战兢兢地在门口跪下："神君们，祭品之前便送进来了，你们还没吃饱吗？"

楚曦蹙起眉毛，祭品，莫非说得是他们？那灵湫他们呢？该不会……他的心头一紧，又听见尖厉粗哑的声音此起彼伏地响起来。

"祭品在何处？本君未曾看到！"

"本君也未看到，在哪儿？"

"你胆敢骗我们？"

其中一个人尖叫起来，嘴一张，一只全身只有骨头的骷髅大鸟便从他的喉间钻了出来，朝殿外飞去，只是瞬息之间，便抓着一名瘦弱的幼童回来。

那个幼童惨叫连连，正是之前那个"阿古"。楚曦心头不忍，可身子一动，便被身旁的沧渊察觉，被他一把按住："你受伤了，不许去。"

"你！"楚曦竟然挣不脱，那劲道霸道得很。

那个幼童被拖进池内的一刹那，池中的几个人便如饿极了的狼，眨眼间便将他撕成了碎片，大嚼起骨肉来。

可也是奇怪，那个幼童被撕碎的躯体也不见血，竟如枯枝一般朽脆，令这原本血腥的一幕平添了几分诡谲。

"忘川之下，焉有活物。"沧渊眯起眼睛，低声道。

也对，这忘川之下的"人"，又怎么可能还是血肉之躯？楚曦摇摇头，倒是他，一见受害的是孩童，险些便冲动了。可即便那个孩童已是亡者，他仍然觉得有些不忍心。在忘川中被吞噬，那定是要灰飞烟灭了。

一阵大块朵颐后，下方响起一阵扑翅声，数只骷髅鸟如倾巢而出，沧渊皱了皱眉，嫌恶地道："我最讨厌鸟。"

楚曦不觉想起方才在他的识海中所见的那一幕，心里一酸，下意识地道："当年……你给为师酿的那些月溟酒，为师很喜欢。"

沧渊一愣，眼神有些讶异，更多的是喜悦："师父为何想起这个来了？"

楚曦顿了一下："就是，突然便想起来了。"他的话音未落，只听"呼"的一声，一抹白影猝然擦肩而过。袖间的灵犀感到危险，自动飞出，将那只骷髅鸟劈成了两半。楚曦心道：不好！

果然顷刻之间，下方便如炸了锅一般，羽翅扑闪之声涌了上来。只见那些从穹顶中飞出来的白鸟在空中盘旋一阵，便暴风雨似的朝他们袭来。他忙将重渊推开，祭起灵犀就地划出一个法阵。

一道光幕蓦然将二人笼罩其内，骷髅鸟们撞在光幕上纷纷弹开，盘旋着准备再次冲撞，但见沧渊一扬手，下方水池的水立时被吸了起来，散成无数冰凌，如漫天箭雨般散射开去，瞬间将骷髅鸟们射成了碎片。其威力之大，便连石殿周围的一片山岩都碎成了渣滓。

楚曦暗暗咋舌，真不知他这个做师父的假若与如今的沧渊正面对上，是否能有赢面。

还未松口气，便听下方传来一阵尖厉的笑声，像是数十人齐声说道："看来不是一般的祭品呢，你们是什么来头？"

随即一阵轰鸣，但见下边一股巨大的水流喷薄而上，以龙蛇腾飞之势冲向了头顶天穹。那水流呈现出一种紫红幻变的光泽，在上方的云层间形成一片遮天蔽日的水幕，隐约可见水幕间飘浮着无数人影。

而水幕中央，则是一个庞大的漩涡。

楚曦看着那头顶的水幕，隐约想起了什么。下一刻，那数十个水中之人便从上方的水幕中浮现出来，与他们一同浮现出来的，还有一只飞天巨兽的骷髅，獠牙森然，长达数丈的尾巴生满了骨刺，竟然像是那种早已消失了的上古神兽翩奇的骨架。

见它迎面冲来，嘴里喷出一团紫色的焰火，楚曦当下伸手将沧渊的后领一抓，开了瞬移。

"唰"的一下，两个人摔进一片灌木丛中，滚作一团。

飞得太快，楚曦感到一阵头晕目眩。

"师父何必如此？"沧渊眯着眼睛盯着他，"有徒儿在，何须害怕它们？"

现在他居然要靠沧渊护着了？楚曦只觉得耳根发烫，十分丢师尊的颜面，强行解释道："既然能跑，何必费这力气，为师这不是养精蓄锐吗？"

说罢，他挣扎着爬起身，喉头一阵腥甜，忍不住咳了几下。实在是眼下刚抽了魂焰，他没信心立刻对上一群堕神——是的，堕神。他望了一眼远处那片飘浮在空中的紫红色，心知自己猜得应该不差。

这些早已灭绝的上古灵兽，还有这座生活着巫族的"奉仙山"，这片紫红色的倒悬之海……似乎都能与那则上古传说对上。

没想到，在忘川之下，他竟然能亲眼见到这些消失了的东西。

见远处天际那白色的鸟群密密麻麻地朝下方压来，楚曦屈指朝一个方向一点，那处腾起一簇光芒，将鸟群引了过去。

可灵力一动，他便又觉得胸口一室，喘息都有些困难起来。楚曦一愣，顿时感到身子动弹不得了——是傀儡线！他愠怒道："沧渊！"

"我昏迷前觉得十分难受，这会儿却好了许多。"沧渊垂下眼睛，盯着他，"师父的脸色如此差，是不是因为我？"

楚曦一时语塞，他的脸色一沉："为何如此？我如今……"

"好，好，为师知道，为师知道你已经今非昔比了。为师什么也没做，只不过是因为之前没休息够，神力尚未完全恢复罢了。"楚曦及时安抚着他身为魔君的自尊心，不料这哄孩子似的语气却适得其反，当下就见沧渊瞧着他的眼神变得越发危险，他这才察觉不对，及时闭上了嘴。

沧渊带着他，往与鸟群相反的方向走去，沉默了好一会儿才道："师尊回到上界这三百年，都在休眠吗？"

"是啊，"楚曦点了点头，怕他不往好处想，温和地道："这不，为师刚醒，便下来寻你了。"

话音刚落，他立时便瞥见，沧渊的嘴角几不可察地弯了弯。

紫红色的光晕从林间筛下，斑斑驳驳地落在二人身上，在这朦胧的光线下看去，鲛人青年的容颜更显得勾魂摄魄。

楚曦浑然不觉，已经陷入了沉思。

不知灵湫他们几个人在何处？灵湫、禹疆二人法力高强，应该不至于被那几个魔物吞噬，只是他们既然到过那间石殿，现下又去了何处？

这忘川之下的魔气太重，他感应不到他们所处的方位，兴许……问问沧渊？

正想开口，突然前方幽幽地传来一阵古怪的乐声，细听还有锣鼓摇铃之音。楚曦顿时觉得奇怪，却听远处羽翅扑闪之声再次袭来，他侧眼看去，但见鸟群已经朝他们的方向飞过来，心下一紧。

"师父，你瞧。"

楚曦循着他所示意的方向看去，见不远处，一队人马从林间行来，敲锣打鼓，当中有四个人还抬着一顶装饰得极为华丽的轿子，轿子上罩着红色的帷幔，似乎是个迎亲的队伍。

真不知道，在这样一个全是亡者的地方，居然还会行婚嫁之事。楚曦暗自思忖着，见那支队伍渐渐走近，才看清随行的人脸上都戴了青铜制成的笑脸面具，配合着摇头晃脑地敲锣打鼓的动作，还有一个巫师在轿子后方摇着铜铃，嘴里唱着不知名的歌谣，显得十分诡异，不知道是不是巫族的婚俗便是如此。闻听女子的哭嫁之声，他的目光不禁落到那帷幔上。这一瞬间，所有的声音都戛然而止，那些人的行动也全部僵住了。

疑惑之际，沧渊却在耳畔道："师父，得罪了。"

说罢，楚曦便突然动弹不得了。

沧渊使用障眼法掀起一团烟雾，带着他径直飞向那顶轿子。甫一入轿，奏乐之声便又响起来，轿子晃晃悠悠的，唯有轿内那持着羽扇掩面的新娘子还是被定着身，一动不动。

沧渊将那新娘一点一点缩小了变成纸人放入袖中，又将楚曦一点，变成了新娘的模样。

"你对为师做了什么？"瞥见自己穿着一身红衣，双手也变成了女子戴着银镯子的柔荑，楚曦皱眉。

沧渊盯着他，一言不发。

"扑簌簌……"

听闻羽翅的扑扇声逼近，沧渊自己化作一条小守宫，迅速钻进了楚曦的袖口。

几乎与此同时，一只骷髅鸟从轿帘外钻了进来。

楚曦屏住呼吸，只见那只鸟落在了他的膝盖上，转动只剩白骨的鸟头，绿莹莹的瞳孔闪闪烁烁。沧渊往他的袖子深处钻去，一路游到胸口。楚曦痒得不行，奈何却动弹不得，不由得在心底又将沧渊暗骂了一番。

骷髅鸟在他身上停留了一阵，似乎没发现什么异样，又飞了出去。

沧渊从他的领口探出头，朝外面看了看，便一溜烟地窜了出去。

他去哪儿？

楚曦正奇怪着，便觉轿子行进的速度渐渐放缓了。须臾，身下一震，是轿子停下来。眼前微微一亮，是一只修长的手掀起了轿帘。

他一愣，身体不由自主地动起来，扇子掩面，矮身出了轿子。

但见面前是个陌生的巫族青年，一双眼睛凝视着他，分明是沧渊上了身。他眨了眨眼睛，便见沧渊的脸又变化了回来，其他人却并未察觉，便心知这是一种只使他指定的人障目的幻术。

而他的身后，赫然是一座村寨，寨内张灯结彩，寨门上也挂了两排红灯笼，两旁挤满了男女老少，一派又诡异又喜庆之象。

羽翅的扑闪之声仍在附近此起彼伏，楚曦稍一转头，便能瞧见一两只骷髅鸟停在寨门之上。沧渊却神色自若地伸出手将他扶住。

一路来到一座古庙前，拉上门栓，沧渊走进屋内，将楚曦放在了那垂了红帐的喜榻上。

楚曦压低声音，正色道："你快些将为师的傀儡咒解了。"

沧渊僵了一下，松了手，他抬眼看了一眼红纱下的面庞，到底不愿惹他动怒。沧渊翻掌一掐手指，一根红色的线便从楚曦的脉搏处钻了出来，瞬间收回他的袖中，又将他变回了原来的模样。

楚曦冷着脸道："下回你若再对为师如此，为师定不轻饶。"

沧渊盯着他，幽幽地道："弟子不敢，请师父责罚。"

说罢，这副巫族青年的躯体便软软地倒在了榻上，再看身旁，又多出了一只小小的守宫，爬到了楚曦的腿上。楚曦瞧见他如此可爱的化形，有点忍俊不禁，伸手在他的小脑袋上摸了摸，笑着问道："为何不化出本相？"

沧渊没答话，只是抱住了他的那根手指，顺势爬到了他的手背上。

"师父，弟子认为，若要离开此地，必须得先找到出口。我们进来时，在那万魔之源的根须附近，若能找到万魔之源，便能找到出口。"

"嗯，"楚曦道，"你既已入魔，可能感应到万魔之源的所在？"

他自己虽然也能感知魔气，可若是距离太远，便难以察觉。且有沧渊在旁，他身上的魔气甚重，更是严重影响了感知力。

沧渊点了点头："离这儿并不算太远。"

见他往榻下爬去，楚曦将他轻轻按住："我还有一事要弄清楚。"

说罢，便在那巫族青年的额头上一点，侵入他的识海之内。

凡人的识海理应十分有限，此人的识海却非常阔大，似乎活了许久的年月，而他最近的记忆除了今日成婚，却都单调异常，每日不是去林中猎了活物，便是背着猎物去山顶那座石殿前跪拜，似乎是在祈求什么，每每额头都磕得裂开也不停下。

楚曦迅速掠过这些，来到他久远的记忆中某一刻。青年和一个女子站在山腰处紧紧相拥，天穹之上，笼罩着一片巨大无垠的紫红色云霾，刺眼的闪电忽明忽灭，形如琉璃开裂。云层间，依稀可见有一条庞然的龙影盘旋游走，但听一声震耳欲聋的咆哮，电闪雷鸣，云层中洪水倾泻而下，恍若整片天穹都垮塌了下来，将所有的一切都吞噬了。

——果然。

楚曦收回手指，蹙紧了眉头。

"师父可寻到了答案？"沧渊问。

"不错。"楚曦道，"为师猜测，这里不是奉仙山，而是上古之时随着断妄海的倾覆被湮没了的灵山，如果我猜得不差，那池子里的水，也应该是断妄海的一部分。"

"断妄海？"沧渊沉默了一瞬间，道，"这名字……有点耳熟。可是诸神史记录的九重天地图上，缺失了的那一块所在？"

"不错。"楚曦赞许道，"你倒是记得很熟，看来当年学得不错。"

"师父过誉。"沧渊平静地道，小尾巴却甩了一甩，让楚曦依稀看到了几分小鱼仔的影子，不免有点想笑。

沧渊低声道："弟子曾听闻，断妄海之于上界众生，便如忘川之于下界众生，是轮回往生之所。若是有人饮里面的一口水，便可忘却一生，若渡水而过，便可赴往来世，若是纵身跃入，则会灰飞烟灭，可是真的？"

楚曦被他的话提醒，联想起那个像极了苏离的巫族首领一片空茫的识海。莫非那真的是苏离？也许是误饮了石殿中的水，所以忘记了一切？

不过关于这断妄海到底是何种存在，却很少能有人解说出一二，他奇怪地道："你从何处听闻的？"

"年月久远，弟子也记不清了。"沧渊仓促带过，又问，"师父，你可知道，这断妄海为何会倾覆，又为何会在忘川之下？"

楚曦摇摇头："为师只知道断妄海曾经倾覆，至使一处天垣崩塌，而且湮没了下方的西南部洲，却不知其为何倾覆。个中内情，应该是在为师出世前，便已是天界的秘辛了。"

"阿娣……"突然，一声呻吟传来。见那个巫族青年动了动嘴唇，似乎要醒，楚曦忙伸手一点，又令他晕了过去。他对沧渊道："你将那个新娘子弄到哪儿去了？这对有情人不容易，将她还给他吧。"

小守宫沧渊一张嘴吐出一个透明的大泡泡，泡泡一破，榻上便多了一个女子。只觉得他可爱至极，楚曦忍不住揉了揉它的小脑袋。

沧渊被他揉得僵了一下，迟疑地抬头，在他的手心蹭了蹭，师徒俩竟似乎回到了以前的状态。

气氛难得一片和睦，楚曦轻轻地将沧渊握入手心，捧到眼前，温和地道："待我们从这儿出去，你便与为师回天界如何？莫再做错事，与魔族为伍。若你肯悬崖勒马，为师一定，一定会护你周全。"

沧渊仰头凝视着他，眼神幽暗，过了良久才道："好。"

闻听外边已经安静下来，楚曦起身，将窗户推开了一条缝。来参加婚礼的人似乎已经散去，灯笼也都灭了，村落内漆黑一片。他纵身跳出窗外，来到林间，道："好了，沧渊，你来引路。"

沧渊化出了本相。他闭上眼睛，凝神片刻，才道："西方的魔气较为强烈，应是万魔之源所在。"

一边跟着沧渊朝西方走去，楚曦一边暗忖，在石殿中没有见到禹疆、灵湫等几人，不知道他们眼下在何处。若是发出信号，怕是禹疆他们没看见，就先被那群堕神觉察了。还是先找到出口，再设法通知他们为妙。

正如此想着，他眼角的余光忽然瞥见一点绿幽幽的灯火，心头一凛。

"师父小心。"沧渊也察觉到了，和楚曦朝那灯火处潜行过去，发现是林中有一人提着一盏灯笼，缓慢地前行着。

楚曦盯着他蹙了蹙眉，沧渊低声道："师父，那个人身上的魔气甚重。"

"嗯，我们去瞧瞧。"

那个人戴着一顶斗笠，身形清瘦，似乎是个年轻人，他的手里拎着一桶不知名的东西，背着一个锄头，不知道要去做什么。

他们一路尾随着他，但见前方的密林间，出现了一棵与众不同的树。那棵树上开满了大朵洁白的花，在林间灿若星辰。楚曦辨出，那是一株木槿。戴斗笠的人蹲在树前，挽起袖子，刨了刨地下的土，便将桶中之物倾倒出来。

——那竟然是一桶浓稠的血肉。

刚泼洒在土地上，血肉便立刻被吸收，与此同时，那些花朵似乎盛放得更大了，并且窸窸窣窣地抖动起来。

那个年轻人站起身，将脸贴到树干上，细细地抚摸，如同爱抚情人的脸颊。

楚曦瞧见他的小半张脸，不由得疑惑起来。但听见不远处突然传来一下扑翅声，那个戴斗笠的年轻人朝四面望去。楚曦回头一看，赫然见一只骷髅鸟落在了斜上方的树杈上。

它的嘴巴张开，喉头里钻出一条犹如蜈蚣的口器，朝他们当头袭来，楚曦当即吓得跳起来，就在这一瞬间，沧渊屈指一弹，一根冰凌将鸟头齐齐地削断。下一刻，但听风声乍起，那个斗笠人已经飞身而至，袖间唰唰射出数根红线。楚曦侧身闪过，灵犀"铮"的一声出鞘，将红线尽数绞碎，他又一掌劈去，将那个斗笠人震得飞出去，撞在了树上。

斗笠滑下，露出一双浅色的眼眸，看清了来者，对方一愣，迟疑着道："是你，楚公子？"

楚曦点了点头。注意到他身边的沧渊，云陌的眼里更是露出一丝奇异之色："你竟没死……还入魔了？是把自己卖给了魇魃？"

沧渊冷冷地道："本座乃是如今魔界之君。"

云陌微微一愣。

楚曦道："你怎么会在此处？云瑾呢？"他刚一问完，便意识到了什么，不由得看向了那棵木瑾树。

"那是——"

云陌侧头，似乎一时有些恍神，低声喃喃着道："是瑾儿。"他停顿了一下，有些恨恨地看向他们，"自蓬莱被灭后，我原本一直留在蓬莱，守着他留在幻境里的残魄。可是三百年前，你们突然闯入，令魇魃再次苏醒，又引来了魔物们，致使魔界界门重新洞开，瑾儿亦被卷入其内。我一路寻去，在忘川之下感应到她的存在，便来到了此地。"

"她为何……"

"变成了一棵树？"云陌苦笑着道，"我寻着了她一点点支离破碎的残魄，无法带出忘川，而这忘川之下，俱是亡骸，哪能承载魂魄？我便只能将她寄养在她送我的那朵木槿花里，养在土中，在这儿守着她。"

一片花瓣落在肩头，他仰头看向头顶盛放的花朵，眼眸里好似燃着一星余烬的烛火，闪闪烁烁："只是不知，她何时肯原谅我，肯与我说上一句话。"

楚曦觉得心头微涩。二人隔着灭门之仇，即便云瑾活过来，二人和解、相守的机会，怕也微渺如尘罢。如此相处，也许已是最好的结局。

可云瑾的一部分魂魄是苏涅，苏涅曾扈从他十年，他委实不该也不忍将苏涅弃之在此。

楚曦道："若我说，我有法子将他带出此地，渡她入轮回，你可愿信我？"

云陌一愣，双目亮了，那喜悦之色点亮了那张冷酷的面庞，竟似个少年："你所言可当真？"

楚曦点了点头，正欲说什么，忽然听见上方传来一阵厉啸，一个白影飞袭而下，正是之前那个堕神召唤出来的骸骨巨兽！它生满利刺的长尾狠狠地扫，沧渊抓着楚曦一闪避过，云陌却挡在那棵木槿树前不闪不躲。

腥风扑面而来，与此同时，漫天的骷髅鸟盘旋而下。楚曦才祭出灵犀，便见獠牙森然的巨嘴一张，喷出一大团幽绿色的烈焰，沧渊拂袖将他一挡，师徒二人同时推掌击出一束蓝紫交织的寒芒，将那道烈焰堪堪击溃！

"瑾儿！"

但听见一声惊叫，一旁"轰"的一声燃烧起来。楚曦侧头看去，竟是一股魔焰不偏不倚地落在了那棵木槿树上，将云陌也点燃了，他却不管不顾，发疯似的拂袖扑打着烧燃的树叶。楚曦立时一掌，将那火扑灭，却蓦然发现，这鬼兽吐出的烈焰的破坏力竟如此之大，只是瞬息之间……便将那棵木瑾树焚至焦枯了。

"啊——啊——"

云陌张开嘴，这个活了一千年的活死人，背着血海深仇，屠戮了仇家一族的男子，竟抱着那棵树，像个孩子一般哭嚎起来。

楚曦心头一涩，这一失神，便险些被扑来的一只骷髅鸟咬到，好在沧渊眼疾手快，当下造出一层结界。又见那只巨兽口中再次酝酿出焰火，沧渊纵身一跃，直飞而上。楚曦紧追在下，见他的身形如电似风，转瞬跳落在那只巨兽的背上，一把握住它头上的尖角，往上轻松地一提，硬生生地将那只巨兽的头颅提得朝天穹昂起。巨兽仰头怒吼。

他浑身杀意汹涌，紫光萦绕，楚曦在这一刻仿佛看见了另一个沧渊，是他身为魔君的那一面，如此凌厉横绝，惊天地泣鬼神。

他心里震动，想起什么，飞身而至，从发间取下簪子，掷向他："拿着！"

沧渊伸手接过，手中霎时绽开一道凛烈的光芒。

——时隔万年，他亲手为沧渊铸造的渊恒，又重归于沧渊的手里。沧渊朝楚曦深深地看了一眼，墨蓝色的袍袖被风吹起，他双手握剑，朝那兽首霸道地斩下！

"轰"的一声，巨兽的头颅当场断裂，骨头散落开来，却未落下，而是朝天际那片紫红色的倒悬之海聚去，似乎有卷土重来之势。

鸟群被剑意所震，也溃不成阵，楚曦剑走游龙，灵息汹涌如浪，也在瞬息之间将鸟群大部分绞碎，只余几条漏网之鱼逃了回去。

二人落回地面，楚曦又觉得眼前一阵发黑，身形一晃，便被沧渊及时察觉，赶紧扶住。

"师父，你伤着了？"

楚曦摇摇头，捂住心脉处，只觉得拔了魂焰之后，使用灵力时便好像漏了个洞，损耗比平日里大上了数倍不止，对魔气的抵抗力似乎也变差了不少。他深吸一口气，扶着沧渊的手臂站稳身子，看向一旁的云陌。

云陌的半身都已经被烧焦，容貌尽毁，仿佛还靠着那棵焦黑的树，细细地抚摸。

楚曦不忍心，走近几步，想看看云瑾的残魄是否还在，却见那棵焦枯断折的树干上，一缕散发着淡淡光晕的模糊的人影浮现出来。

楚曦张了张嘴，刚想提醒云陌，却见那个人影竖起不成型的手指，朝他比了个噤声的手势，而在下一刻，一阵风吹来，那个人影便一寸一寸地涣散开来，化作无数的萤火虫，随风扬上了天空。

只有一滴莹亮莹莹的泪珠坠落下来，落在了云陌的脸上。

云陌抹了抹脸，恍然意识到什么，朝上面望去，却只望见了漫天的萤火。他的嘴角抖动了一下，先是哭了，然后又笑了，整个人垮了似的跪倒在树前，那焦黑的身躯也在这一刻一点点腐朽碎裂，化作了尘土。

——这一千年苦熬的时间里，他的命数早就已经耗尽了。若非这一丝执念撑着，早已是白骨一具。

……

也好，也好，未能同日生，但求同日死，也算是……无憾了。

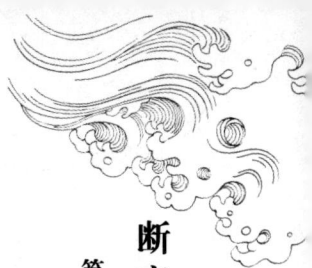

　　楚曦在漫天飞扬的萤火中驻足良久，才回过神来，歉疚难言，若非因为他们，云陌、云瑾尚能在此相伴。他默默地走到那焚毁的树根与树旁云陌的骨灰面前，弯下腰来，手臂却感到一紧，是沧渊将他扶住。

　　"师父，我来。"

　　说罢，他俯下身，用渊恒在土中凿出一坑，取下一截焦黑的树干，捏作齑粉，混进骨灰之内，双手捧起，放进坑中，仔细地掩埋。楚曦瞧着他的神情、姿态，想起他在生死之际救下连姝之时，不禁动容。

　　他的渊儿，从来都不是邪恶之徒，一直是良善之人啊！

　　二人对视，沧渊低声道："师父，你可信命？"

　　楚曦摇摇头："为师一向不信。"

　　"我亦不信。"沧渊盯着他，一字一句地道，"众生虽渺，亦有争取实现夙愿的权利，哪怕拼死一搏至少了无遗憾。若宿命违我本心所求，哪怕万劫不复，我也要自己争一个结局。"

　　楚曦愣了一下，看着他，心中有所触动。自古以来，诸神皆笃信，世间众生，乃至诸神命运，皆在天机阁中，朝着既定的方向运转，千万年来，斗转星移，沧海桑田，周而复始，早已注定，故而诸神行事，总是循规蹈矩，谨遵天命，而他却像个异类，不愿顺应命轨的安排，于是总在诸神中显得格格不入。

　　沧渊所言的确叛逆，可在某种程度上而言，却也十分开悟，与他的想法竟然不谋而合。

　　伸手扯下一朵残败的木槿，他屈指一点，将它化作永生花，轻轻地插入沧渊堆好的小坟之上，又以灵力设下屏障，方道："好了，我们走吧，那些堕神怕是还会派追兵过来。"

"嗯。"沧渊用拇指摩挲了一下手中的渊恒，将它缩小，插在自己的发髻间。楚曦瞥到，不禁觉得恍如隔世。这把由自己亲手铸造，亲自赐给重渊的剑，终于又物归原主，而师徒二人再次并肩而行，携手而战，何其不易。

但愿出了这忘川，他们还能如此。

二人没走几步，果然便听见大群鸟翅扑扇袭来之声，立即加快脚步。

前行了没多远，面前便出现了一片湖泊。

他们潜入湖中，一如三百年前。沧渊使用如今更为修长的鱼尾游曳起来，亦比之前快了许多。为了躲避追兵，他们潜入了深处，从湖底茂密如林的水草间穿梭而过。楚曦便看见，这深深的湖底竟然埋葬着不计其数的房屋残骸与累累白骨，可想而知，皆由断妄海的倾覆造成。

游了不知多久，湖底的地形突然变了，似乎在向下倾斜。密林消失的尽头，楚曦便看见，前方的湖床上赫然出现了一处水中断崖，底下不知深邃浩渺几许，全然看不见边界，犹如传说中那无底无尽的归墟。

"师父，你看。"

楚曦循着他所指的方向看见，断崖的左边横亘着一块断裂的巨大石碑，上面被水草覆盖，显然存在的年月已经很久远了。

沧渊扯去那些水草，便见石碑上渐渐露出三个古老的文字。楚曦立刻认出，那是上古神文，刻的是——断妄海。

"这是断妄海的界碑。"楚曦道，"没想到居然能在这儿看到。"

"这下方魔气深重，应是万魔之源的根所在处。"

楚曦点了点头，这种距离，不消沧渊提醒，他亦能感知道到底下有强大魔物的存在。

"师父不必担心，有我在旁，万魔之源不会察觉到你的存在。"沧渊说罢，纵身一跃，朝断崖下游去，游入一片虚空般的黑暗里。楚曦将灵犀化作一盏提灯，照亮了二人周围方寸大小的空间。

可光芒有限，在这片黑暗里，便好似整个世界只剩下了师徒二人一般。

楚曦轻声问道："沧渊，你跟为师说实话，你是不是将自己的一部分魂魄给了万魔之源？"

沧渊沉默了一瞬间，笑着答道："师父想必是看到那卵中之物了吧？不错，的确如此。我便是以此为代价，苟活至今，师父可会看不起我？"

鲛人的寿命，也只有两百年而已。他不是没有坚持过，鲛人的容貌不老，身体内部却会衰败腐朽，他也曾等到了奄奄一息，生命尽头，可还是没有等到口口声声地说过不会丢下他的师父。

若他不入魔，这一世，如何等得到师父？

楚曦愣了一下，这才也明白了什么，只觉得一阵揪心的痛楚。三百年，于他而言不过是弹指一挥间，于鲛人，却已是一辈子。

沧渊在蓬莱上日日忍受着折磨，等了他一辈子啊。

他深吸一口气，声音暗哑："为师只心疼你。"

沧渊的呼吸一凝，耳膜因这一句言语而嗡嗡鸣响。他咬咬牙，加快了游速。

楚曦又问："你又是如何成为魔君的，可愿说与为师听？"

沧渊的耳朵轻轻颤抖了一下，过了良久他才道："将魂魄换了寿命后，我便入了修罗道。其间乏味，没什么好讲的。"他的语气沉重，一句话轻描淡写地便带过了。

可楚曦听得"修罗道"一词，便觉得如鲠在喉。六道轮回中，修罗道乃是恶魔怨灵的去处，他虽未亲眼看见，却也听说过其间可怖，甚至远胜十八层地狱，往往轮入此道便会落得灰飞烟灭的下场，极少有例外。沧渊能在其间修炼成魔，必然历经千劫，残酷程度皆是他难以想象的。

见沧渊不愿多提，楚曦只好作罢，不由得自嘲，他对沧渊真是视若亲子，便连无法知晓他的所有经历，也会感到心中有憾。

似乎感应到他的想法似的，沧渊又道："师父若真想知晓弟子所有过往，弟子以后慢慢说与你听便是。"

楚曦答应了一声，想起之前在沧渊身上看到的异兆，便又问："你先前昏迷时，身上那些暗红色血丝，又是如何来的？可是与入修罗道有关？"

"师父，你看下方，我们似乎到底了。"此时沧渊忽然放缓了游速，手一挥，一团冷焰在他们下方绽开。楚曦一低头，不由得睁大了眼睛。

这湖底的断崖之下，竟然埋藏着一片庞大的水下古城。这座石城不知占地几许，光焰只是照亮了足下方圆几里，规模便可见一斑。二人落在一处石台上，这儿似乎是个露台，台周还有护栏。

楚曦点亮灵犀，见身旁有座雕像，雕像上皆被水草和河贝的贝壳覆盖。

他伸手拂去，便见一颗兽首露了出来——这是一座嘲风像，而其质地洁白无瑕，光滑流转，半透明的内里还似星辰点点，他一眼便认出，这座雕像是由神界仙山上才有的星锆石铸成。

很显然，这座石城是天上之城，而非凡人的居所。

"这石头似乎是星锆石？"一旁的沧渊也看了出来。

楚曦点点头："此处应该是随断妄海的倾覆，坠落下来的那一部分天垣上的某处城池。只是，不知道这座城的主人是哪位先神。"

露台上还有石桌石椅，甚至还有碎裂的酒具和乐器，似乎还可以想象出曾经歌舞升平的模样。

"不论是哪位先神，若还活在这种地方，也应该早就疯魔了。"沧渊道，"师父，此处魔气太浓，十分危险，你须跟我紧些。"

"嗯。"楚曦回过头，却觉得腕间一紧，一根傀儡线绕上了他的手腕。

他警告地看了沧渊一眼，对方神色自若，轻声道："我是怕师父走丢了，绝不乱来。"

楚曦觉得无奈，没多话，任他用傀儡线牵引着，走入雕像旁的拱门内。一进入其内，楚曦便发现水中悬浮着许多发光的半透明游鱼，使视野稍微扩大了些许。

这座露台连接的是一道回廊，朝侧方望去，可见四方的回廊中，有一座很大的八角形亭阁，下方还有数层，石柱深不见底，可见这座古城以前是悬空而筑。再往远处看，廊桥与廊桥曲折连接，绵延至看不见的暗处。

楚曦奇怪地想，按这座仙城的规模来说，真不是一般的上神住得起的了，心下不免对这位先神的身份有些好奇起来。断妄海倾覆，天垣崩塌，还有仙阶极高的先神陨落，当年到底发生了何事，为何在诸神史上，没有一笔提及，只是选择直接将那一块曾经存在的版图抹去？

正琢磨着，前方的沧渊一停，道："师父，小心些。"楚曦抬眸，但见那回廊尽头的门前，竟然立着一群人影。他觉得心头一凛，仔细看去，发现那群人影一动不动，身上也覆满了藻类，却可以看出手里皆端着盘子，盘中之物早已腐朽空了，似乎是一列仙侍，正要前往回廊尽头的门内。

沧渊伸手将面前的门推开，只一碰，那扇门便碎成了数片，在水中漂浮四散开来。他抬起袖摆，为身后楚曦拂挡了尘埃。

楚曦眨了眨眼，看清了门内的景象。这是一片露天的圆形庭院，当中有座喷泉，泉边有人影或坐或立，手里拿着各种乐器，还有一群身姿窈窕的仙娥保持着起舞的姿势。楚曦这才注意到，他们的眼睛还大睁着，只是千万年过去，眼窝早已是两个空洞的窟窿，看起来显得十分可怖。

感知到周围浓重的怨魔之气，楚曦谨慎地从他们之间穿过，生怕他们身上有什么他最害怕的东西。不承想越怕什么越来什么，经过一个仙娥时，从她的眼洞里突然钻出一只大龙虱，朝他飞窜而去。

"啊啊啊……"楚曦吓得嘴里溢出一大串泡泡，夺路而逃。

"师父，不必害怕，你瞧，一只虾罢了。"沧渊一手拎起那只龙虱的触须，晃了晃。

"起起，起起起开！那分明是虫！"楚曦吓得都结巴了。

"哎？是虫吗？"沧渊疑惑地端详了一下，一边的嘴角经已忍不住上扬，"我以为是虾呢。"

"虫和虾你分不出来？你还是鲛人呢！快撒手！"楚曦见他还拿到近处看，数只虫腿离自己近在咫尺，顿时差点崩溃，当下差点白眼一翻背过气去。

沧渊见他的脸都吓青了，这才作罢，将那龙虱捏死甩开来。

楚曦松了口气，便觉得十分丢为人师者的面子。

到了庭院的尽头，面前便有三条回廊，都不知通往何处，楚曦只得依赖沧渊对魔气的感知，跟着他选了最右边的一条。

这道回廊长而曲折，尽头是一座宫殿样的建筑物，不知为何，殿前却伫立着一道高耸的栅栏门。沧渊伸手一推，那道栅栏门竟然异常坚硬，抚去表面的水藻，便发现是以玄曜石铸成，难怪万年不朽。

楚曦隐隐约约地感到，这座遗失之城里定然埋藏着什么惊天之秘。他道："此处应是一座囚牢，才会用玄曜石筑门，这是天界的传统。"

"怪不得，这里面的魔气更为浓重，师父，你一步也不许离开我。"沧渊沉声道，带着他由回廊外侧绕过牢门，游入其内。

这座牢狱的内门已经破裂不堪，门上和门前俱有深长的毁坏的痕迹，似乎是被人以利器劈过。楚曦不知为何，心里又涌起一股莫名的哀伤。进入其内，里面是幽邃的走道，两侧俱有牢房，气氛森然。沧渊环顾一周，道："师父，我们走吧。这里不像有其他出口，我们绕道而行。"

楚曦道："为师想看看此处有什么。"说罢，他循走道朝里面走去，沧渊只好亦步亦趋地跟上。

下了一道台阶，眼前便出现了一座观台，楚曦朝下方一看，不由得一惊。但见下方有个宛如环形斗兽场的区域，一个人影被绳索倒吊在半空，手脚俱被折断捆缚在背后，细看过去，那人的下巴与舌头都不翼而飞，不知道是不是被封在这里面万年的原因，身上未覆盖水藻杂物，可看见灰白色的面庞上，烙了硕大的古神文——而那是罪人的意思。

显然，此人在死前受过什么酷刑。

楚曦瞠目结舌，心下生出重重疑惑。他从未听说，天界会对罪仙施加如凡间一般的酷刑，不知道这位先辈究竟犯了什么事，又是谁对他下了如此重手？还是，他只是个被戕害的无辜者？

"为师要去看看。"

"不行。下方危险。"沧渊收着傀儡线不放，楚曦轻声呵斥："你反了？松开！"

"我便是反了，师父眼下又能奈我何？"沧渊眯了眯眼睛，手中的傀儡线强行一扯，便牵着他往外游。

"反了你了！便是吃准了为师不跟你真生气？"楚曦怒不可遏，感觉自己活似一只被牵着的羊，先前沧渊对他恭恭敬敬的模样，都是在陪他演戏，这小子强横起来是一点余地都不给他留。

谁知道二人一转身，便见几个人影从门外疾游而入，和他们冷不防地打了个照面——竟然是灵湫和禹疆一行四人。

"师尊！"

"公子！"

"糟了。"沧渊道，"我掩不住他们的气息。"

楚曦心下一凛，意识到什么，但听身后一阵咕噜噜的水流涌动，楚曦一回头，便见那个被倒吊的人形身子扭曲了一下，嘴巴张大，发出了一阵嘶哑尖厉的哭声。

"呜，啊啊啊——"

那黑洞洞的眼窝里，燃起了两簇幽蓝的亮光，似乎死死地盯住了楚曦："哈哈哈……延维，是你吗？不想这么多年，你的样子一点都没变——"

"延维，我终于等到你啦——"

第二卷　共生

延维？延维是哪位先神？

话音刚落，但见那个倒吊的人突然涨大了数倍，胸腹当场裂开，从里面顷刻间钻出数只奇长的人手，每只手上都抓着一把利器，似乎都是施加酷刑的刑具，有鞭子，有烙铁，有长锥，而下身则化作了巨大的黑色蝎尾，数对长长的蝎足张牙舞爪，形容可怖。尖笑间，它的上身扭了一扭，身上的绳索猝然断裂，其中一只拿着长锥的手，朝楚曦猛刺过来。

沧渊一甩尾，拽着楚曦瞬间闪开，几个人也迅速散开，却无一人退出这座牢狱。楚曦奇怪地看了一眼门外，这才看见门外若隐若现的一群人影，正诡异地扭动着，慢慢涌进来，这才意识到，它们全都被惊醒了。

"逃，你想逃去哪儿？延维，这里就是你永生的牢狱！我千万年所受之苦，便要你一一尝遍！"那个怪物尖叫完，嘴里喷出一团浓墨。沧渊御水一挡，将浓墨径直扫向不远处的禹疆那边。

禹疆的反应也是极快，堪堪避开，袖摆被浓墨沾到，顷刻便腐烂成了碎碴，脸色顿时变得难看至极。

楚曦想起禹疆对沧渊下缚灵咒之事，觉得就算本意是为自己着想，也做得实在过分，若自己知晓，是断不会允许的。

浓墨仿佛有生命似的，扑了个空，便朝旁边的昆鹏和丹朱袭去。丹朱惊呼一声，似乎受了伤。昆鹏背着她迅速游开，动作还是有些迟滞，虽然被灵湫拂袖一挡，黑雾涌向上方，仍是擦着丹朱的脊背掠过。她当即痛呼了一声，背后的衣衫立时朽烂，背后的皮肤也黑了一片，烂出数个窟窿，几星光晕从内溢出来，汇入黑雾之中。

"哈哈哈，美味，美味！"那个怪物大笑起来，身下的长腿又暴涨了几寸。

"他会吸食灵力，师尊，你们小心些！"灵湫惊讶地道，一把拎起丹朱，将手覆在她背后的伤处，以灵力封住。

见丹朱面露痛苦之色，昆鹏勃然大怒，一摆尾猛然撞向那个怪物，却被锋利的螯足一把钳住，昆鹏亦不示弱，一口咬住了它的胳膊。

"昆鹏！"楚曦大惊，刚要祭出灵犀，便被沧渊拉住。

"你别动。"沧渊侧头言罢，一掷袖，一缕混杂着傀偏线的黑色鲛绡飞快递射向那个怪物的螯足，将昆鹏拽了回来。昆鹏化回人形，半身被一道深深的伤痕贯穿，也腐烂开来。

沧渊鄙夷地扫了他一眼，低声道："废物。"又侧头对楚曦淡淡地道，"过了三百年也毫无长进，师父为何不换个坐骑？"

昆鹏捂着伤口，脸色涨得通红，对他怒目而视。

楚曦扶了扶额头，发现沧渊拉仇恨的功夫比当年更胜一筹，眼下会说人话了，嘴巴毒得不行。他低声道："你住嘴！"

"换成你吗？小魔头？如果不是你，公子犯得着下来蹚这浑水？"

"别吵了！现在是拌嘴的时候吗？"灵湫拉起昆鹏，拂尘一转，画出一个法阵，将他和丹朱二人护在其中。可是法阵似乎无法阻止那个怪物吸食灵力，转眼之间，那个怪物便膨胀大了一倍，身下的蝎尾几乎要横踞整座监牢，几个人闪避着怪物的数只手，还要防备从外面涌入的仙尸们，几乎没有容身之地。

只见其中一只巨手持着长鞭袭来，沧渊拉着楚曦一闪，避到一根石柱后。长鞭抽到石壁上，便灼出一道焦黑的痕迹。还未来得及庆幸那根长鞭没抽着自己，楚曦便觉得脚踝处袭来一阵剧痛，低头一看，踝部已经烂了一道。

沧渊发觉他往下看，也跟着看了一眼，脸色蓦然就变了。

"为师无事。"楚曦缩回脚安慰道，却见沧渊的眼神煞如修罗。沧渊封了他脚上的伤口，便摘下头上的渊恒，手中的光晕闪动，现出一把无弦箜篌。"嗖嗖"一声，数缕细如发丝的鲛绡发疯似的从他的袖口蹿出，转瞬便结成了琴弦。

他从未见沧渊如此用渊恒——

自己是用剑的，此法不是由他传授的。

那是沧渊在修罗道中习来的邪术。

愣怔间，只见沧渊的嘴唇微微翕动，袍袖翻涌，暗红色的纹路爬上手背，五指一拨，一道音波便白弦中倾泻而出，竟似鲛人们在群起吟唱，魅惑至极，却也诡谲至极。

楚曦觉得心脏狂跳，听得一阵阵眩晕。他暗暗心惊，即便自己是上神之躯，也难以抵御如此魔音的威力，可见沧渊到底有多强悍，竟然是他低估了。

幸而沧渊还愿意听他的话，与他回到天界，若逆天而行，他不敢想。

那些扑袭着其余几个人的仙尸瞬时动作一滞，朝中心的怪物反扑而去，刚一缠上那些巨手，身躯便纷纷爆裂开来，炸出一蓬蓬暗红色的血雾。

千万年的怨气自然不容小觑，怪物凄厉地惨叫一声，数只巨手已经断了大半，余下的那些巨手疯狂地挥舞，更向四周胡乱地喷吐黑雾，一时间周遭整片水域都变得暗沉下来。沧渊侧过脸，一半皆是那种暗红色的血丝，一半优美如常，竟似那玉面修罗一般，语气却十分低柔："师父，你且在这儿等我，不要乱跑。"

"嗯，你当心些。"楚曦点了点头，嘱咐道。

但见他微微一笑，便已敛容，鱼尾如电，一瞬间闪到那个怪物肩头附近的石柱上。几只巨手立刻就有感应，朝他抓去，沧渊见灵湫在不远处与一只巨手缠斗，楚曦道："灵湫，你助他，且将它们拖住！"

灵湫闻言立刻照办，将几只巨手引到一边，但见沧渊的右手一扫，一阵魔音又宛如银瓶乍泄，群鲛的声音显得比刚才更加高亢尖锐，声如裂帛。怪物狂啸怒鸣，身躯渐渐涨裂，蝎尾四处疯狂地戳刺，将墙壁戳得四分五裂。楚曦只觉得胃里翻江倒海，捂住双耳，紧紧地靠着石柱。

"延维——你出来——延维——便是你害我如此！"

延维与这位之间，到底发生了什么？何来此深仇大恨？

他混乱地想着，忽然猝不及防地被人往后一拖，拖入了一片黑暗。

他踉跄着站稳，回过身去，眼前突然一亮，燃起一团幽焰，被捧在一个男子的手上。

那个男子身着黑袍，面若冠玉，满身却是阴寒气息，不是冥王禹疆又是谁?

"禹疆,你做什么?"他皱着眉,环顾四周,"这是何处?"

"此处是在我的镇魂灯内。我见你受伤,为了避免你拖累他人,便将你拉进来了。"禹疆慢慢地道。

"多谢,可是……便不必了。"楚曦心知他到底还是顾念当年的旧谊,可这好意他真是承受不起,待会儿沧渊回来若是瞧不见他,不知会作何想。好不容易他们师徒二人才修复关系,沧渊才答应跟他回天庭,万一出了什么岔子,可真是覆水难收。他艰难地开口,"你还是让我出去吧,这点小伤罢了,我撑得住。"

禹疆盯着他,过了良久才慢条斯理地道:"不如你先告诉我,你的魂焰为何缺损?"

他怎么会知道?楚曦一怔,旋即反应过来,禹疆如今已是幽都冥君,自然无须进入识海便能一眼看穿他的魂魄元神是否完好。

"回答不出来?"禹疆"哼"了一声,"我若没猜错,又是为了你的那个孽徒吧?我真不敢相信,堂堂上神竟然抽了自己的魂焰,不惜元神破损,去救一个魔!这是何等荒唐?"

楚曦一时语塞,顿了顿道:"你……你莫说出去。"

禹疆反唇相讥:"怎么,怕违反天规受罚吗?北溟神君也会忌惮这个?"

楚曦深吸一口气,只觉得脑仁突突直跳:"我无意与你相争,你先放我出去吧。"

"为何要放?北溟神君勾结魔君,本君代天刑司拘拿罪仙。"禹疆微微扬头,慢悠悠地道。

楚曦顿时觉得头大了:"禹疆,你别胡来。就算我有罪,拘拿罪仙也是要天刑司的令牌的,你是负责管束下界妖魔鬼怪的,此事怎轮得到你代行?"

"放你出去,纵着那个小魔头吗?"禹疆反问,"你可知道,他如今为祸世间,便是因为你这个做师父的太过纵容,他已经再次入魔,你却还不醒悟!"

楚曦心头火起:"我纵容他?禹疆,若非你当时瞒着我,对他私自下缚灵咒,令他修不了正道,他可会被彻底逼上邪路?"

禹疆微微变色,显然是未曾想到楚曦知道了此事,却也并未否认,面无表情地道："不错，我是对他下了咒。当年我窥见你命犯妖星，又发觉这个小魔头心术不正，便想防着他变强，将来犯下什么大错，牵连到你。"

楚曦敛着语气，垂眸道："我知晓你是为了我，可你做错了，禹疆。你容我出去，这错尚可弥补。"

禹疆的脸色变得有些扭曲起来，隔了好一会儿，才一脸嘲讽地笑道："你的心里只记挂着你的那个徒弟，可曾想过，当年你为了救他，弃我而去后，我又遭遇了什么？"

楚曦一怔，看向禹疆，莫非禹疆会从风神变成冥君，竟然有他的缘由？

他记得，当时禹疆受了伤，可重渊却通过令牌声声呼喊着他，声嘶力竭，他不愿带负伤的禹疆一起冒险，便将他留在了自己设下的法阵内。

"可，我分明设了法阵护你周全……"

"你可知道，我感知到你出事，便去寻你，"禹疆一字一句，声音从唇缝间透出，犹如寒风摧折的树叶，微微发抖，"半路上却遭群魔伏击……它们将我的四肢扯裂，神骨摧毁，挂在树上，肆意凌辱……"

他的眼底涌上血色，凝视着楚曦，似乎说得极为艰难："父神寻到我时，我早已形同人彘，躺在恶臭的泥沼里，一身修为尽毁，只能从头来过。北溟，我所经历的，你可曾看见？可曾知晓？又可曾在意？"

楚曦心头大震，看着眼前一身鸦羽黑袍的禹疆，想起当年他清风朗月的少年模样，闭上双眼，叹息着道："是我对不住你，禹疆，我……"

"不必，我不想要你的怜悯。"禹疆走近了几步，低头看他。眼前的人万年未变，一如从前有月华般皎洁的姿容，"你若真的觉得愧对于我，便与那个小魔头划清界线，将他交给我处置吧。"

楚曦心中一凛，睁开眼睛，堪堪对上他漆黑的双眸。

"交给你，送进幽都地狱里镇压吗？不可能。"他许诺过沧渊，若沧渊随他回天界，他必护得沧渊周全。

禹疆的眼神一瞬间冷到了冰点，他冷笑一声，忽然整个人摇身一变，竟成了楚曦的模样。楚曦睁大眼睛，一把拽住禹疆的衣襟："你要做什么？"

话音未落，"嗖"的一声，禹疆便消失了。楚曦扑了个空，撞在一层无形的屏障上，跌坐在地，当下急火攻心，喉头都冒出了血腥味。

而下一刻，但见眼前的一片黑暗中，浮现出了一面镜子，镜中映出了一个人的身影——那是他自己，不，应该说，是禹疆化身的他。

他靠在那根石柱后，假装虚弱之状，石柱前方，可见黑雾弥漫，那个怪物已经被削断所有巨手，趴在地上奄奄一息了，可脸色仍然怨毒无比，头颅左右转动，眼窝中的幽焰闪闪烁烁的，似乎在寻找着什么。

"延维……延维，你出来——便是因为你，烛瞑他将我弄得如此地步，我好恨，我好恨哪——"

"你口中所言的延维不在此处。"站在他正前方台阶上的灵湫淡淡地道，"不过，我瞧你怨气如此深重，你若有什么遗言，可说与本君听。你若说出来，肯放下执念，兴许还有希望入轮回往生。"

那个怪物粗重地喘息着："胡说！延维便在此处，我瞧见他啦！我便是要他万劫不复，要他灰飞烟灭，让那天杀的烛瞑永生永世都觉得痛苦悔恨，不能一偿所愿，哈哈哈——"

数根琴弦缠上他的脖颈，令笑声戛然而止。

但见上方的沧渊一手按在琴弦上，手一松，"铮"的一声，蓝光闪过，怪物的头颈猝然断裂，爆出一团浓稠的黑雾。

而在那黑雾中，又浮起一抹青衣人影，虽然只是很短的一瞬间，那个人影便涣散开来，楚曦仍然看见了他所戴的抹额上的印记。

——那是天刑司的标志。

这个变成了怪物的堕神，曾是天刑司的一员，而且还是指挥使级别的。

这断妄海中的秘密，似乎暴露出了不可思议的一角。楚曦越发觉得心惊，不知道这被天界抹去的禁忌之中，到底藏着什么惊天秘密。

"师父，你可还好？"

见沧渊来到禹疆面前，他的心弦紧绷起来，他生怕顶着自己面容的禹疆对沧渊下黑手。沧渊俯身下去，要去察看他的脚踝，禹疆将沧渊的手立刻按住，道："为师已经好多了。"

那语气模仿得亦十分相似——禹疆与他相交多年，对他的语气、神态都十分熟悉，连他自己眼下看着，也觉得难以辨别。

"你呢，可有受伤？"禹疆关切地道，目光落在他的一边侧脸上，楚曦看见那些暗红色血丝并未褪去，不由得感到有些不安。

"弟子没事。"沧渊见他盯着自己的脸，便伸手抚了一下颊边被暗红色血丝侵占之处，"师父不必担心。"

可不知为何，沧渊越是这样的语气，楚曦便越觉得沧渊没说实话。

换作是他，必然会刨根问底。禹疆却没有追问下去的意思，只是看了一眼不远处正为昆鹏和丹朱疗伤的灵湫，低声道："你带为师先行离开吧。为师有话想问你，不好当着他们。"

"正好，我原本就不欲与他们同行。"沧渊笑了一下。可话音刚落，周围忽然传来一阵龟裂的异响。

下一刻，这整座牢狱的墙壁都四分五裂开来，原来是被那个怪物的尾椎戳得千疮百孔，再也支撑不住，即将彻底垮塌。

见沧渊带着禹疆趁乱离去，楚曦的心一沉，不知道接下来禹疆到底会做什么。毕竟一千年过去，禹疆早已不是他所了解的那个禹疆了。

在石城中穿梭了一阵，将灵湫等三人甩得不见了踪影，沧渊才在一座亭台前停下。不远处，可见一座巍峨的石殿，规模蔚为壮观。

沧渊设下结界，隔绝了水，将二人笼罩其中。

"师父可有觉得不适？"沧渊看着湿淋淋的禹疆，问道。

楚曦看得眼皮直跳。

禹疆侧眸看向沧渊，身子一歪。

"师父！"沧渊立刻扶住他。

禹疆的脸色青白，浑身颤抖着，脸颊竟然渐渐凹陷下去，像是正在被什么抽吸元气与鲜血，他虚弱地道："渊儿，为师……头晕。"

楚曦大睁着眼睛，看见沧渊的脸色变得凝重起来，似乎真的被禹疆所惑："怎么像是中了……难道是腐魁……"

不知道想到了什么，沧渊的脸色明显变得阴沉下来，他将禹疆放在地上，划破自己的手腕，将血灌入他的口中。禹疆大口大口地吸吮起来，身躯却依然肉眼可见地枯萎下去，头发也变成了白色。看见沧渊不要命地放着血，楚曦觉得心脏紧缩起来，忍不住在这幻境中大声厉喝，却无济于事，眼睁睁地看着禹疆变成了一具枯骨。看着眼前的枯骨，沧渊便像魔怔一般，僵硬了半晌，将他放平在了地上，然后用自己的血化了个奇异的法阵。

那些鲜血化成的法阵无比眼熟，仿佛魔物的毒舌舔舐着眼球，令楚曦感到一阵毛骨悚然，心脏剧烈地跳动起来。

"你等着，师父……我这便为你去寻祭品来……无论杀多少人，只要你能活下来，我都会去杀……"

大脑轰然一声，那些尘封已久的记忆在心底震动。楚曦只觉得头疼欲裂，头晕目眩。

一边喃喃地说着，沧渊一边扒开他的衣襟，正要用染血的手指在他的心口处画符，突然，眼神凝滞。

——那颗痣。

那颗由他前世的眼泪所化的朱砂痣，不在。

未动声色，一缕鲛绡却自他的袖口涌出，瞬间勒住了身下人的颈项。

"你是谁！我师父在何处？"他语气森然地问道。

"哈哈哈——"禹疆大笑出声，又露出从前那种副玩世不恭的模样，"我的演技如此之好，你是如何认出我的？我……"

鲛绡收紧几分，勒入了他的皮肉。

"我再问你一遍，你把我的师父藏在何处？"沧渊的双眼泛出血色，一手掐住他的脖颈，一如他当年胁迫自己时的样子。

"你的师父……"禹疆极力凑近他的耳畔，边咳边笑着道，"就在这里啊。"

沧渊愣住。

"北溟，你都看见了吧？我骗了你吗？你看看你，养出来一个什么样的魔物，你看看清楚！"

楚曦只觉得天旋地转，一口血张嘴便呕了出来。血花绽在白袍上，他整个人仰面倒下去，坠入一片汹涌扑来的记忆里。

……

"师父——师父——你在何处？"

少年的声声嘶喊，从怀里的令牌中阵阵传来。他心中一凛，站起身来，却被一只手紧紧地拉住了。

"别去……"面前的蓝衣青年咳嗽着，血从他的嘴角渗出来，染污了那张俊雅风流的面容，"别去，北溟！这蓬莱上的魔物太多，我们暂且对付不了，先等援兵下来！"

"不成，等援兵下来，我的徒弟都要死光了！你受了伤，就不必跟我去了，在此等着我便是。"北溟挣脱他的手，一手拎着灵犀，就地划了个庇护阵，将禹疆护在其中，便要转身离去，袖摆却是一紧。

回过身去，是禹疆死死地攥着他的袖子。禹疆嘴唇颤抖着，盯着他，眼底竟然似乎有泪："北溟，你别去。我说我看过你的命轨，你此去，必会遭遇不测。你相信我，好不好？我不希望你葬身此地，我们约好同生共死的！"

北溟一怔，低声道："可是我不能丢下我的弟子不管。禹疆，这便是为人师的责任，即便是身殒此地，我也义不容辞。"

他拽了拽袖子，禹疆却不放手，反而抓得更紧，连手背都暴出了青筋："你别去。徒弟没了可以再收，可你是位列诸神史的上神！岂能为了一个徒弟以身犯险！况且他还是你的劫数！"

"你在胡言乱语什么？"北溟又拽了拽，见他仍然不放，心一横，提剑一削，"嗤"的一下，袖摆瞬间断裂开来。

禹疆抓着那截袖摆，狼狈地仰倒，眼角处一滴泪无声无息地滚落沙土。他收紧五指，嘶哑地道："北溟，你若弃我而去，我必与你，恩断义绝。"

北溟闭了闭眼睛，在原地驻足了一刻，决然纵身，飞离了阵中。

整座蓬莱被魔气笼罩，餍魅令人们恐惧的一切魔物俱已化作实体，在岛上肆意地猎食、屠戮，目之所及，皆是一片尸山火海。

从一只半兽尸人的背上拔出剑来，楚曦喘了口气，将怀里方才救下的孩童放到地上。这一路，他已经不知斩杀了多少只魔物，救下了多少人，又见过了多少尸首，身上血迹斑斑，早已疲累不堪了。

但是还不行，不能停下，他的弟子，还在等着他。

……

循着感应，他一路上行。面前这座山城的大门上，皆被半透明的蛛丝缠绕覆盖，这蛛丝却并非普通的蛛丝，一根根足有手指粗细，蠕动着，泛着迷幻的虹彩，艳丽得诡异。山城内外，尸横遍野，亡者的残骸散落得到处都是，被蛛丝缠绕着，裹成人蛹，一点点吞噬。

也有不少还活着的，一息尚存，也已经失去了神志，不知道挣扎，睁着空洞的双眼，从他们的颅腔里，不断地钻出由恐惧化出的魔物。

楚曦喘息着，咬着牙，狠着心，沿路劈杀而去。剑刃上沾的是凡人的血，皆成为他的罪孽，这便是魇魁最大的恶意，他却无法停手。

一剑又一剑，他几乎杀得麻木，满眼都是血红之色，终于闻得前方传来厮杀呼喊之声，精神为之一振的他连忙赶入声音传来的山顶洞窟。

洞窟内满是仙人壁画，摆满丹炉，是岛上修士的炼丹、祭祀之所，可也蛛丝密布，宛如妖魔居住的盘丝洞。

"师父——师父——救命！"

"救救我们！"

呼救、惨叫之声，一阵阵传来，北溟心急如焚，却不敢放松警惕，沿路设下神符，穿过幽长的甬道，但见洞窟深处，一座巨大的祭坛呈现在眼前。坛上有蛛丝缚着数个人蛹，竟然都是他的弟子，都在惨叫着、挣扎着。

初成雏形的魔物，已经在其中几个人的腹部蠕动着，或许下一秒便会破腹而出。他提剑的手颤抖起来，他冲上祭坛，疯狂地劈向那些蛛丝。

蛛丝却似无形无状的烟，绞住他的剑，无法斩断。明知此举是徒劳，他却失去了冷静。而他越是着急，蛛丝便显得越凶猛，忽然一眼瞧见祭坛上的法阵，他蓦然意识到什么。这是魔族最凶邪的噬仙血祭——

祭祀一旦开始，便要开始吞噬祭品。若要救他的弟子，便要以同等修为的祭品去换。他一个人，是足以换下这些弟子的。

这个念头闪出的一刻，一阵尖厉的笑声从上方传来："看来你知道这是什么了，北溟神君，你不是很心疼你的弟子吗？以命换命，你可愿意？"

北溟朝上方望去，但见一张蛛网从上方绽开，瑰丽迷幻的光泽中，一只巨大的蝴蝶从天而降。那对蝶翅上的图案千变万化，色彩斑斓，像包含了世间一切诱惑之物，让人看上一眼便头晕目眩，而蝶翅的中心，竟然是一个妖娆的人形，那个人形似男非男，似女非女，头上生着数对昆虫的复眼，不停地眨动，显得诡异至极。

那个人影俯视着他，放肆而得意地笑着："不认得我了吗，北溟神君？"

"你是……星桓？"北溟皱着眉，握紧手中剑柄。

"好久不见。这岛上的一切，皆是我献给你的礼物，神君，你可满意？"

北溟盯着他，声音冷冷地道："你屠戮众生，为祸人间，便是为了向我复仇吗？"

厴魃的笑愈加放肆："不，我是想感谢你。若非你，三千年前为重渊挫了我仙骨，我岂会堕入魔道，成为今日让所有人都闻风丧胆的厴魃？我如今能翻手为云，覆手为雨，随随便便就能吞噬数十万人，这一切多亏了你。"

"你还想让本君向你道歉？你如此毒辣卑鄙，是仙是魔，有何区别？"北溟说罢，纵身一剑刺去。

厴魃的双翅一振，向洞窟的更深处飞去。北溟紧追在后，见漫天双翅生着眼睛的紫蝶迎面扑来，带着奇香的磷粉散出点点荧光。他旋剑搅碎，振袖拂开，见那厴魃转过身来，迎着他的剑尖大笑："神君可知，你若杀了我，你的弟子们也活不成。这些蛛丝，便皆是我周身的血脉，你可知道？"

北溟不理，一剑斩向他的身体，但见他一闪，翅膀上被劈开一道裂口，祭坛处便传来一阵惨叫："我的手，我的手断了！啊啊啊……"

他一惊，剑势一滞。

这迟疑的一瞬间，一只紫蝶径直撞在他的脸上。

那翅膀上的眼睛一闪，他便感到一阵晕眩。

现出破绽的这一刻，无数黏腻的蛛丝缠上身体，宛如数双女子的柔荑抚过皮肤，指甲扎入他的皮肉，汲取着他的鲜血。北溟感到浑身发热，只觉得自己的血气与元气都像在被什么迅速抽走。

但是他听到胸口的令牌传来一声呼喊："师尊！你在何处？"

那是重渊。

"别……别过来。"北溟喘息着，双唇颤抖着，"听为师的，回天界请援兵！"

话音未落，令牌却"啪"的一声，被一只手捏作齑粉。

厴魃大笑起来，飞向祭坛处，显然是要去吞噬他的弟子们。

北溟双瞳欲裂，绝望之时，心头闪过一念。

或许唯有以他的命相换，才能保住他们，只是方法绝对不会按照厴魃所想来。他闭上双眼，强迫自己凝聚精神，元神刚要脱体而出之际，听见洞口传来一声熟悉的呼喊："师尊！"

他的心猛地一沉，精神受此惊扰，尽数溃散。

听到外面传来的脚步声，他想要呼喊警告，喉头却被蛛丝缠着，发不出声音。

他紧守的最后一丝清明，也变得摇摇欲坠起来。

连视线，也开始变得涣散了。

他觉得眼皮沉重，感到自己正被渐渐吸干，变成一副枯骨。

突然，重渊的声音在近处响起："师尊，你醒醒！看我一眼！"

北溟睁开双眼。

"师尊！"

又是一声呼唤，他扭过头去，但见重渊悬在他的上方，一只手臂也被蛛丝缠住，半身浴血，另一只手挥舞着一把利剑，劈砍着不断往他身上缠来的蛛丝。

他张了张嘴，想唤沧渊一声，却半点声音也发不出来，忽然头顶一暗，抬眼便见魇魅悬停在头顶，一对蝶翅不住地扇动，翅膀上斑驳迷幻的图案变幻成无数双眼睛，闪闪烁烁。

北溟厉声大喝："重渊，这是魇魅的原身，你斗不过他，快离开这儿！"

"我不走！我要救你出去！"

重渊一剑劈断了缠住自己胳膊的蛛丝，跳到他的身前。离得近了，便能看清他已经遍体鳞伤，破烂不堪的衣衫内露出无数纵横交错的伤口，如被利刃割过，道道深可见骨，明显是这些吸血蛛丝留下的伤痕，还在不断地往外渗血，他却像毫无知觉一般，紧握着手中的利剑，要为他拼死一搏。

而此时他也从剑刃的反光里看见了自己的模样——他的双颊深凹，头发枯黄，身躯骨瘦如柴，竟然已经犹如一位即将入土的老者。

"重渊！你走，为师自有办法脱身！"

"我说了。我不走！"

"你留在这儿，只会拖累为师！"

重渊闻言，侧头瞥了他一眼，目光带着斩钉截铁般的坚定。他双手持剑，嘶吼一声，剑上燃起炽亮的光焰，足尖一点，纵身一跃，以雷霆万钧之势向魇魅扑去，但见魇魅的双翅一扇，无数小蝶朝重渊袭来！

四周陷入一片漆黑，一串狂笑当空响起："北溟，这是你所有弟子中最出类拔萃的一个，你很疼惜他，是不是？当然，你自然是很疼惜他了，否则你堂堂一个上神，当初也不会为了给他讨个公道，不但告状到上穹去，还屈尊降贵，亲自替他出气，挫了别人的仙骨……啧啧，真是雷霆手腕，让人不得不佩服！"

重渊惊讶地道："你是谁？你难道是……星桓？"

"我是谁不重要，重要的是，我要考验考验你，看看你的秉性到底如何，值不值得你师父如此重视，如何？"

"你想要做什么？"

"哈哈哈……你很快就会知道了！"

"你要做什么？"北溟睁大眼睛，只见靥魅的双翅完全展开，翅膀上无数眼睛突然大睁，射出数道迷幻虹彩，他立即闭眼，嘶声厉喝："重渊，闭眼！听为师的话，别逞强，快退出去，去请援兵！"

可是已经来不及了，重渊只在刹那间便已经眼神涣散，但听靥魅大笑起来："你想救你的师父吗？想救他，就帮我完成献祭，拿你的师兄弟们的血来换你的师父！这于你而言不难，沧渊，你原本就厌恶你的师兄弟，心里只看重你师父一个，不是吗？顺应你内心的欲望，别挣扎……"

"师尊……对，我要救师尊……"重渊双眼无神，提起剑，踉踉跄跄地转身朝祭坛走去。

"不！"北溟撕心裂肺地大吼起来。

"死……都给我去死，只要师尊活下来，你们都去死！"却见重渊狞笑着，手起剑落，血水喷涌，顷刻间溢满了祭坛，却都顺着沟渠朝他涌来，袭上他的衣摆，浸透他的身躯。

"好，好极了，堂堂北溟神君，依靠汲取弟子们的血求生，而自己最疼爱的弟子成了帮凶，哈哈哈——"靥魅大笑这离去。

一片血污中，北溟瘫倒下来，半跪在地上。

"师尊，"重渊膝行至他面前，头一下下地砸进地里，重重地叩首，"师尊……你原谅我……"

"都是你……"北溟的双眼通红，鲜血自眼角流下，"都死了……为何你还活着？"说罢，他颤抖着抬起一只手，朝着重渊的颅顶一掌击下，将他额心的神印硬生生地拔出来！

"啊！"楚曦蓦然惊醒。

下一刻，周遭的黑暗随之碎裂，在他的眼前出现了两个人影。

正是沧渊和禹疆，后者的脖子仍被前者死死地掐着，压制在地上。

甫一看见楚曦，沧渊便是一惊，松开了手。禹疆得以脱身，反手便一掌击向沧渊，沧渊避之不及，正中胸口，撞飞在背后的柱子上。

柱子顷刻断裂开来，亭顶向一侧倾去。禹疆一把抓起楚曦，正要开启瞬移，整个人却被无数疯狂涌来的墨色鲛绡裹成了一个茧。

沧渊手中的渊恒化作长剑，一剑便朝禹疆刺去！

一只手猛地将剑握住了。剑势凶猛，那手指缝间立时溢出一缕鲜血。

沧渊的脸色一变，当即收了剑，伸手想去抓楚曦的袖子，却被他一躲，抓了个空。

楚曦的脸色苍白，他站起身来，踉跄着退后几步，发出一阵剧烈的咳嗽。沧渊向他走去，见他直往后退，袖间的寒光一闪，灵犀已经现出形来，指着沧渊。

"你……给为师站着！别过来……"

沧渊似乎是被这句话猛然刺痛，瞳孔缩得极小，目光扫过离咽喉咫尺之距的剑尖，缓缓地抬眸，盯住了他。

"师尊，若你因为过去的事还厌恶弟子，便杀了弟子，如何？"

沉默中，沧渊忽然开口，向他一步一步地慢慢逼近，咽喉抵上他的剑尖。

楚曦心乱如麻，手一颤，剑尖往后挪了一寸。

沧渊眯起了眼睛，似乎察觉了什么。脚下一动，又朝他逼近一寸。

再挪一寸，又逼近一寸。

沧渊目不转睛地盯着他，终于站到了他跟前。

楚曦的手指一掐，开启了瞬移。

也不知道移到了哪儿，他又置身于一片黑暗的水域里。

抬起手中的灵犀，借着灵犀散发的光芒，他抬起头，环顾四周，发现此处似乎是一座空旷的大殿，面前有向上的台阶，两侧俱有双人合抱粗细的柱子，柱子与柱子之间，皆放有装饰用的丹炉，甫一看，他便觉得殿中的结构十分庄严。在他的后方，是一扇高耸阔大的门。

殿门紧闭，因为在内部，他看不见门上的匾额，也无从知晓这座大殿的名字。再回过头来，他便猝然对上了一双狭长的眸子。

"师父。"

"呀——"

楚曦吓得浑身一震，沧渊是怎么这么快就找到他的？

"师父定然是怕我找不到，才瞬移到这么近的地方吧？"沧渊微微一笑，一缕混合着傀儡线的鲛绡便悄然爬上楚曦的手指，将他拴住了。

楚曦一惊，面露愠怒之色："松开！"

沧渊却将绡线收得更紧了一分，笑意渐收："这座殿中的魔气极重，远甚其他地方，万魔之源应该就在这近处，我须得保护师父。"

说罢，他伸出一手，尖锐的蹼指在手心一划，冒出一股深紫色的血液，在水中很快散逸开来。他将手伸到楚曦的唇边："师父，我的血可以遮掩你身上的气息。"

楚曦蹙了蹙眉，心知在水中，这是唯一让沧渊身上的魔气在他的身上多停留一会儿的办法，却无论如何也下不了口。

一抬眸，便见沧渊伸手将自己的血抹在了他额心的神印上，染污了那银白色的水滴。楚曦一惊，慌忙别开头。

"你！"他朝沧渊怒目而视。

沧渊轻笑一声，转过身，带着他朝殿内游去。

楚曦道："等等。"

沧渊不解地看着他。

楚曦犹豫片刻，艰难地开口，道："灵湫他们……这里的魔气甚重，我无法感应到他们的所在，你……可有什么办法帮助为师与他们联络？"

沧渊的脸色一沉："他们若跟来，这殿中魔物必会被惊动。"

"可为师，不能不管他们。"楚曦看着他，"沧渊，能否，帮为师一把？"见沧渊不回答，他心头一动，又道，"你……要如何才肯帮为师？"

沧渊的眉头微微一跳。

他看着楚曦，似乎在琢磨什么，沉默了好一会儿，方幽幽地道："师父所愿，弟子自然会尽力。可弟子，亦有一所求，师父是否能够让弟子得偿所愿？"

这是趁机跟他提条件？楚曦感到一阵头疼，他用脚指头想，也知沧渊一定是要提出什么过分的要求，隐隐有种被要挟的感觉，却无可奈何。

做师父沦落到他这个份儿上，也真是没谁了。

他忍了忍，没出声训斥沧渊，叹息着道："你说吧。"

"弟子想，"沧渊的目光落在他额心的神印处，缓缓地道，"让师尊接受我的契印，成为我族，永远留在魔界，让弟子可以侍奉左右。"

虽然楚曦已有心理准备，甫一听到这句话，还是险些背过气去。这个要求实在过分得不能再过分了，完全触碰到了他的底线。他沉了脸色："不成。我不可能成为魔族，随你留在魔界。"

话说得太斩钉截铁，便见沧渊的脸色顿时便有些不对："绝无可能吗？弟子与师尊分离已久，舍不得师尊返回天界，况且天界中的众神，虚情假意，钩心斗角，师尊留在魔界，由我供奉，有什么不好？"

楚曦一惊。他莫不是要反悔？

沧渊这小子实在太依赖他了，完全就是病态的雏鸟情结，竟然要用这种方式将他强留下来，实在是荒唐。可是要他成为魔族绝无可能，身为上神，自愿堕入魔道，这是严重违反天规的死罪，必然会引来天罚，后果不堪设想，沧渊是怎么敢对他提出这种要求的？

楚曦迟疑了一下，仍不愿意欺骗他："自然绝无可能。"

沧渊的眼神突然暗了几分，扯起唇角："那弟子，便爱莫能助了。"

"你……"楚曦皱眉，"你这是在要挟为师？"

沧渊的眼神阴郁，他说道："弟子乃是魔君，师尊可是忘记了？外敌入侵，惊动魔界中枢，弟子若置之不理，任他们困在其中，也便罢了，还要帮着外敌对付己方？如此行事，弟子便是魔界的叛徒，必会遭众魔追捕诛杀，如此，师尊还不愿给予弟子一点奖赏吗？"

楚曦一时愣住。

的确，他未曾考虑到沧渊要面临的处境，只想着，将沧渊带回天界，要尽力应付诸神的讨伐，却未深想，魔界又会有何反应。

只是沧渊所求的奖赏，他绝无法许诺。

他看向沧渊，正思考着如何措辞，才不至于让沧渊立刻反悔，拒绝和他回天界，却忽然注意到，那些暗红色的纹路又从沧渊的脖颈蔓延了上来，沧渊深深地看着他，神色似乎是在隐忍痛苦，又显得有种说不上来的妖异之感。

"你到底是如何了？"楚曦心下隐隐不安。

"师尊，我再问你一次，你可答应？"

沧渊竟敢如此对待他！

身为上神的尊严被彻底侵犯，楚曦顿时瞳孔缩小，惊怒交加。他虽然性情温和，可骨子里亦有刚毅决断的一面，决定了的事向来说一不二，即便是小天尊，亦要敬他三分。此刻，他却被他最疼惜、视作亲子的弟子如此拿捏胁迫，简直是奇耻大辱。若非他抽了魂焰替沧渊修补元神……他岂会变得如此虚弱，被沧渊欺压到如此地步？

早知如此，他何必那么做？是他太纵容沧渊了吗？

楚曦气得嘴唇发抖，一句话也说不出来。

沧渊却视而不见。

即便知晓沧渊无法强迫他成为魔族，楚曦也不禁产生一种被拖入万丈深渊的错觉，他觉得愤怒难当，抬手一动，却觉得四肢俱是一紧，仿佛被什么缚住了。近处那双盯着他的蓝紫色眼眸深不见底，低声重复着道："师父，告诉我，你可答应？"

"你……"楚曦的手抠进了石缝里，见那暗红色的纹路疯狂地蔓延，几乎要爬入沧渊的眼里，他有种极为不祥的预感，倘若他不答应沧渊所求，便会有极为糟糕的事发生……可无论如何，他也说不出"答应"二字。

喉头溢上一丝腥甜，他深吸一口气，道："容……容为师想想……"

纹路蔓延的速度微微一滞，沧渊的唇角微微扬起，他轻轻地道："徒儿能给予师父的时间不多，师父可一定要在离开魔界之前，给徒儿一个答案。"

否则呢？

便要将灵湫他们困在这里，自己继续当魔君为非作歹吗？

楚曦咬紧了后槽牙，呼吸凝滞。

"若是成为魔族，不知道师父的神印，会不会被徒儿染黑呢……"

楚曦气得颈部都泛起一片绯红，怒不可遏地道："逆徒！"

二人僵持之时，却见沧渊的后方亮光一闪，一个黑影朝他们袭来。

沧渊闻声而动，纵身一闪，一道弧光径直劈向他后方的石柱上。禹疆的身上还挂着些许鲛绡，显得有些狼狈，他冷冷地盯着沧渊，右手打了个响指，便见一个传送阵浮现出来，里面瞬间钻出了灵湫等几人。

"师尊!"

一见楚曦浑身僵硬的样子，灵湫那张一贯如冰雕似的脸扭曲了一下，泛起薄薄的怒意："沧渊，你做什么?"

沧渊轻笑一声，没有回答。

"你对师尊动了什么手脚? 他才恢复神力，怎会如此虚弱? 还要受你的胁迫?"

沧渊蹙了蹙眉，似乎察觉了什么不对，看了楚曦一眼。

来不及问什么，下一刻，大殿的门外便传来一阵震动，似乎有什么东西在外面撞击，间或夹杂着群尸的尖叫咆哮声，似乎即将破门而入。

"果然，他们一来便惊扰了这里的东西。"他带着楚曦朝殿内迅速游去。

楚曦道："沧渊，你松开为师!"

"若弟子松开，师尊定会去与他们同行，那可就危险了。"沧渊非但未松手，反而游得更快了些，宛如闪电一般。穿过一扇殿门，他突然一滞。楚曦看见前方的情形，亦是吃了一惊。但见这座宽阔的大殿中，一群仙尸凝立着，数人俯首跪拜，一个人站在一旁，手里拿着一卷书简，似乎是个宣读的姿势。而在那座大殿正中，已近乎一堆废墟的阶梯上方，坐着一个身影。

那具仙尸凝坐的姿势，一眼望去，便令人感到异常具有威慑之力，显然是一位身居高位者，而细看之下，楚曦注意到，在那已不辨面目的头颅上，赫然……戴着一顶十二行珠冠冕硫——那是……天庭最高位者……

天尊才有资格戴的东西。

楚曦心头大骇。

共生之契

第八章

"这是……"

甫一出声，楚曦的嘴就被捂住了。

"嘘。"沧渊低声道，"师尊，别出声，这些仙尸，都已经醒了。"

楚曦朝他示意的方向看去，果然见有几具仙尸已然经微微动弹起来。他不由得屏住了呼吸，见沧渊探出一手，手心的血雾弥漫，散布在他们游过之处，便犹如一层屏障，令那些仙尸对他的存在毫无觉察。

他不禁有些担心起灵湫他们，回眸看去，见他们远远地缀在后方，便知道一场恶战定是免不了了。可他眼下十分虚弱，还受制于沧渊，帮不上忙，沧渊也绝对不会去帮助灵湫他们脱身，真不知道，他们能否对付得了这殿中的魔物。想到丹朱和昆鹏已经负伤，楚曦不由得心头悬起。

眼见沧渊带他安全地穿过了尸群，已经游近了那殿上之人身后的残垣断壁，即将穿过其中坍塌的裂隙，他忍不住低喝一声："等一下。"

沧渊的鱼尾一滞，他侧眸看他，意味深长地问道："等？等什么？"

楚曦瞧见他身后不远处，那个坐在宝座上戴着天尊冠冕的仙尸的脖子扭动了一下，心下更是一紧。

"你……替为师助他们一臂之力，可好？"

"哦？"沧渊挑起眉头，"弟子为何要帮？他们之中，一个是弟子的仇人，其余三个人与弟子毫无情分，为他们背叛魔界，似乎不太值当。"

楚曦的手攥紧，咬紧嘴唇，心中挣扎不已，嘴巴更是如同被焊死了一般，开不了口。沧渊便静静地等着他，眼底幽深如沼。

"师尊！"

"重渊！"

楚曦瞥了一眼，见灵湫等人已经游到近处，那些俯跪着的仙尸都起了反应，一下直起身来，与他们缠斗起来，而此时，殿中一扇窗户突然涌入数团黑雾，下一刻，数十来个人影便自雾中现出，甫一成型，便纷纷朝沧渊的方向俯身行礼，近乎齐声道："参见陛下。"

甫一看清其中一个蝴蝶环绕的紫衣人，楚曦的眼神便是一凛。

那个紫衣人对上他的目光，嘴角溢出森然笑意。

"陛下。"一个人出言唤道。他的头上戴着一张似笑似哭的罗刹面具，脸上有一道长长的疤，一目已盲，呈现出异色的瞳仁，正是瀛川。

他游到近处："祭祀大典即将开始，属下遍寻你不到，只好求助祭司大人了。"

他口中所言的"祭司大人"，显然便是魙魅。而来者并不止他和魙魅，除了数名鲛人侍卫外，还有一些其他种族的人，有生着尖耳与长角的魔众，还有一个银发碧眼的不速之客——西山狼王。

"魔君大人，您在这是做什么？为何还与神族搅在一处？"西山狼王皮笑肉不笑地瞧着楚曦，他身后的魔众也都投来了窥探的目光。

"此仙是我的俘虏，至于其他的，便是入侵到此处的不速之客了，本座来此，便是为追踪他们。"沧渊似笑非笑地道。

楚曦的心一点点沉下去，知晓他们已经陷入了极其糟糕的境地。本来这座殿中的群尸便已极难应付，眼下又来了一帮魔族，其中还有两位上魔。

一个魙魅，便已是极为棘手，楚曦曾败在他的手下，知晓他的法力高深，何况，还有一个他不了解的西山狼王。

玄武他们呢？难道俱已被擒？

"哟，这不是风神……哦，不对，应该叫你冥君了。"魙魅阴阳怪气地笑起来，"没想到，你在蓬莱伤得那样严重，如今仙骨竟然恢复得如此好，还成了幽都冥王，亏得是有个好爹，不似我……"

听他提起当年之辱，禹疆的脸色便是一变，他一钩将扑向他的一具仙尸贯穿了头颅，掀到一边，手中祭出一盏镇魂灯，朝魙魅迎面罩去。

"我从头苦修，任冥君之职，便是为了有朝一日能镇了你这个妖孽！"

魙魅一展紫袍，在水下亦如蝴蝶一般轻盈地避开，媚邪地大笑出声。

只见他的袍袖中灵力汹涌，浑身杀意弥漫，指尖凝起一层寒霜。楚曦大喝："沧渊！"

沧渊一掷袖，渊恒挟着一束冰寒光焰迸射而出，正中那盏镇魂灯的中心，灯焰甫然熄灭，他的手指猛然一收，渊恒直斩而下，灯座轰然开裂。

数道黑影从裂隙里钻出来，竟然径直朝禹疆袭去。

这是……反噬？

楚曦愕然，便见禹疆猝不及防地被那数道黑影穿身而过，虽然立刻便用镇魂钩搅碎，似乎已经遭到重创，嘴角溢出一丝血来。他拭了拭唇角的血迹，脸色一瞬间就变得阴云密布，冷笑一声，周身黑色的鸦羽袍漫天盖地地铺开来，化出无数只巨大的乌鸦，朝身周的仙尸、魔众扑去，自己则分身出二影，一个去支援灵湫，另一个则朝魔魁闪去，顷刻间与魔魁斗得难解难分。

此时灵湫一面护着昆鹏与丹朱，一面与数名仙尸缠斗，又被魔众包围，他虽然法力卓绝，在这样多的攻击之下，渐渐也有些感到吃力了。西山狼王原本在一旁观战，见灵湫傲骨铮铮，似乎起了些兴趣，指爪暴涨三寸，朝灵湫扑去。楚曦见状，忙厉声道："灵湫，小心！"

灵湫背对着他，来不及防范，被一把抓了个正着，背心的衣袍顿时被利爪撕破，脊背上亦落下三道深可见骨的伤口。他立刻反身一剑，与狼王缠斗在一处，虽然剑势依然凌厉，可是因为负伤，明显落了下风。

再观禹疆这边，虽然看上去仍与魔魁不相上下，可是楚曦知晓，眼下不过是因为沧渊没有出手。一旦他出手，他们都会殒命在此。

突然一声惊呼传来，竟然是灵湫所设的法阵被破，昆鹏被几具仙尸咬住了身体，却还极力挣扎着，不愿意它们伤及背上昏迷的丹朱。

而灵湫亦是遍体鳞伤，渐渐被狼王压制，危在旦夕。

"师父若是不忍，便不要看了。"沧渊此时却低声道。

楚曦的嘴唇微微颤都起来，牙齿咬住下唇，渗出了血。他深深地吸了口气，咬咬牙，声音沙哑地道："罢了……为师……答应你便是。"

沧渊沉默了片刻，轻声问："师父这话，可当真？"

楚曦觉得喉头血腥味翻涌："当……真。"

"如此，那师父现在便与我缔结契约吧。"

耳旁的厮杀声阵阵，楚曦艰难地开口："你且将为师松开。我虽然不能答应你加入魔族……却可与你缔结子母契，你不过是不愿与我分离，不愿我再回到天界，那好，缔结了此契，我便时时刻刻如影随形一般护着你，也接受你的侍奉和守护。"

"好……师父可莫要骗我。"

沧渊迟疑了一下，松开了手，垂眸凝视着他，那年轻的脸上，目光灼灼，如焚骨灭魄的海中妖火，亮得惊心动魄。楚曦牙关收紧，缓缓地闭上眼睛，额心处银白色神印渐渐亮起，绽放出耀眼的光芒，整张清俊的脸上都染上一层光华。

"子母之星，如影随形，同生共死，不离不弃。"他说完，一缕光束自神印处汇向沧渊眉心处深蓝色的魔印。

"北溟！"一眼瞧见了楚曦的情状，禹疆浑身一震，大喝了一声，被一只魔蝶猝然撞在胸口，当即一口心头血便喷了出来。他半身浴血，却似乎毫无感觉，只是目眦尽裂，朝楚曦扑来，"不要！"

沧渊连头都未动，只是猛然挥袖一拂，一股寒光便将禹疆震得倒飞出去，撞在一根石柱上，石柱顷刻断裂，将其压倒在下。

他渐渐觉得眉心处变得炽热，子母契已成。

楚曦只觉得一股寒凉的气息从神印处钻入，在心脉间穿过，径直侵进元丹所在之处，不禁闷哼出声。

他一代上神，竟然被自己的徒弟，他拔了魂焰去救的徒弟，胁迫着结下了这样牺牲自由，形同枷锁一般的契约。

他的声音颤抖着道："你须记得……答应为师之事。"

沧渊微微一笑，轻声道："徒儿自然记得。"

话音甫落，他一展五指，渊恒旋飞回手，一剑劈至地下，极其澎湃的灵力势如惊涛骇浪般爆发出来，将周围的仙尸、魔众一瞬间震得死的死、伤的伤，就像巨浪中的鱼群般溃散开来。

唯有靥魃反应迅速，闪到了一边，然而他亦是满脸震惊之色："重渊，你竟然……我尊你为君，你竟然背叛魔界！"

沧渊冷笑一声，一言未发，回首又是一剑朝他迎面斩去，靥魃避之不及，蝶翅被剑风扫到，立刻便被削去一半，痛呼出声，周身的魔蝶亦在这堪比海啸的霸道的剑势前溃不成军，一时聚不起摄心幻阵。

"好……很好，你会后悔的，重渊！"见势不对，他当下化作汐吹，窜入墙缝之中，不见了踪影。

狼王亦被伤得不轻，一条胳膊被削了下来，跟着靥魃迅速遁去。

剩下瀛川僵在一旁，满脸愕然之色："陛下……"

沧渊低声道："奉本座指令，缉拿魔界叛徒靥魃与西山狼王。他们暗中勾结，入侵忘川下的魔界中枢，意欲找到本座的魔元，暗杀本座，篡夺魔君之位。"

瀛川过了半天才反应过来，一双异瞳中还含着惊讶之色，闻听此言，仍然俯首道："……属下遵命。"

言罢，瀛川正要离去，身后黑影一闪，一把锋利的长钩从琵琶骨处穿过，扣住了他的咽喉。

禹疆脸色苍白，盯着沧渊道，道："沧渊，你放开他！身为魔族，强迫上神缔结子母契，限制他的自由，你可知道是何等的逆天大罪？"

沧渊冷冷地瞧着他："看在师父的面子上，本座愿放你一马。你若不走，便休怪本座了。"

楚曦虚弱地道："禹疆，走，带灵湫他们走。"

"我走不走，不是由你说了算，就像你当年执意要走，也未曾顾及我。"禹疆咬着牙，一字一句地道。可话音未落，他的身后传来一阵巨震，楚曦便看见，禹疆身后不远处那个头戴天尊冠冕的仙尸，似乎因为被他惊动，从宝座上站了起来，头颅朝他们的方向缓缓地转了过来，扭到了一个诡异的角度。那对空洞的眼窝里，突然亮起两缕金红色的焰火，嘴唇翕动，发出一阵雷鸣般的震耳欲聋的低嚎："延维——你终于来啦——朕，等你许久啦——"

话音未落，仙尸的下身骤然一扭，从袍裾内钻出一条巨蟒般的青色长尾，末端被藤蔓重重纠缠，宛如束缚的绳索。他的身子暴涨数丈，双手亦变得巨大无比，左手一挥，旁边一具仙尸捧在手里的卷轴便被吸入他的掌中，一甩，卷轴便幕然展开，卷面铺天盖地朝他们袭来，上面无数个看不清楚的血色小字，竟都化出了一条条燃烧着火焰的毒蛇。

沧渊往后一闪，堪堪避开，但见那卷轴砸到大殿的地面，便劈出一道深长的裂隙，而蛇群已纷纷张着血盆大口，朝他们扑了过来。

沧渊聚起巨浪阻挡，将毒蛇掀得一偏，和楚曦游向大殿的穹顶。

楚曦垂眸扫去，见灵湫、禹疆也都避了开来，揪紧的心稍稍一松。俯瞰过去，那群由字化成的蛇群游过之处，似乎将这座石殿的地面都燃烧、融化开来，底下现出一片片焚烧出的巨大空洞，却从里透出宛如海市蜃楼般的虚幻之景，仿佛是烧开了一条通往另一个世界的通道一般。

楚曦觉得震惊难言，定睛细看那火中的景象，影影绰绰地瞧见，似乎有一个人跪着，所置身之地，似乎正是这间庄严巍峨的大殿。而他的两边，站着两个人影，手里持着长长的三叉戟，叉着他的脖颈，压在他的脊背上。

似乎，就是对待一个罪徒一般。

而大殿之上，坐着那个头戴冠冕的身影，他手里持着一枚令牌，旁边还有一个人，似乎在宣读着手中的奏章。

不知为何，甫一看到这个场景，他的心底便隐约生出一丝悲凄来。

还未来得及看清，那头戴冠冕、人首蛇身的仙尸，便已从下方厉喝着直逼上来，另一只手里持着硕大的令牌，朝他们当头劈来。

沧渊提剑一挡，剑锋与令牌相击，迸出一团刺眼的电光，铿锵之声震耳欲聋，楚曦虽然被沧渊挡在身前，这两股强悍无比的灵力相撞，依然令他本就受损的元神如破碎瓷器被剧烈震动，肺腑袭来撕裂般的痛楚。

这仙尸的道行非同一般，沧渊受它一击，亦是被震得荡出数丈。

受此冲击，楚曦便趁机脱开身，瞬移到大殿另一侧仙尸的背后。

沧渊一惊，却因为仙尸的攻势猛烈，一时无暇分身去抓他。

楚曦靠着石壁喘了口气，见下方灵湫等人陷入密密麻麻的蛇群，灵湫原本就受了伤，左支右绌，显得十分狼狈了；身旁的昆鹏稍不留神，被那条蛇咬了几口，被咬之处便现出血字，如同恶毒的诅咒一般，令他发出痛苦的嘶号，便连禹疆散出的冥鸦们亦受到数量的压制，在蛇群中亦是犹困泥沼。

而那卷面之上，毒蛇还源源不断地往外游出，细看那些化蛇的小字，似乎皆是诅咒之言，不知承载了这仙尸的多少怨念。

越是强悍的神族，堕入魔道，成为的堕神，也便愈强。

若这头戴冠冕的人，当真曾为天尊的话……若这不可思议之事，真为事实……它的怨念形成的恶咒，即便身为上神也难以抵御。

再这样下去，灵漱他们，俱会陨灭在此。

突然，一声惊呼传来，楚曦循声看去，竟然看见丹朱被那块令牌压在了下方，群蛇朝她和昆鹏涌去，只听丹朱大喊道："北溟神君，救命！"

楚曦心一横，生出一念。

深吸一口气，他忍着元神被撕裂的剧痛强聚灵力，手中光芒闪过，灵犀化作一张银色长弓——由于恢复了神躯，这张弓比之他三百年前第一次在蓬莱岛时化形要大上太多，其上更是紫电闪烁，凝聚着溟海上空的霜雪风暴之力，他咬紧牙关，拉满了弦。

瞄准了下方。

下方的某一个人盯着他，唇角扬起一个微不可察的弧度。

吞灵法阵自箭尖蓦然扩开，绽放出一圈圈银白色的涟漪。

一刹那，底下数万由恶诅化作的毒蛇，发疯般地聚集起来，朝法阵所在处涌了过去。那仙尸似乎也受到吸引，不顾沧渊，身子扭了一个一百八十度，巨手旋来，手中的令牌以千钧之力朝楚曦迎面劈去！

"师尊！"沧渊骤然变色，瞬时闪到楚曦身前，一张护身结界顷刻绽开。

楚曦低喝："起开！"

说罢，浑身灵力一震，那汹涌的神力如同爆炸一般，竟将沧渊震向后方，一时不得近身。在那块令牌劈至脸前，群蛇钻入法阵的瞬间，楚曦手指一松！

"铮"的一声破空雷鸣。

群蛇霎时炸裂，无数恶诅翻涌沸腾，尽数被法阵光芒吞噬。

近在毫厘的令牌轰然碎裂，连着那头戴冠冕的仙尸亦从头顶裂开一道缝隙，须臾之间，便破散开来，化作了齑粉。

那写着无数恶诅的卷面，已化作漫天残片，纷纷扬扬地在水中飘散。

只是有一道宛如来自地底的声音，回荡在殿中。

"延维……这位子……朕比你有资格坐……"

"烛瞑为你害朕如此……朕的诅咒……便要跟随你千千万万载……"

法阵收敛的一瞬，白光消散，似乎有无数字影坠入双眼，肺腑中万蚁噬心般的剧痛袭来，楚曦双眼发白，死死地控制住喉头涌上来的一股腥甜。手中的长弓化回灵犀，他再也难以支撑身子，整个人向后倒去，被沧渊一把扶住。

　　颈间蔓上赤红暗纹，沧渊深吸一口气，以灵力强行压制体内蠢蠢欲动的蛊咒。

　　但见周围的墙缝中钻出些许赤红色的藤蔓，他心下一沉，知晓若再不离开，万魔之源怕是便要彻底苏醒了。

　　"师尊！重渊，你松开他！"

　　"沧渊！"

　　下方传来声声厉呼，那几个令人生厌的人刚刚死里逃生，便冲了上来，要来抢人。沧渊冷哼了一声，心道：不自量力。

　　他五指一展，几个人未至近前，便被汹涌而来的黑色鲛绡缠裹成了一整个大茧。

　　黑暗铺天盖地，湮灭一切。禹疆五指嵌入鲛绡之中，只觉一如抓着数万年前那天狱之中冰冷的围栏，泪水夺眶而出。

　　即便他成了可镇压万鬼的冥君……亦是同样无能为力。

　　只能眼睁睁地瞧着一切发生，重蹈覆辙。

　　他从不恨楚曦，只恨自己，不能左右命数。

　　"冥君……不要挣扎了，他如今业已比我们……强悍太多。"灵湫咳出一口鲜血，虚弱地道，"莫再损耗灵力，养精蓄锐，待寻得机会……我们……再去救师尊。"

　　灵湫闭上眼睛，握起拳头，压制着自己的呼吸，傲雪凌霜的面具似乎破裂了一般，嘴角颤抖着，自嘲似的苦笑了一下。

　　劝人冷静，他又如何冷静？

身为首徒，看着大逆不道的师弟强迫师尊结下枷锁一般的契约，折辱他那一世仰慕的神明，他便觉自己的傲骨、坚守，俱似被重渊踩得稀烂，蹑作了尘泥。

他无数次地想过，假若当年，他不是在闭关修炼，而是与师尊一道去了蓬莱，如今又会如何？是不是师尊便不会痛失所有的弟子，被血契污染了神躯，后来也不会因为重渊而陨，这一世不会被重渊再次缠上？

然而无论如何悔恨、遗憾，时光都无法倒流，轮回也无法重来，当年的一切，也成了他这一世无法改变、无法抹除的心结。

握住腰间光滑温暖的小小玉佩，灵湫闭上了眼睛，指甲刻入掌心，紧闭的嘴唇渗出一丝血来，喃喃了一声。

"师尊，待我……去救你。"

心脉处袭入寒凉之意，稍许缓解了肺腑间持续的剧痛。

蒙眬间，楚曦睁开眼睛。

瞧见沧渊近在咫尺的面庞，楚曦打了个激灵，本能地蜷起身子。

"只是疗伤罢了，师尊以为我在做什么？"沧渊俯视着他，"献祭？"

楚曦觉得一阵心悸。他如今已经想明白了，当年献祭之时沧渊虽然经历过，但终究是因为太过重视他这个师尊，才受了腐魅的蛊惑，因为那数十名弟子的性命因他而丢，他始终说不出"为师已谅解了你"这句话。

沧渊盯着他，神色有些晦暗不明，似乎有些悲哀，转瞬又敛去，唇角渐渐蔓出放肆的笑意，轻轻"呵"了一声，道："师尊果然还怨恨着我，对我有防备。不过没关系，反正师尊与我已经缔结了子母契，无法抛弃我了。"

他一口一个"师尊"，说的话却是大逆不道的。

"混账！"终于，掐了魂焰后灵力损伤严重的楚曦又晕了过去。

"延维……延维……"

不知道是梦是醒，一个缥缈的声音徐徐传来，不断萦绕在他的耳边。

楚曦睁开眼睛，骤然发现，自己站在一片白茫茫之中。这里似乎是一片冰原，周围无边无际的，似乎没有天地之分。

"延维……"

那个声音，似乎是从足底传来。

他低头看去，见脚底竟是一片如镜面般的冰层，映照出他的倒影——楚曦的瞳孔一缩。不对，这并非他的倒影，而是一个面孔与他肖似的人，眉心的神印不似，他是银白色的水滴，而这个人的是一抹暗金色的蛇形。

他悬浮在冰层之中，如雪的衣袂飘飞，袍裾之下，赫然是一条长长的，如女娲般的青金色蛇尾，紧密如甲胄的鳞片在一片白色中显得流光溢彩。

那个人影凝视着他，及踝的白发缓缓飘拂，神色哀伤地道："延维……"

"你在唤谁？谁是延维？"

"我乃延维，乃是他残余的灵识……"那人缓缓开口，"而你，亦是延维。"

"你说什么？"楚曦一怔，见那人转过身去，身影朝冰层中缓缓远去，下意识地以手去触，整个人竟然一下子穿过了冰层。一眼看去，竟然看见冰层之下，盘踞着一条巨大无比的赤色生灵，似是龙蛇之属。

入眼所及的暗赤色鳞片，像极了万魔之源的根须上所生。

他觉得悚然，问那延维："这是何物？"

延维看着他，目光里透着无法参透的复杂情绪："他叫烛暝，乃是世间最初的魔气所生之灵，如今，被后世称为……万魔之源。"

果然……楚曦带着满腹疑问，连声追问："你为何说我亦是延维？你又为何会在这万魔之源旁？与它有何关系？那些仙尸，断妄海的倾覆，又与你有何瓜葛？"

那人不语，取出腰侧的长笛，吹奏起来。一缕幽幽的笛音如低语般呢喃，汇入楚曦的耳中，他顷刻间便觉得身子一轻，灵识如同被引领着，飘向上空，汇入一片白茫茫之中。待他回过神来，便惊讶地发觉自己已经依附了那笛子上。

而眼前所见，已非那冰层之下，赫然成了另一片天地。

面前，是一处悬崖。远处云雾缭绕，隐隐可以瞧见仙山与宫阙的轮廓，深蓝色的天幕上繁星点点，一道银河横亘其间，璀璨若梦。

"少君，你怎么还独自在这儿吹笛？"一个熟悉的声音在近处响起。

笛声一凝，楚曦随吹笛之人转头望去，见一个身穿蓝衣的俊雅青年出现在眼前，竟然生得酷似禹疆，他手里提着一盏灯，似乎是个掌灯仙侍。

"叔父陨落，我理应为他吹一支悼亡曲。"楚曦听见延维淡淡地道，只觉得灵识似乎与他共感，能体会到他心中泛起的哀伤之意，似乎成了他的一部分。

肖似禹疆的蓝衣仙侍面色紧张，比了个噤声的手势，看了看四周，小声道："嘘，少君胡说什么呢？延英已经堕落，犯下叛逆不赦之罪，如何还能再称他为叔父？娲皇都已将他封为禁忌了，少君千万别在人前提他。"

"放心吧，此处我设了屏障，无人能知晓。"延维叹了口气，从石头上站起身来，他银白色的长发在风中飘动，散发出柔和的光晕。

"叔父虽然堕魔，但待我一直不薄。他是勋神也好，罪神也罢，一切功过，皆有仙史评说，可在我的心中，他仍然是我的叔父。"

蓝衣仙侍拭了把额头上沁出的冷汗："这话少君与我说便罢了，切莫让第二个人听见。娲皇陛下虽然宠爱少君，可也是不容少君还念着一介罪神的。"

"你怕什么？怕我失去了继承下一任天尊的资格吗？"延维无所谓地笑了一下，沿着石台下的阶梯缓步而下，似乎又想起什么，停住了脚步。

"少君还在等什么？娲皇陛下正等着您作的新曲呢。"

延维若有所思地道："你去回陛下，便说……我的身子不适。"

"这，少君，你……"仙侍露出愕然的表情，"这可是陛下的寿宴！"

"我实在没有心情。若是去了，露了破绽，恐怕只会惹祸上身，不如避上一避。"延维道，"去吧，宴京，我想独自散散心。"

那个被唤作"宴京"的蓝衣仙侍长叹了一口气，摇摇头，无可奈何地退下了。

延维目送他远去，手一伸，变了个斗篷出来，便御风而起，转眼已到了另一处天地。楚曦随他展望去，见此处似乎是一处山林，参天古木遮天蔽日，瘴雾弥漫。随延维往深处走去时，随处可见巨大的兽类骸骨，其间似乎夹杂着人形的残骨。

行至山巅处，一道深长的裂谷出现在前方。延维站在那道裂谷之旁，朝里俯瞰，目光中渗出隐约的哀伤。正出神之际，一个人影突然从他身旁的土地中钻了出来，是个拄着树枝做的拐杖的麻衣老者，显然是此处的地仙。

"哎呀呀呀，阁下是哪位神君？这幕埠山已是神界禁域，来不得了！神君来此做什么？"

延维被吓了一跳，稍稍一愣，正色道："本君乃天刑司羽卫，是来此处勘察有无异常，你不必大惊小怪，可以退下了。"

那地仙一听"天刑司"三个字，顿时面露菜色，唯唯诺诺地道："……是。天刑司之命，小仙不敢阻拦。只是小仙斗胆多嘴一句，羽卫大人孤身一人，切莫去那裂隙之中……罪神延英陨灭在其内，煞气深重，恐滋生出一些至暗之物，羽卫大人可万万沾染不得。"

至暗之物？楚曦一时觉得十分疑惑，继而反应过来，延英陨落之前，世间尚未有"魔"的存在，想必此时，他们还不知道如何称呼魔气与魔物。

"知晓了。"延维点了点头，挥挥手，示意他退下。

待地仙一溜烟地消失在眼前，他竟然纵身一跃，飞往了那道裂隙之中。

此举令楚曦略微一惊，又觉得这延维与他的性情竟是如此相似，外边柔如绸缎，里边的骨头却如同玄铁一般，认定了的事，便是一意孤行，哪怕是逆天而为也要为之。

他不认识延维，可上古第一个堕魔之神延英的传说，他多少还是有所耳闻的。上古时娲皇之下尚有五帝，各掌一方天地，延氏系女娲血脉之一，族中战神延英亦有成为北方天帝的资格，与堂兄玄曜相争，却在试炼中落败，未能得到北帝之位，自小爱慕的神女更被娲皇赐给成为北帝的玄曜，延英因而疯魔，趁玄曜大婚之时将其重伤，更害死了神女。娲皇震怒，命天刑司将他缉拿下狱，延英拒不服从，与天刑司众神大战之时，倾玄海湮没天地，最终被娲皇亲自诛杀，陨灭在这幕埠山之中。其陨灭之时，正值日食之刻，乃天地至暗、阴气最重之时，故生出连娲皇也无法疏散的深重煞气。

这些煞气，便是世间所有魔物诞生的源头。

只是延维，来延英的殒身之地，到底要做什么呢？

楚曦暗自思忖着，见延维飞落到裂隙中的一块岩石上。

岩石下方，是裂隙中宛如岩浆一般缓缓流淌的血红色的河流，水面上弥漫着一层浓重的煞气，便连他附着在笛上的灵识也感到十分不适，可延维却连眉头也未皱一下，在岩石上慢慢地跪坐下来。

凝望了河流半晌，他从袖间取出一壶酒来，一点点地倾倒在河水中。

溅起的些许水花立刻将他纯白的袖摆腐蚀出了几个烂洞，他垂眸瞧见，却似乎毫不在意，只是笑了笑，又沉默了一会儿，方叹息着道："叔父……是在怪侄儿来晚了吧。这是叔父最爱的月溟酒……以往都是您酿给侄儿喝，如今，换侄儿来孝敬您了。"

河水流淌，并无回音，唯他寂寥的呼吸声。

酒水倾倒净尽，延维俯首叩了一个头，弯下腰用酒壶装了些河水，放在袖中，又从腰间解下笛子，轻轻吹奏起来。

笛声幽咽，如泣如诉。

楚曦听得出来，是渡魂的悼曲。他附在笛上，亦能感知延维的哀伤，甚至还有些许不忿，只是压抑得极深——想想便知，娲皇乃天地共主，天尊的决定，他身为族嗣之一，又岂敢置喙？

忽然，笛间钻入一缕杂音，楚曦循声望去，惊见河水中钻出几条细长的黑影，其中一条已经蜿蜒爬上岩石，一张生满细小尖牙的利嘴，竟然径直朝延维咬去。延维闭眼吹奏着，没有察觉，一下被咬住手腕，震惊得睁开眼睛。

见那个小怪物咬着他的手腕，腮帮子一鼓一鼓的，如同吸血一般，他手中的笛子刹那间变作长剑，反手削去。那个小怪物却反应极快，立刻往河中窜去，却被延维一把捉住了尾部，倒提起来。

楚曦这才看清，这东西的身子似鱼非鱼，似蛇非蛇，头部又有些龙的形态，不知道是个什么玩意儿，全身生满了暗赤色的鳞片，嘴里獠牙密布，喷出的煞气刺鼻，还会吸血，显然是这条河流中生出的魔物之一。

楚曦心里咯噔一下——莫非……这便是后来的万魔之源，烛暝？

眼下被延维控制着，它还在拼命地挣扎扭动，一张嘴凭空乱咬，尾部绞住延维的手腕，试图反制，凶恶得很。

延维蹙眉打量了它一番，另一只手捏着剑柄，紧了又松，松了又紧，终于还是松了，放下剑来，叹了口气："罢了。你是叔父的煞气所化，遇上我，便是与我有缘。"

说罢，他竟然将自己那渗血的手腕，放到那个怪物嘴旁，道："喝吧。喝了之后，我带你走。"

楚曦睁大眼睛——延维竟然……以血饲魔。

那个小怪物可不跟他客气，一口便狠狠地咬上来，一阵狂吸猛咽。大抵是女娲后裔的血神力卓绝，只见那个小怪物周身的煞气立刻褪去许多，一身暗赤色的鳞片亦渐渐化作漂亮的蓝紫色，乱甩的尾部也安分下来。

反观延维，嘴唇已经微微发白，似乎是实在撑不住了，这才将手腕从小怪物的口中拔出来。小怪物喝饱了血，尾部垂下，闭上了眼睛，腹部微微起伏，竟像是在他的手中酣睡了起来。

延维虚弱地一哂，道："叔父，你对侄儿有教养之恩，可惜侄儿没有机会报恩，也只能倾尽所能，愿能化解你的一分怨恨。"

说罢，他将那个小怪物揣入袖中，御风而起，来到一处枝繁叶茂的仙林，取出装了河中之水的酒壶，细细地埋在壤中，又深深地叩首。

见此情景，楚曦不禁暗暗叹息。

神含恨而陨的煞气滋生的魔物，定然魔气深重，本性极恶。延维兴许真的倾尽一世所能教养了这个魔物，只是以后来的结果来看……

他未能如愿，而且引发了又一次的天地浩劫。

只是，具体当中发生了什么？楚曦如此想着，忽然听到背后窸窸窣窣一响，一个声音传来："这不是延维吗？你没去参加陛下的寿宴，在此做什么？"

楚曦回过头去，但见一个身穿绣金赭袍的男子站在那里，头微微昂着，俯视着他，一脸飞扬跋扈之相，身后还站着两个貌美的仙侍。他的额头上，亦有着一枚暗金色蛇纹，显然和延维一样，也是娲皇后裔。

在看见他的一瞬间，楚曦便感觉到，延维有一丝慌乱——是因为那壶刚刚被他埋下之物。但很快，他便镇定下来，站起身来，道："酿酒罢了。我的身子不适，为了避免陛下担心，便不去了。待这酒酿好，我再去献酒赔罪。堂兄来到我的苑中，是来探望我的吗？"

"你今日未来，陛下很是挂念，我便替她来看看你。"金袍男子缓缓踱近，弯下腰，一只手探向他的身后，"叫我看看，你酿的是什么酒？"

延维一凛，按住他的手背，微微一笑，道："还未酿好。"

金袍男子的瞳孔微缩，他盯着延维看了半晌，道："神息如此虚弱，你倒真的是生病了。"

"不然呢？堂兄以为如何？"延维看着他，慢慢地道。

"你与堂叔的关系如此好，我还以为你是因为他……"金袍男子的脸上绽开一个意味深长的笑容，"看来，是我想多了。"

"堂兄的确想多了。"延维往边上一靠，斜倚在一棵树上，"我向来没心没肺，只爱饮酒作曲，谁殒了，也碍不着我。"

金袍男子起了身，转过身，回眸瞥了他一眼："倒也是。娲皇宠爱你，你自然也不用如我们一般下界四处立功，才能讨她青眼相待。"

"堂兄慢走，我便不送了。"

目送红衣男子离去，楚曦明显感到延维松了口气。此时袖间传来一阵动静，是那个小魔物醒了过来。腕部又传来一阵剧痛，他本能地一甩手，一道细长影子便从他的袖间滚落在地，落到草中的一瞬，竟然化成了一个伏在地上的小童。那个小童嘴里嘶鸣有声，扑到他的身上来，一口咬住了他的脖颈，楚曦便猛然惊醒过来。

"神君，你醒了？"

一个女声在近处响起，楚曦睁开眼睛，但见几个侍女打扮的鲛女立在身侧，手上各捧着一盘衣物饰物之类，一眼望去，似乎皆是最名贵的鲛绡制成，色泽层叠渐变，如一片映照在海上的绚丽晚霞，又若海市蜃楼般缥缈，其间点缀着粒粒珍珠，流光溢彩，幻美至极。

"神君的衣服脏了，请容奴们为神君更衣吧。"

楚曦闭上眼睛，没有挣扎，犹如傀儡般任由侍女们更换了衣物。

事到如今，跟沧渊较劲已经毫无意义，如何脱身，恢复神力，才是一切的前提。

不知道灵湫他们又被困在了何处。

他闭眼尝试了一下传音入密，却未得到任何回应，想必他们一定被困在某个被结界阻隔之地。抬起眼皮，目光落到眼前的镜子上，他想起什么，心念一动，咬破中指，在镜面上画了个通灵法阵。

镜上画面一闪，现出了一只千纸鹤，正是他之前灵识附过的那只怨灵，似乎正在灵湫的袖中。只见它扑扇了一下翅膀，自袖中飞了出来，楚曦便一阵扶额，很快就看见灵湫等几人都被困在一个临水的石窟之中，门口有鲛人重兵把守，还有结界加持，可谓插翅难飞。

见几个人都在盘腿打坐，脸色也都不太好看，便连平日里最重仪态的灵湫也衣衫凌乱，不见那傲雪凌霜的风姿，显得有些狼狈。楚曦叹了口气，不由得觉得庆幸，这个结界显然没有驱魔驱鬼的效用，只对神族起效，阻拦不了一缕不起眼的鬼魂。

"抱歉，没能逃出去，还需要你再帮本君一次，可行？"

那千纸鹤鸡啄米一样地点头，又在灵湫腰上他所赐的玉佩边一番扑腾，显然是听见了他的请求。

察觉到腰侧的动静，本来盘腿打坐的灵湫睁开了眼睛，看向身侧："师尊？"

与他背靠着背的禹疆亦是突然睁眼，扭过头，一眼看见那只飞起来的千纸鹤，瞳孔一震，道："北溟？"

瞧见他，楚曦心里涌起一阵复杂的情绪，驱使千纸鹤向二人点了点头。

"北溟，我……是我害苦了你。"

楚曦没有回应他，只是跃至灵湫的手心，在他掌心啄道："令牌何在？"

一介怨灵自然是去不了天界的，别提天界，连踏出魔界也是不可能之事，如此，联络上天界的办法，便唯有寻到令牌。

灵湫摇摇头："不在我们身上，定是昏迷之时被那些鲛人魔众搜走了。"

楚曦点了点头，又听他和禹疆异口同声地道："你可还安好？"

灵湫一愣，瞥了禹疆一眼，见他也顿了顿，灵湫蹙起眉，又道："那个小魔头……可有对师尊如何？"

楚曦实在不知道应该如何告诉他们，如今他是身陷虎穴，哦不，鱼穴，自身难保。脑仁隐隐作痛，他不欲多言，令那怨灵脱离了千纸鹤，一路穿过结界和一众守卫。在空中茫然地转悠了半天，注意到一条跟着一个鲛人侍卫巡逻的飞鱼，他的眼前不由得一亮，立刻令那怨灵附了上去。

感应到令牌灵息散发的方位，他跟着鲛人守卫一路进入了先前他逃出来的那座宫殿，沿殿中四通八达的水渠穿梭了一阵，不知到了哪儿。楚曦环顾四周，竟然不经意地瞧见了一个眼熟的身影——那个鲛人少年正坐在水渠独自垂泪，不是别人，正是那个他先前假扮的"溯情"。

飞鱼悄然游去，一滴泪水化成的珍珠恰巧砸在他的头上。

"别哭了，溯情。"一名曼妙的鲛女自水中浮起，一手按在他的膝上，"有空儿在这儿为陛下伤心，不如替他去把那位神君伺候好。"

溯情擦了把泪，红着眼眶道："还去伺候他？你当我不知，陛下方才那样煎熬，不都是因为那位神君？神族一向冷血无情，陛下这般……"

"溯情！"那鲛女一把捂住了他的嘴，"可别让别人听见了，当心招来杀身之祸，陛下可是听不得有人说神君半句坏话的。"

楚曦的眼皮子一阵乱跳，他揉了揉，心想：那样煎熬？沧渊如何了？

"知晓了。"溯情忍住泪意，"我去陛下的寝殿，看看他醒了没有。"

见他起身，楚曦忙驱使飞鱼缀在后方，一路沿着水渠而行，走过一扇巨蚌制成的殿门，便潜入了一间黑暗的殿内。

殿中极为寒冷，粗重的喘息声传入耳膜，借着殿内幽暗的夜明珠的光，甫一看清殿内的情形，楚曦便感到一惊。

一个颀长的身影伏在殿中冷泉内的一块礁石上，全身凝着一层薄薄的冰霜。他长长的鱼尾如蟒蛇一般盘踞在石底，锋利的尾鳍几乎嵌入石峰，蹼爪将礁石表面抠出了深深的窟窿，他精健优美的脊背一起一伏，宛如张弛的弓弦，皮肤表面爬满了暗赤色的纹路，将原本蓝紫色的鳞片也染成了同样的色泽，似乎下一刻便要渗出血来。

"陛下如此这般，真的值当吗？"

一个声音突然从近处响起，楚曦侧眸看去，竟然看见是瀛川跪在池旁，凝冰的双拳紧握，眼神隐忍着焦灼、痛楚。

"为何不告诉神君？陛下自从上次见他之后，已经是第三次发作了。结了子母契又如何？愿意留在魔界又如何？为何不告诉他，若他不肯真正谅解你，放下对你的防备，心中始终存有将你视作危险的魔物和想要离你而去的念头，你体内的蛊咒只会发作得越来越厉害，越来越频繁，这么一直耗下去，你终会被彻底吞噬，魂飞魄散的！"

"别说了！"沧渊低吼了一声，魔音穿耳，震得瀛川当即咳出一口血来，他却仍将双手放在池中，继续为池水降温凝冰。

楚曦却愣在原地，心头震颤——彻底吞噬？

被什么吞噬？

沧渊中了什么蛊？和他有关？

他望着沧渊的背影，见他的五指都抓挠得鲜血淋漓，一副痛苦喘息的模样，心下亦是不忍至极。

楚曦觉得脑子里嗡嗡作响，那怨灵附着的飞鱼险些闯入沧渊处身的冰池之中，被他堪堪收住。

似乎察觉到什么，沧渊忽然侧眸，目光如利刃般朝飞鱼的方向扫来。这一眼，却让那怨灵似乎一下失了控，发疯似的朝他冲去，自然还未近身，便被冻成了一根鱼棍。沧渊一把将它抓起来，疑惑地眯起眼睛打量。

怨灵窜出鱼身，绕着沧渊发出一阵尖叫。

楚曦不禁厉声道："快走！你想灰飞烟灭吗？"

那怨灵被他一吼，倒是听话，眨眼间便钻进了墙里。

"这里怎么会有忘川之下的那些东西？"沧渊自言自语地道，因为忍受着苦楚，额头的青筋毕露。似乎想到了什么，他眼神一冷，强撑着起身，湿淋淋地从水里出来，扯过一件薄袍，不顾散发未束，快步走出了殿门。

楚曦有种不祥的预感，见那怨灵还藏在墙里，心念一动，钻进了跟出去的瀛川斗篷后的兜帽里，竟然察觉出他身上透着一丝微弱的神息。

莫非，令牌在他身上？

这个念头一闪，他刚要设法证实，便听门外传来了由远及近的动静，心下一慌，左右看了看，下意识地扑进了旁边蚌榻之内，正要装晕，可还没来得及躺下，门便被猛然推开来。他不禁一下僵住，与闯入门内之人四目相对。沧渊的胸口急促地起伏着，紧绷的神色却似乎一松。

楚曦干咽了一下，正了正色，拿出师父的威仪来，盯着他，心绪却是复杂、矛盾的，乱成了一团麻。

沧渊微微一笑，目光掠过他脖颈上已经淡去的勒痕，道，"方才我正在歇息，突然有个不速之客偷溜进来，我还以为师父又对自己做了什么奇怪之事，来逼魂灵出窍呢。"

方才，他绝不是歇息。

楚曦的目光扫过他领口间露出的赤红色纹路，刚想开口问，心口的绞痛之感再次袭来，犹如万蚁噬心一般，令他觉得眼前发黑。

这种痛楚他业已经历过一次，自然不陌生——

这便是用吞灵阵尽数吃下了那仙尸恶诅的恶果。

不知道这恶诅的反噬有多厉害，他这残损的神躯，又能否扛住，得去看看元神到底是何状况才行。

疼痛愈发剧烈，他的心中却只有一个念头——在他知晓自己是何种状况前，不能被沧渊瞧出来。他身上还有蛊咒，不能累及他。

极力稳住呼吸，他闭上眼睛道："你出去，为师想静一静。"

那心口的绞痛已经令他再也发不出声音来，为了避免被沧渊察觉，他只得背过身去。

闭上眼睛，他沉入自己的识海之内，但见自己的元神之上，魂焰忽明忽灭，而元神通体，业已蔓延上了密密麻麻的小字，小字扭动、蜿蜒，好似无数小虫、小蛇一般蚕食着他剩余的魂焰，看上去触目惊心。或许是因为先前沧渊渡了灵息的缘故，那恶诅尚未侵蚀他的心脉处，但也不过是时间问题。他运息压制了一番，然则魂焰残损微弱，那些恶诅退下些许，又很快蔓延上来。

楚曦叹了口气，已经明白了自己的状况。

十万岁的神龄，倒也是够久了。

只是，沧渊……

"延维……"

那个缥缈的声音又从识海深处传来。

"延维……"

楚曦睁开眼睛，又看见自己悬浮在那冰层之上，与人首蛇身的白发男子面对着面。

在他的身下，那条盘踞沉睡的赤红色巨龙本来闭合的双眼，竟然微微张开了一条缝隙。

"延维……烛暝已经快要苏醒，你需得找回记忆……方可将他重新封印………"

眼前迷雾弥漫，浮现出一片枝叶繁茂的仙林，心知自己的灵识又被引到了延维的笛上。

身后水声如雷，他循声看去，见不远处赫然是一道瀑布，一个人影身姿矫健地自水潭中逆流飞上，落在他前方的岩石上。

楚曦一眼看清那个人模样，不禁大惊。

那是个十六七岁的少年，头上戴着仙家弟子的玉冠，一身赤色衣衫，一张脸生得颠倒众生，乍一看竟有些肖似沧渊，只是下巴的线条显得更硬朗些，皮肤更深些，轮廓更为分明，宛如烈酒，眉梢、眼角多了一分邪意，眸色也不似鲛人的蓝紫，而是黑若点漆，少了魅惑，多了凌厉的煞气。

为何……为何竟会与沧渊生得有七八分相像？

"师尊，你瞧我如何？是不是又进步了？"少年勾起唇角，坏坏地一笑，半跪在他面前，那漆黑的双眸被阳光一照，竟隐约现出一丝赤红。

"不错。"楚曦听见延维的声音自近在咫尺处响起,侧眸看去,见他微微颔首而笑,"只是修行切忌心急……你的仙骨有异,容易走火入魔。"

"知晓了。"少年偏了下头,现出些微不耐烦,忽然蹙起眉,身子一歪,就往后倒去,眼看要坠入瀑布下尖如利刃的礁石群中。延维一惊,一条长练出袖,便将少年卷了回来。少年顺势扑倒,一脸虚弱之色,抬头喃喃着道:"师……师尊,我又不适了,请您赐……"

延维轻轻叹了一口气,捋起袖子——

他的手腕上赫然裹着一圈纱布,斑斑驳驳的俱是血迹,拆开来,里边的累累伤痕更是触目惊心,竟然明显都是咬出来的。

楚曦暗暗骇然,以上神的自愈力怎会至于弄到如此地步,难道……

惊讶间,延维已经将手腕递到了那个少年的唇边。少年一把捧住,便如饥似渴地吮吸起来,延维蹙起眉心,将头偏到一旁,无声地忍耐着。

那个少年贪婪地饮了许久,才松开延维的手臂,留下两个牙印,在他极白的肌底上透出中毒一般的色泽。楚曦蓦然意识到,这个少年,便是延维从延英殒身之地带回来的魔物——后来的万魔之源,烛暝。

只是,他为何长相会肖似沧渊?

楚曦心下生出一个可怕猜想。莫非,他们有什么血缘联系?

见少年熟睡过去,延维将纱布一圈圈地缠上,站起身来,扶住了身旁一棵树才堪堪站稳。

他转身的一瞬间,楚曦却不经意间瞧见,烛暝睁开一只眼睛,嘴角弯起,盯着延维的背影,露出了一个诡计得逞的笑容,有着说不出的邪肆。

——他竟然是装的?

楚曦的背后一股凉意升起。虽说这烛暝与沧渊生着同一张脸,可性情倒是截然不同,不说别的,沧渊从未如此算计过他这个师父。

神血何其宝贵,如此频繁地饲喂,便是上神也终有受不住的一天。延维如此做,是为了压制烛暝体内魔气,助其修仙吗?

可显然……

这样想着,楚曦忽然觉得一阵失重感袭来,竟然是延维倒在了地上。

烛暝挑起眉毛,瞧见此状,倒是一跃而起,半蹲在延维的身旁。延维不省人事,一头银发散落,脸色苍白,他却一脸兴味,好似小孩瞧见了喜爱的玩物，自言自语着道："师尊啊师尊，你的血很美味。"

孽徒！楚曦不禁心生恼意，见他又抓起延维的手腕，心下一惊。烛瞑却只是嗅了嗅那纱布，舔了一下尖尖的獠牙，笑着道："罢了，放过你，真的把你吸干了，我再找谁去呀？"

这话说完，他却仿佛意犹未尽似的，又吸了一口血，才从延维的腰带间摸出了楚曦附身的笛子，御剑而去。

眨眼之间，不知到了何处。只见周遭是一座神庙般的建筑，眼前的大门上悬浮着一层结界，其上无数小字密布，宛如悬浮的书简，顶上一块牌匾上，是"森罗万象"几个字。

——那是神族上古法器和典籍存放之地。

烛瞑来这儿做什么？

疑惑间，少年已经大摇大摆地走到了门前，朝门口的守卫扬了扬手中的笛子："我乃延维神君的弟子，奉他之命，来此处借阅仙典，上次便来过，你们应该识得我吧。"

两个守卫看了看他手中的笛子，认出是延维之物，对视了一眼，便放他入了内。烛瞑笑了一声，轻车熟路地走进这座唯有上神方有资格进入的至高殿堂，犹如闲逛一般，来到魂器阁内，就像在挑选玩具，用手一一抚过每件古老、珍贵的神族魂器，引得它们微微震颤，发出回应。

他张开五指，似乎在试图召唤什么。楚曦心中不屑，这些魂器，曾归属女娲那一辈的天地共主们，又岂是他能驯服的？可这烛瞑打这些魂器的主意，野心倒是吞天，莫非是想成为一代天地共主吗？

只见过了半天也没有一个魂器飞入烛瞑的手中，须臾，他皱起眉头，露出不满的神情，"呵"了一声，自言自语地道："女娲族脉之血，不过如此嘛。"

说罢，他又钻入了另一个殿厅，这厅内一圈圈的书架成环形包围，上面摆满了珍贵、隐秘的仙典，书页上皆萦绕着神息，散发着微微光晕。烛瞑径直入到最里层，从架上取下一本，翻开来。楚曦瞧见里边的内容，不由得一惊，只见书页竟然是全黑的，上面密布红色小字，煞气冲天，似乎正是他在蓬莱见过的那本魔典，不知道到底是什么来头。

楚曦心下一动，联想到延英，会不会他堕落后生出浓重的煞气，也与阅读过这部魔典有关？

正想着，便见烛暝径直翻到中间，显然先前已经阅读过不止一次，细细抚过书页时，那些小字便如归巢之蚁，尽数往他的掌心汇去。

正当此时，一阵脚步声隐约传来。烛暝翻着书页的手一滞，飞身藏匿在了一排书架后，借空隙朝外窥探。楚曦便见一双人影一前一后地自外间缓缓走入那个放置魂器的殿厅。前方的一人身形高挑，着一袭曳地的绣金银袍，看起来十分尊贵，似乎便是之前被延维称作"堂兄"的那位男子。而他身后跟着的男子作仙侍打扮，一张脸也有些眼熟，竟然有些肖似那位位高权重的东泽神君。

疑惑间，楚曦听见那貌若东泽的男子道："太一殿下深夜召我来此，莫非是有什么要事？"

被唤作"太一殿下"的金袍男子微抬下巴，眼眸一一扫过面前墙上陈列的魂器，道："月末便是陛下选拔下一任天尊之时，本君想来验上一验。"

仙侍似乎一惊："殿下……莫非是想试'天枢'？"

"怎么，本君不够格吗？"太一瞥了他一眼，目光中透出一丝戾气，"你多年随侍在陛下的身侧，想必知晓天枢放在何处吧？"

"殿下的血统尊贵，自然够格。"那个仙侍一阵点头哈腰。

见他尚在犹豫，太一又缓了颜色，将一只手放在他的肩上，凑到他的耳畔，压低了声音："放心，泽离，若他日我真的登上天尊之位，怎会少得了你的好处？你想一想，你不倚靠我，莫非要去倚仗那个懦弱无能的延维吗？他不过就是仗着一副好皮囊，受陛下的宠爱，可陛下神龄已高，即便她选了延维，过不了多久，也是要进入天墟休眠的，到时便是天界大乱，陛下也左右不了……"

那个仙侍浑身僵硬，面色惶然，待太一止声，便不再犹豫，匆匆挪步到了旁边的一座麒麟石雕边，将那麒麟口中所含的灯球旋了个面。

顿时，"咔嗒"一声，那陈列着魂器的墙壁蓦然洞开，露出一个暗格。

暗洞之中，赫然悬浮着一枚紫电青霜萦绕的金球。

楚曦的瞳孔微缩——他曾耳闻过，这早已消失的上古神器，据说是盘古大神的开天辟地之斧的斧柄所化，有撼天动地的巨大威力。

见太一伸出一手，缓缓地探向那神器，他不由得睁大了眼睛，忽然听到耳侧烛暝的呼吸一重，举起一只手来。楚曦登时发现，他的手在微微颤抖，脉搏之处竟然在散发出一丝金光，连带着袖口沾染的一块湿渍也在发亮。

楚曦一怔，旋即意识到——那是延维的血……

莫非，是因为天枢……

他抬眼望去，果然见那天枢异光大作，形态已然发生了变化，从一枚金球缓缓绽开，变成了一条浑身金鳞的小龙，在紫电中蜿蜒游动。

"你看！它有感应了，本君果然是，果然是天选的天地共主！"太一欣喜若狂，一把抓住那金龙，但见它金光一闪，化作了一把龙形长剑，被他握在了手里，他激动地道，"我这便去告诉陛下！天枢认了本君！"

烛暝握紧了拳头，盯着二人离去，眯起双眸，从那魔典上撕下几张纸页，塞进了衣兜里，等了一会儿，也出了殿厅。

回到那瀑布之旁，地上却已经没了延维的踪影。他皱了下眉，跃至那瀑布之下，好一番寻摸折腾，从一处岩缝里采得了一株仙草，气喘吁吁地笑了一笑，便爬上来，快步走向不远处山腰上的白色宫殿。

不顾仙侍们疑惑的目光，他径直来到宫殿深处。一座临水的亭前，数层帷幔飘飞，烟雾缭绕。他穿过长廊，似乎瞧见什么，脚步一顿。

楚曦朝亭中望去，只见阁中一盏灯火幽幽，延维卧在玉榻上，闭着眼，似乎还在昏迷，另一个人正以灵力为他疗伤。

那人一身白衣，不是别人，正是那个生得极像禹疆的仙侍。

一声怒吼传来，楚曦瞥了一眼烛暝，见他舔了一下尖尖的犬齿，满脸不悦之色，像被碰了自己猎物的猛兽，下一刻便冲进亭内，一把将那个仙侍扯了起来，揉到一边："哎，你在对我师尊做什么呢？"

那个仙侍沉着脸色："你没长眼睛吗？看不见吗？自然是为他疗伤。"

"这种事，轮不到你来做！"烛暝冷笑着道，"我便是去为他寻药去了！"

"这伤是为何弄得如此严重……"仙侍强忍怒意，道，"你天天跟在殿下的身边，总应该知晓吧？"

烛暝停顿了一下，旋即笑了起来，歪着头道："自然是为了护着我……羡慕吗？"

"你——殿下收了你，真是收了个祸害！"仙侍气得脸色铁青，一时连话也说不出来，此时延维轻咳了一声，似乎有醒来之兆。烛暝狠狠一掌将仙侍打飞到亭外的水里，半跪在延维的榻前，捧起了他的一只手，轻声唤道："师尊？"

楚曦瞠目结舌，这烛瞑的性情，比起沧渊不知要恶劣多少……可偏偏生得如此相似，难道与他有什么渊源吗？

这烛瞑可是万魔之宗……

楚曦冷汗直冒，又直觉不对，见延维缓缓地睁开了眼睛，瞧见了烛瞑，他咳嗽着端详了他一番，低声道："你去了哪儿？怎么将自己折腾成这样？"

说罢，他微微颤着，抬起手，从他的发间取下一根草叶。

烛瞑明显一怔，盯着他愣了一下，似乎有些失神，柔声道："徒儿去为师尊采仙草了。"

"瞑儿懂事了。"延维温和地一笑，"其实不必，为师乃上神，很快便会恢复。"可说着，又是一阵咳嗽。

烛瞑瞧着他，眼神半明半晦，情不自禁地伸出手来，为他顺气，延维却刚巧艰难地撑起身子来，看了看身周，问："你可有见到为师的笛子？"

烛瞑忙将他扶住，将那笛子从袖中取出，呈给他道："师尊落在外边了。"

延维收起笛子，对他的谎言仿佛一无所觉。

此时周围腾起一片烟雾，景象变幻，

迷雾散开，楚曦便见自己竟然置身在一座金碧辉煌的大殿之内。

殿中回荡着庄严的钟鼎之乐，一听之下，楚曦便听出这是祭天之曲。大殿当中，两列人缓缓行进，站在最前方的那一人，身穿金色绣着日月星辰的华美长袍，头戴十二冕旒冠，竟是一副天尊的装束，却正是那位夺走了天枢的太一。楚曦意识到，自己又陷入了幻境之中。

顺着太一行进的方向看去，那站在宝座之前，同样头戴帝冠显得高贵凛然的神女，想必是那传说中的天地共主——女娲无疑了。待太一行至她的面前，恭敬地跪下，双手举起，女娲便将天尊的权杖置于他的掌心。

此刻，显然便是新任天尊的继位大典。

由此看来，夺取了天枢的太一，果然成功地获得了娲皇的重视。

目睹这一幕，楚曦蓦然想起，在沉没的断妄海石殿中见到的那位戴着头冠的仙尸，似乎，极有可能便是太一。

"殿下就没有一丝不甘吗？"

一个极轻的声音自他的耳边传来。楚曦侧眸，便见那神似禹疆的仙侍提着酒壶，为延维斟了一杯酒，双眸却盯着那位太一。

"东皇太一不过是支系，亦有狐族血脉，血统不纯，且心思诡诈，殿下仁善正直，又是娲族纯血，天尊之位，本来便应是殿下您的。"

"嘘。"延维瞥了仙侍一眼，示意噤声，"胡言乱语什么？现下堂兄既然已继承大统，你便莫要妄言了。我本就无意继承天尊之位，既然陛下认可了堂兄，必然有他的可取之处。如此也好，他得到了他想要的，便不会来为难我了。"

"若是如此，我倒也放心了。"那白衣仙侍道，"可怕就怕，他没那么有度量，还把殿下视作眼中钉、肉中刺。"

"呵呵，你瞎操什么心？"另一边传来一声鄙夷的轻笑，"若他为难师尊，我第一个不答应，轮得着你一个侍从？"

"你！"

"好了，你们是要在这里拌嘴，叫诸神听见吗？"

延维放下酒樽，低声斥道。

此时，太一缓缓步上台阶，转身坐上天尊宝座，四周响起一阵庄严的诵唱，唱的是开天辟地的赞歌。殿中诸神纷纷跪下，延维等三人亦不例外。而娲皇则走到殿中，张开双臂，但见她周身焕发出金色光晕，最终化作一束璀璨无比的光芒，自大殿上方的穹洞飞向了至高上穹。

楚曦明白，这便是"归墟"。与陨灭不同，上神归墟便是到一定岁数之后，化作星辰，成为天地秩序的一部分，与万物共感，乃为永生。只是，归墟之后，即便是娲皇，也再不可干涉三界纷争，因为因果业报，宿命轮回，皆为天地秩序的一部分，冥冥中自有定数。

楚曦环顾四周，也终于知晓，那断妄海下沉没的殿群，为何那样巍峨壮观，因为那不是普通的神殿……而是这整片中天庭。

只是不知，娲皇在上，看见中天庭沉没，诸神陨落，又会作何感想。

他提前知晓了结局，可这当中到底发生了什么？

他正思忖着，见殿中鱼贯飞入一列羽衣仙姬，拨弦弹唱，翩翩起舞，一时间殿内歌舞升平。

"师尊，徒儿觉得胸闷，去透口气，马上便回。"言罢，不待延维答应，烛暝便自顾自地起了身。延维瞧着他的背影，叹了口气，显然是见惯了他这般任性的模样，也便随他去了。

乐舞仍在继续，诸神亦谈笑风生，把酒言欢，只是楚曦察觉道，似乎是因为太一继位的关系，殿中的诸神已经自发站了队，不敢亲近延维。

延维却并不在乎，只是默默地啜着酒，目光落在那些仙姬身上，楚曦却能感到，他似乎有些心神不宁。只见他啜完一樽酒，侧头低问身旁之人："宴京，你去寻一下暝儿。此地是中天庭，不可随意乱逛。"

那个被唤作宴京的蓝衣仙侍厌恶地皱起眉，却应道："是。"

刚要起身，延维又道："罢了，我自己去。"

说着，他便搁下酒樽，低首悄然行入走廊，自殿中偏门出了殿外。

似乎是凭着某种感应，他一路不停，穿过一道廊桥，来到了一方偏僻隐秘亭台之中。但见烛暝凝立在那喷泉之前，似乎在冥思。

延维松了口气，来到他身后，唤道："暝儿，你一个人跑到这儿来做什么？"

烛暝不语亦不动，延维便又唤了他两声，见他还没有反应，不由得蹙起眉，伸出一手，在他的肩头一拍。这一拍之下，延维便是一惊，察觉出什么不对，将他扳了过来，见他双目空洞，如同一个死物。

延维的眉头锁得更深，他左右看了看，见周围无人，就在烛暝的额心一点，面前腾起一道青烟，再看面前哪里是烛暝，分明只是一个树枝扎的傀儡。

"这混账东西！跑哪儿去了？"延维一时气结，手上掐起法诀，却只见傀儡身上一个缀着的铃铛颤动起来。延维心下隐隐觉得不祥，抿紧嘴唇，似乎想到什么，手指在腕上一划，一丝鲜血沁出，自掌心朝西方延伸。

他未多犹豫，立时开启了瞬移。

一眨眼，便已闪现在另一处。来不及看清这是何处，楚曦便被眼前所见一惊。但见一座石台之上，一团球状之物光晕萦绕，正是那天枢，而一个人影，正伸出淌血的手，缓缓向它探去。天枢有所感应，逐渐化作一条紫电环绕的金龙，钻入他掌心破口之中。

"暝儿！你做什么？"延维轻喝一声，飞至他的身后，一把拽住他的后领，正要将他扯开，却不料烛暝反手便是一掌，不偏不倚地击中延维的胸口。

这一掌下手极重，延维本就虚弱，当即后飞出去，重重地撞在一根柱子上，跌落在地。那钻入烛暝体内的金龙一颤，竟掉转方向，朝它游来。烛暝的脸色一变，他凶狠不甘地一把攥住金龙，一口咬住，强行往掌心的血口塞去。

"暝儿！你别做错事！那是天尊之物！"延维伏在地上，嘴角溢出鲜血，声嘶力竭。烛暝却置若罔闻，那金龙却在这一刹那分裂开来，尾端一缕化作一条小蛇，一瞬间就沁入烛暝额心的神印，大半没入烛暝的掌心。

便见他登时浑身紫电环绕，修为不知暴涨多少，只是强行吞了天枢，显然有些吃不消，一口鲜血吐了出来，脸上却露出欣喜若狂的神色。

待拭去唇边的鲜血，他的目光这才落在地上的延维身上，笑着道："师尊，你无意坐这天尊之位，弟子却很想试试。不如让弟子来替你坐坐。"

"你莫要胡闹，快将天枢归位！否则罪同谋逆，将与诸神为敌！"

"我若天下无敌，又何须忌惮诸神？"烛暝满脸不屑，"哼"了一声，延维扶着柱子艰难地爬起，头晕目眩，尚未站稳，外间便已经传来一阵急促的脚步声，四周更是警钟大鸣。

"来得倒是挺快。"烛暝身形一闪，一把拽起延维，便掐了个法诀，可瞬移阵并未开启，便被延维死死地拉住了："不可！还回去！"

见自己掌心的裂缝溢出丝丝金光，烛暝脸上顿时现出不甘之色，一急之下，竟然一脚踹去，将延维踹得滚到了一边。

此时脚步声已到门口，烛暝看了一眼伏在地上爬不起来的延维，咬了咬牙，看了一眼即将破门而入的数名人影，一掐法诀，消失得无影无踪。

延维捂住胸口，眼圈已经红了，楚曦亦能清晰地感知他的心痛难当。

延维亲手将他从死地带出，尽心教导，以血饲喂，妄想能教导这魔物去邪从善，步入正途，甚至为此放弃天尊之位，却遭蒙骗算计，更在阻拦他犯下弥天大错之时被重伤至此，弃之不顾，一腔心血尽数错付，又岂能不痛心？

一声冷笑从门口传来，楚曦循声看去，只见那个头戴天尊冠冕之人盯着那空了的天枢底座，又看向了延维，目光森然。

楚曦的心，随着延维往下一沉，似乎坠入了万丈深渊。

"不！不是他！"

楚曦惊愕大呼，一睁眼，从幻境中蓦然脱离。

再睁眼，已经不见了烛瞑和延维，竟似乎又回到了现实之中。

身下微微颠簸、摇晃，他看清四周的景象，心下大惊——他已经不在那蚌榻之上……而在一顶华丽宽阔的轿子之内。

透过缝隙，一瞥之下，隐约可见这顶轿子被一头巨鲸驮着，缓缓而行，窗帘浮动间，亦可瞥见两侧人山人海，似乎是在举行什么隆重的典礼。

楚曦心下愕然，却觉得浑身动弹不得，显然是又被傀儡线所控制。

沧渊到底想做什么？

他正想着，轿子晃晃悠悠地停了下来，帷帘被风拂起。楚曦便见左右两排鲛人侍从俯首恭迎着他，两个鲛女将他从轿中扶起。

楚曦的身体不受自控，被鲛侍们簇拥着，缓缓走上那座高台。沧渊来到他面前，用他那狭长幽深的双眸盯着楚曦。此时，头顶浮动的魔穹中绽出一缕光晕，竟有一只仙鹤载着一个人飞了下来。楚曦一惊，见那人落在高台之上，身着灰青缀羽袍，手上执一枚嵌着长羽的令牌，是御前传令神官的装扮。那人瞧了他一眼，楚曦尚未开口，他便迅速挪开目光，看向了沧渊。

沧渊微微一笑，却似乎并不意外："这位可是仙使？没想到，如今的天尊倒是守信。"

那位仙使低声道："二十八颗补天石和其他神君何在？"

"那几位神君，我已经将他们安置在魔界与虞渊的交界处，至于二十八颗补天石，待我拿到天尊亲笔立下的日月之契，自然如数交还。"

楚曦终于明白过来，震惊地道："沧渊，你——"

"师父，你看，让天界放弃你并没有什么难的，不过是价码问题罢了，这就是你一心效忠想要守护的天界，你不觉得心寒吗？而在弟子这儿，您就是无价之宝，哪怕拿这乾坤万物来换，弟子也绝不允诺。"

"你！"楚曦已经说不出话。沧渊这是在拿灵湫他们和补天石与神界作交换！这是何等的荒唐、疯狂，小天尊和天庭诸神如何能应允？

如此想着，他却见那位仙使从袖中取出一个卷轴。那卷轴悬浮空中，缓缓展开:"血契在此。天尊之血,日月为证,诸神如有违背,五雷轰顶。"

楚曦盯着那卷轴上金红如烙的女娲之印,脑子"嗡"的一声炸开了。

"不可能,小天尊如何可能行如此荒唐之举,老天尊呢?其他神官呢?"楚曦厉声道,"你到底是奉谁的命令来的,是不是执明?"

那位仙使朝他低头行了个礼,低声道:"事关神界大局,还望神君体谅。"

体谅?他如何体谅?楚曦简直气得想笑,到底是谁做的主,这不就是把他一个上神卖了吗?可他笑不出来——不知此时的天庭,到底出了什么乱子。

沧渊一把接过那血契,在手中捏紧,笑着道:"甚好。本尊亦会践行约定,将补天石与几位神君一并归还天界,请仙使现下去交界处静候便可。"

见那位仙使迅速飞远,楚曦盯着沧渊,气得发抖:"孽徒……你胡作非为,荒唐至极!"

"徒儿说过,徒儿是不信命的。"沧渊看向他,眼底有深如渊壑般的执念,笑了,"师父身为上神,受天规束缚,身不由己,而天界众神,虚伪冷血,钩心斗角,口蜜腹剑者不在少数,师父心思纯善,防不胜防,唯有让天界放弃师父,解开师父的命中枷锁,便是逆天而为,我亦会去做。能让师父今后无拘无束,我重渊……此生无憾。"

楚曦一怔,心下一阵不安,沧渊明明是逼他留在了魔界,留在他的身边,何来的无拘无束?

此话说得……说得好像……好像……沧渊以后也要放手还他自由似的……

此念一起,他的不安到了极点,便见沧渊蹙了蹙眉,闷哼一声,只见他的手腕和脖子上,都蔓延上了那种赤红色的纹路。

楚曦的瞳孔微缩,他想起瀛川所言,便见沧渊深深地看了他一眼,然后纵身跳下高台。在这一瞬间,魔界的大地上,轰然裂开一道深长的缝隙,宛如一张巨口,将沧渊的身影一下吞没了。

"渊儿!"楚曦睁大眼睛,大呼一声,身子的束缚在沧渊消失的瞬间蓦然被解除,他想也未想,就冲到高台的边缘,纵身一跃!

"渊儿!"

闻得上方的呼声,沧渊抬起头,立时怔住,见楚曦从天而降,落入他的眼底。此情此景，一如三百年前他从船上坠落之时，一如数万年前他堕入魔道被降下天罚万劫不复之时。

二人的距离渐渐拉近，楚曦一把抓住他的袖摆。下一刻，师徒俩便双双坠入一片水域之中。往深处沉了几米，楚曦只得觉猛地被人拉起，提出了水面。

楚曦喘了几下，睁开眼睛。

"师父，你不应该跟过来。"沧渊咬着牙吐字，显然强忍着剧烈的痛苦。

"这是何处？你为何要来此？还说方才那样的话？"楚曦环顾四周，见此处是一片无边无际的沼泽，沼泽中生着巨大虬结的树，树根上都绞缠着那种赤红色布满鳞片的藤蔓，藤蔓微微起伏，宛如呼吸。

"这里是修罗道，我成魔之处。"

楚曦脱口问道："你身上之蛊，便是在这里中的吗？"

沧渊一怔，盯着他，神色瞬息变幻："师父如何知晓？"

"为师……"楚曦语结。

他却似乎已经恍然大悟，唇角抖了几下，似乎不可置信："师父……是因为知晓了，才跟下来的吗？"

他说这话时，似乎仍在强忍痛楚，楚曦亦能瞥见，那赤红色的纹路已经越来越多，已经快要蔓至他的额印处。

无论神魔，额心的印记，皆为全身关窍。

如若这蛊咒可毁他的元神，至魂魄破散，若侵入那处，便再无救。

楚曦的心狠狠一拧。

"你所中之蛊，到底为何？"楚曦一把拽住他的衣襟，急忙道，"为师命你，快说！"

沧渊沉默了一下，方道："那时我寿数将尽，只好答应魔魇魅，随他入魔。他将我扔入修罗道中，我在此，便日日与群魔厮杀，如此修炼，最后炼成至强的魔体，也身负重伤，奄奄一息。濒死之际，我陷入幻境，见到了万魔之源的影子，他答应救我，予我万年寿命，却要在我身上种下执念之蛊，与我定一个赌约，非生即死。我那时，只想再见师父，别无他法。"

"什么执念之蛊？"楚曦愕然，"可是与我有关？"

沧渊凝视着他，答非所问："师尊，如今你已经想起了前尘旧事，你对

100

弟子，可有真正放下心结，可愿原谅弟子，如以前一样，让弟子长伴身侧？"

楚曦一怔，这盅与他是否对沧渊释怀有关？只是这片刻惊疑，沧渊已垂下眼睛，自嘲地笑了起来："我便知道，师尊心里还是对我心怀芥蒂，认为我是个魔物……"

"不！"楚曦刚想解释，却被涌上喉头的血呛得一阵猛咳。

沧渊一惊，忙屈指掐诀，松了傀儡线。

楚曦翻过身，捂着嘴，将血生生咽下，胸口剧痛无比，想是那恶诅又发作了起来。

沧渊将他的脸强行扳过来，目光落在他染血的唇上，目光沉了下去："是不是因为师父对付那仙尸用的法阵？"

"为师说了，是因为未休息够，元神虚弱罢了。"楚曦抬手抵住嘴唇，勉强止住咳嗽，沧渊却盯住他，道："我不信。"

说罢，楚曦便觉得额心的神印一震，是沧渊的灵识欲强行闯入自己的识海之内。

楚曦一皱眉，便将他的灵识震了出去，他身为上神，清醒时若连自己的识海都护不住，便白活这么一千年了。

"放肆。为师的识海，岂是你能随便看的？"楚曦冷冷地呵斥道。沧渊盯着他的侧颜，嘴唇抿紧，那颗心，那颗属于上神的心，一触即离。

沧渊和他之间咫尺的距离，似乎又变得有千里之遥，他的背影，站在他不可企及的妄海尽头。

沧渊的心头宛如裂开，他攥住楚曦衣袍的一角，眼角便已坠下一滴眼泪。

"你……"楚曦回眸，见他堂堂一个魔君竟然落泪，跟小时候似的，心头一软，后悔自己的话说得太重，那点气也顿时消失了一半。还没想好怎么哄他，但见他的泪水化珠落入沼泽，下方轰然袭来一阵剧烈的颤抖，刹那间整片修罗之域地动山摇。

所有的赤红色藤蔓宛如冬眠惊醒的巨蟒般拔地而起，将二人脚下的岩石刹那间劈成了两半。楚曦被掀入水中，衣袍撕裂。他脚下一点飞身而起，回眸便见沧渊纵身飞来，一根赤红色的藤蔓却猝不及防地缠住了他的一只手臂，将他猛然拽向上方，无数藤蔓亦如飓风般绞作一鼓，涌向上空。

一条巨大无比的赤色龙形，在上空渐渐集聚成型。

楚曦睁大眼睛。

他认得，那便是在幻境里的冰川之下蛰伏的万魔之源。

烛暝。

见沧渊被缠住一臂，扯向那条巨龙的口中，整个人却不反抗，状若昏迷，楚曦心下一紧，纵身飞向上空，手里现出长弓。正要拉弦，手臂双足却在刹那间被赤红色的藤蔓绞缠缚死，拽到那巨龙之瞳前。

那巨龙之瞳漆黑如墨，静静地盯着他。

楚曦觉得呼吸困难，咬着牙道："你……可是烛暝？"

一个低沉得犹如来自地底的声音，自巨龙口中传来："……师……尊。"

"我不是你的师尊。"楚曦盯着他，"我不是延维。"

"师父……"下方传来沧渊嘶哑的低吼。楚曦垂眸看去，见沧渊手持长剑，一只手臂仍然被那赤红色的藤蔓绞缠，与巨龙口中探出的锋利口器缠斗着。

此时赤红色的纹路已经蔓上他的脖颈，似乎被蛊咒影响，他的法力难以发挥，一招一式都异常吃力，离巨龙大张的口越来越近。

"你是想吞噬他吗？"楚曦心急如焚，咬着牙问，"为何如此？你下的蛊咒……我分明已经替他解除，你岂能出尔反尔？"

"他乃……我的眼泪所生之灵，自当回归于我……"一张与沧渊颇为肖似的脸，那黑中透赤的双眸，自一片漆黑中渐渐浮现，跟着一只苍白的手探了出来，抚上楚曦的脸。楚曦大睁着眼睛，盯着近处的眼眸，想起幻境中的所见所闻，下意识地摇头。

无论是沧渊还是重渊，皆不似烛暝之恶。

哪怕沧渊是因烛暝而生，他也绝不容沧渊被烛暝吞噬！

"不……他不是你，不该归于你！"楚曦厉声道，"你放过他！"

"你在意他……却厌恶我……"烛暝眯起双眸，眸底现出浓重的嫉妒之色，一双手臂猛然探出，一下子将他拖进了自己的瞳中！

楚曦倒吸一口气，回过神来，便惊讶地发现自己已经置身在那金碧辉煌的大殿之内，数根叉戟压在身上——或说，压在佩着他灵识所附的笛子的延维身上。

而前方的高台之上，坐着那头冠帝冕的太一，正垂眸俯视着延维，面色森然。高台前方两侧，数位神官垂首凝立，噤若寒蝉。

"延维，朕再问你一次，你将天枢的另一半藏在了何处？"

延维跪在那里，一声不吭。

"我族少君绝不会做出此事，陛下明鉴！"一个青年的声音自后方传来。楚曦侧眸看去，见那貌似禹疆的蓝衣仙侍宴京，他一下下地磕头哀求着，将大殿纯白的玉质地面砸得嘭嘭作响，额头上已经渗出血来。

在他的身后，还有几个人，亦在磕头喊冤，似乎是延氏一族的族亲。

一位年长的神女双眸含泪，边磕头边道："少君自小仁善正直，绝不会犯此谋逆大罪！延氏一族子嗣凋零，娲族纯血唯少君一根独苗，还与陛下有血缘之亲，还望陛下明察此事，切莫冤枉了少君！"

"延氏一族子嗣凋零是为何？"太一冷笑着道，"难道不是因为那罪神延英？依朕看，你族少君怕是对他叔父之事心怀不满，又不甘先尊传位于我，便欲盗走天枢，借天枢之力动摇天地，伺机篡位吧！"

"陛下，这其中定是有什么误会！"宴京声嘶力竭地道，眼圈都红了，"少君，你快说话啊！"

延维只是静静地跪着，面无波澜，一言不发。

"少君！"

"不说话，亦不否认，那你便是认罪了。"太一的脸色愈发阴沉，一只手一翻，凭空现出一块令牌。他把它掷到延维面前，"罪神延维，盗取天尊魂器，拒不供认魂器下落，罪同谋逆，立刻押入天狱受审！"

延维垂下眼眸，依然未置一词，被两名天卫拽起。

"少君！"那蓝衣仙侍扑过去，想抓住他，却只抓下了他腰侧之笛，便被天卫架到一边，楚曦的灵识，亦随之移到了宴京手中。

楚曦看着他被押往大殿的背影，亦能感知他几乎心如死灰，只是尚怀着一丝不忍——是不忍他们追究到烛暝身上吧？

可那个骗他弃他的逆徒，又在何处呢？

"啪"，一滴泪水砸在楚曦的额头上。他抬起头，便见那张俊雅的面庞近乎扭曲，双目通红，死死地抓着那笛子，指骨已经泛白。

"是烛暝……定是因为他，我便知晓，他迟早是个祸害！"

说完，宴京飞身出殿，发疯般地四处乱闯，似乎在寻找烛暝下落。楚曦不知随他奔走了多少日夜，几乎将整个九重天翻了个遍，也未寻着烛暝的踪迹。见他形容狼狈，仍不放弃，楚曦亦不免动容。

——前世的禹疆如此对待重渊，莫非是因为他带着宴京的记忆吗？

如此，虽然事出有因，但烛暝与重渊，还有沧渊，却是迥然不同的性情。

"会在何处……会在何处……"

见宴京一手扶着一处天台上的护栏，嘴里喃喃着，楚曦不禁猜想，转遍了九重天都不见烛暝的身影，莫非他是在幕埠山？

如此想着，宴京忽然也似乎想到了什么，身形一闪，落到了一处山巅。他朝下俯瞰，只见一道深长的裂谷中有血河流淌，正是那幕埠山所在之处。

"哈哈哈……"

听到底下传来嘈杂的哄笑，宴京一跃而下，落在了河中的一块石上，循着那笑声的来处，飞向河流尽头的森林之中。但见一群容貌妖异的青年，有男有女，在欢呼雀跃，手舞足蹈地围聚在一块石台之周，石台上坐着一个人，正仰头大口饮酒，酒水沿嘴角溢出，一副狂放不羁的模样。

"小九，你离开这么久，现在能回来，实在太好了！"一个人哈哈大笑，与他碰了一杯，"自从那日那位仙人将你带走，我们都很挂念你呢！"

"哎，九哥，你还没说，你是怎样变得如此强悍的呢？竟然一回来，便能将我们都点化成精了，哈哈哈，是不是那位仙人教你的法术？"

"畜牲……你在这儿逍遥，少君却在为你顶罪！"宴京朝他飞身扑来，却被他一挥袖击飞，摔倒在地。

烛暝微微一怔，似乎想问些什么，可是看见周围的男男女女皆哄笑起来，便又抱起双臂，露出一副满不在乎的模样："那有什么，他不是我的师父吗？护着我自然是应该的！再说，他不是女娲的后裔吗？太一还能置他于死地不成，女娲那么宠他，能坐视不理？"

"畜牲……娲皇已然归墟，管不了天庭之事！"宴京艰难地爬起来，朝他再次飞身扑来，"你跟我回去！去为少君洗刷冤屈！"

烛暝冷哼一声，又是一掌，将他瞬间掀飞，摔进血海之中。

无数魔物刹那间如同嗅到血腥味的群鲨，朝河中的宴京一拥而上，撕咬起他来。

"啊啊啊……"宴京挣扎着躲避，惨叫不已，却听烛暝那边都在哈哈大笑，拍手叫好。楚曦不由得也变得怒不可遏，这烛暝当真是畜牲不如，哪里及得上沧渊万分之一，竟然妄想将他吞噬！他绝不允许！

目睹宴京被撕咬得遍体鳞伤，他亦是不忍，却无法视而不见，只能眼睁睁地瞧着他宛如被凌迟一般，咬下了全副血肉，只剩一具白骨般的残躯，挣扎着爬出了那道裂谷，奄奄一息地趴在一块山岩上。

仰望着头顶的穹幕，他双目血红，满眼含泪，低声喃喃着。

"少君，宴京发誓，百世轮回，也会替你报仇。"

楚曦长叹了一口气，闭上双眼，心下五味杂陈，复杂至极。

远远望去，见那群围绕着烛暝的恶灵仍是欢声笑语，手舞足蹈，烛暝却坐在石台之上，闷不作声地独自饮酒，不再与他们嬉闹，竟似有些怅然若失一般。

"小九，你怎么了？怎么自那个神仙来过之后，你便有些心神不宁似的？"

"该不会………是因为听说了那个什么少君的消息，九哥才闷闷不乐的吧？"

"如何可能，你们瞎说什么！"烛暝像被火烫了似的，"嗖"的一下站起，将手里的酒壶一下掷到地上，砸了个粉碎，兀自起身拂袖而去。

他独自走入林间，跃上一棵树，在树枝间卧下，望着天发了半天呆，从怀中缓缓地取出一件物事。

那物事不是其他……竟是一缕染血的白发，多半是自延维昏迷时得来。他握在手心，用指尖摩挲，竟好似十分珍视一般，蹙起眉头，又自嘲似的笑笑，神色一时十分矛盾。

烛暝，你将延维陷害至此，心中可也有一分悔意？

若是悬崖勒马，若是回头认错，是不是兴许便不会有后来的悲剧？

下一刻，四周的景象如烟一般发生变换，待再睁开眼睛，他便一怔。

但见眼前已经换到了一处幽暗之地，是一座圆形的石坛，无数獠牙般的栅栏将石坛环绕，坛中以八股铁索缚着一个人。那人白发披散，人首蛇身，头颅低垂，身上血迹斑斑，竟是被那八股铁索穿过肋骨，双手亦被铁钩挂住，倒折背后，悬吊在空中。

竟然是延维。

楚曦的瞳孔一缩，心口凄冷之意袭来，竟似乎能与他感同身受。

"殿下……啊……殿下……"一声嘶哑的怒吼声从身畔传来，楚曦侧眸看去，见宴京跪倒在坛前，双手抓着那獠牙般的栅栏，近乎呜咽。

"宴……宴京……"

一声微弱的喃喃之声传来，嘶哑得不似人声。

"你走吧……别来此处……恐会……受本君牵累……"

"殿下……为何不为自己申冤？"宴京抬起头，情绪激动至极，状若疯狂，"便是为那畜牲不如的东西吗？他值得你如此吗？你可知他是如何待你！他回了那幕埠山，与那些堕落之灵厮混在一起，寻欢作乐，根本不顾你的死活清誉！殿下为何不言明真相！"

此言一出，便听延维剧烈地咳嗽起来，鲜血自周身才凝滞不久的伤处渗了出来，淌了一地。

宴京不敢再说，死死地咬住双唇，双目流出血来。

良久，延维才发出一声极为虚弱的叹息。

"本君……妄图报偿叔父之恩，引他尸骸的戾气所生之灵向善……终是……未能做到。宴京……你且为……本君做一件事。"

"何事？"宴京抓紧栅栏，着急地道。

106

"本君……流着娲族……纯血……太一将我视作威胁，其实……无论结果如何……太一……都不会放过我……本君神骨已残，不愿苟活……"延维断断续续地道，"你……替本君去寻……烛暝让他交还……另一半天枢……本君……愿替他担此罪责，只要他日后……肯改邪归正……便好。"

宴京听说他神骨已残，感到十分痛心，却又听说他还想劝烛暝改邪归正，竟甘愿为烛暝顶罪，因而苦笑一声，又泪流满面。

"殿下……"他的头抵在栅栏上，声音嘶哑地道，"宴京……自当尽力。"

可话音未落，后方便传来一串冰冷的脚步声。宴京一惊，想要离开，却已经来不及，一转身，迎面便遇上了带着亲信前来的太一。

宴京面露屈辱之意，却不得不低下头，退到一边，跪了下来："陛下。"

"来看望你家少君？"太一瞟了他一眼，冷冷地"哼"了一声，"倒是忠心耿耿……来得正好，可以与你族一众长老齐聚一堂了。"

宴京一震，猛然抬头："陛下……是何意思？"

楚曦亦吃了一惊，见延维似乎也听见了，艰难地昂起了头。

太一轻轻抚着扳指，笑了一下，示意身旁的亲信揭开手里捧的托盘上的罩子——但见那罩中之物，正是当初女娲用来镇压延英的镇魂灯。灯中明明灭灭，赫然是七八个元神，此起彼伏地发出痛苦的呼喊。

"少君……少君救我！"

"少君！"

再看延维，凌乱的白发间露出的一只眼睛突然大睁，缓缓淌下一行血泪来。

"你……你竟把他们都……"

"没错，我把他们都挫去了神骨，毁了元神，剖了魂元，镇入了此处。"

太一抬起一手，五指一收，便将宴京吸了过来，头颅按在那镇魂灯上。

"若你还不肯说另一半天枢何在，便连这最后一个人，也留不住了。"

说罢，他手指一紧，便见宴京惨叫一声，青蓝色的魂焰从七窍之中倾泻而出，被那镇魂灯一点点吞噬。

延维目睹这一情景，浑身颤抖着，骤然爆发出一阵撕心裂肺的嘶吼，但见他心口元丹处金光大作，一道半透明的魂影从肉身上脱离而出，伸手一招，宴京手中的笛子便自动向他飞去，刹那化成一柄长剑。

见延维元神出窍，一剑刺来，太一避之不及，那亲信挡在他的身前，瞬时被一剑穿心。太一被震到一边，撞在墙上，镇魂灯碎了一地，灯中的魂元立刻脱离了困缚，却也无处可归，俱散作星点，朝狱门外飘去。

宴京本就伤重不堪，魂焰又散了大半，奄奄一息地倒在一旁。

延维伸出手，想去扶起他，半透明的手只是从他的身上穿了过去。

"殿下……少君……快逃。宴京……来世再来守护你。"

这一句说完，他便猛地朝太一扑去，耗尽最后一丝灵力，整个人化作一道结界，将他锁缚其中，可即便如此，也只能困住他一时而已。

"宴京……"

延维闭了闭眼，眼角又滚落一滴血泪。见外间涌入无数天卫，他便提剑直飞而出，一剑将那牢不可破的狱门劈得裂开，突出重围。

楚曦依附在他的剑上，心下震动，亦能感知到他撕心裂肺之痛。

他从来不是懦弱无能之辈……不过太仁善隐忍罢了。

这一念仁善，却致自己的神骨残毁，族亲尽殒，他该有多绝望？

追击之声紧随而至，回眸望去，天兵天将犹如漫天罗网，密密袭来，待楚曦回过神来，便见延维已经落在一处悬崖之上。

悬崖下方，是一片无边无际的紫红之海，悬浮在天穹之中，其中有一个巨大的漩涡，犹如龙卷风一样向上无休止地旋转着，似乎能将一切坠入其间的生灵粉碎。一缕海水涌到他的面前，触手可及。

断妄海。

延维伸出手去，掬出一捧，仰头咽下。

楚曦一怔。断妄海之水，若饮之，便可忘却一生，断却妄念。

若渡水而过，便了却此生，得入轮回。

若……

他心下刚隐约生出一念，便看见延维凄然一笑，闭上双眼，纵身跃入。

一瞬间，延维的身躯散作了无数星辰，没入那汹涌的漩涡之内，消失了踪迹。

——若纵身跃入，便魂飞魄散，陨灭无存。

楚曦看着这一切，只觉得自己的灵识升腾向高空，不知道过了多久，又缓缓地落下，但见是一缕海水，将延维的笛子送回了崖边。

而那些天兵天将，早已不见，在他眼前的，不过是一个人而已。

那是烛暝。

少年不见了素日里那顽劣不羁的模样，只是一脸失魂落魄的神色。他呆呆地瞧着楚曦附着的笛子，跪了下来，过了好半天，才双手颤抖着将它拾起来。

"师……师尊……"

"师尊？"

他喃喃地唤着，向断妄海中张望着，声音渐渐变大。

"师尊？"

"师尊，你在何处？"

"师尊？暝儿回来了，暝儿知错了，师尊，你在何处？"

先是轻声乎唤，然后是大喊，最后一声声，渐渐都变成野兽般的嘶吼。

"师尊……师尊……师尊！"

可是无论他如何声嘶力竭，回应他的，也只是断妄海中万年不变的涛声，并无其他。

烛暝摇了摇头，状若癫狂，只是自言自语道："不可能，不会的，只是笛子上有他气息罢了。"

说完他身形一闪，瞬移到天狱之前，却一眼便看见，延维血淋淋的羽衣被悬挂在天狱门前，却不见肉身——元神已陨，肉身自不复存在，唯有那血淋淋的衣袍，昭示着他殒前所受的全部苦楚。

烛暝呆呆地看着那衣袍，宛如石雕一般，愣住良久，才踉跄着走过去，却被门前的天卫齐齐以叉戟拦住脚步："天狱禁地，何人擅闯？"

烛暝便似被蓦然挑衅的疯犬，一把卡住两名天卫的脖颈，十指一收，咬牙嘶吼："是谁……是谁对他下的手？是谁对他行的刑？谁下的令？"

"自然是……自然是刑司大人，这是谋逆的罪神，自然是陛下的旨意！你是何人……竟胆敢……胆敢……"

话音未落，烛暝十指一收，便将两名天卫的灵力吞噬净尽，把他们吸成了两副枯骨，散碎成了齑粉，然后转身便朝远处那巍峨的中天庭飞去。

此后之事，楚曦无须再看，便已知晓发生了什么。

烛暝身怀延维的娲族纯血，拥有大半天枢之力，自身又修习了魔典中的噬仙之法，发起狂来，便连中天庭的众神也难以对付。

但见他冲入中天庭前门的那一刻，便化作一条赤红色的巨龙，张嘴喷出一团黑色烈焰。烈焰所过之处，俱被黑暗吞噬，中天庭中欣赏歌舞的诸神，奏乐舞蹈的仙姬，守卫与仙侍们无一幸免，便连那坐在天尊宝座上的太一，亦只是一瞬间，便湮没在了铺天盖地的黑暗之中。

于黑暗之中，楚曦什么也看不见，只听到太一发出痛苦的惨叫。

"说，延维他人在何处？"烛暝如丧钟般的恐怖的声音自黑暗中响起。

"他……你是谁？是来替他寻仇的吗？他畏罪自尽，已经跳下断妄海陨落了！"

一时犹如死寂。

过了半晌，才听烛暝发狂似的吼道："我不信！你把他交出来！一定是你将他藏在了何处！"

太一痛苦至极，惨叫不止："朕……没有骗你，不信……你自己去断妄海，唤那地仙给你看回溯影像便知，他跳下了断妄海，已经魂飞魄散！"

轰然一声地动山摇的震动，一条赤红色的巨龙撞碎了中天庭的前门，朝断妄海奔腾而去。一声大吼之中，地仙战兢兢地现出形来。

目睹了那人绝望地坠入那片紫红色的无际之海的情景后，烛暝从巨龙又化回了少年模样，跪倒在了断妄崖边。

"师尊……呜……师尊……"他将头一下下深深地砸进石里，泪水如雨，倾泻而下。他泣不成声，活像个犯了错的孩子，奢求着永远失去的珍宝能够回来，五指在石地上胡乱抓着，留下一道道深深的爪印。

而楚曦知晓，即便他痛哭流涕，悔不当初，延维也永远回不来了。

即便他生着与延维一模一样的脸，与延维也许有着些许前世今生的羁绊，或是他魂魄的一部分碎片，他与延维，依然有所不同。

"神君……神君莫哭了……节哀顺变……这跳入断妄海中的神君，已是灰飞烟灭了，他会跳入此内，想必已是万念俱灰，只想图个清静，也算得偿所愿了。还望这位神君放下妄执，让他去吧……"

那位地仙声音颤抖着说道，伸手想要抚慰他，可甫一触到他的脊背，便被一团黑暗包裹凝固，整个人化出原身，变成了一块石碑，再也无法动弹。

烛暝疯了般地磕着头，头颅砸得岩石尽裂，崖沿一寸寸地坍塌下去。

"师尊……暝儿不想放你走……暝儿要你回来……你听见了吗？暝儿知错了，暝儿再也不骗你，再也不欺你了……暝儿把血还给你，暝儿不要天枢了，暝儿以后都听你的，好不好？好不好？"

天地寂寥，沧海浩瀚，无人答话。

楚曦闭上眼睛，虽然仍旧厌恶烛暝之恶，心底亦有浓重的凄哀一点点渗出。

但听一声撕心裂肺的哀号，烛暝再次化身巨龙，腾空而起，跃入那断妄海之内。不知是否是因为他的执念太过深重，海水竟不能将他吞噬，反被他翻搅出惊涛骇浪，大口大口地吸入腹内。

上方突然传来一阵轰隆隆的轰鸣，震耳欲聋。楚曦抬头望去，见上穹光芒闪烁，聚起一道炽亮的紫电青霜——那是天怒，亦是天罚。

恍惚之间，前世的记忆闪现眼前。

他依稀看见，重渊杀上天界之时。那时的重渊，已不是在蓬莱被他一怒之下打回原形，镇入幽都禁足思过的狼狈模样。重渊站在天门之下，威风凛凛，背后是一干魔众，瀛川挟着尚是少年的下一任天尊白昇，以他为质。

重渊盯着他，双目赤红，却倔强地勾着唇角："师尊，见到如今的我，你作何感想？不知师尊可有后悔，当年如此重罚徒儿？"

北溟闭上眼睛，手中弓弦的光芒闪耀："你莫要一错再错。此时回头，尚来得及。"

"回头？回头我能如何？永生永世被囚禁在幽都继续思过，再不得见师尊一面吗？"重渊冷笑着道，"师尊博爱仁善，若不愿天界横遭此难，未来天尊殒身在此，便舍生取义，来好好劝服徒儿吧？"

说完，重渊一手祭出长剑，纵身朝他逼来，周身衣袍更化作漫天夜幕，从四面八方重重包裹，要将他缠缚其中。

北溟咬紧牙关，拉弓满弦，一箭朝他射去！

重渊当胸中箭，坠入云间，双目大睁，凝望着他。

许是被他一箭震动，穹庐之上，传来雷鸣。北溟抬眸望去，见紫电闪烁，聚成一道炽亮光刃，朝下方的重渊猝然刺下。

被他的箭射伤，过一段时间便可恢复，若是被天罚射中，则万劫不复。

他未来得及多想，纵身扑去，将重渊一掌远远地震开。

那天罚之剑，自他自己的心口穿刺而过。

只在眨眼之间，便将他的元神劈碎。

最后的记忆，只是恍惚之间，重渊的面庞近在咫尺，一滴眼泪自重渊的眼中流出，蓦然落在他心口，滚烫如烙，竟令他此刻想起，也一时为之心颤。

原来，他胸前的这颗痣，竟然是重渊的眼泪所化。

神魂俱散前，他听到重渊发出一声几若兽类的嘶吼，依稀可见，他抬手朝心口一抓，掌心刹那鲜血淋漓，竟硬生生地剖出了猩红的魔丹，置入自己的手心，身影亦在下一刻涣散开来。

"师尊……元丹为信……待我来世……寻你。"

楚曦突然落泪。

原来他此世一出生便佩戴的那枚戒指，是重渊的魔元，是这魔元，护住了他一丝未散的神魂，令他们得以相遇。

眼前闪电如箭雨一般落下，尽数落在烛暝周围。他痛苦地嘶吼着，腾然跃出海面，四处冲撞，巨口喷出汹涌的海水，刹那间湮没了附近天垣。

激烈挣扎之际，天枢之力似乎在此刻全部爆发，撼天动地。

下一刻，日月无光，星辰俱黯，天垣崩毁，万物悲鸣。

楚曦看见，整片断妄海连带着周围方圆数万里的天垣倾覆而下，坠向下界，天罚贯穿烛暝的身躯，劈开大地、山峦，形成一道无底的深渊。卷裹着紫红色的海水与整片天垣，烛暝朝那深渊中直坠而去。

"师尊，你可都想起来了？"

烛暝的声音幽幽地传来，楚曦蓦然惊醒，方才眼前的一切皆已消失不见，取而代之的，是一片黑暗中盘虬缠绕的无边无际的赤红色藤蔓。在他的不远处，有一个身影，正提剑劈砍着那些不断向他涌去的藤蔓，正是沧渊。

"沧渊！"楚曦惊呼道，一动，才发觉自己也被这些藤蔓缚住了四肢，一个人形自下方升腾起来，赫然是人首龙身，长长的赤色龙尾盘踞起来，将他环绕其中。

"师父！"沧渊咬着牙，迸发出嘶哑的吼声，"万魔之源，你别碰他！"

那人低下头，是一张与沧渊近乎一模一样的脸，唯一不同的是那双黑中透赤的眼眸。他凝视着楚曦："师尊不必担心他，他便是我，我便是他，他是我的一部分，我们本就是一体。"

"他和你不同。他是他，你是你，"楚曦厉声道，"烛暝，你休想吞噬他！"

烛暝一字一句，缓缓地道："放过他……令他得以诞生在这世上，得以遇见师尊你，本就是我一手安排的。现下他得你如此在意，放过他，我又如何得偿所愿？师尊……你可知道我等了你多久？原谅我，好吗？"

楚曦想起在沧渊识海中所见的神秘黑影，突然明白了一切，瞳孔剧缩："是你……一直便是你在诱他入魔，令他一步一步地陷入万劫不复……"

"不错。如此，都是为了能再见到师尊。"烛暝的唇角泛起笑意，手指缓缓地抚向他额心的神印。楚曦别过脸，冷冷地道："我并非延维，并非你的师尊。或许我与他有什么羁绊，但我以为，真正的延维，那个疼惜你、包容你、甘愿为你顶罪的延维，在跳入断妄海的那一刻，便已灰飞烟灭了。"

烛暝的手明显一僵，笑容也消失了。他盯着楚曦，眼神宛如漆黑的琉璃，貌似坚若磐石，实则不堪一击，被楚曦的这句话一碰，便轰然破裂。

楚曦的目光越过他，落在沧渊的身影上。他暗暗将神力蓄积起来，一字一句地道："烛暝，你要等的那个师尊，不是我。"

"你的确不是……"烛暝盯着他，破裂的眼中，含着泪，摇摇欲坠，却又笑起来，状若癫狂，"你不过是他身旁的那支笛子，沾染着喂食我时流下的残血，吸附了他陨灭时散落的零星残魄，在断妄海中生出的仙灵，可是于我，也已经足够。"

楚曦猛地一怔，怪不得，他在幻境中皆是从笛子的视角观看！他不是延维，只是这烛暝，早已执念成狂，硬要将他当作延维。

为此，他竟不惜在这万年之间布下棋局，将沧渊作为棋子，引他一步步到此，现下目的达成，便要过河拆桥，吞掉沧渊！

"你太可悲了，烛暝。"楚曦淡淡地道，"莫说我并非真正的延维，即便我是延维，也不愿意再见你一面，你不明白吗？断妄海了断一切，断了来生，也断了你与他的师徒情谊。"

烛瞑的瞳孔剧缩，竟突然掉下泪来，巨大的龙尾将他缓缓缠紧。

"万魔之源，你滚开！"

楚曦一扭头，堪堪避开，惊闻一声厉喝，一眼瞧见，沧渊发了狠劲，手起剑落，便将自己被缠缚住的一臂猝然斩下！

紫色的血液当即喷薄而出。楚曦大睁着眼睛，见他半身浴血，甫一脱身，便单手提着渊恒，身形如电，纵身刺来。

这一剑极其狠厉，罡风凛冽，烛瞑巨大的龙尾一甩，却似易如反掌，便将沧渊重重地砸落，压在锋利的龙爪之下。烛瞑踩踏着他，宛如踩踏一只蝼蚁。他垂眸瞧着他浑身是血的模样，放声大笑："你本是我的泪水化成，竟妄图反噬我，真是不自量力！"

"师父……师父，你快走！"沧渊奋力挣扎，身体已被踩踏得血肉模糊，鱼尾断裂，却还在呼喊着他。

楚曦心如刀绞，一滴泪水自眼角滑落，落至唇角。他一时怔忡，自飞升为上神起，他已很久很久，未落过一滴泪了。

连在蓬莱目睹那尸山血海，众生凋零，一干弟子死在腐魅的手中之时，他都没有落泪。一个疑惑在心间隐约一闪，楚曦闭上眼睛，不可置信地苦笑了一下。莫非……

只是，他没有时间去寻找答案了。

他十指一收，将魂焰全部拔出，在手心聚成一团炽亮的淡蓝色焰火，元神自被缠缚的躯体脱离而出的一刻，肉身便迅速枯朽了下去，一头青丝尽数化作如雪的白发。

烛瞑蓦然回首，一见此幕，惊恐至极，发出一声凄惨的厉啸，立刻松开沧渊，朝他扑来。

"不！师尊！"

楚曦的手心绽放出万丈光芒，一掌以雷霆万钧之力朝烛瞑劈去！

沧渊的瞳孔扩大，望着上空那个身影。

遮天蔽日的赤色巨龙在那个身影触到的瞬间，便四分五裂开来，而与此同时，那个身影亦猝然破碎成了无数光点。

唯有一道胜过日月的璀璨绚烂的光芒，从那副枯朽肉身额心的神印中绽放出来，宛如跨越万年的星河，汇向沧渊所在，汇向他的额心。一股纯净如水的魂焰涌入他的四肢百骸，似温柔浩瀚的大海，将他裹覆其中。

在一片恍惚之中，那人的轻柔言语犹在耳畔。

渊儿，你说，你要争一个合你心意的结局。可命数残酷，这万魔之源偏要夺你之笔，斩你之手，为师便以全部魂焰，为你重塑神骨，渡你飞升，以此为墨，助你去为自己写一个结局。

"我不要……"

沧渊爬起来，双眼赤红，自漫天溃散的赤色尘埃间扑向那坠落下来的楚曦的枯朽肉身。

"师父……"

这句话尚未说完，只是触及怀中之人的一瞬，那头发尽白的朽败肉身便已碎裂开来，碎在一片片散落破碎的鲛绡之间，化作了一地冰晶般皎洁的尘埃。

"师父……"沧渊看着满手如流沙般泄去的尘埃，整个人扑到地上，双手拼命地抓刨，企图聚拢留住这人渐渐散去的最后一点痕迹，就像只被夺去赖以生存的水源的兽，颤抖着，蜷缩着，不顾一切。

然而只是徒劳。残余的尘埃渐渐在他的手心中化作一泊宛若月华的溟水，折射出他额上的印记，已不复为魔时的色泽，而变成了纯净的深蓝，当中更添了一个水滴纹路。

那正是楚曦额心的神印。

他缓缓抬手，颤抖着抚上去，紧咬的唇齿间溢出血来，混合着泪水，凝为成串的珍珠，无声地落入尘埃。

"师父……你休想再次，丢下我。"

妄生之道

第十二章

七百年后。

"咔嚓"一声响动，尘封已久的石像从中开裂，剥落出里边盘坐着的青年的身影，宛如冬日一枝傲雪凌霜的寒梅初绽。

他尚闭着眼睛，只在恍惚间听到一个温和的声音传来。

"灵湫，为师一众弟子中，你第一个飞升上仙，为师很是欣慰。这玉佩是麒麟吐玉所制，最适合你，便赐你了。来，为师为你系上。"

"师父？"灵湫蓦然睁眼，眼前却是空无一人，并不见那梦中的人影。他低头看去，目光落在腰间的玉佩之上。

——是了，那人又怎么会在呢？

今时今日，早已不是他还在楚曦座下为徒之时，时光荏苒，沧海桑田，他竟也从上仙飞升为上神之身了。

而他的师尊，也已经逝去了多年。

五指慢慢收紧，将玉佩握进手心，直握至骨节泛白，灵湫才深吸一口气，面无表情地从神座上起身。淡青绣梅的衣衫翻飞起来，周身散发出上神的淡淡光华，他足尖一点，翩然飞出神族休眠的归墟之境。

"恭喜发鸠真君飞升上……不，如今，该称发鸠神君了。"

结界之外，那绯衣青年笑着向他行了个礼，身后几个少年皆朝他跪了下来，毕恭毕敬地道："恭迎师父出关。"

见他不语，丹朱笑盈盈地道："闻得你飞升上神，这不，这些仙家子弟便慕名而来了，我瞧神君那儿冷清，也需要有些徒儿伺候，便替你收下啦。"

灵湫垂眸扫过那跪着的一干少年，一时不禁失神。

仿佛看见当年的自己，亦是这般跪在那人的膝下。

半晌，他才回过神来，却径直走过少年的身侧，并未多看一眼，道："散了吧，本君不收弟子。"

"你……神君为何如此？"丹朱几步追上来，昆鹏盘旋飞来，落在灵湫身前。灵湫纵身飞上，他也跟了上去，不解地道："神君为何要拒收弟子？你不是……想要对付那个小魔头吗？如今他业已是玄沧帝君，神君座下空无一人，又何以与他抗衡？"

昆鹏似乎也被触动，展开的双翅颤抖了一下。

灵湫依旧一言未发，只是侧头，望向遥远的天域之北。

浩瀚无边的北溟一如万年之前，沉静如镜，倒映着上方璀璨的星河，再不见那人乘着昆鹏、畅然饮酒、信手挥毫的潇洒身姿，只见一座从前未见过的黑色宫殿坐落在溟中。

他知晓，那便是他曾经的师弟，亦是那如今坐拥着整片北方天域的"玄沧帝君"的居所。

他不曾知晓，在忘川之下眼睁睁地看见楚曦被迫结下子母契之后到底发生了何事，不知晓重渊为何放他们回天界，亦不知晓，重渊何以脱魔成神，成为诸神皆为之忌惮的存在……

他只知晓，在忘川之下看见师父的最后一眼，已是永别。

只有魂飞魄散，灰飞烟灭了，才会消失如此彻底。

他不是没有杀上门去，去逼问一个答案，可回答他的，只有这北方天域永远封锁的结界。自从占据这里，自封帝君以来，重渊便未再踏出那座宫殿一步，如同葬在了墓地里一般。

便是飞升上神，性情沉稳如他，亦无法甘心，无法不怨。

强行收回视线，灵湫闭上眼睛，声音沙哑地道："禹疆呢？如今如何？那人虽然惹人讨厌，如果与他联手，或许能将重渊逼出来。"

"他……"丹朱咂了咂舌，道，"我正想说他呢……"

灵湫见他的神色有异，蹙了蹙眉："如何？"

"你闭关没多久，一日，我听闻重渊去了幽都，似乎是疑心冥君利用神职之便寻着了北溟神君的魂魄，将其私藏起来，便将幽都翻了个底朝天，一无所获后将冥君重伤……你知晓，冥君从忘川回来后，便有些形迹癫狂，重渊走后，次日我便听说，冥君的七盏镇魂灯已全部碎裂，他人也不知所终了。"

灵湫一惊，镇魂灯全部碎裂？那禹疆去了何处？

难不成是遭万鬼反噬了吗？

重渊那孽障，太过霸道！

灵湫再次握紧手中的玉佩，目光落在那块玉佩细腻的纹路上，宛如冰封的眼底微微泛红，再未置一词。

师尊……你当真，不在这世间了吗？

我不信。

沧渊抬起眼眸，望向冰面上倒映出的浩瀚星空。那颗属于此地原主的星辰依旧晦暗无光，亦未曾有红鸾星的光辉亮起。

这一世，仍然如此。

他掀起衣袖，腕上一根断裂的傀儡线下是五道深深的旧疤。

从发间取下渊恒，他又缓缓地刻下一道。

六次轮回，六世光阴，他还是没有遇见师父。

"师父，不是说好同生共死，不离不弃吗？师父，这子母契，是不是根本就是你骗我哄我的？"

他扯起唇角，盯着眼前那尊他以冰雪亲铸的雕像。

雕像惟妙惟肖，是楚曦温柔微笑的神态，剔透纯净，心口处封着一个小小的玉瓶，里面盛着楚曦神躯消散之时的骨灰，是师父留给他的唯一的东西。

他伸出手，颤抖着抚向那雕像，随之轻笑出声，笑声渐渐变大，宛如疯癫一般，在这死寂之地显得尤为可怖。

笑得嗓子嘶哑，他方才住声，闭上双眼，竟然已经没了眼泪。

这六百年，他的泪水早已流到干涸，再也泣不出一粒珠了。

眼角唯有深紫色的鲜血，缓缓流下。

他深吸一口气，喃喃着道："师父，你在哪里？"

冰封的溟海万籁俱寂，便连风声也不曾寄来那人的一丝回应。

良久，他才将它松开，似乎是下定了什么决心，赤足下了阶梯，走向冰面中央。一个身影默默地跟在他身后，亦步亦趋。

一片白茫茫中，赫然有一道以深紫色的鲛人之血画就的古老法阵。沧渊跨入其中，腕间一缕血液自新划的伤口处缓缓淌下。

"师父，你做了那么久上神，一定知道六道轮回之外，尚有一道，便是这妄生道，是不是？传闻一入此道，便可大梦一场，能全人安念，圆人夙愿……我遍寻你不到，便唯有如此了。"

瀛川望着他寂寥的背影，牙关收紧："陛下……一入此道，万劫不复。若他当真灰飞烟灭，连一缕灵识都不剩了呢？陛下，放下吧。"

沧渊唇角微弯，道："瀛川，劝人不如劝己。"

瀛川一怔，明了他的未言之意。

——放下，那自私狠毒的小天尊也曾恩将仇报，剜他一目，致他凄惨不堪。说到心间妄念，他自己如今又可曾放下？

"啪嗒……"

一滴鲜血滴落在阵眼。

沧渊足下的冰面豁然裂开一道罅隙，底下却非溟海，而是一片璀璨的星空，风从罅隙间倒灌而上，将他的长袍吹得上下翻飞。

沧渊没有犹豫，纵身跃入。

罅隙闭合的一瞬，上方却似乎有柔光一绽。

瀛川甫一抬头，便瞧见穹庐之上那黯淡的星盘之中，赫然有一星绯红色的柔光亮起，闪烁明灭。

便恰似那人温柔的眼眸。

一片幽暗中，烟雾袅袅。

一只戴着金镯的手把玩着烟雾，懒懒地道："我听闻，北溟的护法星现了。莫非……"

另一个声音笑道："你担心什么？下界的往生门早已被我封死了，他身附恶诅，重生的可能性微乎其微，即便他真能重生，亦不得轮回，只能沦为一介孤魂野鬼，更莫提回到天界。"

"可他毕竟身怀女娲之血，不是寻常神脉。我还是……"

119

"你若担心，我便派人下界去寻找他的踪迹，以绝后患。"

"如此，甚好。"

瀛西部洲，海市。

磷虾散发着鬼火般的幽蓝光芒，令这传闻中神出鬼没的海上集市更添了几分诡异。

惑心拉了拉头上的幕篱，又将面具掩好，自乌篷船出来，踏上海市的一艘小舟，脚下险些未踩稳，被身旁一位少年堪堪扶住。

"圣师小心。"

惑心轻咳了一下，低声道："在外边，别叫我圣师。"

那个少年连忙噤了声，扶着他在舟上站稳。他掩着面目，一身素色白袍，全然看不清是什么来头，只是行走的仪态却透露出一种高华出尘的气度，直叫舟上那懒散地跷着脚、抽烟枪的海寇立刻便眯起眼睛，不自主地坐起身来。这可似乎是来了个有钱的达官显贵啊！

"哎，你是来买什么的？"

"我听闻，此处有海中捞得的一件可驱邪镇鬼的稀世之物，可是真的？"

"消息挺灵通，是去过鬼市了吧？哪位引你来的？"

"鬼眼六。"惑心温和地道，抬手一点不远处停泊的一艘渔船。海寇的目光不由自主地被他那探出袖口的手吸引。那只手有种病态的苍白，手型修长优美，戴着一串驱邪的木珠，腕上青蓝的纹路若隐若现，似乎是因为肤色太白，连血管脉络都透了出来。

似乎察觉到他的视线，惑心将手一缩，敛入了幕篱半透明的纱内。

海寇收回目光，笑着打了个响指，船舱里便有人将一个箱子搬了出来，掀开了箱盖。

一股寒冷的气息弥漫开来，内里赫然是一根残损的断笛，笛身泛着金色，不知是何质地，光华流转，莹润透亮。

"这笛子也不知什么质地，"海寇吹嘘起来，"我捞到它时，这附近的怨灵都躲得远远的，不信你瞧，我这船周围，是不是干干净净的？有这玩意儿，你纵是在乱坟岗内，也能睡个安稳觉。"

惑心未语，回忆了一番，来到这海市附近时，确实见那些一路缠着他船只的怨灵都散了开来。如今人间怨灵遍地，想要寻找一处安全之地极为不易，这海市周围却如此平静，简直堪比他的庙宇，莫非真的是因为这断笛？

如此想着，他伸出手，轻抚而上。指尖甫一触及那笛身，便传来一阵刺痛，如被灼到。

惑心收回手，自嘲地苦笑了一下。

不错，这的确是镇邪驱鬼之物——身为一个已经六百多岁的生骸，他的感觉，错不了。

但见那断笛被他这一碰，光华闪烁，那海寇讶异地咂了咂舌："这笛子，怕是与你有缘吧？"

惑心淡淡地问："此笛价值几何？"

那海寇转了转眼珠，伸出五根手指："五百金。"

"五百金？"惑心身旁的小僧失声道，"这断笛怎么值那么多钱？"

他们皆是修士，就算有信徒供奉，平日里也不过就是一些驱邪镇鬼得来的香火钱，又如何能有五百金？

"买不起就滚，爷爷我本就是掠海为生，没抢你们便算好的了！"

"你！"

"无过。"惑心出声制止住他，从怀中取出一物。甫一展开五指，便见一团蓝光流泻，璀璨夺目，将那海寇登时看直了眼。

行走在这世间六百年，他身上，多少还是藏着些珍奇异宝。

"这，这这这，这难道是海眼？"

"不错。"

海寇发出啧啧之声，眼神贪婪，正要伸手去摸，却听船舱内传来一阵婉转幽咽的女子之声。

惑心微微一怔，奇怪地道："这是……"

海寇哈哈一笑："看来你手上这是真货。你处有海眼，里边我这鲛奴自然有动静。怎么样？要不要看看，买一条回去赏玩？"

不知为何，一听闻有鲛人，惑心的心间便浮起一丝异动，鬼使神差地，他竟弯下腰，随着那海寇进了船舱。

一片幽暗间，弥漫着潮湿的气息。惑心看向那船舱中的笼子，但见一条碧色鱼尾鳞光闪烁，在笼子一角蜷缩成一团的鲛奴被他手中的海眼吸引，转过身来，似乎是因为哀恸，喉咙间声音也便更大了些，如泣如诉一般。

那是一个容貌俊美的鲛人少年。

惑心隔着纱帘打量了一眼，心间那莫名的异动却敛去了，只剩下些许怜悯，道："我手中这海眼，换那断笛，还有这鲛人，想来也是够的吧？"

"那哪儿够，还得……"那海寇一听，正要漫天要价，外边却"嗖"的一声，接着传来一声惨叫，一个人闯进船舱来，肩上赫然嵌着支利箭，惊恐万状地道："快，快走，西……西海领主的船，不知道是不是听见了这鲛奴的歌声，现下正往咱们这边来了！"

西海领主？

闻得这个称谓，惑心亦是心头一紧。他将那海眼搁下，拉开了笼门，刚刚走出船舱，身前便已落下一排利箭。

"圣师小心！"无过欲挡在他的身前，却被他拦下。

抬眸望去，海上缭绕的夜雾之间，一艘漆黑的大船宛如画笔勾勒，渐渐浮现，渐渐驶来。那船首之上，坐着一人，身影修长，双手持弓，正瞄准着他所在之处。

惑心靠着船舱外壁，握住了腕间念珠，拇指拨弄着，心头惴惴不安。

这些年来，他四方游历，也是近日才来到瀛西部洲，但这西海领主可谓声名远播，他是素有耳闻的。

一则，是因为他的容貌，二则，是因为他的恶名。

传闻他如今不过二十二，乃鲛奴与人族混血，容貌美若神祇，性情却暴虐无常，杀伐狠厉，自篡夺了父亲的领主之位以来，已经征服了西海大大小小数十岛国，在整个瀛西部洲，是个叫这些无法无天的海寇们都闻风丧胆的存在。

自他统领西海，便设了条规矩，禁捕鲛人。

现下，他可是撞在刀刃上了。

第三卷 轮回

西海领主

第十三章

无路可逃，他只得退回船舱之内，避至船尾。

再回头一看，那艘大船转眼已驶到了近处，船首上那人影的模样，也清晰地映入他的眼帘。

那人着一袭深蓝色衣袍，发色亦是黑中透蓝，一边广袖，另一边臂膀裸露在外，文有一片海图刺青，甫一动，便仿佛鳞片般光泽潋滟，与腕上数串缀着碎贝蚌珠的银镯相互掩映着。耳上亦缀着珠饰，有种妖冶而神秘的况味，那张闻名于世的面容却被一张晶石面具掩了一半，不见全貌，只是从他下颌的轮廓便可以看出，这西海领主，如传闻中所言，的确极为年轻。

惑心瞧着他，心头泛起一丝不明所以的战栗。

只见他俯视着船首上那两名海寇，把玩着手上的弓弦："你们这船上，可是有鲛人？"

惑心觉得耳膜一震。

这个男子的语气极冷，声音却魅惑至极，有种摄人心魄的魔力，便是连他这般的修士，一听之下，亦觉心智受扰。

"绝无！"那海寇慌张地辩解，"王上定是听错了！"

话音未落，船舱里便传来一声尖鸣，那笼中的鲛人似乎也知晓救星来了，猛地一蹿，便蹿上了船头，只是尾鳍处还拴着锁链，不得脱困，挣扎之间，朝着那西海领主哀号声声。

"这，这不是我们的鲛奴，是他——"那海寇慌张地抬手，直指惑心，"是他要带过来，要卖给我们的！"

"你胡说什么！"无过大声争辩，那西海领主却并未多言，拉弓满弦，便是一箭，将船头那两名海寇射了个对穿。

登时整个鬼市便如炸了锅，跳水的跳水，划船的划船，四下里一片骚乱。

"无过，走！"惑心心下一凛，拽上身旁的小僧，便想跳船，却听"嗖"的一道破空之声，头上的幕篱已被一支箭猝然射落。

刹那间，白发倾泻，宛如月华流了一身。

惑心愣在那里，缓缓地回眸。

沉妄一怔。

那人一身白袍，便连头发也是白色的，全身上下，只有腕间一串念珠是红的。他站在幽幽的月光下，整个人几若透明，似乎是在发光，只是静静地站在那里，却偏让人感到冰肌玉骨，风姿卓绝，有种惊心动魄的动人之感。海风吹动他的衣袍，更显得脆弱缥缈，仿佛下一刻，便会随风散去，化作尘埃不见。

不知为何，只这一眼，便令他的呼吸凝滞，心头一阵乱跳，浑身血液逆流。

一个碍眼的少年却挡在那人的前方，阻挡了他的视线，大声喝道："西海领主不可！我家师父是大梵教圣师，来此是为了寻辟邪之宝，你敢伤他，整个瀛西部洲的百姓们都会怨恨、唾弃你！"

闻得这少年称那白衣人为"师父"，沉妄心下毫无来由地冲起了一股无名鬼火。

"圣师？"

沉妄眯起眼，似笑非笑地幽幽地道："若是圣师，怎会夜半来这海中鬼市买卖鲛人？圣师不是该心怀苍生，慈爱仁善吗？况且他并未剃度，怎么会是修士？你敢欺瞒本王？"

"敝修……乃是带发修行。"惑心抬起眼眸，迎上他那审视自己的目光，淡淡地回应道。海风撩起他的额发，但见他的额心处，赫然有一道以朱砂刺的红色莲花印记——

正是大梵教修士的十方莲华印。

沉妄的目光凝在他的那张脸上，却见他并未多言，只是一手结印，朝沉妄微微一颔首，便俯下身，拾起被沉妄射落的幕篱重新戴上，踏上了另一艘船。

沉妄这才回过神来，手还握在弓上，却一时找不出阻止他离去的理由，心下竟生出一股浓烈的悒意与不甘来。

"好险，幸而这西海领主还算有所顾忌，不敢为难圣师。"无过拍了拍胸口，一副惊魂未定的模样，看着惑心慕篱上的破洞，喃喃着道，"也幸好圣师避得快，否则……便如那两个海寇一般了。"

惑心摇头笑了笑，没有言语。

这傻小子又哪里晓得，他这生骸之身，早已是个活死人了，除非将他一箭断首，毁去头颅，否则他是"死"不了的。

无过见他不说话，又嘀咕着道："弟子素来听闻，这西海领主性情乖张，极为记仇，据说只因他的生父当年薄待了他的鲛母，他寻着了时机，便将自己整个家族都屠戮殆尽了……也不知道因为今日这误会，他将来会不会为难圣师。"

"应当……不至于。"惑心淡淡地道。

然而，他那拨弄念珠的手，却不由得快了几分，眼前浮现出那西海领主瞧他的眼神，心里生出几分说不清、道不明的忐忑不安。

"王上，那鲛人是放了，还是收了？"

身旁传来侍从的轻语，沉妄才将目光从那渐渐远去的乌篷船上收回，扫了那船首的鲛人一眼，心间一念闪过，道："收了吧。"

他自己是鲛人的混血后代，再清楚不过，鲛人皆嗅觉敏锐，闻过的气味，烧成灰也记得，追踪起人来，自然易如反掌。

"呜呜呜……"

海风吹来，携着怨灵的哀哭吼叫。

"师父，你可是未来得及拿那断笛？"无过飞快地摇桨。

听到这一句，惑心才想起来，适才匆忙之下，竟然忘了拿那好不容易才打听到的镇邪之物，不禁叹了口气。

放眼一望，船行过之处的水面下，已有众多黑影聚集而来，他见怪不怪，双手结印，默默地念起经文，几只已经开始扒船的怨灵这才退了下去。

无过也是习以为常，一桨掀飞一只特别顽强还在往船上爬的怨灵，跟

126

着师父一块儿念起经文来。

惑心闭上眼睛。不是没有想象过海晏河清的人间，那盛世太平之景，古文里也记载得一清二楚，令人心驰神往，只可惜，自他出生到死，到成为生骸，六百年了，他也从未见过。

在他的记忆里，人间便是这样的混乱之状，似乎与修罗地狱并无二致。

如他这般，沦为生骸之后，尚能寻回理智，控制自己的实则少之又少。那些挣扎于死生混沌间，吞噬活人血肉的日子，即便过了六百年，亦会时常成为恶魔，让他不得安眠。

如今这般以修士之名，为苍生做些力所能及之事，也便是他唯一能为自己赎罪的法子了吧。

"那是圣师！"

"圣师！"

嘈杂的呼喊声从前方遥遥传来。

惑心睁开双眼，见一群衣衫褴褛之人聚集在浅滩上，待船甫一泊停，他们便团团围了上来。

"圣师，救救我们！"

一群人七嘴八舌地嚷嚷着，宛如炸了马蜂窝，惑心耳中嗡嗡作响，忙温和地道："莫急，你们一个人说，怎么回事？"

周围静了下来，一位人高马大的男子双目赤红，上前一步，质问道："圣师，是不是因为我们的香火钱供奉得少了？"

"阿黎！你乱说什么？"旁边一位年长些的妇人立刻将他扯住。

"我说错了吗？上个月他过来诵经设阵，说什么可保我们一个月的平安，结果呢？这还不出半个月……"那个被称作阿黎的男子激动不已，几乎要发疯一般地吼着，"就又出了这样的事！死了这么多人，眼下我的新媳妇也不见了，不知道会不会也……"

莫非，是他设那阵时疏忽了什么？

而且，为何说是"又"？

惑心心下觉得疑惑，道："带我去瞧瞧。别担心，我定会对你们负责到底。"

受袭渔村离他的庙宇所在的岛屿不远，船行一炷香的时间便到。

一下船，便瞧见一群老弱妇孺聚在一处号哭哀鸣，见他到来，便一起涌了过来，扯着他雪白的衣袍袖摆，叩首叩拜。

惑心忙将近处一位老人扶起，一眼便认出他是这个村子的村长，先前便是他来庙中请的自己，便道："你们先起来，容我察看一番。"

言罢，他便立刻进了村子。

——检查过自己的设阵之处，那些一根根由他亲手联结的经幡分明完好，没有一处破损，便连用来压着经幡的石头也并未挪动分毫。他心里觉得古怪，随着那位老村长来到发生惨剧的院子前。

院门紧闭着，老村长推开一条缝，不敢入内，叹了口气，便扭过头去。跟在他后方的阿黎颤抖着声音道："前晚，是我和夕儿成亲的日子……喜宴上，人都好好的，晚上我被兄弟们拖去喝酒，醉倒了未归，第二天早上，全家便……夕儿也不见了踪影……"

甫一进入其内，惑心便觉得有些不忍。

院中还保持着先前张灯结彩的喜庆模样，残留着一地鞭炮的红色碎屑，与大片大片的血污混在一起。

而纵使心下不忍，浓重的血腥味弥漫在空气中，却让他的喉头感到一阵焦渴发痒，让他产生了一种生食血肉的欲望，他只好连忙握紧手中的念珠，方将这可怕的冲动压了下来。

"这些……是生骸或是怨灵们干的吗？可是圣师设下的经幡阵，分明没破。"无为看着一院横七竖八的尸首，不可置信地道。

惑心俯下身，翻过一具趴着的尸首，见是个中年妇人，颅骨已经破裂，双目充血，颈上嵌着把菜刀，手上还握着一枚染血的银簪。再看她周身的其他地方，并无遭受生骸啃噬的伤口。

这致命之伤，便在颈部。

他蹙起眉，越发觉得古怪，走到一旁男子的尸首边，便见这个男子亦是颅骨破裂，双目充血，衣襟碎裂的胸口上遍布数十个血窟窿。惑心顾不得脏污，从妇人的手中拿起那枚银簪，与那个男子胸前的血窟窿稍一对比，他的心里便咯噔了一下。

"圣师，怎么了？"无过见他如此举动，不解地问道。

惑心未答，——看过所有尸首，心下已经有了答案。

不是生骸、怨灵破坏了他的法阵，这一家子人，竟然是自相残杀而死。可，为何如此？

也许，想要知道答案，只有找到这家人中唯一幸免于难的那个人了。

"无过，贴符。"

不然一会儿，这些横死之人都会起尸。

无过心领神会，取出符咒，一一贴到那些尸首的头上。

惑心穿过前院，走入茅屋，便嗅到一股古怪的异香，一闻之下，便感到有些头晕目眩。见那名叫阿黎的高大男子跟着他进来，他忙伸手拦了他一下，将窗子推了开来。

屋内的怪香顿时散去了些许。

"夕儿……夕儿，她不见了，圣师，你一定要帮我找到她，夕儿有了身孕，是我家的独苗了。"那个男子呓语似的重复着。

惑心蹙了蹙眉，道："你可知道她的房间在何处？若能找到她的私人物品，我兴许能寻到她的下落。"

听他此话一出，那个男子如梦初醒一般，神色正常了些，伸手一指里面的一个房间。房门虚掩着，惑心推门而入，那古怪的香气扑面而来，显然这个房间正是源头。

房内亦是一片狼藉。

他四下察看了一番，拾起梳妆台上的一把木梳。木梳上缠着女子的长发，还沾染着一些红色的黏腻之物，似乎香味正是从这些粉末上散发出来的，惑心嗅了嗅，似乎是……

胭脂？

他的目光，随之落到梳妆台上那一小盒胭脂之上。

他将胭脂盒盖打开，发现里面的胭脂才被取用了一点，胭脂里还可以瞧见新鲜的、未曾碾碎的花瓣。那花瓣呈紫红色，其间还夹杂着闪闪发光的金粉，看上去十分华贵，不像这穷人家用得起的。

将胭脂放进衣兜，他将发丝从木梳上仔细地取下，握在手中一捻，又从袖中取出一枚线香点燃，将发丝燃烧净尽，便见一缕青烟悠悠地飘向窗外。

身为生骸，自然是能窥见一些生者看不见的东西的。

沿着那血迹、脚印，惑心推开房内紧闭的窗户，见那缕烟径直飘向不远处的浅滩上，一直飘向海上一处地方。

顺着那个方向看去，对面是一座岛屿，在雾气中若隐若现。

惑心等了一会儿，不见那烟雾消散，心知那夕儿尚有一丝生气，显然不是已经毙命在水中了。

他心里觉得诡异，海中怨灵甚多，危机四伏，一个女子，半夜往海中去了，怎么还能活下来？

可不论隐情如何，即便是人已丧命，他也要将尸首寻回，更何况，如今人还活着。

"夕儿……圣师，可是知道夕儿的下落了？"

一个声音从惑心的身后传来，惑心回眸，看向那个高大的男子，指着远处那座岛屿："她或许是渡水……往那座岛上去了。"

"不，不可能！"那男子一脸震惊，面露惧色，"那座岛是……是西海领主的地盘，夕儿怎会去那儿？"

西海领主的地盘？

惑心一愣。

"那座岛上，我们都去不得，圣师，你一定有办法上去，你一定要帮我找到我家夕儿！"男子又语无伦次地着急地道，一把攥住他的胳膊。惑心下意识地一闪，退后了一步。

身为生骸，他最怕生者触碰。

"我……知晓了，"他僵着身子道，"一定会为你寻着夕儿，放心吧。"

"圣师，可否借一步说话？"一个苍老的声音传来，惑心回过身，见是那位老村长，便随他走到了一边。

那位老村长叹了一口气，压低声音道："圣师勿怪，其实老朽也知晓，此事并非圣师之过，阿黎是一时昏了头，才会对圣师说那样的话。圣师才来瀛西部洲不久，定不知晓，这种惨事，这些年在附近几座岛上已经发生过数回。"

惑心惊奇地道："你说，这种事，在附近其他几座岛上也发生过？"

老村长点了点头："都是如夕儿婆家一样，一户人家好端端的，突然自相残杀而死，唯有家中的一名女子下落不明，只是过了不多久，便会在出事之地附近的水里寻得失踪女子溺亡的尸首……不知……夕儿，唉！"他面露不忍之色，"加高护栏，请法师驱邪，能防得住一般的生骸邪灵，可是这种事，也不知到底是什么东西作祟，实在是防不胜防啊，不知圣师可有法子……"

惑心蹙起眉。会引人自相残杀，还能全然不受他法阵阻拦的，他也很想查出，到底是什么邪祟。

"我定会去一探究竟，尽量为你们寻回夕儿。"惑心看了一眼那座宅子，将袖中一枚符咒递给老村长，叮嘱道，"只是，你们须尽快将他们的尸身焚毁，横死之人最易变成生骸。焚毁之后，将骨骸埋于地下，贴上此符，切记。"

次日。

"哗啦"一声，一只湿淋淋的手撑在岩石上，沉妄仰身出了水，下身舒张的鳞片渐渐褪去，化出一双修长的人腿。

垂首一瞥，半隐在发丝之间，他仰头靠在岩石上，深吸了一口气。

他又做了那个梦。从幼时起，这个噩梦就反复惊扰他的睡眠，每次疯病发作，他也会看见与梦中相同的幻象。

——他总是梦见自己在一片污黑的沼泽中挣扎，身体被众多形态可怖的怪物、鬼影蚕食，露出森森白骨，周而复始，痛苦不堪……多少年来，这个梦中的情形不曾变过，可唯独昨夜，他竟然梦见了不一样的景象。

昨夜，一个白衣人从天而降，护住了深陷于沼泽中被群鬼啃噬的他，袖间洒落甘霖，将他伤痕累累、白骨暴露的身体修复。在梦里，他恸哭不已，仿佛见到了失而复得的亲人，想要攥住救他的白衣人的衣袖，白衣人却转瞬便烟消云散。

而那个梦中的白衣人却不是别人，正是昨夜他惊鸿一瞥的……那位圣师。

不行，他得见见那位圣师。

如此想着，沧渊站起身来，任两名侍从为他披上寝衣，径直出了海畔的天然浴池，沿着幽长的溶洞，回到了这座修筑于洞窟内的地宫之中。

甫一入内，便见新收的碧尾鲛奴跪在那里，似是已经等候他多时了。

人追丢了？

沉妄俯视着他，微微扬眉，看向一旁站着的男子。

那男子双生异瞳，一目天生是盲的，脸上还有一道横亘在左眼处的红色胎记，令他本来俊朗的容貌显得有些凶戾。

似乎知晓他想问什么，那个男子毕恭毕敬地道："王上，你命他追踪的那位大梵教圣师，着人送了封信来。说是岛上恐有邪祟入侵，想来为王上驱邪，不知王上是否准许？"

沉妄颇有些意外，嘴角却是不由自主地上扬。

"甚妙……近日我也觉得，岛上鬼气深重，广泽，你多派几个人，去将圣僧请过来吧。"

……

晨曦初露，莲华岛山顶的神庙之中传来一片肃穆的诵经之声。

"当——当——"

梵钟被撞击的声响，从远处传来。

惑心敲着木鱼的手微微一顿，他睁开双眼，见圣堂前的红色经幡被风拂动，一个身影徐徐走进来，是一位老僧。

"圣师，山下有人来，说是奉西海领主之命，来请圣师。"

惑心放下了木鱼，感到有些意外，没想到那令人生畏的西海领主竟会如此爽快地同意他上岛，而且还会礼数周到地派人来请他。

莫非是因为那座岛上真的有什么邪祟，令这位西海领主也忌惮了？

"圣师，非去不可吗？"一旁无过担心地道，"那西海领主，不是什么良善之辈，不像是敬神之人，怕是不会尊重圣师。而且据说他幼时丧母，患上了失心疯，现在这疯病也未好全，时不时地便发作一番，发病时性情极为狂暴嗜血，会大开杀戒，骇人得很！"

"是啊是啊！"

几个少年修士附和着，一个人道："那西海领主杀孽甚重，手底下亡魂无数，连生骸怨灵都绕着他走，圣师还是莫去了。"

那老僧亦道："圣师，此行凶险，大梵教不能无你坐镇。"

惑心摇了摇头，拾起念珠，淡淡地道："便是为了百姓，哪怕只有一个人出事，刀山火海，我也必得亲赴。若是因为惧怕西海领主的声名，我便退缩，就真是枉为圣师了。"

几个少年修士听他这么一说，都感到有些惭愧，面露窘迫之色。惑心看了他们一眼，心下叹了口气。这些小僧，其实不过是出身贫苦人家的孩子，因为亲人被生骸怨灵吞噬残杀，孤苦无依，被他收容入寺，剃度出家，无非是在这残酷的世道中艰难求生罢了。他们不过是血肉之躯，不像他一般是个不死不活的生骸。若是他们知晓了真相，莫提接受他的教诲了，恐怕要么吓得逃之夭夭，要么欲将他除之而后快了吧？

"圣师，无论你去哪儿，无过都会跟着你，守护你。"无过白净的脸微微涨红，信誓旦旦地道。

惑心笑了笑，抚了一把他的头。不愧是他的首徒，这个十七年前被他捡来的小弃儿总是最勇敢，亦是最有慧根的一个，而且他是寺内数一数二的武僧，带上他，的确比他孤身前去要好。

说来倒也奇怪，若不是无过当日襁褓中那块玉佩的反光，他也发现不了被丢弃在那座破庙中的他，这也许便是有缘吧。

下山行至海岸，便见一艘黑色大船泊在浅湾之中。

数名身上煞气外露的水卫守在船前，一个异瞳男子迎上前来，对惑心的态度尚算恭敬："圣师，请。"

只见前面雪白的身影踏上黑船，不知怎么，无过的心间涌起一股难过、抵触之意，他下意识地伸出手，拉住了惑心的袖子。

"圣师。"

惑心本能地一僵，立时挣脱开来，疑惑地看了他一眼，旋即又了然一般，带着安慰意味地朝他淡淡地一笑。

无过窘迫地缩回手，他忘了，圣师不喜欢被人触碰。

只是，他不是害怕。只是……担心。

这种担心，似乎是一种本能，一种深入骨髓，印刻在心底里的本能，仿佛他已经历过好几回，因而如此熟悉，如此强烈。

惑心却对身旁之人的情绪浑然不觉，目光只是投向了那座越来越近的岛屿，但见这座岛周围每隔一段距离便设了水中岗哨，岗哨上不但有背着弓弩的水卫巡逻执守，岗哨与岗哨之间，更以带有利棘尖刺的渔网联结，可谓守卫森严，别提这些游荡在海中的怨灵，便是连条小鱼小虾也莫想钻进去。

那么，一个孤身一人的女子，真的来得了这座岛上吗？

他心下疑惑，又从木梳上取下一根发丝，再次点燃，只见一缕烟雾不为风所动，径直飘向了岛屿的方向。

玄铁的闸门缓缓地拉起，船渐渐驶入。惑心瞧着那座闸门之下一排尖如利齿的铁刺，生出一种进入某种庞然海兽腹内的不祥之感，脑中又浮现出那双面具后的深邃眼眸，不禁握紧了手中的念珠，无意识地拨动起来。

"圣师，请。"

惑心回过神来，抬眸，便见那缕烟雾没入前方的溶洞之中，不见了踪影，他的瞳孔微微一敛。

一道长长的石阶延伸到溶洞深处，随着异瞳男子缓步上行，出了溶洞，便见一座坐落于山腰上的黑色宫殿呈现在眼前。

不知为何，惑心放眼看去，只觉这座宫殿的构造有些眼熟，却又想不起来在哪儿见过。进入山门之中，被领着一路七拐八绕，不知道穿过了几道回廊，又走过了几座行宫，几道宫门，这才在一片建立在水榭之中的宫殿前停了下来。

石阶之上，黑色帷帐低垂。

异瞳男子的手一扬，身侧两名侍卫便站在了惑心的身后。

"你们在此等候，圣师单独入内觐见王上便可。"

"不行，我要和圣师一起进去！"

"不必。"惑心看了他一眼，以眼神制止。此处是西海领主的地盘，他们是西海之民，自然须遵守西海领主的规矩意志。

"圣师！"

惑心未再多言，见异瞳男子掀开帷帐，示意他入内，便没有再犹豫，将手中的梳子交给了无过。穿过帷帐，但见一侧的喷泉中水流倾泻，整座宫殿内水光潋滟。

前方还有一道石阶，石阶尽头，是另一扇帷帘低垂的门。

灯火不明，照得帷帘后若隐若现，似乎有个修长的人影坐在宝座之上。一种压迫感自上方压来，惑心隐隐觉得有些紧张，定了定神，假作从容，一手作拈花印，朝他躬身行了一礼。

"敝修惑心，参见西海王。"

帘幕微微浮动。

坐在宝座上的沉妄没有言语，目光穿过帷帘的缝隙，居高临下地盯着那个雪白出尘的人影，拇指情不自禁地轻轻摩挲。

全然的静谧，令惑心心中那丝隐约的紧张有了蔓延生长的趋势，他便又重复了一遍："敝修惑心……"

"圣师……请走近些。"

话未说完，便被一个冷冽而魅惑的声音悠悠地打断。

惑心犹豫了一下，拾级而上，来到那帘幕之前。

二人隔着一道半透明的屏障，惑心瞧着里边朦胧的身影，心间不知为何，在紧张不安之中，漾起一丝说不清、道不明的异动。

"圣师，请进。"

沉妄盯着他的脸，左手将手中的酒樽缓缓倾下。

惑心迟疑地抬起手，迈出一脚，掀起了帘子。内里幽光流泄，尚未看清里边的人影，他的脚下不知道踩着什么，便是一滑！整个人向前栽去，一股摄人心魄的异香扑入鼻腔，他猝不及防地吸得肺腑满满，顿时便感到一阵晕眩。

抬起眼眸，便见一张晶石面具滑落下来，随之撞入眼帘中的，赫然是一副足可以令日月星辰为之黯然的容颜。不知为何，这张脸于他分明应该是陌生的，却有种似曾相识之感，竟然不知道是在哪里见过，震惊之余，更有些恍惚、怔忡之感。

他回了回神，不去看他："敝修……冒犯了王上，请王上恕罪。"

"呵……"沉妄盯着他疏离清冷的神情，轻笑了一声，又坐了回去，一只脚收上宝座，恢复了寻常的不羁之态。

"是啊！本王的脸都被圣师看见了。若是换了他人，本王便要剜了他的双眼。只是圣师的眼睛……有若神明，不染尘垢，本王着实不忍。"

果然如传闻中所言，这位西海领主极是忌讳别人瞧见他的真容。坊间传说是因为他的容貌太美，远胜女子，唯恐不能震慑臣民，所以他才会以面具示人，至于事实是否如此，便不得而知了。

"如此……谢王上恕罪。"惑心再次行礼。

忽然，注意到这位西海领主身后的异兆，他的心底不由得一凛。

——但见火光摇曳，在他的影子之中，似乎还藏着一个更黑的影子，似乎是个身姿婀娜的轮廓。然而，在被他瞧见的一瞬，那个影子似乎便有所察觉，突然匿入了宝座之下。

莫非，是夕儿的魂？

可是这位西海领主的身上煞气冲天，不知道是不是因为有一半鲛族血脉的关系，似乎还有一股隐约的灵息在周身涌动，寻常邪祟根本不敢靠近。

见惑心疑惑地紧盯着自己的身后，沉妄眉头微挑，放下踏在宝座上的一脚，低声道："圣师，在看什么呢？"

惑心退后一步，道："王上，近日身上可有什么异常？"

沉妄的眉头挑得更高——异常？

"圣师之意，"他盯着惑心，幽幽地道，"是指什么异常？"

惑心斟酌了一番，若是直接道明，恐怕不仅会冒犯这位西海领主，还会惊动那藏身在他影子中的邪祟。

"敝修是想问……王上近日身子可有什么不适？"

沉妄的唇角微微一勾，似笑非笑地道："圣师这么问，莫非是有法子替本王医治不适？"

惑心点了点头："只是，这医治之法，须趁夜间王上就寝之时。不知王上，可否准许敝修夜里留在王上身侧？"

"本王正有此意。"沉妄心下甚为愉悦，唇畔的笑意稍稍加深。

惑心瞥了他一眼，隐约感到不对，却又说不出异样，见一旁有侍从鱼贯而入，将一张摆满美食佳酿的案几抬了过来，还有一个人捧着一个宝箱走到惑心的面前。

"这是？"

"圣师远道而来，为本王驱邪，这是一点心意，请圣师收下。"

惑心看向那个打开的宝箱，一愣。

那个宝箱中正是那日他没来得及取走的断笛，海眼也在其中，底下还铺了不计其数的金银珍珠，一看便知道价值连城。

若说这是感谢他的香火钱，这位西海领主出手也太阔绰了些。

"多谢王上，敝修只需这支断笛便可。"

惑心拾起那支断笛，突然心头觉得古怪。

——这辟邪镇鬼之物在此，为何他还会在西海领主的影子里看见邪祟？

真是奇了。

抬眼看向对面，正撞上一缕幽暗灼热的目光，只见少年领主正盯着他的手瞧，惑心感到一阵不自在，将手收了回来。也是，还没解决他的不适，总不好先行收取酬劳。

"哗啦啦……"

金色的酒浆倾倒入面前的酒樽之中，散发出一股沁人心脾的清香，这味道有些似曾相识，惑心的鼻翼不禁一动。

"圣师，请品尝，此乃本王钟情之酒。"

"敝修是修道之人，不可饮酒。"惑心微笑着道。

别说饮酒了，他这生骸之身，便是连食物也不需要。

"那便太可惜了。"沉妄举起酒樽，抿了一口，心下有些恼怒失落。酿制此酒的月溟草仅在至深的海沟中生长，自从他十四岁时无意中在他父亲收藏贡品的宝库中尝到它一回，便疯狂地迷恋上了此酒的味道。为了酿这一壶酒，他可是亲自下海去探了那凶险的海沟，险些遭到鲨鱼吞噬，也从未将此酒赐予任何人。

谁料，他肯以此酒款待之人，竟然不肯沾上一滴。

惑心浑然不知对面之人在想什么，心不在焉地吃了几口菜，道："对了，王上，敝修的两位弟子还在外面候着，请王上予他们些吃食，送他们歇下吧。"

闻得这位圣师关心弟子之语，沉妄心下莫名生出些戾气，然则惑心的语气温和，眼神亦是清柔沉静，委实叫他想不出拒绝的理由，于是他便朝身旁的侍从递了个眼神，示意侍从去安排。

"圣师素有仁善慈悲之名，想来待弟子也是极为关切的吧？"他啜下一口酒，又张嘴叼过身旁一位鲛族美姬剥好的葡萄，故作漫不经心地问道。

惑心微笑着道："不过是尽为人师者之责罢了。"

沉妄咽下一口鱼肉，似乎有根刺卡在咽喉处，不上不下。他琢磨了半天，用舌尖捞出来，咔嚓一下咬断。

"不瞒圣师说，本王近日总觉得自己的杀孽太重。"

惑心感到有些意外，抬眸看他，这位西海领主似乎跟传闻中有所不同。

这话当然是胡说八道，沉妄信口说了下去："所以有意奉大梵教为国教，奉圣师为国师，此番请圣师过来，也是有此意……不知圣师能否也将本王收作弟子，做这国师？"

惑心一怔，未曾想到他会提出这般请求。

"这……这如何使得，敝修是修士，弟子也自然须是修士，王上难道愿意成为修士吗？"

沉妄反问："如圣师一般带发修行，又有何不可？"

"容……敝修想想。"

惑心感到有些蒙了，这位西海领主当真愿意奉他为师，皈依梵门，于西海的百姓们而言倒的确是件好事，可这也太突然……

可不待他多加考虑，但见那位西海领主已经起身，来到了他的身前，竟然半跪了下来。

"师父。"

惑心一怔，心口又是一下，如遭擂鼓，整个人跳了起来。

"王上！使不得，敝修受不起。"

可甫一起身，他便觉得全身有些发软，头也有些微眩。他扶了扶额，身子一晃，便被一双手臂稳稳地扶住了。

"师父……你怎么了？是不是哪里不适？"一股惑人的幽香沁入鼻端，那魅惑的声音在耳畔问。

来不及回答，他便已经身躯体一软，失去了意识。

这位圣师为何会一见他就昏迷过去？沉妄将惑心扶住，蹙起眉心，莫非是他太过可怖，将圣师吓着了？

不知道过了多久，惑心才悠悠醒转，入眼之处是一片深色海水暗纹，他不禁一阵迷惘，眨了眨眼，才看清眼前是一层低垂的鲛绡帷幔。

这是何处？

他撑起身来，嗅到周围淡淡的幽香，还觉得身上有些发软。甫一坐起，他便发现自己竟然是在一张精致华美的软榻上，顶上还悬着一颗泛光的晶球，似乎是夜明珠制成的灯。

他方才是怎么了？

怎么会突然昏过去了？

他立刻掀开帷幔，站起身来，便觉室内陈设华贵，地上铺着一层鲸皮制成的毯子，触感异常柔软。

那位西海领主呢？

环顾四周，听得"哗啦"一声，他循声看去，目光蓦地一滞。

不远处，竟是一方水池。水雾缭绕间，但见一条修长的鱼尾若隐若现，璀璨激滟，宛如星河现于人间。

鲛人？

这一念闪现，惑心不由自主地朝那水池走去。

待回过神时，已经到了池边。

他睁大眼睛，见水下一片海藻似的漂浮着的深蓝色发丝间，青年的身影若隐若现。从那蔓延半身的海图刺青来看，这池中的鲛人，便是那西海领主无疑。

愣怔之中，惑心忽然瞳孔一缩。他竟然看见，在那水池中幽暗的一角匿着一抹黑影。那黑影长发披散，身躯婀娜，下身亦是一条鱼尾，似乎……是个鲛人的灵。

惑心默念心经，一手结印，探入池水之中，却无意碰到了一片湿滑坚硬的鳞片，下一刻，便见一副健硕的身躯自水中升起，正是那西海领主。而他的背后，那抹黑影若隐若现，一双尖锐的手爪从他的耳后探出，更露出半张被剜去了双目的骇人面孔，此情此景可谓惊悚至极。

莫非他刚才就是毫无防备之下被这怨灵煞气所冲，才昏迷过去的？

这么想着，惑心一手将腕上的念珠紧抓在手心，一手从怀里取出一枚符咒，拍在了沉妄的额头上。

"我是天目，与天相逐。睛如雷电，光耀八极。彻见表里，无物不伏。急急如律令！"

沉妄目露凶光，从水中跃出，一把掐住了他的脖子。

惑心快速地念着口诀，一掌将沉妄震开，沉妄栽入水中。再看向池中，那个鲛女鬼影被他一慑，已经不见了踪影，不知道躲去了哪里。他松了口气，摸了摸喉部，好在无碍。

"陛下，您没事吧？"他探头向水中望去，见沉妄漂在水中，发丝漂浮，心下一沉，连忙抓住沉妄的胳膊，奋力将沉妄拖了上来。

下一刻，沉妄猛然睁眼。

惑心松了一口气："陛下的身上有邪祟。"

"邪祟？"男子喑哑的声音响起，"当真？"

惑心点了点头："确有邪祟，敝修一时心急，冒犯了陛下，还请陛下恕罪。"

沉妄微微一笑，道："本王说了，要尊圣师为师，圣师不必对本王如此拘礼。"说罢，他改口轻唤，"师父。"

惑心一时感到有些无措，只觉得"师父"这个词被沉妄说出来，便无端生出了一些奇异的滋味，莫非是他想多了？

一时应也不是，不应也不是，只得岔开话题，问出心里的疑惑："王上……这恶疾，患上有多久了？"

惑心斟酌着词句，缓缓地问道。这鲛女鬼影，不知道缠了他多久，会不会与夕儿家中，还有附近岛上发生的那些惨剧有关？

沉妄吸了口气，走向榻边，没好气地道："今日本王累了，圣师便先去歇下吧。"

说罢，便唤了侍从进来。

"那敝修，明日再来为王上医治。"惑心感到十分无奈，一手结莲华印，朝他行了一礼，又想起什么，停住脚步，"王上之前说，想奉大梵教为国教，尊敝修为师，可是当真？"

"自然，"沉妄沉声道，"君无戏言。"

"好。王上既有此心，是西海百姓之福。如今怨灵遍地，民不聊生，敝修愿意相信，王上会是那个拯救苍生于水火之中的济世明君。"

沉妄一怔，见他转过身，走过帷帘，雪白的身影缥缈远去，一时心底深藏的记忆被这景象触动，他下意识地道："圣师留步。"

惑心停下脚步，听到青年低沉的声音穿透帷帘："圣师与本王，可是初次相见？"

惑心一愣，不假思索地道："自然。"

他这些年四方游历，才来瀛西部洲不久，而且这位西海领主的相貌如此出众，不论任何人若见过，想必都会印象深刻。

沉妄顿了顿，又问："圣师四方行善，声名远播，本王也有所耳闻……不知圣师，可也曾对鲛族施过援手？"

只当他还在介怀之前的误会，惑心轻叹："那日王上来鬼市之时，敝修其实便是想解救那受困的鲛人，并非是要买卖。"

"除那次……以外呢？"沉妄幽幽地问。

这些年走南闯北，遇见的人和事太多，他哪能记下自己所救之人是不是鲛族，若非在水中，何以分辨？

惑心不解他是何意，索性摇了摇头："敝修惭愧。"

沉妄的眼神微微一暗，目送他渐行渐远。

想来，惑心并非他心下难以忘怀的那人……不过是与他想象中的那人的模样与气质有些相符罢了。

惑心沿着台阶走下，缓缓地拨着手中的念珠。

这位西海领主虽然性情无常，煞气深重，又遭邪祟缠身，可不知为何，他却能瞧出，他并非冷血、邪恶之人。

兴许，他真的会是这乱世的希望。

"看来，王上很重视圣师您呢。"

一个男子的声音从身畔传来，惑心一愣，见那个异瞳男子的目光落在自己身上。

"阁下是？"

"我是陛下的侍臣，名叫广泽。"

是侍臣，那定然是常伴西海领主身边的人了，兴许，会知晓那个鲛女鬼影的来历？此念一起，惑心问道："王上年纪轻轻，便身居西海领主之位，想必，一定经历过许多坎坷吧？"

广泽转动眼珠："圣师，是想打听王上的过去？"

他这是犯了忌讳吗？惑心犹豫了一下，仍然硬着头皮问："王上身患恶疾，命敝修为他医治，敝修想知晓，恶疾是何由来。"

广泽皱起眉头，他自小伴王上长大，也不知道他身患什么恶疾，莫非，是指他夜夜被恶魔缠身，不得安眠吗？可是那是因为幼时……

见广泽的神色困惑，惑心又道："是否……与一位鲛族女子有关？"

广泽似乎一愣，微微变了脸色，低声道："王上之事，不是我们该打听的，圣师虽然是贵客，可如此也是僭越了。"

惑心只好停住，心下叹了口气。

不能知晓那个鲛女鬼影的来历，他又如何对症下药？

罢了，明日找机会，问一问他吧。

"圣师，你看看，这座宫苑可还满意？"将惑心引到一座临湖的宫苑前，广泽道。

甫一入内，惑心便听到敲木鱼的响动声声急切，简直如打鼓一般。睁眼瞧见他，无过唰地站起身，看见他此刻的模样，瞳孔一缩："圣师！你身上怎么湿了？"

"无事。"惑心摆摆手，看了看四周，见他们带来的包袱搁在桌上，便取出一套干净的白色僧袍，解了衣带。

惑心披上干衣，正要系上腰带，目光扫到什么，手却是一滞。

他腹下一处淡红色胎记，不知为何，色泽变得艳丽起来，宛如点了胭脂一般。稍稍一碰，便觉得一阵酥麻。他慌忙撒开手，不敢再碰，系好了腰带。

怎会如此？

他盘腿坐下，执起木鱼，诵起经来。

敲得有些累了，方才觉得脑中的杂念散去，惑心睁开眼睛，道："无过，那把梳子呢，给我吧。"

无过呛了一下，将法饼咽下，掏出那把木梳递给他。

"香烛，圣水，符咒，朱砂。"

无过将这些东西一一从包袱里取出，摆放在他的身边。知晓惑心要做什么，无过在他的对面盘腿坐下："圣师，那个夕儿，会在这附近吗？"

"我亦不知。"惑心摇摇头，目光扫过一旁的更漏，道，"只是此时正值三更，正是阴气最甚之时，夕儿既然在这座岛上，不妨一试。无过，你为我诵经护法。"

"圣师小心些。"无过点了点头。这已经不是他第一次为惑心护法，早已是轻车熟路了。

惑心将朱砂、圣水混好，围绕着他画了一圈法阵，又取下符咒粘在自己和无过身上，最后从那把木梳上再取下几缕发丝，置在点燃了香的香炉之中，盘腿坐好，双手结印，闭上了双眼。

青烟散出，惑心深吸一口气，灵识轻飘飘地脱体而出，须臾，听得一阵凄凉的女子之声传来。

甫一睁眼，他便是一怔。

眼前是一张软榻……榻边垂着绣金深蓝帷幔，榻上卧着一人，正是那位西海领主。

他在西海领主的寝宫里。

莫非那夕儿，真的在此？

闻得那隐隐约约的女子之声似乎从榻边传来，他飘近过去，见西海领主闭着双眼，却眉心紧蹙，头不住地摆动着，呼吸急促，似乎正陷于什么可怕的梦中，那神色显得又无助又可怜，令他褪去了白日里君王的威慑之感，竟似一个孩童一般。

惑心的心里不禁升起一股怜惜之意，仿佛是出自一种本能，他伸出没有实质的手。

西海领主眉心一皱，似乎感觉到了什么一般。

惑心如梦初醒，有些讶异，自己怎么……未来得及思考他怎么会有这般举动，但见那位西海领主的头发间，突然伸出一双手爪的黑影，向他猛然袭来！

惑心瞳孔一缩，便觉得灵识被一股阴冷的黑幕笼罩，往下拖去，宛如陷入一片沼泽之中，不过片刻，眼前又突然换了景象。

一双手，一双属于幼童的苍白的小手，出现在了眼前。

那双手覆在一道铁栅栏上，正微微颤抖着。

"母亲……"

惑心眨了眨眼睛，才看清那双手的主人，乃是一个七八岁大的孩童，发色深蓝，身形瘦小，脸却是生得异常惊艳，一双大大的蓝紫色眼眸，他正趴在一道铁栅栏上，紧紧地盯着下方。

这个小孩……莫非是西海领主吗？

惑心打量了一番他的长相，难道，他是在西海领主的梦魇里？

"哗啦"的水声的自那铁栅栏下传来。

惑心往铁栅栏后面看去，便见一双瘦骨嶙峋的手伸了出来。

不，更准确地说，那是一双十指间连着透明蹼膜的手爪，指尖血肉模糊，似乎指甲都已经被拔去，显得异常可怖，却只是轻柔地抚上了孩童的脸，拭去了他眼角摇摇欲坠的一滴眼泪。

那栅栏间，露出的女子面庞，眉目深邃，美得不似人类可及。

"妄儿……不哭。母亲在。"

惑心愣在那儿。这栅栏之下，是个水牢。

水牢里关着的鲛女，便是西海领主的母亲。

"母亲……呜……你的手……"小沉妄大睁着眼睛，双眼泛红，"为何父王……父王要如此待你？他们……他们都说你是妖孽，叫我妖孽之子，母亲，我们当真是妖孽吗？"

"妄儿不要听他们胡说。"鲛女的声音凄厉，目光中透出浓浓的哀怨之意，"若我们为妖孽，那他们人族，便是牲鬼不如，尤其是你那忘恩负义的父王。母亲无力保护自己……妄儿答应母亲，一定要好好保护自己，平安长大，母亲便……死也瞑目了。"

"母亲……妄儿不要如此窝囊，妄儿要救你出来。"小沉妄握着母亲的手爪，眼泪化珠，成串滚落在鲛女的脸上，滑入水中。

见他泣泪成珠，惑心的心间似乎也被击起一圈涟漪。

"妄儿，快些离开吧，若你父王发现你偷偷来看我，不知道会怎样责罚你。听话，啊！"

那个小小孩童不答话，只是擦去眼泪，竟然从怀中掏出一柄镶满宝石的晶石匕首，一下下地凿击起栅栏上的锁来。

"妄儿！你从哪里拿的御刀！可是偷拿你父王的？快还回去！你救不走母亲的，妄儿，不要干傻事！"

小沉妄依旧一声不吭，咬着牙不停地凿击。这把御刀不知道是何质地所制，他砸了数下，拴着水牢门的锁链，竟然真的断裂开来。见到锁链断成了两截，顾不得双手鲜血淋漓，他使出浑身气力，一把打开了牢门，半跪下来："母亲！"

鲛女在下方泣不成声，一把将他拥住："妄儿……"

小沉妄咬紧牙关，将鲛女拖抱起来，这一抱，便听哐啷一声，便见那鲛女的尾鳍处，赫然被一个铁钩贯穿，连接着铁钩的，是一串钉在水牢底部的粗大锁链。

"呜……啊……"小小少年眼神刹那间变得绝望，张嘴发出一声幼兽般的呜咽，手里的匕首蓦然滑入水中。

雪上加霜的是，就在此时，一串动静由远及近，似乎是数人的脚步声。惑心朝那脚步声传来处看去，见那洞口火光幽幽，说话间，几个人影进来，明知是梦境，却仍然不由得心口一紧，便见那个鲛女一把将沉妄拖入水中，口中吐出鲛绡，将他重重地缠缚在水底的锁链之上。

"唔！"

沉妄叫了一声，嘴唇亦被鲛绡封住，发不出任何声音。

鲛女摸了摸他的脸，什么也没说，只是凄然一笑，游上水面，双手抓住锁链，假装挣扎发狂之状，嘶吼起来。

"哎呀，那个鲛人怎么跑出来了？你们怎么看守的？"

"王上，公主，小心！"

惊叫之声在牢门前响起，几个魁梧的侍卫便冲了进来，手持着叉戟，七手八脚地把那鲛女制服了。侍卫的动作粗暴，鲛女的脊背被划出道道血痕，鳞片亦片片散落在水上。

"你们的动作轻些，莫要伤了她的眼睛。"一个漫不经心的男子声音传了过来。惑心循声看去，见火光之中，一个身着华服金冠的雄伟身影站在那里，而站在他身后的，是一个容貌妖媚的紫衣女子，头上戴着金步摇，正掩扇笑着。

"这鲛女如此貌美，剜了她的双目，王上当真舍得吗？"

那个男子漠然地扫了一眼鲛女，笑着道："区区一个下贱的鲛奴罢了，只要爱妃喜欢，拿来做聘礼又何妨？都说鲛目有驻颜之效，爱妃这般貌美，得了这鲛目，岂不是锦上添花？"

说罢，他挥了挥手，身旁两个宦官模样的人，端着一盘小刀、挖勺，便朝鲛女走了过去。

手起刀落之间，鲜血四溅，鲛女发出凄厉的惨叫，双爪抓挠着。

惑心不敢直视，垂眸看向水中那个小小的身影。

那双蓝紫色的眼眸大大地瞪着，瞳孔缩得极小，目眦欲裂。无数的珍珠，从水下不断地涌上来。心头如被狠狠地击中，惑心沉入水中，顾不得自己只是一缕灵识，虚虚地将小童模样的沉妄拥入了怀中，一手掩住了他的双眼，唤出声来："王上，醒醒！"

沉妄呼吸一顿，醒了过来。

身上汗液涔涔，他擦了擦额头，知晓自己又遭恶魔缠身了。

只是，头一次，他不是在极度痛苦中惊醒，而是被一个温柔的声音唤醒。而且他还记得，朦胧之间，似乎有一个人陪伴着他，驱散了梦中刻骨的寒冷。

这种感觉，不知为何，竟然如此熟悉，如此温暖。

未曾看清那人是什么模样，可这似曾相识之感，却勾起他记忆深处模糊又难忘的一个人影来。

是他吗？

那个当年将他从绝望的深渊中拖回来，温暖抚慰了他的，他连名字也不知晓，面容也不曾见过的……神仙哥哥。

沉妄坐起身来，从枕下抽出一个卷轴，细细地展开。

画卷之上，是一个墨迹渲染的模糊人影，身姿飘逸，宛如出尘谪仙，可唯独面目之处，却是一片空白。

他细细地抚摸着画上的人影，不知为何，眼前又浮现出那白发圣师的模样来。

当年，虽然未曾见过那位救了他的神仙哥哥的脸，他却下意识地觉得，那样温柔纯善之人，生的便应当是那位圣师的模样，并且有如他一般的风姿。

不是未曾寻过，只是无迹可寻。

于是多年过去，遍寻不着踪迹的人，已被他深深地镌刻在心底，小心地安放在记忆里，只在深夜梦醒时回想，聊以慰藉。可自从遇见那位圣师起，兴许是因为那位圣师填补了他想象不得的空白，那模糊的人影，又在他的心中变得灼热而鲜明起来。

"圣师！"

惑心缓缓地睁开眼睛，捂住心口。

这里面分明只是一颗沉寂已久的死物，此刻却在隐隐作痛，那梦魇中心疼之感尚未褪去，仿佛还抱着那个小小的幼童一般。

无过用袖子拭了拭他额角的汗液，惑心本能地扭头一闪，他窘迫地缩回了手，低声问道："圣师似乎……有些不适？"

"无事。"惑心摇了摇头，思绪还沉浸在那梦中。

"圣师可是寻到了那个失踪的女子了？"

惑心不置可否："那个失踪的女子，定是与西海领主之母有关？"

无过一愣："西海领主之母？传闻他的母亲是个鲛人，而且很多年前便已经亡故了，莫非圣师是见到了……"

惑心点了点头。

眼下可以确定的事是，那个缠着西海领主的邪祟，便是他的鲛母，可他分明点燃的是夕儿的头发，却被引到了西海领主的梦魇中，由此可见，夕儿，甚至周围这些岛上发生的类似的惨剧，都与西海领主的鲛母的亡灵存在着什么关联。

西海领主先前拿了那驱邪镇鬼的断笛，而那鲛母的亡灵还能如影随形，这就说明她不是普通的邪祟，而是什么更为厉害的东西。若是她含怨而死，缠在自己的儿子身上，是为了复仇也就罢了，可是她的仇人已经被西海领主手刃，她却还阴魂不散，制造这些惨剧，拐走女子……真不知是何缘由。

惑心想不通，却明白想要弄清楚解决此事，必得从西海领主的身上入手。

"圣师。"

正当此时，外面传来一声轻唤，一位侍官走了进来，身后跟着两位侍女，手上捧着一盘干净衣物。

"王上召见，请圣师更衣，速速前去。"

正巧。

"不必了，敝修自备了衣物。"

惑心说完，便随着侍臣走了出去。

"圣师！"无过觉得心头一紧，亦步亦趋地跟了上去，却又被侍从拦了下来。

"王上只命圣师一人前去。"

"你！"

无过的五指蜷缩，他睁大眼睛看着惑心离去的背影，呼吸凝滞，没有发觉自己胸前的玉佩裂开了一道细小的缝隙。

惑心随侍从步入帘内，见西海领主侧对着他，正于桌案之旁，看着一张牛皮地图凝目沉思。

他的目光落在西海领主的脸上，想起梦中所见，心头微悸，生出些许怜意，温和地道："参见王上。"

沉妄瞥头瞧见他，弯起一边唇角："圣师师父请过来。"

听他轻声唤着"师父"，惑心一时觉得有些恍然，只觉得他这神情、话语似乎曾经相识，不由自主地朝他走近。

"圣师师父请看。"惑心垂眸看去，见青年指着地图上标记了的几处，道，"师父昨日之言，令本王深有感触，遂思索了一番济世救民之法。如今怨灵遍地，民不聊生，本王愿拨款派兵，为瀛西部洲诸岛修缮护栏，设立岗哨，命水卫定期巡逻，师父以为如何？"

惑心一怔，没想到他竟然如此重视他的建议，又如此认真地做出决策，而且这个决策听上去十分可行，心下不由得生出几分欣喜。

"甚好。"惑心微微一笑，"王上如此有心，是西海百姓之福。"

惑心抬起眼眸，正好撞见他投来的目光，心口的死寂之物，又是突地一跳，困惑之间，下意识地避开了视线，却觉得手背处被身旁人的手若有似无地擦过，他一抖，闪了开来。

本是无心的闪避，却令沉妄生出一种"如避蛇蝎"的错觉，心往下一沉，先前那种失落的痛楚又充斥了心胸。他不由得问道："师父慈悲为怀，可会因为本王的声名厌恶本王？"

惑心一愣，目光落入他的眼中，想起梦魇中他的眼神，摇了摇头，道："敝修并不厌恶王上，亦相信王上不是如传闻中一般。"

沉妄有些复杂地看了他一眼，只觉他温言如水，身携暖光，真真像极

148

了记忆里那个人给予他的感觉，令他这个置身阴暗之人也想接近他。明明是初见，这个渴望仿佛扎根在心底太久太久，历经几生几世一般。

甫一开口，嗓子都有些喑哑："本王过去犯下太多杀孽，师父若能长居宫中，为本王祈福，本王定能成为真正的明君。"

惑心一愣，长居宫中？

"可敝修，还须游走四方。"

沉妄脱口道："圣师要去何处，本王的船便巡到何处。"

惑心心里一颤，见他的眼神真挚深邃，竟有些不知所措："这……如何使得？"

沉妄幽幽地一笑："本王疆域为海，原本就要时常乘船巡视，护着圣师镇鬼驱邪，也是尽本王为君之责，又有何不可？"

说罢，他将一枚物事从袖间取出，递给他道："圣师昨夜忘了取走这支断笛。"

"谢……王上。"惑心接过笛子，看了看他的身后，只见此刻他的影子之中，并不见那鲛女的身影，不知道是不是只有夜里才现身，"王上召敝修前来，应该是让敝修为王上继续医治恶疾吧？"

沉妄用两指捻起一张湿淋淋的符咒："昨夜师父往我的头上贴此符，可是认为，本王身上附着什么邪祟？"

惑心点了点头："王上没有察觉什么异样吗？"

沉妄盯着他摇摇头。

惑心追问道："王上是不是夜夜梦魇缠身，难以安眠？"

沉妄一怔："你是如何知晓的？"

难道，他的身上当真缠着什么邪祟？而他会做同一个噩梦是他亲手诛杀的那些人在作祟吗？

惑心追问："这些梦魇，可都是王上过去之事？"

沉妄未答，只是审视着他，眉心微微蹙紧："不全是。"

"那昨夜王上梦见的，是不是王上幼年之事？"

沉妄道："是谁告诉你的？本王身边的宫人？"

惑心心下忐忑，心知自己问错了话。如此贸然探问，大抵是犯了西海领主极大的忌讳。是了，一位君王，如何能容忍自己的梦境被窥探，自己不堪的过往暴露于他人眼下？

可他不愿说谎，更不能祸及他人，只得硬着头皮道："敝修昨夜为寻找邪祟，使了通灵之法，令神识出窍……误闯了王上的梦境，还望王上宽恕敝修。"

"你竟敢私自窥探本王的梦？"沉妄明白过来，脸色渐渐转阴，盯住了他。那些阴暗、屈辱的记忆，凄惨、可怜的模样，是他恨不得抹除的秘密，被猝然暴露于这谪仙般的人面前，令他一时生出一种无名恼恨，下意识地向他逼近了一步。

"谁准许你这么做的？"

惑心一惊，只觉得乌云蔽日，往后一退，小腿撞在桌沿，身形不稳，一屁股坐到了桌案上。

沉妄俯视着他，幽幽地道："昨夜，你瞧见了什么？"

压迫感遮天蔽日而来，惑心深吸一口气，抬起眼眸直视他，放柔了语气，一字一句道："敝修……相信王上，愿意接受王上的庇护。也请王上，相信敝修……"

沉妄一滞："你说什么？"

反应过来才觉得此话说得不当，惑心改口道："敝修是说，请王上相信敝修，不要避忌过去之事。敝修才有法子为王上驱走邪祟，医治恶疾。"

被那双纯净、温柔的眼眸注视着，温和地劝说着，沉妄心头经年久铸的高墙，好似裂开了一道缝隙，变得摇摇欲坠。他又恍然记起昨夜被人陪伴之感，那般温暖。

沉妄心下的怒火，突然便散了。

"好……师父，我信你。"

惑心觉得心弦一颤，只觉得这话语如此熟悉，似乎很久以前便听见过一般。他轻声道："那么……王上，可允敝修入梦？"

入梦？

沉妄凝视着他，缓缓地点头。

正当此时，外间忽然传来一声低唤："王上，臣有事禀报。"

惑心转眸看去，见是那位异瞳侍臣。

被打搅的沉妄颇为不悦："何事？"

"渤国来使的船上，出了大事，一船的人，都丧了命。"

沉妄眉心一蹙，将案上的鱼形弯刀一把抓起，朝外走去。

"王上，敝修随你一起去。"惑心立刻跟上。一船的人皆丧了命？难道，是遭了什么生骸恶灵的袭击？

明明是正午时分，海上却是大雾弥漫，不见天日，阴暗非常。

惑心随沉妄站在船首，船缓缓地驶入雾中。驶出海湾不久，前方便现出一艘大船的轮廓，深绿色的旗帜随风摇曳，上面绣着一条海蛇，正是西海渤国的国徽。旗帜下方，悬着一道黑影，摇摇晃晃的，待驶得更近一些，惑心不由得感到有些悚然。

那是一个人，吊死的人。

一只修长的手覆住他的眼睛，惑心一怔，睫毛轻轻颤抖着。

"王上……敝修行走四方驱魔镇邪，这种事情，自然见得多了。"

沉妄一滞，放下了手。这位圣师双目纯净无尘，令他下意识地觉得，血腥阴秽，皆不该入他之眼。

二人在侍卫的保护下，走上了西海渤国的船只。

浓烈的血腥味弥漫四周，惑心皱起眉。船上死寂，一片狼藉，血流成河。尸首横七竖八，遍地皆是。

"王上小心，容敝修察看一番。"

"我与你同行。"沉妄面无波澜地道，"生骸恶灵之流，向来忌惮本王，从不近身，本王不惧。"

……除了那夜夜扰你安眠的鲛母之灵。

惑心没说话，跟随沉妄察看了一圈，便发现这些人死状各异，有遭缆绳勒毙的，有被叉戟捅死的，甚至还有被啃噬而死的。

与那座村庄中发生的惨剧一样，乃是自相残杀而死。

为防止起尸，他迅速取出数张符咒，一一贴上。

数名侍卫上下搜寻了一番，来到沉妄面前。

"禀报王上，没有活口。"

"这艘船上，可有女子之物？"惑心问道。

"回圣师，在西面船舱之中发现了一些女子的衣物饰品。"

151

惑心一听，便立刻朝西面船舱中走去。

甫一进入船舱，便嗅见一股奇异的香味，令人闻之便觉得恶心目眩，心下横生一股戾意。循着香味的源头，他便瞧见，梳妆台上放着一小盒胭脂，揭开来，能瞧见胭脂中未碾碎的花瓣，细看亦是紫红色，其间夹杂着金粉，他的心里咯噔了一下。

这胭脂，似乎与那夕儿家中的，是同一种。

不知其中是否有什么关联。

"师父，"沉妄的声音自身边传来，"你有何发现？"

惑心摆摆手，推开了窗户，让室内的香味散去。

四下看去，见一张榻上铺着软毡，梳妆台上放着女子的饰物，旁边还挂着一件缀有金流苏的红色纱衣。

见那榻上的小案放着一个卷轴，惑心拿起来，徐徐展开。

见画上是个容貌清丽的绿眸女子，又闻得沉妄疑惑地"嗯"了一声，惑心看向他，问："王上，可是认识这个女子？"

沉妄沉默了一瞬间，道："是渤国六公主。渤国来使曾向本王进献过她的画像，此次她前来，是要嫁与本王为妃的。"

现下这位公主已经失踪了，看来，这艘船上发生的惨剧，与夕儿一家一样，应该也是与那个缠着西海领主的鲛母亡灵有关。

"莫非是落了水？"沉妄看向窗外，蹙起眉心。渤国来使的船在他的统治范围发生如此惨剧，公主还下落不明，渤国定然要这笔账算在他的头上了。渤国虽是西海中一个小小岛国，但既为西海领主，他必须得给他们一个交代。

惑心捡起一旁悬挂的纱衣上的一块头纱，点燃线香。一缕烟雾悠悠升起，却径直飘向了船舱上方。

这！他的瞳孔一缩，抬头看去，正撞见一张鲜血淋漓的脸！

"王上！"

只听一声凄厉的号叫，一个人影张牙舞爪地扑了下来。沉妄一惊，右手弯刀挥去，被那个人影一撞，和惑心双双朝窗外坠去！

"扑通！"

惑心坠入冰冷的海水中，咸涩的味道涌入鼻腔，只觉得一双手死死地攥住了他的脚腕，将他往下拖去。他睁大眼睛，见沉妄仍然抓着他，身下瞬间化出鱼尾，将下方不知道是人是鬼的女子狠狠地一拍，惑心顿时觉得脚腕一松，被他带着向上游去。

甫一露出水面，四面便有无数黑影袭来。惑心的心头一凛，不消看他也知道，这些黑影，便是丧生在这个水域中的凶灵。他虽然是生骸之身，可常年与活人相伴，身上浸染了生者的气息，这些怨灵自然不会挑食，被啃上几口，只要不被咬断脖颈都没什么大不了的，可是西海领主就不一样了！

“王上，快来救王上！”他厉声喝道。

“听本王的命令，都别下来！”但听沉妄大喝一声，正要悬绳往水中跳的侍卫们的动作都是一滞。惑心见他手持弯刀挥去，那些怨灵似乎忌惮刀上的煞气，纷纷退避三舍，不敢接近。

也不知为何，这时忽然听到轰隆一声，天际雷鸣隐隐，哗啦哗啦，但见暴雨倾泻而下，连海上的迷雾都散去了许多。

雨水之中，沉妄回过头来，微微一笑，道：“小鬼怕恶人，不知道师父可曾听过这句话。”

惑心的目光微滞，落在他湿淋淋的脸上一道似乎是被指甲抓出来的血痕上，想也未想，道：“王上不是恶人。”

否则怎么会奋不顾身地救他，怎么会不允侍卫们下来送死？

沉妄当即僵住。

“王上！”只见几名侍卫已经悬着绳索来到头顶。

沉妄将惑心用力向上托去。

惑心垂眸瞧着他，“嘭嘭”，竟然听见胸膛中的沉寂之物又是一跳。被侍卫抓住的那一刻，突然，一声惊叫从不远处传来。

“呜呜呜……救救我们！”

“救命！”

惑心循声望去，见不远处赫然有一艘渡船，船上一群人皆衣衫褴褛，竟然都是孩童，都被一张渔网罩在其中。惑心见过这种船，知道是人牙子的黑船。乱世中孩童金贵，这些丧尽天良的人牙子便总是拐带贫苦人家的孩子去较为富庶的岛上售卖。路途凶险，不知道多少孩子都命丧在了半路。

此刻一个红衣身影扒着那艘船的边沿，攥住渔网，似乎想将那群孩童拖下来，五大三粗的人牙子拿叉戟阻挡，却被一下子掀下船去，落在了蜂拥而至的怨灵之间，眨眼间被啃成了碎片。

"师父，你先上去。"

言罢，沉妄一松绳索，扎入水中，炫丽修长的鱼尾一甩，疾风闪电般便游近了那岌岌可危的船只。

弯刀寒光一闪。

只听一声尖叫，那个红衣身影便扎入水中，不见了踪影。

沉妄一手稳住船只，一手护住一个险些掉下船去的孩童。惑心觉得胸口一片战栗、暖热，目光凝滞在他的身上。他哪里像传闻中那暴虐嗜血之君啊？

"王上！"

大船渐渐驶近小舟，渔网里的孩童都被拉了上来。沉妄跳回甲板上，擦了擦脸上的血水，下令道："将他们送到我们的船上。"

"哗啦啦……"

雨声渐大，湮没一切。

忽然，身后"唰"的一声，一双血迹斑斑的手竟然从舱板中穿出。沉妄的脸色一变，将他带起，旋身闪过。

"王上，小心！"

几名侍卫抢上前来，挡在他们的周围。

惑心扫了一眼，才惊讶地发现这艘船上横死之人头上的符咒都被雨水冲掉，眼下已经齐刷刷地起了尸，朝他们扑来。

沉妄一脚踹飞一个向他扑来的生骸，足尖一点，踏上船桥，飞身跃回了自己的船上，几个侍卫紧随过来，另外有几个人躲闪不及，被生骸们群起扑倒在下方，大口撕咬起来。

"啊啊啊……"

惑心别过脸去，不忍再看，这生啖活人血肉的场景，每次看见，都会令他想起刚沦为生骸时的自己，负疚至极。

"泼油！"沉妄下令道。

几名侍卫抬起油桶，泼向对面的船只。沉妄接过火把，闭了闭眼，扬手一掷。"轰"的一声，火光冲天而起。

漫天火光之间，那些生骸挣扎着、扭曲着，嘶声号叫，颅骨间钻出各种狰狞的黑影，随着黑烟飘向天际。

沉妄眯起眼睛，不知道为何，只觉得这种情形似在梦里见过。心中突然生出痛楚酸涩之感。

见沉妄回头看来，他淡定地移开了视线："王上打算如何安置这些孩童？"

"父母健在的送回家中，若是孤儿，本王会为他们安排容身之所。"沉妄的话音刚落，那群孩童中便有一个少年冲过来，护卫立刻将他拽住，却见他扑通一下跪在了惑心的面前。

"白发白衣……你便是那位救了许多人的大梵教的圣师对吧？"那个少年神色激动地朝他叩了几个响头，"圣师请为小民剃度，收小民做弟子吧？"

"不成！"没等惑心答话，沉妄冷冷地道。

惑心瞥了他一眼，见他似乎动了怒，心下有些奇怪："王上，这个孩子有心入梵门，为何……"

"本王说不许就是不许。"沉妄没好气地道，也不明白自己为何发火，总之便是见不得旁的人唤他一声"师父"，也听不得他照顾弟子的言行，眼下还想新收弟子，门儿都没有。

惑心叹了口气，只得作罢。毕竟是西海领主，他不允许的事，谁又能够置喙？见那个少年还跪着，他便劝道："王上自然会为你安排个好去处，快快谢过王上。"

"谢……王上。"那个少年叩了首，眼神不忿地飞快地瞥了沉妄一眼，与广泽投过来的目光一撞，立刻低下头，牙关微不可察地紧了一紧。再起身时，袖子里咕噜噜地滚出来一物，直接滚到了惑心的脚下。

惑心扫了一眼，只见那物竟是巴掌大小的海螺，便弯腰拾起。他眼角的余光瞥见螺口那儿似乎有什么东西一闪，再定睛看去时，却消失了，仿佛只是个普普通通的、空空如也的螺壳而已。

"给，你的东西掉了。"他将海螺递给少年。

"谢圣师。"那个少年连忙将海螺藏回了袖中。

人面螺默默地窝在壳中老泪纵横。

七百年过去了，北溟还是一点儿没变。

他这个不争气的儿子，总算带他找到了北溟，眼下他这儿子失势，自

155

己又神力衰竭，北溟是他们唯一能指望的救星了——亏得重渊这个小魔头和他结了子母契，才留住了他的一丝魂魄，只是好不容易寻找到了他，他却还在和重渊历轮回劫。

偏偏这轮回劫不历，北溟根本没法帮他们……谁让他所有的魂焰和神力都藏在重渊的体内，非得渡了轮回劫才能拿回来呢。

"儿子啊……你想想法子，不能留在北溟身边，至少留在重渊的身边。"

闻听耳中传来父亲的声音，白昇咬了咬唇。

身为天尊居然沦落到这种地步，实在是屈辱至极。重渊身怀北溟的神力，可在天界不但对他们袖手旁观，还划域封帝，委实令他感到愤恨难言，还有他身边的那个瀛川……当年对他……

居然下界了又再次撞见，他非得寻找机会杀了他不可。

白昇的嘴唇都要咬破了，却不知道有一个人正盯着他瞧。

广泽打量着那个低着头的衣衫褴褛的少年，不知为何，心里有种异样的波动，但听沉妄出声，吩咐道："广泽，调一百水卫前来，本王要亲自搜索渤国公主的下落，活要见人，死要见尸。"

"是。"广泽收回视线，解下身边的螺哨，吹了十声。

"王上，敝修有法子找到渤国公主。"

惑心抬起一手，方才危险之时，那头纱正巧缠在了他的念珠上，否则就麻烦了。

嘶……

火苗燃起，只见那燃起的青烟朝他们来时的岛上飘去，沉妄的瞳孔一缩。

暴雨之中，惑心随沉妄走下船桥，上了岛。侍卫撑起伞，为沉妄遮雨，沉妄朝身侧瞥了一眼，伸手取过那把伞。头顶突然没了雨水，惑心才发觉沉妄竟然在为他撑伞。

"王上。"他一愣，想避开，却被沉妄攥住了念珠。

惑心本能地微微挣扎一下，却见他侧眸看来，眨了眨眼睛，眸光润泽："雨天路滑，师父若摔坏了身子，本王可就无药可医了。"

"……谢王上。"

君王亲自为他遮雨，他还能说什么呢？

他僵滞着，便任由着沉妄攥着念珠，如此走了下去。

循着那缕烟上了岛，渐渐步入了岛腹的山林之间。只见里面杳无人踪，也不见城池村落之属，惑心意识到，这西海领主的宫殿竟然坐落在一座无人岛上，很快又觉得倒也十分符合他的性情。

"此岛荒无人烟，地势崎岖，师父一定奇怪，为何本王会选择长居在此吧？"此时，雨中传来青年的声音。

他是能窥心吗，如何知道他在想什么？

惑心笑了一下："为何？"

"据说，很久以前，这座荒岛名为蓬莱，是一群修士修炼的仙岛，后来不知道发生了何事，以至本王发现它时，岛上生骸肆虐，遍地怨灵，一片焦土。"沉妄声音低低地道，"但不知为何，本王一踏上这座岛，便不舍得离去了。总觉得，好似曾经来过这里，总觉得，会在这里遇见什么人，便想等一等。"

惑心觉得胸口莫名揪紧，下意识地问道："王上等的那人……是何人？"

沉妄的双眸映着雨光，看向他："本王也不知……或许是，梦里人。"

惑心垂眸看了一眼，发现脚边赫然有个掩藏在灌木丛间的天然窟窿，黑洞洞的，从底下传来隐约的水声。

"此岛地势险峻，地下有许多暗窟，错综复杂，堪比迷宫，许多地方，本王也未曾去过。"

又在林间跋涉了一段，见手中青烟飘向前方一处山谷，便消散开来，没了明确的方向，惑心停住脚步："王上。渤国公主，或许就在这附近了。"

沉妄一时没有答话。惑心看了他一眼，发觉他的神色奇怪，盯着那个山谷的方向，朝那儿缓缓走去。

惑心与他并肩而行，但见那座山谷之中有一个山洞，洞口被人用一扇石门封死，门上镶嵌了许多名贵、璀璨的蚌珠，门前还有一座鲸鱼雕像，鲸首上燃着一盏长明灯。

看起来，像个墓宫，只是以鲸为镇墓之兽，十分罕见。

会是谁的墓冢？见沉妄盯着那扇门，微微红了眼圈，惑心心念一闪，这个山洞里莫非是……

此时广泽的声音从后方传来："圣师会不会带错了路？这渤国公主，怎么会来此？这可是……"

看着沉妄的神色，想起昨夜梦中所见，惑心一阵不忍，肯定了方才的猜测。这山洞之中……是他母亲的墓冢。

惑心抿了抿嘴唇："渤国公主的气息，的确消失在此。墓冢之中，阴气深重，渤国公主身上附着邪祟，会来此地并不奇怪。"

只是……若要寻到渤国公主，恐怕便得……

"广泽，打开墓门。"

此时，却听沉妄一字一句地咬着牙，缓缓地道。

"王上！这……"

"本王不想，有邪祟入侵母亲的墓冢，扰她安眠。开。"

"……是。"

封门石轰然倒下，沉重的墓门缓缓开启，从里面溢出一股阴寒气息。浓重的邪祟之气，令惑心浑身的汗毛都耸立起来。

纵使是生骸之身，他也不禁感到脚底发凉。

侍卫们打头，将惑心和沉妄护在队伍中间，行人取下墙壁上的长明灯，沿着砟碟质地的白色长阶进入这墓宫之中。

又开启了一道墓门之后，一座阔大的墓宫呈现在众人的眼前。

墓宫当中，赫然有一口晶石质地的椭圆形棺椁。待走得近了，惑心不由得瞳孔一缩——那棺椁的盖子，竟然裂痕密布，如蛛网交织，似乎是被什么东西大力毁坏过一般。

"母亲……"惑心朝身侧看去，但见沉妄已经变了脸色，一只手抚了上去，手指都在微微颤抖。经他这一触，那水晶棺盖发出数声咔嚓声，蓦然四分五裂开来。

惑心下意识地将他往后一拽，便见那破裂的棺盖下，露出来的棺椁内部，非但空空如也，而且底部还破了个巨大窟窿，下方不知通往何地，黑洞洞的一片。而那棺椁的两侧内壁上，布满了深深的抓痕，更粘着些许发黑干枯的鳞片。沉妄盯着那些鳞片看了一会儿，便伸出手去，惑心立刻拦在他身前，刚要说话，脚底却又传来"咔嚓"一声。

接着，"轰"的一下，惑心的脚下一空！

袖子却是一紧，他抬眸望去，竟见沉妄跟着他一并跃了下来。

不知道掉了有多深，"嘭"的一下，下方一声闷响传来，惑心的头撞到沉妄的背上，头晕目眩间，抬起眼，便见沉妄脸色痛苦地趴着，赫然是垫在了他的身下，承受了全部冲击。

"王上！你感觉如何？筋骨可有损伤？"

听他声音嘶哑地道："……无。"

惑心连忙撑起身子，目光掠过四周，便是一惊。

周围迷雾缭绕，依稀可以分辨出，他们置身在一片水域之上，周围莲花盛开，身下是一叶扁舟，头顶悬着一轮毛月亮，根本不像在地下。

小船在莲花间缓缓漂行，忽然听到一个女子幽幽的吟唱之声传来，二人皆循声望去。但见就在雾气间，还有另一艘小船忽隐忽现，船上还有一个身着嫁衣的女子背对着他们，一面梳着长发，一面吟着歌谣，细听之下，她唱的竟是——

"山有木兮，木有枝，心悦君兮君不知……"

那声音幽咽婉转，却听得人头晕目眩，胸间发闷。见沉妄眯着眼睛盯着那个身影瞧，惑心忙垂袖挡住了他的视线。

"王上莫看，那并非活人。此地有悖常理，敝修以为，我们恐怕是进入了幻境。"

"幻境？"

"敝修在古籍上看到过，有些厉害的邪祟，能够制造幻境，将人困在其中，难辨虚实。"

沉妄看着他："师父可有破解之法？"

惑心想了一想，犹豫了半晌，方问："王上……可还是童男身？"

突然被问起这个，沉妄也有些赧然，他移开双目，"嗯"了一声。

惑心感到一阵讶异。

他身旁不是已经有那莲姬和众多美妾，为何……这不是思考这个的时候。

接下来的话，惑心便难以启齿了。虽然是修士，面对一切凡俗之事，皆应淡然处之，可偏偏此刻，他却无法做到波澜不惊。

几个字艰难地在喉头转了几番，才挤出齿缝。

"敝修……需要借王上的童子尿一用。王上只要对着船外……便可。"

沉妄一愣，几乎以为自己听错了，抬眼看去，但见惑心垂着眼眸，一脸淡然的神色，可嘴唇却紧紧地抿着，耳根也红了。

他盯着惑心，低声道："圣师……不是在说笑吧？"

"出……出家人不打诳语。"

眼下也的确不是说笑的时候，即便是，这一本正经的修士也开不出这种玩笑。沉妄皱起眉头，沉默了须臾："你背过身去。"

惑心连忙背过身去，闻得背后传来窸窸窣窣的解开衣带的声响，接着哗啦啦的水声便传了过来。这情状委实太过尴尬，虽然外面那些都是邪祟，自己更不会将此事传出去，但终归还是有损帝王尊严之举，不知道沉妄心里作何感想。

沉妄冷着脸方便完，将裤带刚一系紧，刹那之间，周围的迷雾退散，再看身下，哪里是一叶扁舟，他们分明置身在一块岩石上，周围是黏腻猩红的一片沼泽，散发着浓烈的血腥味，那些盛开的莲花，竟然是一具具骷髅，底下竟然有莲花的根茎，似乎是从水下长出来的一般。

这底下，到底是个什么地方？

惑心艰难地站起身子，环顾四周，沉妄也起了身，跳到旁边另一块大点的岩石上。

周围的血腥味涌入鼻腔，令惑心感到呼吸急促，每颗牙齿似乎都在蠢蠢欲动。

"师父？"见他的脸色不好，站着不动，沉妄一伸手，抓住他的衣袖，尚未握牢，一双惨白的手突然从沼泽中探出，一把抓住了惑心的脚，将他往下一拖！惑心重心不稳，当下栽入沼泽之中！

沉妄一跃而下，见沼泽上一道水痕朝西面掠去，目光一凛，立时潜入沼泽之下，急追而去。

黏稠的血水涌入惑心的肺腑鼻间，虽然不至于令他这个生骸窒息而死，却也令人难耐至极。血水里也看不清是何物拖行着自己，亦不知道被拖了有多远，突然身子被一下抛出水面，重重地撞上坚硬的石头，撞到头，令他险些晕厥过去。

擦了擦额头上淌下来的血水，惑心眨了眨眼睛，适才看清，他正置身

160

于一个石台之上。台面上刻有纵横交错的纹路，纹路间似乎还有密密麻麻的小字，无从分辨是何含义。

"呜呜呜……"

此时，身后传来一阵幽幽的啜泣声。惑心转头望去，登时吓了一跳，但见竟是一名身着嫁衣的女子，正背对着他坐在石坛的边沿，一下一下地缓缓地梳着头。那头发奇长无比，一直拖到沼泽之中，她的身上散发着浓重的阴寒气息，显然不是活人。

"呜呜呜……奴家好恨……"

惑心蹙起眉心，见这个亡灵身上的嫁衣虽然被血污浸透，破破烂烂的，还是可以看出是粗布所制，定不是出自富庶人家，也绝不是那位渤国公主。那会是谁？是西海领主之母吗？

似乎，也不太像。

心念一闪，他试探性地问："你……可是夕儿？"

"呜呜呜……"

此言一出，那个女子便哭得更凄厉了。

惑心拨着手里的念珠，背后刺的护身梵咒隐约亮起，叹了口气道："你心里有什么怨恨？不妨告诉敝修，敝修望能替你化解。"

"呜呜呜……奴家好恨……好恨啊！"

那女子一面哀哭着，一面回过头来，双眼竟是两个大大的黑洞。此时又闻几道哭声传来，惑心转眸看去，见这祭坛周围不知何时又多出几个亡灵，有的笑，有的哭，都是怨气深重的样子。

为何此处，会有这么多怨气深重的亡灵？

莫非她们是被什么东西聚集在此？

惑心看一圈，目光一滞，注意到其中有一名女子衣着华丽，头戴金簪，只有一边手臂，似乎便是那个画像上的女子。

难道这位是渤国公主？

见那个亡灵目不转睛地盯着自己，惑心刚想发问，却见她猛然扑上来，将他压在身下，嘴巴张得老大，口中泄出黑气朝他的脸上喷来。惑心猝不及防，被那黑气径直撞入了口中。

这个亡灵竟然不慑于他身上的梵咒！怎会如此？

震惊之时，些许画面迅速涌入脑海，只见这位渤国公主自某日拆得一封信笺后，便日日以泪洗面，看着一名男子的画像出神，又见她夜夜苦练歌舞，袖间却时常藏着刀刃。

待那黑气尽数涌入腹中，惑心只觉道一股浓烈的戾意在胸口处横冲直撞，身子也变得不受控制起来，一只手竟探向那渤国公主的腰间，下一刻，手里便多了一把尖锐的袖刃。

他心下一沉，心知自己是被这个亡灵附了体。若是一般的活人，经这怨灵冲撞，早被夺了舍，幸而他是个生骸，只是这副不生不死的皮囊，被这亡灵挤占了一半。

这位渤国公主想做什么？

心里正想着，近处传来哗啦一声，便见一个身影跃上了这座石坛，竟是那西海领主，而周围的亡灵，包括那位渤国公主，不知何时都消失得无影无踪了。

"师父，你怎么样？"

沉妄见他一身血衣，白发也被染污了，神情茫然地躺在石坛上，只觉得似乎见过他此般模样，心里莫名感到一阵痛楚。

惑心的身子动弹不得，嗓子眼也如同被封堵，也发不出任何声音，却只觉得手一抖，一股力道控制着他抬起攥着袖刃的那只手，但听一个凄厉的女子声音在耳内响起："偿命来！"

偿命？

惑心心下一凛，咬死牙关，在那握着袖刃的一手抬起向沉妄刺去的瞬间，侧过身去，压住握着刀刃的那手。

"噗"的一下，袖刃收势不及，一下没入他自己的肩头。

"圣师！"沉妄的瞳孔剧烈收缩，他见惑心一下子把袖刃拔出，再次捅向他自己的胸口，立刻徒手攥住了刀刃，但听咔嚓一声，刀刃在他的指间应声折断。一时他的手掌鲜血淋漓，滴在石坛之上，便听周围传来一众亡灵的呜咽、哀泣之声，凄厉可怖。

只见无数头发从血沼中涌上，一片黑色遮蔽双目，惑心突然双手掐住了沉妄的咽喉，竟似乎要置他于死地。

闻得沉妄呼吸艰难，惑心的心头剧颤，狠狠地一咬舌尖，齿间发出一段镇邪的经咒，立时只觉得腹间翻江倒海，干呕一声，一股黑气从喉咙口喷涌而出，直朝沉妄的脸上扑去，却见他的额心立刻现出一道蓝光，显现出一个奇异的印记来，便听周围尖叫声声，缠缚着他们的黑发受到震慑一般四散退却，不见了踪影。

惑心眨了眨眼睛，再看向沉妄的额心，那印记只是一闪而逝，又分明什么也没有。

方才那是什么？莫非是他眼花了？

只见他的肩头赫然出现一个深深的刺口，苍白的皮肉外翻，却不见半点鲜血，沉妄不禁面露异色。

惑心忍着剧痛，慌忙将衣服拢起，背过身去，恐惧至极。

生骸以活人的血肉为食，世人避如蛇蝎，连他自己，也厌弃自己。这西海领主若是知晓了他是什么东西，不知道会待他如何。

他还清晰地记得，当年初恢复神志，开始赎罪之时，因为不小心暴露生骸的身份，被一众百姓围捕追杀，被石块砸得遍体鳞伤的遭遇，也清楚地记得那种恐惧、厌憎他的眼神。

"敝修方才被渤国公主附了体，好在没伤到王上。"

"圣师不是寻常人，本王早就知道了。"

惑心猛地一怔。只觉得心中最隐秘不堪的疮疤，被他万分怜惜地焐在了手心。这语气分明霸道、执拗，却也无比温和。

虽然知晓沉妄只当他不是寻常人，但多半并不清楚他到底是什么东西，也一时觉得眼底酸涩，有些湿润，忙垂下了视线。

见他不语，沉妄心知他是不愿说，便也未问。他把他径直扛到了肩上，自那祭坛上往上一跃，跳到了这地下溶洞怪石嶙峋的岩壁上，往上面爬去。

惑心抬手一望，才发现那座石坛的上方有一个狭窄的洞口，正巧可以窥见乌云密布、无星无月的夜穹。

无星无月，正是月中阴气正盛之时，他没来由地觉得心头一紧，突然听见下方传来一阵幽幽的呜咽之声。

惑心垂眸望去，竟见那血水之中浮现出一张女子的面容，双目赫然是一双黑洞，却仍能瞧出轮廓极美，她的上半身缓缓地探出双手，一双惨白的蹼爪，往岩壁上伸来。

"妄儿……"

沉妄浑身一震，便要向下面看去，惑心一惊，顾不得许多，一把捂住了他的双眼，颤抖着声音道："别看……王上，那不是你的母亲。你的母亲，不会置你于危险之中。"

掌心双眼的睫毛微微颤抖，分明有些许湿意沁出。惑心想起那梦境中沉妄泣泪成珠的模样，一颗心揪了起来。

"王上，别哭。"

"嗯。"

惑心缓缓地挪开手，见他双眼泛红，却咬紧了牙关，没有向下看，只是挪动手脚，一点一点地爬了上去。

惑心紧紧地盯着下方，见那下方的怨灵诡异地一笑，没入了沼泽。水面上瞬间掠过一大片漆黑的发丝与数张女子的脸，惑心尚未看清这怨灵的全貌，它便不见了踪影。

"王上！"

但听数声呼喊传来，抬眸看去，那墓宫便在不远之处，一群侍卫正拽着绳索，显然是有人在下方搜救他们。

"王上，放我下来吧。"

沉妄慢慢地放下惑心，然后深深地看了他一眼，不经意地与惑心透着关切的目光相遇。

微风拂动漫山遍野的野草，暴雨初歇。

远远地瞧见那两个人的身影，少年在密林间停住脚步，撇了撇嘴，嘟囔着道："我就说父尊不必担心，重渊力高深如斯，即便是化身凡人在人间历劫，也不是寻常魔物敢随便招惹的。"

一声叹息从他的袖间悠悠传来："怕只怕，他们要应付的不是寻常魔物。莫忘了，魘魃还未除，虽然万魔之源已除，魔族大衰，他这七百年也未再现身，但下界往生之门给封了，人间宛若炼狱，正宜魔物修炼，他重新现世是迟早之事，况且……"

北溟既流着娲皇后裔的血，即便只有一丝，也为寻回天枢提供了可能，上边那些乱臣贼子，又怎么会放过他？

"可是父尊，单凭你我，恐怕也对付不了这些牛鬼蛇神吧？"

"废话！"人面螺觉得脑仁突突直跳，他这个先天不足的废物儿子，加上他一个螺身，被炖一锅海鲜汤还差不多，"你以为我要你留在北溟的身边为的是什么？自然是去寻找灵湫。"

那小子，前脚见北溟的护法星出现，后脚就入了轮回道……像是跟重渊比赛似的，身上又戴着北溟赠送的玉佩，投胎入世定会去往北溟的身边。

见沧渊与北溟一行人离开了墓宫附近，他低声道："该回去了，我的儿。"

白昇点了点头，魂归体壳。

一室冷香，烟雾袅袅。

惑心换上干净的衣服，从屏风后面走了出来。

"你们出去吧。"

看了一眼侍卫送来的药粉、绷带，沉妄吩咐道。

"这……王上怎能亲自动手？"见沉妄拿着药粉走到自己身前，惑心一惊，却被他按住了一边臂膀，被迫坐了下来。

"师父如今是本王的救命恩人，本王当然要亲自动手。"不待他再拒绝，沉妄说。

"其实……敝修不用。"他这样的生骸，身上有了伤口，不会溃烂发炎，却也难以愈合，除非吞噬新鲜活物的生血生肉，才能自行痊愈。

沉妄往他的伤处细细地抹上药粉。

"师父之前说，是被渤国公主附了体？"

惑心点了点头："我正想问王上，可与渤国公主之间有什么仇怨？"

沉妄蹙起眉头："本王只见过她的画像，与她并不相识。"

偿命……惑心隐约想起那位渤国公主行刺时所言，又想起被她附体时看见的幻象中的男子画像，似乎十分年轻，遂问："或许……会与某位死于王上之手的人有关。"

"何出此言？"

"她附体于我之时，我看到了一张男子的画像，似乎是她的思慕之人。"惑心转头，看了看道："王上可有笔墨？"

"来人，笔墨伺候。"沉妄吩咐道。

但见那只修长、白皙的手执起笔杆，沉妄的目光不禁凝滞，只觉得他执笔作画之态，竟是万般熟悉，似乎来自他的记忆深处。

恍惚之间，似乎看见一个人影，乘着一只大鸟，一手提着笔杆，在一片海面上信笔挥毫，风姿卓绝，潇洒恣意。

"渊儿，你瞧为师作的这水上之画如何？"

"怦……怦……"

心跳渐渐加速，他着魔一般伸出手去。

"王上？"

听到这一声低呼，沉妄方才如梦初醒，双眼竟然已经有些湿润了。

为何，只是见他作画而已，他便有了落泪的冲动？

见他的眼眶微红，惑心亦是心头一颤："王上，你怎么了？"

"没什么。"沉妄松开了手，敛了眼皮，只觉脸面有些挂不住。幼时历

166

经残酷的争斗，他早已冷了心性，自从母亲死后便再未流过一滴眼泪，可不知为何，自见到这位圣师起……

"王上，敝修已经画好了。"

沉妄转眸，瞳孔猛地一缩，眼神变得阴沉下去。

见他脸上阴云变幻，感心问道："此人可是死于王上之手？"

"不错。"沉妄捏着酒樽，冷冷地一笑，语气亦是阴冷，"此乃我的兄长，他虐待我的生母，欺辱于我，是我亲手杀了他。"

看来，那位渤国公主便是因为这个原因怨恨他。

那其他的那些亡灵呢？

她们为何会聚集在他母亲的墓宫之下，是被鲛母引来的吗？为了什么？要伤害西海领主吗？可她有什么理由对自己的亲生儿子下手？若如那梦中所见，那个鲛女分明很疼惜他……

想起那血水中一闪而逝的巨大鬼影，感心觉得心下发寒。

一定是有其他的邪祟在搞鬼。

即便现在未能威胁到西海领主的性命，这邪祟终有一日会朝他下手。感心握紧手中的念珠，抬眸看着沉妄，道："王上，恐有邪祟要谋害王上，从今夜开始，敝修想，便留在王上的寝宫，夜夜护法，守着王上安睡，请王上准允。"

沉妄一怔，疑心自己听错了。

满心的阴郁、黑暗烟消云散，他低声道："那便辛苦师父了。"

"咔嚓"一声，木鱼裂了条缝。

无过的手腕一僵，他盯着那个裂开的木鱼片刻，把手里的圆木扔到了一边，站起身来。

已经一整天了，圣师还没有回来。

他忍无可忍地朝那守在门口的两名侍卫走去，但见一名年少的侍从低着头，迎面过来，手里托着一盘素食。

"圣师托奴来转告这位小师父，他今夜要为王上护法，请小师父自行享用晚膳，莫要担心。"

无过在桌旁坐下，他心烦意乱地啃了一口馒头，不知道是咬到了什么，

167

发出咔嚓一声，双目中闪过一道光晕，整个人便僵住了。

过了半晌，他放下了馒头，神色淡漠下来，已不见之前少年的青涩神色，看向灯下浮现出的一抹虚影，缓缓地起身，半跪了下来。

"陛下怎么亲自下凡来寻臣？"

个子娇小的少年走到他的身前，弯腰将他扶起。

"发鸠神君才出归墟，便入轮回来寻找北溟神君，想必不知如今的中天庭到底是个什么状况吧？"

灵湫一愣。

"若非别无他法，本尊又怎会亲自下界，还是以这元神出窍之法。"白昇恨恨地冷哼一声，脸上闪现出屈辱的神色，"本尊的神躯，尚被那些乱臣贼子软禁着。"

"怎会如此？"灵湫的眼神带着震惊之色，"可是执明？可他虽然一向跋扈，也有其他位高权重的上神可以制衡，怎敢如此？"

"执明不过是个虚张声势的傀儡罢了。"白昇的袖间发出一道苍老的叹息，"七百年前，重渊交还的补天石中鱼目混珠，有几块是施了极厉害的幻术的地玄石，我儿未能及时发现，将补天石归位后，引得天序大变，这几百年间诸神的神力大衰，先你三百年从归墟醒来的东泽却神力大涨，回到中天庭不久，便联合执明架空了我儿，狼子野心，昭然若揭。"

白昇咬着牙道："本尊就不该相信重渊，竟然以为他只要得到北溟神君，便不会为难天庭，没想到他竟然如此卑鄙。"

灵湫听得极不舒服，若当年他知道小天尊做出了此等荒谬的决定，他说什么也不会容师尊下界自投罗网。

可想一想补天石之事，却隐约感到有些古怪。

兴许是因为，他再清楚不过，他这个师弟毕生所求，并无其他，便唯有师尊一人而已，小天尊当时已立下日月之契，答应将师父换给他，他为何还要拿假的补天石来坑害天庭诸神？

他便不怕，师尊倘若知晓，会对他感到厌恶、失望吗？

"二位陛下，可否一并将师尊唤醒？"

"不可，我儿也做不到。"人面螺道，"北溟命星现，必历轮回劫。七百年前北溟的命星已灭，若非重渊与他子母契相结，他早已彻底消散，现下这第三生的命轨全给重渊牵着，非得渡劫才能归位。唤得醒你……不过是因为你是随北溟跳了轮回道，是个原本不存在的异数，即便醒来，也不可插手他二人的命数。"

原本不存在的异数。

灵湫心里被骤然刺痛，嘴角泛起一丝苦涩。

他终究是迟了一步。

便只能做一世的旁观者吗？

"只是……陛下提前将我唤醒，我应当也无法立即拿回法力。"灵湫岔开话题，攥了攥手心，感知了一番自己的灵脉，果然依旧稀薄，不禁皱眉，"若要取回法力，须得结束作为凡人的寿命，回归天庭，重归神位。可那便……"

白昇点点头："若是如此，司命官会第一个知晓，那些乱臣贼子必会被惊动，发现本尊的元神逃至下界便糟了。"

人面螺叹了口气："现下还不可轻举妄动。不过，北溟赐给你的那块玉佩，你还随身戴着吧？"

灵湫一怔。

是了，那块玉佩之中，存着师尊当初予他的些许灵力，可在生死一线间作保命之用，只是这么多年了，他还未曾用上。

"那块玉佩之中的灵力，想必北溟设了只有你能启用的咒文。虽然不知道这灵力有多少，但必定是用一点少一点，所以你省着些，若非异数出现，莫要干涉北溟在凡世的命数。"

"我知晓了。"灵湫握住衣内之物，用手指摩挲着它的纹路，心中微微一热。师尊，当初你将它赐予我之时，是想作我护身之用，可曾想过，有一天，我会用它来寻到你，护着你？

"哗啦……"

闻得身后的水声不时传来，惑心手中的念珠拨得微快，他闭着双眼，口中念着梵经。

透过缭绕的水雾，沉妄盯着他清瘦的背影，伏在池边，手中稍稍使力，脊背绷紧片刻，呼吸渐渐平复下来。

纵身出了水，他捞过寝袍，赤着脚，湿淋淋地来到惑心身后，道："时

169

辰不早了，本王要就寝了。"

"好，敝修要为王上护法，在此打坐便可。"

沉妄笑了一下，躺到榻上，见惑心盘腿而坐，双手拈了莲花印。

"不知有圣师在，本王夜里还会不会被噩梦纠缠。"说完，他便闭上了眼睛。

惑心念着梵经，思绪却停在墓宫之下与他同生共死的惊险的一夜。

见沉妄呼吸均匀，似乎已经睡着，他看着看着，竟不知为何，有种心悸之感，有种落泪的冲动。

心口处的死寂之物，又一下接着一下，如死而复生。

为何如此……

沉妄闭着眼睛，嗅到身旁惑心身上飘来的淡淡的冷香，心下不知为何，是从未有过的满足，只觉得他便似一盏温柔的明灯，照亮、驱走了他这半生的阴暗污秽，仿佛填补了心中失去至亲、从小遭受虐待的那个缺口，只觉得若能以后有惑心陪伴，他定如惑心所言，做一个济世明君。

次日一早，天还未亮，外边便传来了声音："王上，臣有要事禀报。"

"进来吧。"

"禀报王上，渤国遣使臣前来，说他们载着贡品与公主的使船在西海领域不见踪影，要问王上追讨下落。"

见沉妄揉了揉额角，惑心道："王上，渤国公主便在那墓宫之下，只是……她已非活人，若要寻，兴许能寻到尸首。"

"尸首便尸首吧。"沉妄面无波澜，仔细地收起画卷，放在一旁，起身朝殿外走去。

惑心跟上，道："王上，容敝修去取些镇邪之物。"

闻得脚步声传来，灵湫当下从椅子上起了身。待见那个白发男子缓缓地走进帘内，一时目光凝滞，险些便唤出一声"师尊"。

"怎么了，无过？"惑心见他盯着自己，不由得笑道，"怎么才两日没见，便像不认得为师了？"

灵湫垂下眼皮，敛去眼底泛上来的热意。身为小僧时，他虽然与惑心朝夕相处，日日得见，却不识得惑心到底是谁。眼下恢复了记忆，再见惑心，便有恍若隔世之感。

而除此之外，师尊甫一走近，他便能清晰地感知，师尊的身上俱是死气，根本就不是个活人之身。连小天尊也要礼让三分的上神跌落尘埃，沦为生骸，即便如此，仍然不肯流污于世，以生骸之身行济世之举，不知这数百年活得有多艰难。

只要想上一想，便令他感到心痛难当。

他深吸了一口气，勉强笑着，却已经没了少年的烂漫。

"没什么，无过担心圣师的安危罢了。夕儿找到了吗？"

惑心叹了口气："寻是寻到了，可使夕儿已经丧命。她现身之处，还有其他的一些污秽之物，不是一般的生骸邪灵，凶邪得很，竟能附上为师的身，为师也不知道到底是何邪物。"

灵湫略一沉吟，道："兴许，是魔？"

虽然因为魔源崩毁，至今万魔蛰伏，可正如老天尊所言，这世间怨灵遍地，正宜魔物修炼，有新的魔物现世并不奇怪。

惑心一惊。

行走这世间数百年，生骸邪灵实属司空见惯……魔物，却不曾见过一个。

"师尊。"

"你叫我什么？"惑心愣了一下，以为自己听错了。

"圣师，无过想随你去。"灵湫忙改了口，瞥见那个小天尊的影子朝他比了个噤声的手势，似乎在提醒他莫要插足师尊的历劫。

惑心将符纸与法器塞进衣襟，摇了摇头："此行凶险，带着你，为师反而要顾及你的安危。"

灵湫心下暗叹了一声，罢了，他暗中跟着便是。

随着引路的宦官才出了寝居没几步，经过一道十字回廊时，正遇见一队人过来。那为首之人是一位衣饰华贵的妙龄少女，身前还有一位提灯侍女引路，身后更是跟着几位侍从。

"参见莲姬娘娘。"引路的宦官伏地行了个礼。

莲姬生得清丽脱俗，恰似一朵出水芙蓉，一双美目莹润如露，似乎也有着鲛族血统，故而眼底透蓝，打量惑心的目光似乎有些复杂的意味，不知道在想什么。

"见过莲姬娘娘。"惑心也低头行礼。

莲姬轻摇羽扇，笑意盈盈："圣师不必如此拘礼，本宫正是听说，圣师为救王上负伤，特意为圣师送药来的。"

惑心微微一愣："多谢娘娘。"

"谢什么？本宫与王上一体，圣师救了王上，便如救了本宫。"莲姬说着，吩咐身旁的侍女，"珠儿，赐药。"

"圣师可莫要推拒。"那个叫珠儿的侍女嗔道，"你瞧娘娘的手，这药膏需要高温熬制，娘娘可是鲛族出身，沾不得热烫之物，却亲自在炉灶前为圣师熬了几个时辰，双手都烫伤了。"

惑心看了一眼，见那莲姬的手上果然包着绷带，手上的肌肤泛红，不由得心生感激，又听那珠儿轻轻地道："容奴这就为圣师敷上吧，莫要辜负了娘娘的一片心意。"

待见另一个侍女要来解他的衣袍，惑心忙道："敝修自己来。"

将衣襟扯开了些，露出洒了药粉的肩头。那肩上的伤处自然是没有半分愈合的迹象，他轻轻叹了口气，将药膏蘸了一点，抹在伤处。登时，一股剧痛直逼骨髓，令他身子一僵。

"这么一点儿哪够？"那珠儿露齿一笑，用小勺将整块药膏一股脑地涂在惑心的伤处。剧痛霎时袭来，如万蚁噬咬一般，惑心一时僵在原地，疼得说不出话来。

这药膏……

见他的肩头轻轻颤抖，莲姬轻声道："圣师，这药膏见血，起初是有些疼的，但药效奇好，圣师且忍一忍，不要让本宫白白受了伤。"

惑心疼得双眼发黑，只想立刻跳进水中，将这药膏洗去。

不知道这药膏到底为何物，竟能令他这生骸之身感到如此疼痛难忍。真的只是寻常活人用的伤药吗？

"娘娘……"他抿着嘴唇，颈侧的青筋都暴凸起来。

远远地瞧着那瘦削的背影，灵湫微微蹙起眉头，隐约感到了不对。

"那位莲姬，莫不是在为难师尊？"

"便是在为难，我们也插手不得，"一个苍老的声音自白昇的袖间传来，

172

"我瞧不出那莲姬的身上有何古怪，应该不过是北溟命盘之中注定会出现的一介凡人罢了。"

凡人吗？灵湫喃喃着道。

"来人，圣师上好药了，还不为他包扎？"见惑心疼得面色发青，莲姬微扬唇角，只觉得心中压抑之处有一阵痛快淋漓的感觉。

两个侍从应声上来，按住惑心的双臂，用绷带将他的胸前一圈圈裹上。便如炭火被覆在铁锅下，疼痛越发剧烈，惑心忍耐不得，一下子半跪下来。这一跪令莲姬微微变色，不禁往后退了一步，转而又想起什么似的，神态恢复自若。

她俯视着他，见他的额头沁汗，一手捂住伤处，轻笑着道："圣师不必跪谢本宫，这是本宫应当做的。还不快将圣师扶起来？"

"娘娘……"惑心满头大汗，颤抖着声音道，"敝修怕是受不住此药烈性。"

"果然是在为难。"灵湫的下颌收紧了，他径直快步过去，白昇在后方"哎"了一声，也没拦得住他，便见他顶着这副少年小僧的皮囊，还未出走廊，便给两侧的侍卫拦住了。

"放我过去，我要去见圣师！"

见那个白发人影被人从地上拖起，他一口咬在舌头上，双眼一翻，身体仰面倒下。

"啊……这是？"白昇愣住，放弃马甲救人去了？

元神撞进一名侍女的体内，灵湫感到一阵反胃，顾不得其他，忙将惑心扶住，见他满头满脸的大汗，当下心如刀绞。

四下登时一静。

灵湫一时也僵住了。

啊……

白昇看着那个抱着惑心的女子身影，一时扶额，一眼瞥见那个从走廊过来的身影，顿时脸上生出了兴味。

"莲姬，你们在做什么？"一眼瞧见十字回廊中这副阵仗，沉妄奇怪地问道，目光落到惑心的身上，见他的状态有异，不禁眉心一蹙。

"回王上，"珠儿小声道，"娘娘听闻圣师为救王上受了伤，便特意熬了药送来，刚刚为圣师上药。只是，这药性有些烈，不过疗效却是极好的，莲姬娘娘也曾为王上亲手熬过。莲姬娘娘为了给圣师熬夜，连手都灼伤了，王上，您瞧。"

沉妄却置若罔闻，看也未看一眼，径直走到惑心的面前，见他汗如雨下，嘴唇紧抿，便将他搀扶起来。

惑心顾不得疼痛，道："王上，敝修无事，不过不适应药效罢了。"

感觉到他在微微发抖，沉妄的眼神变得阴沉："疼成这般，还说无事？"

"王上。"莲姬的呼吸一紧。

"王上不看看臣妾的手吗？"

沉妄冷冷地瞥了她一眼："若本王发现这药有异……"

"王上怀疑臣妾暗害圣师吗？"莲姬楚楚可怜地道，"臣妾是一片好意，王上明鉴！这药膏若有问题，臣妾愿受火刑焚身。臣妾自小陪伴王上，臣妾的性情，王上是最清楚的，切莫冤枉臣妾。"

沉妄再未发一言，带着人快步回了寝宫。

将人放在榻上，他取了刀来，一刀挑断了绷带。

绷带掀起之时，连着皮肉，惑心浑身一震，疼得蜷缩起来，大口地喘息着，眼眶都泛出了水光。再看那伤处，原本翻开的皮肉如被烙铁烫过一般，焦黑一片，而且已经溃烂了。

沉妄嗅了嗅那药膏，一股桃木的气息直扑鼻腔。

似乎，确实是他常用的那种。他将药膏递给传召来的御医。那御医嗅了一番，又以银针验了验，点头道："王上，此药膏并无异常，便是您常用的桃木麒麟膏，有止血去毒的功效，只是，不知圣师为何会……"

那个御医不敢多言，看了一眼惑心的伤处，一脸讳莫如深。

桃木镇邪驱鬼，若遇生骸凶僵，可防止起尸，将其灼伤，偶遇到尚有情智、混迹活人之中伺机食人的生骸，也可用桃木辨别，这是在当今乱世之中，连三岁小儿皆知的防身常识。

桃木。

惑心僵在那里。

难怪他会如此疼痛。他是生骸之身，虽然被上一代大梵教圣师赐过戒印，被他以圣水洗涤净化过肌肤，平日里若是身体无损，并不会被镇邪驱魔的法咒和法器所伤，可是若是受了伤，生骸的血肉暴露在外，又怎能沾

174

得了驱鬼镇邪的桃木？

　　若说西海领主先前还不清楚他到底是什么东西，此刻，怕是也能猜到一二了。惑心的心间蓦地涌起一种巨大的彷徨不安，他十指收紧，低着头，甚至不敢去看沉妄一眼。

　　"生骸！呀，是生骸！"

　　"烧死他！快烧死他！"

　　"砸他！别让他伤着孩子！"

　　熊熊烈焰中，无数的石子，燃烧的树枝，砸在身上、脸上，他在漫天盖地的尖叫、斥骂声中，慌不择路，四处逃窜。

　　惑心咬着嘴唇，浑身发抖。

　　"你先下去吧。"

　　惑心一抖，忙起身下榻，却被沉妄一把拉住了。

　　"本王说的是御医。"

　　御医无声地退下。

　　惑心垂着眼眸，已经有些语无伦次，低低地道："王上……敝修虽为生骸，可行走于世，绝无害人之心，若王上忌惮，敝修……"

　　一句话未曾说完，被沉妄打断："圣师不必解释。不论圣师是何种存在，在本王的心中，便是宛如神祇。"

　　惑心愣在那里，心间有什么东西，在悄无声息地蓦然倒塌。

　　泪水无声地落下。宛如春雨落在一片干涸的焦土之上，似乎有一粒种子，不可抑制地破土而出，萌生了一片枝丫。

　　沉妄盯着他片刻，似乎想到了什么，抬手便是一口，咬破了手腕，鲜血汇成一线淌下。

　　"王上，你做什么？"

　　惑心嗅到血味，一惊，慌忙退后，却见他将手腕挨到自己的唇边。活人新鲜血液的味道冲进鼻腔，惑心的脑子"嗡"的一声，他感到一阵眩晕，立时别开脸去，紧紧地攥住腕间的念珠，喉头却因为蓦然生出的强烈渴求而滚动起来，呼吸也变得急促。

　　"王上……不要如此！"

　　见他如此，沉妄的眼神微微一暗，只道："圣师，得罪。"

说完，他便控制住惑心，把手腕凑近他的嘴边。

肩头的伤处袭来愈合的痒意，惑心急速喘息起来，嘴角溢出一丝血迹，泪流满面地闭上眼睛，显得又无助又自厌。

"是我主动献血，圣师也未危及我的性命，不要自责。"沉妄凝视着他，"从今往后，圣师师父的秘密，本王一人替你守护。"

惑心心头大震，睁开眼睛，怔怔地看他。心底那根枝丫，在蔓延生长。惑心低下头去，轻声道："敝修……谢王上。"

还想说些什么，门外却传来不合时宜的一声低唤。

"王上，渤国来使还候着王上，等王上交代公主的下落。"

……

"圣师，昨日，我们可是从此处上来的？"

沉妄俯视着下方那个洞口，问道。

惑心犹豫着，点了点头。

这洞口附近，还有被他们带上来的血污，但不知为何，那洞口之下，都是泥土，并不见昨日那片血沼和石坛，竟似被人封起来了一般。来到那墓宫内，坍塌之处底下亦全是泥土、碎石，往下挖了数十尺，也不见底下出现他们掉下去的空洞。

莫非这邪祟还会移山之法吗？

惑心百思不得其解，再次点燃渤国公主的头纱残片，便见那缕青烟果然没有停驻此地，而是朝北面飘去。

循烟翻过一座山头，便到了悬崖边上，但见那烟径直飘向海面，朝更远处飘去，竟然已经不在这蓬莱岛之上了。

"圣师怕是要随本王在海上度过一段时间了。"沉妄与他并肩而立，道，"师父可能适应？"

惑心点了点头："无妨。"

"发鸠神君，可是嫉妒重渊吗？"

听得身后传来白昇的轻笑，灵湫一愣，回过身去，面无表情地朝他行了个礼："陛下在说什么？灵湫不是很懂。"

白昇扫了他那万年不变的冰山脸一眼，道："同样都是徒弟，一个省心，一个不省心，师尊却偏爱那个不省心的，要是换了我，要活活憋屈死了。"

"儿子！"袖间那个苍老的声音呵斥道，"你休拿发鸠神君逗乐。"

再看灵湫的脸色，已经难看至极了。他未置一词，便纵身一跃，从崖壁上跳了下去。

"我没拿他逗乐。"白昇翻了个白眼，嘀咕着道，"不过是瞧他可怜罢了。"

"你懂个屁，少说两句！现在咱们爷俩可全仰仗灵湫了！"

"知道了。"白昇撇了撇嘴，一跃，附身到了一个侍卫身上。

甫一上船，便迎面撞上了一人。

白昇抬起眼，瞳孔猛地一颤，肝胆欲裂。

眼前的高大的鲛族男子，一道胎记贯穿左眼，天生异瞳，不是时常出现在他的噩梦里的阴魂不散之人，又是谁？

瀛川。

即便容貌稍有变化，他又怎会不识得——

那异色的左瞳，曾被他亲手剜去。

他呼吸急促，低下头，退后了一步，心跳剧烈。

"为何待着不动？还不上去各司其职？"广泽瞥了一眼面前的侍卫，轻声呵斥了一声，走下船桥迎接后面来的一人。

"使者请上船。"

那位渤国来使上了船，朝沉妄行了一礼："参见西海领主。"

惑心打量了他一眼，见这位渤国来使身着斗篷，是个容貌斯文的男子，约是而立之年，有了沧桑之色，眼神平静。

灵湫行完礼，抬眸看了他一眼。

附在这渤国来使的身体里，倒是比再做个少年僧人要自在多了，起码不用强做出那些无知、笨拙的言行，让惑心操心。

只是这一路，怕是绝不平静。

大船驶出海湾，缓缓地向西航行。惑心看了一眼窗边放在线香上燃烧殆尽的头纱，心下庆幸，他的手上尚有那盒从渤国公主的梳妆台上拿的胭脂可供引路。

海风渐渐变得有些凛冽，一只手伸过来，放下了卷帘。

"十二月海风料峭，师父可莫着凉了。"青年的声音传来，惑心的脖颈微僵，转过脸去，才发现桌上已经摆满了吃食，都是些新鲜的生鱼、海鲜，看上去十分诱人。

"本王喜爱吃刺身，师父若不习惯，本王便命人灼熟。"

"不必麻烦，敝修是出家人，原本就不可食肉。"惑心摇摇头，拈起筷子，将佐肉的黄瓜放了一块在嘴里，无意间瞥见对面的青年颇为笨拙地用筷子夹起一条鱼啃咬，不禁微微愣神，只觉得他这副吃相，有些说不上来地似曾相识。

见惑心盯着自己瞧，沉妄稍微一走神，筷子夹着的鱼"啪"的一下掉回了盘中。

沉妄似乎觉得有些不好意思："……说来不怕圣师师父笑话，本王从小就用不惯筷子。"他自嘲了一下，"兴许，是没人教的缘故。"

惑心一愣，想起他幼年时的经历，心里一阵酸楚。

见他又夹起一条鱼，竟生出一种冲动，正犹豫着是否开口，却听沉妄轻笑起来，抬眸看向他，道："看在本王唤圣师一声'师父'的分上，师父不如来教本王用筷子吧？"

"是如此……食指在此，中指在此，王上，可记住了？"

沉妄点了点头，却在他手指放开时，夹起一条鱼，手指故意一松。"啪"，鱼再次掉入碗中。

惑心："……"

忽然，船身似乎被一道大浪抛起，一阵震荡。惑心脚下不稳，险些摔出窗外去，被沉妄眼疾手快地扶住。

桌上的碗碟噼里啪啦地摔了一地，惑心因为惯性跌倒。

展目望去，只见海上波涛汹涌，北面一道黑烟冲天。

惑心站稳，也瞧见了那道黑烟，问："王上，那道烟是……"

那是海上遇难船只惯用的求救之法。

莫非是海寇打劫？敢在他的地盘作乱……

他眼神一凛，走出船舱，命人转了舵向，朝北面驶去。

行驶了不多的路程，船驶入了一道狭长的海峡，两侧峭壁高耸，海水湍急，水面之下似乎暗礁密布，船身上下起伏。

但闻前方传来阵阵呼救之声，抬眸望去，只见峡谷中出现了一座礁石岛，几个衣衫破烂之人抱着礁石声嘶力竭地呼喊，不知道是遭遇海难的渡客还是渔民。

"去，救人。"沉妄吩咐道。

几个水卫立即系上绳索跳下去，将几个人救上船来。几个人哆哆嗦嗦的，似乎因为受惊过度丧失了心智，缩在一处，四下乱看。

广泽喝道："尔等西海之民，还不拜见西海领主！"

"西……西海领主？"

那几个人一听，只如见了恶灵一般，浑身抖如筛糠，有一个人惊恐万状，甚至跳起来要跳回海里，被侍卫一把拦下。

惑心叹了口气，知晓百姓对沉妄误会良多，其实只要瞧那水卫训练有素地救人便知，他绝不是第一回施救了。

沉妄倒似乎并不在意，只是冷笑了一声："他要跳，便让他跳，拦着做什么？"

"鬼……有鬼！船上有鬼！"

听见那个要跳海的人嘴里不停地喃喃着，惑心问："你说什么，船上有鬼？"

那个人抱着胳膊，蜷缩成一团，左右张望，状若疯癫："鬼，鬼！船上有鬼吞人了！"

沉妄眯起眼睛，看向瑟瑟发抖的几个人："他说的话，是何意？"

那几个人被他一看，更是噤若寒蝉。鉴于西海领主的恶名深入人心，惑心无奈地上前，扶起一个人道："王上既然肯救你们，便是有善心之人，你们不必如此害怕。"

"回……回王上，"其中一个抱着小儿的妇人，满脸是泪，战战兢兢地开了口，"北海发生了战乱，我们是举家坐天舟来西海避难的，谁料，半途中船上闹了邪祟，我们惊慌之中跳了水，被海流冲到了此处。亏得遇见了王上，不然我娘儿俩……"

沉妄看了她一眼，面无波澜地挪开目光，却对广泽道："寻个船舱安置这对母子。"

179

其中有个中年男子，爬到他的身前不住地磕头："王上可否去救救小民的家人，小民的家人还在那艘天舟上！小民，小民愿将全副身家供奉给王上……望王上施以援手！"

所谓天舟，便是越洋的大客船，往来大洲之间，一年也只有两趟，票价极其昂贵，在这乱世间却仍是供不应求。

惑心因为也是乘天舟来的西海，所以再清楚不过，西海领主虽然令人闻风丧胆，可也正是因为西海有他这尊煞神坐镇，海寇们才不敢肆虐抢夺，故而来西海避难之人，这几年数不胜数。

若未曾接近他，也便罢了，现在朝夕相处，再闻得他的恶名，惑心便只觉得怜惜。

"你说的那艘天舟，是在何处？"沉妄又问。

"回王上，昨……昨夜暴风雨来袭，小民也不知道自己被海流卷了多远，兴许……兴许出了这海峡，便能瞧见！"

见船越深入海峡之中，天色便越发阴沉，阴寒之气也越发浓重，惑心想到什么，从怀中取出那盒从渤国公主船舱里拿的胭脂，以线香点燃，便见一缕烟果然直朝峡谷中飘去。

没过多久，天色已经尽暗，峡谷之内的海域浓雾弥漫。惑心蹙起眉心，若是如寻常清晨、午夜时分大海上常见的那种雾气，便也罢了，可此时的海雾，浓稠得宛如乌贼吐墨，令人仿佛置身鬼蜮，船辨不清航向，自然寸步难行。

再看那缕烟气，也已经融入了雾气之中，不知飘往何方，竟然失去了追踪的方向。但见那雾气之中，似乎有人影影绰绰的，时隐时现，他更是觉得不祥，当即便从怀中取了符纸出来，道："王上，请回船舱中去，此雾恐有蹊跷。"

沉妄眯着眼睛看着四周，一手握紧了腰后的弯刀："无妨，本王不惧，便在此。"

惑心想起墓宫之下的那一幕，虽然不知道他的额心缘何会有印记闪现，但的确是驱走了那些邪祟，因此他觉得这西海领主的身上的确有些不寻常之处，便也没有多言，只是将写满了经咒的符纸在身周铺了一圈，盘腿坐在了其中，将上衣褪至腰间，露出脊背。

但见他口中诵念有声，脊背之上隐约有一朵金色曼陀罗和围绕着曼陀罗的数圈梵文符咒浮现出来，淡淡的金光映着他的一头白发，显得整个人圣洁无比。

灵湫远远地瞧着那个人影盘腿打坐的熟悉姿态，眼中云深雾浓。多少年了，才终于得以再见师尊此般模样，他却仍无法走近。

目光落在沉妄的身上，他不禁捏紧胸前的玉佩。

沉妄正把目光凝在惑心身上，半晌，见惑心的额角渐渐冒出细汗，脖筋绷紧，身上微微泛红，方觉得有些不对。想了想，才蓦然意识到，他一个生骸，会被桃木灼伤，何况身上这些镇鬼驱邪的经咒？

他立刻弯下腰，将人拉起来，压低声道："别念了！圣师不痛吗？"

惑心睁开眼，痛，自然是痛的，可他早已习惯这些痛楚，只要表皮无创，倒也不是不能忍耐。倒是眼前的青年，似乎是吃痛了一般，眉头紧蹙，甚而眼底泛着些许恼意。

他摇摇头，表示自己无碍，见周围雾气退散了不少，就在近处，一个庞然大物隐约现出轮廓来，不禁眼前一亮，指向那处，道："王上，你看。"

沉妄转头望去。

先前雾气浓重，他们看不见这艘船竟然距离如此之近，眼下乍一看见，只觉得这艘船好似突然凭空冒出来，在黑暗的海面之上，宛如一只静静蛰伏的巨兽幽灵，没有半点灯火，黑幽幽地泊在那里，显得万分诡谲，万分阴森。

而在这艘船与峡谷峭壁的夹缝之间，竟然还有一艘小一些的船，那艘船不像普通的渔舟或是客舟，船首绑满了兵刃，两侧还有炮筒。

沉妄盯着那艘船，眯起眼眸，瞳孔中浮现厉色，一把抓住惑心，朝船舱中退去，喝了一声："防守！"

说时迟，那时快，惑心听见"嗖嗖"数道破风之声，便被沉妄带着在甲板上一阵翻滚，避开了数根利箭！

二人滚到了船舱之中，才听沉妄附耳道："定是海寇。这片海域，已非本王治下。峡谷为界，此处已是北海。照此看来，方才那几个人，极有可能是诱饵。"

"海寇？"惑心心下一凛，见船上的水卫们纷纷退到船舱之内，那甲板上已经密密麻麻地落满了乱箭，竟然是从峡谷上方的峭壁上落下，而数个拴着绳索的人影，也已经从峭壁上纷纷而下。

"广泽，将方才那几个人给本王看好！"沉妄拉着惑心起身，吩咐道，"其余人听令，放箭！"

水卫们训练有素，朝对面的船只数箭齐发。

沉妄伸手接过身旁侍卫递来的一把大弓，眼瞳一凛，拉弓放箭，一箭如鱼跃龙门，径直飞上峡谷峭壁顶部，正中趴在那里拿鹰眼观察下方的一个身影，只听一声惨叫，那个人便坠了下来。

惑心暗暗咋舌，虽然不知他的箭法是哪里习来，总觉得有几分说不上来的熟悉，一时有些出神。

"哇……"

身后传来婴孩嘹亮的啼哭，惑心转身瞧去，但见方才那几个落难之人缩在船舱一角，被侍卫严密地看守着，那妇人瑟瑟发抖，哄劝着怀中的婴孩，不禁心生恻隐之心，走上前去。

但见那个妇人一下跪下来，哀求道："这位便是大梵圣师了吧，我儿落水受寒，眼下犯了旧疾，望圣师救救我儿！"

"敝修瞧瞧。"惑心弯下腰，接过婴儿。

灵湫正巧从船舱中出来，见此一幕，心下只觉得不祥，下一刻，便见那襁褓中的婴孩竟"轰"的一声爆裂开来，霎时船舱内爆发出一团呛鼻的浓雾，惑心整个人被震得向后飞去。

"圣师！"沉妄一把拉过他，但见一个人影从浓雾中扑来，手里寒光闪烁，他避之不及，只得转身挡住。

只听"噗"的一声，沉妄的身体一沉，半跪下来，一只手撑住了甲板。腹部濡湿一片，惑心垂眸望去，但见一道雪亮的刀刃自沉妄的小腹贯穿而过，深紫色的鲜血连成一线淌下。

他喘了一口气，却咬着牙问："圣师，可有伤着？"

怪他大意，沉妄分明说了这几个人有可能是诱饵。惑心觉得心如刀绞，想抬手去捂住沉妄腹部的伤口，可烟雾灌进口鼻，湮没视线，令他没来得及这么做，就眼前一黑，失去了意识。

瞧见这一切，灵湫踉跄了几步，亦是伏倒在地。昏迷之前，他心中闪过一丝惊愕——怎么回事？就烟雾……

"滴答……"

冷水滴落在脸上，惑心浑浑噩噩地睁开眼睛。

好似浸没在及膝深的水中，四下里一片昏暗，只有头顶泄下的丝缕光亮。他抬眸望去，辨不出这是何地，环顾身周，却借着这微弱的光线看见身旁靠着一个人，精健的臂膀上海图刺青与身下流光溢彩的鱼尾映入眼帘，他一愣，伸手去摸索他腹部的伤口，便觉得他的腹部已经覆盖了一层薄物，摸不出伤势如何了。

只听青年略微有些嘶哑的声音低低地传来："本王无大碍，圣师……不必担心。"

听见他轻咳一声，惑心的胸口顿时紧缩，他颤抖着声音道："如何不担心？王上就算神武，也是肉体凡胎，不比散修。王上疼不疼？"

听他这样说，沉妄的心里泛起一丝暖意。

"不知道那帮海寇把我们关在了何处。"沉妄抬头望去，伸手摸了摸身后，感觉手心触到的是覆了桐油的木板，道："我们应该是在一处船舱之内。"

惑心摸了摸胸口，只觉得怀中已经空无一物，想必是所有的东西都已经被海寇搜走了，只剩腕间的念珠尚在。只听沉妄闷哼一声，收回手，指间便已经多了一枚微亮的物事，竟然是从舱板上拔出来的长钉："既然抓了我们，又没要我们的性命，必然有所图。"

瞧见他拔出钉子留下的孔洞，惑心的目光一滞——那孔洞里，居然钻出了一朵紫红色的小花，像是一朵含苞待放的莲。

"这里……为何竟会有莲？"惑心心下诧异，伸手去触，指尖才一碰，便见那朵莲绽放开来，露出了……一颗染血的眼球。

这是……邪祟！

他的瞳孔一缩，口中诵念驱邪的法咒，一掌重重地拍下，但听那朵莲花居然发出一声女子的尖叫，缩回了舱板之中。

想到什么，沉妄低声道："莫非，那些诱饵所言不假，的确有闹鬼的船，只不过被海寇给占了，这些海寇将我们虏到了那艘闹鬼的船中？"

惑心点了点头："敝修觉得，王上推测的应当不错。"

话音甫落，便听一串沉重的脚步声由远及近，便听到一个粗重的男子声音道："哪儿来的女子？"

下一刻，嘎吱一声，上方的舱板被蓦然掀开，光线泄下来，竟是个颇为魁梧的虬须男子，赤着风吹日晒的上身，一手拿着叉戟，显然便是个海寇。他眼里闪烁着兴奋的神色，垂眸打量了下头的两人一番，黑暗中的那个瞧不清，光线下的这个，头发似雪，容色清冷，便用那叉戟挑起了惑心的下巴。

"白发的，我倒是生平第一次见。"

沉妄的眼眸一沉，他一把抓住那叉戟，朝那海寇一笑。

鲛族混血的青年本就生得俊美至极，雌雄莫辨，一笑更是万物皆黯，那海寇一时愣怔。沉妄趁他失神，抓着那叉戟纵身一跃，将手中的钉子一掷，正中那海寇一眼。海寇当即惨叫着手一松，叉戟便被沉妄夺下，抵上了他咽的喉。

"再多叫一声，本王便取你的狗命。"沉妄低声威胁，吓得那个海寇强忍剧痛，不敢作声，只是呻吟着。

"王上。"惑心的心悬起，替他捏了把汗。

沉妄比了个噤声的手势，环顾四周，见这里似乎是船舱的底层，除了他们，应当还关押着其他人。似乎是听见上面的响动，底下的人纷纷呼叫起"救命"来。惑心暗道不好，便闻得杂乱急促的脚步声纷沓而来，见沉妄向他伸出空着的一手，忙一把抓住，跃了上去。沉妄便抓着他的手，向后退去。

火光灼灼，几个人影逼近。

惑心攥紧手上的念珠，手心一展，念珠一颗颗悬浮而起，每颗皆绽出数朵金色曼陀罗，环绕周身，白发飘飞。他是不杀生的，可若是这群海寇危及这里的诸人性命，他咬咬牙……

"抓住他们，要活的。"

但听一个幽冷的男子声音传来，惑心抬眸望去，见逼近的数个海寇之后，有一个披着青灰色斗篷的瘦高身影。

是个修士？

感觉到空气中流动的灵息，惑心心下生疑。在这乱世之中，除了他所在的大梵教之外，尚有众多其他的修士门派，只是正邪两道，良莠不齐，除了修仙的，亦有修鬼道的，不知道是什么样的修士，会与烧杀掳掠的海寇为伍？

"沉妄……不，如今我该称你为西海领主，好久不见。"

沉妄的瞳孔缩小，盯着那个身影："你是何人？"

"故人。"那个人轻笑了一声，缓缓地抬起一手，五指一收，便见沉妄手中的叉戟拧成了一团，那个海寇立刻挣脱开来，被沉妄一脚踹向逼近的几个人。

见几个海寇围过来，惑心下意识地护在沉妄的身前，祭出手中的念珠。金色曼陀罗霎时散开，撞在几个人的身上，竟燎起一股青烟，将他们震得向后飞去，七零八落地撞在船壁上，可尚未落地便是一滞，似乎被无形的力量牵扯，又再次向他们扑来。

见此情形，惑心一惊，被沉妄一把拉住，撞向身后。

"轰"的一声，舱板一处被手肘撞出一个大洞，四分五裂，沉妄拉着惑心纵身一跃！

"扑通"一声，二人瞬时没入水下数尺。

惑心睁大眼睛，只见船底之下散发出幽幽的紫红色光芒，定睛看去，便见那竟是一簇巨大的花，莲花状的花瓣宛如八爪鱼的腕，牢牢地攀附在船底，而花蕊中央，赫然是一张人脸。

一张红唇微张的，少女娇俏艳丽的脸。

似乎瞧见了他们，那人脸的嘴，微微咧开，似乎笑了起来。

这是……什么邪祟？

惑心瞠目结舌，沉妄蓦地一使劲，带着他极速游离了船底。霎时之间，一道汹涌的暗流自后方朝他们席卷而来，惑心顿时觉得一道巨大的吸引力缠住了双腿，与沉妄双双一沉，坠入一片漆黑之中。

待得眼前现出光明，惑心不由得一惊——他置身之处，竟然已经不在水下，竟在一座华美行宫的回廊之中，身前便是一座高台，高台之外，则是大海，不知道是到了何处。

这是哪儿？

惑心向四周望去，但听后方阵阵吆喝声，转眸回望，便见回廊尽头火光灼灼，数个人影袭来，追着前方一抹瘦小身影。

"抓住他！别让他跑了！"

那个瘦小的身影快步冲来，刹那间与他擦肩而过，惑心只觉得眼角的余光里金光一闪，凝目看去，便瞧见那似乎是一个披头散发的少年。追着他的几个人渐渐逼近，赫然是一群身披软甲的士兵。

但见那个少年被逼到高台之上，回过身来，手里攥着一把明晃晃的金刀，满头满脸的血，宛如一头被逼到绝境的小兽，双目亮得怵人，死死地盯着眼前向他逼近的士兵。

惑心的瞳孔一缩，盯着那少年的脸庞与手中的金刀——

这是……少时的西海领主！

这是在他的梦境之中吗？

"王后说了，留不得他活口！放箭！"

"嗖"的一声，数道淬火的利箭射来，那个少年朝海中纵身一跃，仍是躲避不及，顷刻间已被数支利箭射中，突然坠入海中。

惑心只觉得心底也似乎被利箭贯穿，跟着他一跃而下。

却只见他坠落入水之处，水面瞬间荡开一片涟漪，漱滟出一团光晕，渐渐扩散开来，一抹亦真亦幻的发光人影自涟漪中心渐渐浮现，他白衣黑发，头上戴冠，面目却是模糊不清，仿佛笼着一团轻烟，唯独额心一抹水滴形的银色印记熠熠生辉，身上衣袂飘飞，更缭着丝丝缕缕的淡蓝色焰火，虽然不见面目，却令人一眼望去，便觉得宛若谪仙降世。

那道修长的身影弯下身来，将落入水中的鲛人少年轻轻捞起，足尖点水踏波，翩然飞起。

惑心跟随着那个人影而去，心下怔忡，只觉得此情此景与那个身影皆似曾相识。见那个身影带着少年翩然落到附近的一座岛上，将他放在被海水浸没的浅滩上，甫一伸手抚过他的身躯，手心便绽出丝丝光焰，竟使少年身中的数支箭矢化水溶去。

惑心看着这一幕，双眼渐渐睁大。

他想明白为何这一幕他会觉得似曾相识了。

这情形，是他多年前一次突发恶疾，昏迷之时做的一个梦啊。

梦中他恍恍惚惚的，只觉得魂魄离体而去，飘到一片海中，茫然之际，便见到了那个从海中升起的人影，目睹他救了一位濒死的鲛人少年，眼前所见，不正是那梦中的情景吗？

为何，会在此时重现眼前？

惑心愣在那里，见那人轻柔地抚过少年的脸，他这才发现少年的双眸半闭，一道焦黑的痕迹自双眸间横贯而过，似乎被方才淬火的利箭灼伤，不知道是不是盲了，眼底渗着血，一片晦暗。

"王上……"

他心下一痛，情不自禁地半跪下来，见那面目模糊的谪仙如当年梦中所见那般，颤抖着一手，将手掌覆在了少年的眼上，手心的光焰绽放开来，尽数涌入了少年的眼缝之中。

待光焰渐渐熄灭，他又从袖间撕下一截发光的衣料，将他的双眼温柔地覆上，如哄小儿一般轻轻拍着他的脊背。

是在做梦吗？

他又梦见当年的情形了？

沉妄浑浑噩噩地想着，只想伸出手去，揭开脸上的布料，看一看那人的模样，身子却如被魇住一般，动弹不得。

当年亲眼见到母亲的双眼被剜，他无助之下，只得跪求自己身为太子的王兄施舍些创药，却险些遭到侮辱。愤怒之下，他失手将其刺成重伤，便被王后下令赐死，更要取他的双眼。

他一心复仇，只想逃出生天，才遭到士兵的围剿追杀。

后来，他身中数箭，坠入大海，也不知道是哪儿来的仙人，竟忽然现身，在生死之际，救了他一命。回想起来，宛如一场梦境。

待少年渐渐安静下来，惑心瞧着那梦中的身影，将他带到附近一处岩洞之中，日日用身上的光焰，为他疗伤安神。

起先少年神志模糊，半梦半醒，惊悸癫狂，如同疯子，他便只好日夜守着他，才能令他安睡片刻。

过了不知道多久，少年才终于清醒了些，睁开眼睛，却依然是一片模糊，似乎蒙着什么东西，伸手想要摘下，却被一只手轻轻按住。

"你是何人？我可是已经死了？"少年喃喃着问。

那个身影沉默了一下，摸了摸自己的喉头，似乎叹了口气，一如惑心当年梦中一般，不知何故没有出声，而是用手指一笔一画地在少年的手心写道："你自然未死。"

"你是……神仙吗？"

沉妄听见当年的自己低低地呢喃着。对于守着他几日几夜，将他从死亡线上拉回的恩人，少年感觉得到他手指的温度，嗅得到他身上淡淡的气息，却听不见他的声音，看不清他的模样，只能徒劳地睁大眼睛。

可他受伤的双眼，隔着一块纱布，也只能窥见一抹模模糊糊的身影，勉强辨认出他是个身穿一袭白衣的年轻男子罢了。

未曾一睹真容，却已刻骨铭心。

没想到在这梦中能揭下蒙眼的布，看清他的模样，哪怕一次，一次也好。可无论梦回多少次当年的情形，依旧是惘然。

倘若能回到当初，便是拼着瞎了一双眼，也要记住他的脸。

惑心静静地看着当年梦中的情形，心下迷茫不解，这么多年前他的一场梦境，为何会在此时重现在他的眼前，此处到底是什么地方？莫非也是幻境吗？

若说这是幻境，西海领主本人又在何处？

也困在这幻境之中吗？

惑心想着，刚刚退出岩洞，便见梦中的自己也退了出来，少年跌跌撞撞地追了出来，一头扑倒他的脚下。

那面目模糊的身影连忙回身，将他扶住了。

"神仙，你要去哪儿？别丢下我！"

那个身影抚了抚他的脸，为他轻轻地拭去眼泪，只是在他的手心写道："等我，寻你。"

少年抿着嘴唇，迟疑了一下："等你……等你到何时？"

那个身影歪着头，似乎是端详了他许久，手缓缓地从他的脸上挪开，并未回答，便回过身去，足尖一点，翩然飞向海中。

惑心怔怔地瞧着这一幕，不知为何，竟然有种流泪的冲动。

依稀想起，后来，他便已然从梦中醒来，而那个人对少年许诺的那句"等我，寻你"，他自然也不知后情。而梦中所见，俱是无迹可寻，他还曾向算命先生求解此梦的寓意，也不得而知，许多年过去，也便将这奇异的梦渐渐淡忘了。

未曾想，多年以后，竟然会与梦中的少年重逢。

瞧见那个飘逸的身影远去，沉妄咬紧牙关，恨不得冲上去，将那个人留住，却如当年那般，跑了几步便昏倒在地。

"哗啦啦……"暴雨倾泻而下，海水迅速涨潮，涌入洞中，一如当年，将伤重未愈、还虚弱不堪的他冲进了海中。

周遭的景象变幻，成了波涛汹涌的大海。

惑心展目望去，瞧见他当年在梦中未曾见到的景象——那海中沉沉浮浮的少年身影漂近了一艘渔船，被一张渔网拖到了船上，心下不由得一怔。

莫非，当年的那个梦，是西海领主的亲身经历吗？

"爹爹！是鲛人！有鲛人！"

有清亮、稚嫩的声音响起。但见那艘渔船之上，有个俏丽的渔家少女，好奇地蹲在渔网中昏迷不醒的少年身旁，盯着他瞧。

少年脸上的布已经被海水冲去，露出伤痕初退的面庞。

"好漂亮的鲛人……"

少女捧着脸颊，双眼发亮，忍不住伸出手，摸了摸少年的眉眼。

少年虚弱地半抬眼睛，看了她一眼。

只这一眼，那个少女便好似被勾了魂魄，有些痴了。

"去去！离这个鲛人远些！没听说过鲛人擅长蛊惑人心吗？当心被迷了眼，被他拖进水里吃了！"一个壮硕的渔夫从船舱里出来，驱赶着自家女儿，打量着少年，双眼却露出贪婪的神色。

"啧啧啧，没想到，今日能有这般收获，咱们可要发财了！"

少女却一脸不愿，一把抱住了少年："不成！爹爹，我喜欢他，我要他，不许你打他的注意！"

"夕儿，你胡闹什么？"渔夫勃然大怒，抬手便打，少女却还是牢牢地抱着少年不放。见她如此，渔夫冷哼一声，将渔网扯紧，又拿麻绳将少年鱼尾化出的双腿捆住，拴在船桅上，也便不再多管。

夕儿？惑心一惊。

这个夕儿，是字音相同……还是，就是那个失踪的夕儿？

他心下疑惑，见此后一连几日，那个夕儿就像任何一个情窦初开的痴情少女，寸步不离地守在鲛人少年的身边。他渴了，她便捧水来喂，饿了，她便拿鱼来饲。少年渐渐恢复了些许视力，却不言不语，只是木然地望着海面，如同丢了魂一般。

"你在看什么？"见他如此，少女也郁郁寡欢，终于忍不住问。

"寻……人。"沉妄听见自己沙哑着嗓子喃喃地回答。

是的，他在寻人，寻找那个说要他等，却没有回来的人。

惑心听得分明，心下不由得一颤。

"救我的人。"

那个少女撅起嘴，捧着他的脸："是我救了你，你为何不肯看我一眼？你若想报恩，也应该向我报恩。我心悦你，你可知道？"

"心悦我什么？"少年冷淡地问，"这副皮相吗？"

他的娘亲，不也是因为鲛族绝美的容貌被那个男人瞧上，最后呢？

人类的爱意，如此浮浅，待到有一日不爱了，又如此残酷。

少女碰了个钉子，脸一红，却并不气馁，只是道："可我便是喜欢，一见钟情，我想嫁给你，你可愿意？"

少年蹙起眉心，立刻便想拒绝，却又忍住，又朝不远处看了一眼，见船已经驶入一处海港，离灯火通明的海岛已经不远，眼神一沉，道："好。你若肯放了我，我便答应娶你。"

"真的？"少女脸泛红晕，见他点头，只是咬着嘴唇犹豫了一下，看了一眼船舱，便偷取来一把杀鱼刀，去割困着他的渔网。

才割断几根网绳，松开了少年的上身，惑心便一眼瞥见船舱内钻出一个壮硕的身影，虽然知道是幻境、旧忆，仍然觉得心头一紧。

"你做什么！"

只听一声暴喝，那个渔夫猛扑过来，一把夺下了鱼刀。沉妄上身脱困，立刻撕开了腿上的渔网，正要纵身跃入海中，脚掌却被渔夫一把抓住。

"你往哪儿跑！"那个渔夫面露凶色，手起刀落，将他的脚掌蓦然贯穿，重重一脚踹中他的脊背，将他踹得扑倒在地！听得少年惨叫，惑心的心头猛地一颤，只见那个少女尖叫一声"爹爹"，便护在少年的身上，却被渔夫一把拎起来，甩到一边，一个趔趄跌入水中。

见女儿落水，渔夫一下分了神，便在这一瞬间，少年扭身拔出了鱼刀，一双眼睛因为痛楚和压抑多年的戾气烧得通红，而渔夫回过神来，一把抓住了他的手腕，便要去夺——

"噗"的一声，他捂着自己的喉咙，血流喷涌。踉跄着，栽倒在地。

"爹爹!"少女发出惊声尖叫,在水中奋力地扑腾。

少年半身浴血,冷着一张修罗般的脸,一手拎着鱼刀,一手将她从水中拽起来。少女扑到渔夫的身上,哭叫不止。

"你杀了我爹!你杀了我爹!你说要娶我,你却害死我爹爹!"

少年看着她,攥紧拳头,嘴唇动了动,想说什么,又什么也没能说出来。

"杀人啦!杀人啦!"

"快来人!"

周遭传来的叫嚷声,震天动地,朝他袭来。

少年咬了咬牙,看了一眼少女,朝水中纵身一跃。

竟然如此?

惑心睁大眼睛,看着那个满脸泪水的少女望着海面,眼中渐渐燃起恨意,心下发寒。若这个夕儿,是那个失踪的夕儿……

她所恨之人,其实是西海领主?

"呜呜呜……奴家好恨……"

一声幽幽的啜泣声自他的身后传来,眼前的幻境突然烟消云散,但见身后一片黑暗的水域之中,一个穿着红色嫁衣的女子身影飘飘荡荡的,乌发如藻,不见面目,显然并非活人。

见那个亡灵朝自己飘来,惑心攥紧手中的念珠,喃喃着诵起经咒,曼陀罗在周身绽放,却见无数发丝如蛛丝般拥来,似乎根本不畏他的护体法阵。堪堪闭紧唇齿,他便觉得耳中一疼,似乎被一缕发丝侵入,将他的神识搅得一片混乱!

他脑中闪过一念:莫非真如无过所言……这些亡灵不是邪祟,而是他从未应付过的厉害魔物吗?

眼看发丝便要将他重重缠缚,背后似有一道暗流涌来,他整个人被裹挟着向上冲去,下一刻,竟然一下跃出了水面,眼前骤然一亮,是上方洒下来的淡淡月辉。

"圣师。"身子落回水中,听得耳畔响起青年的声音,他回过头去,赫然便瞧见了沉妄湿漉漉的脸。见他额心一抹蓝辉闪耀,他一怔,未来得及问,便见身周卷起一圈涡流。

沉妄带着他又是奋力一跃,整个人借着鱼尾的力量腾空飞起。惑心只觉得足下一轻，便见沉妄如飞鱼一般掠过海面，转瞬便将那个漩涡和不远处的鬼船抛在了身后。

待回过神来之时，他已经被沉妄带到了海中一片岛礁处。

靠着礁石，沉妄仰头喘了口气，眉心微微蹙起，似乎强忍着痛楚。

"不知那水下到底是何物，圣师可知晓？"

惑心摇摇头，只觉得疲惫至极，实在没有力气回答，便闭眼睡了过去。

"嘶……"

细微的响声钻入耳内，有冰凉的触感缓缓地掠过手背。灵湫蓦然惊醒，一把攥住了手背上爬过的不明之物。

"哎，哟哟哟，我的命根子——"一个年轻男子在昏暗中叫嚷起来。灵湫抬眸望去，但见一个戴着斗笠的青年凑到了他的近处，斗笠下的一张面庞深邃鲜明，那双顾盼生辉的桃花眼正紧紧地盯着他手中攥着的……一条小银蛇。

灵湫打量了他一番，只觉这个人有些眼熟。

在记忆中搜寻了半晌，方在久远之处寻着了答案。

这不是……当年在蓬莱岛遇见的那个巫医，云瑾的并蒂灵所化的……叫什么……苏离的吗？

怎会如此之巧？

他的手指不由得紧缩，惹得苏离又是一阵哀叫："哎哎哎……神君，您慈悲为怀，可别杀生哎！"

——倒是一眼便看破了他的真身。

看来这并蒂灵，如今道行真不浅。

身上没有浊气……业已从邪灵修炼成仙灵了吗？

没多废话，他抬起手，用两指掐住了苏离的喉结，冷冷地道："你或许不知，本君向来不信什么巧合。说，你为何在此？"

苏离一僵，转眸看着眼前面无表情的男子，哈哈干笑起来："我说……久未谋面，你还是别无二致，就是这副皮囊没你本人好看，哈哈哈……"

灵湫的眉头紧蹙。他生平最讨厌这种吊儿郎当、没个正经的家伙，过了几百年，这人还是一样讨厌，难怪他对此人记忆犹新，居然还能想起来他的名字。手指收紧一分，登时捏得苏离一阵猛咳。

"别价……喀喀喀，几百年未见了，还未叙旧，上来就要谋杀……喀喀喀……"苏离脸涨得通红，彻底说不出话了，连连作揖，向他告饶。

灵湫的手微微一松，他便咳道："孙子……"

见灵湫的眼神一沉，他顾不上喘息，忙一口气补完下半句："我！我是亲孙子，爷爷！"

平白认了个孙子，灵湫冷冷地"哼"了一声，满脸嫌弃之色，松开了他的咽喉，手上却还掐着那条小银蛇七寸不放："说。"

"在下……喀喀，其实，是一直跟着楚大仙人来着……"

听他提起自家师尊，灵湫的脸色不由得变了一变。

"我……我也是才寻着他不久。本以为他一出现，你们便能寻着他，令他恢复记忆，重归神位……哪料，也不知道哪里出了什么岔子，他竟然在凡间蹉跎了这么些年……"

"你如何寻着他的？"灵湫盯着他，"又为何要寻他？跟着他？"

"咳，别紧张，在下没有恶意。我当初能逃出生天，都是因为他除了万魔之源，我一是为报恩，二是想求楚大仙人帮忙，"苏离觉得头皮一麻，摆摆手，"只是，这事说来话长……现下……"

对了，师尊何在？

想起自己昏迷过去之时的情形，灵湫心下一沉，恼恨不已。那时还来不及使用玉佩中的灵力，便随这附体的肉身晕了过去，怪他反应得不够及时，错失了搭救师尊的良机。

不知道这次发生的变故，可算得异数？

他望了望四周，见自己在一个狭小的空间内，除了他和苏离，旁边还有两个人，不过尚处在昏迷之中，一动不动。

苏离道："方才为了方便你我说话，我便将他们都弄晕了。"

对了，他现下尚是肉体凡胎，这苏离可不是。脑中此念一闪，他的目光又落回苏离的脸上。苏离哈哈笑道："冰……神君……是不是有什么吩咐？"

"你何时来到这艘船上的？可有见到他在何处？"

"啊……"苏离迟疑了一下，"他被那个……鲛人救走了。"

灵湫的脸色立刻黑得犹如锅底。

算了……与重渊那小子在一起，倒不会有性命之虞。但是真走了，倒也罢，只是他太了解他的师尊，无论是前世还是此世，他都会选择回来救这艘船上之人。

"嘶嘶……"

正如此想着，忽然听到苏离低呼一声："哎哎，宝贝儿！你咬着啥了这是？"

灵湫垂眸望去，但见手里的小银蛇嘴里咬着了一物——

竟然是一朵从舱板缝隙间生出的异花。那花瓣的中央，还有一颗血淋淋的眼球，正滴溜溜地打转。

他的瞳孔一寒，不愿意浪费玉佩中的灵力，干脆一脚踩去。

好重的魔气……这艘鬼船上居然有魔物！

总算得了异数了吧！

惑心悠悠醒转，只觉得浪花拂面，身躯似乎在水中迅速移动，睁开眼睛，才发现自己伏在沉妄的背上，他已化作鲛人之躯，在海中游动。

"王上！"

"圣师终于醒了？"沉妄回眸瞥了他一眼，"可觉得身子有什么不适？"

"无碍。"惑心摇摇头。

"那便好。此处不在本王治域之内，回去调援兵路途遥远，为今之计，只能设法潜回那艘鬼船中，从内部突破。"

惑心回想起跳船前的情形，道："只是……那些海寇并非普通人，他们之中似乎还有个修士。"

"跟随我的亲兵皆为鲛族，天生强悍，训练有素，亦非普通人。"沉妄道，"若非遭了暗算，不会如此轻易落入敌手。尤其是我的亲随广泽，他投入本王的麾下之前亦是散修，可以一挡百，若能寻他脱困，与他合力，此事本王倒有几分把握。"

惑心点了点头："不如，敝修去当诱饵，暂且拖住一部分人。"

"不成。"沉妄当即否决，"你便跟在本王的身边，寸步不许离。"

这强势的口气亦有些熟悉，惑心觉得呼吸一滞。

见惑心盯着他的双眼，沉妄道："不论师父认不认，师父今后都是本王的师父了。"

他僵硬地背过身去："上来。"

惑心身不由己一般伏上青年的脊背，亦感到有些恍惚，总觉得仿佛许久之前，沉妄也这么背过他一般。可是，是在何时何地呢？

他寻不着来处，却想起了方才幻象中的情景。

惑心不禁问道："其实，敝修与你之前……"

该怎么说？在梦中见过他吗？

"扑簌簌"，一阵羽翅扑扇之声由远及近，他的瞳孔一缩，但见前方的雾气中，一片黑色的鸟影当空袭来，竟然是一群凶猛的鱼鹰。沉妄带着他一头扎入水中。

湿淋淋的赤脚跃落甲板之上，因为脚下的蹼膜，未发出一丝响声。沉妄半蹲下来，将背上的人轻柔地放下，手掌撑地，环伺四周，鲛人的双瞳在黑暗中幽幽地发亮。

瞥了一眼身后的惑心，沉妄解了外衫，将他的头身严实地裹住。

"你的发色太亮，容易被发现。"

惑心点点头，攥紧他的衣衫，看向四周。他们方才便是从船侧面的泄水闸口钻进来的，这里位于底部，船舱之内一片昏黑，静悄悄的，并无一人，放置着许多木箱，似乎是个货舱。

嗅到货舱之中弥漫着一股浓烈的血腥味，其间更夹杂着一种若有似无的异香，沉妄蹙了蹙眉："这味道……"

有些熟悉。惑心思忖了一下，心中一跳。

可惜那盒胭脂已经不知落在了何处，不然比对一下便知。

如此，那失踪的渤国公主，还有夕儿，一定与这艘鬼船脱不了干系。

二人循着这难闻的气味，朝舱内走去。踩到脚底一摊黏稠之物，沉妄垂眸望去，见前方舱内遍布着黏稠的血迹，四下尽皆是东倒西歪的尸首。惑心觉得心头一凛，放轻了脚步，然后仔细看了一眼离他最近的两具尸首——互相掐着脖子，显然亦是自相残杀而死。

他不敢靠得太近。身上没带符纸，沉妄是生灵，他又和沉妄肌肤相亲，带着生者的气息，说不准一个不小心便会激得起尸。

　　小心翼翼地避开周围的尸首，越往里走，那异香便越发浓烈，惑心搜寻着那香味的源头，忽然听沉妄低声道："你瞧。"

　　顺着他所指的方向望去，惑心的目光一滞。见前方赫然有个又矮又长的货箱，活似个巨大的棺椁，箱盖的缝隙间，居然隐约露出数朵紫红色的花瓣，似乎关着一片蓬勃生长的花朵。

　　"别碰，这里边阴气甚重。"

　　惑心口中诵起梵经，刚要退开，但听上方"哎呀"一声，两个人从上方直直地落下，不偏不倚地砸到了这货箱之上，顷刻间将货箱的盖子砸得四分五裂。

　　惑心当场石化。

第十七章

妄执之蛊

"哎哟，我的腰……"苏离垫在下方，哀叫连连，用手撑起身子，便觉得掌心触到了一个冰凉滑腻之物。

"这是……"苏离摸了摸，这好像是……

灵湫看清二人身下之物，瞳孔一缩，拽着苏离翻出货箱，摔落在惑心的身前。惑心瞧见他，认出他便是那位渤国使者，将他顺手扶起，又看了一眼苏离，不禁目光一滞。

"圣师，好巧好巧！"苏离爬起来，嘿嘿一笑，"你不认得我啦？前几年，咱们有一阵结伴而行来着！"

惑心点点头，朝他笑了一下，想起来此人是个巫医，的确有一阵随他游历四方，四处救人，是个甚为不错的年轻人。如今能在此处重逢，倒真是有缘。

"使者？你们怎么……"沉妄看着灵湫，目光落到他背后的那个箱子上，脸色微变，下意识地将惑心护在身后。

灵湫也护在惑心的另一侧，提防着那货箱内之物。

此时惑心也已经看清箱中之物，不禁倒吸一口凉气，苏离亦是"啧啧"了两声——只见箱子之内，赫然……是一具女子的尸首，面色惨白，一袭红色纱衣，头上插着金步摇，衣服袖口间俱是一朵朵紫红色的异花，竟好似从体内生长出来的一般。

"渤国公主？"沉妄一看之下，便不禁眯起眼眸，见灵湫盯着箱中的尸首，道，"使者，你瞧清楚，这可是你们的六公主？"

灵湫只得点了点头，警惕地握住手中的玉佩，这尸首之上，散发着一股浓重的魔气，且怨气甚重，一旦起尸，恐怕他们不能够对付。便在此时，苏离"咦"了一声，道："圣师，你瞧，这女尸的头上，都嵌着什么玩意？"

惑心走近一步，道："容敝修去瞧一瞧。"

沉妄先一步上前，挡在惑心身前。定睛看去，果然看见女尸额头上有一个红点，红点周围的皮肤血丝密布，宛如皲裂一般，那红点是凸出来的，尖端似乎是一枚什么植物的种子。他心中一动，想到了这可能是何物，便听旁边的苏离低呼一声，伸手一拈。灵湫来不及阻止，便见他将那枚红点从女尸的灵台上硬生生地拔了下来。

那枚"种子"一拔出，竟带出一长串蠕动、颤抖着的长须，赫然是沾染着血肉的黑色发丝："这不就是妄执蛊吗？别人不认识，咱们巫族可识得！啧啧啧，这下诅之人和这个女子有多大的仇怨呀……"

"你是不是手欠！"灵湫顿时掐死他的心都有。只见那位渤国公主的尸身颤抖了一下，一边臂膀僵硬地抬起，整个人坐了起来，头一歪，径直朝沉妄和惑心扑来！沉妄带着惑心就地一滚，堪堪避开女尸袭来的利爪，一脚飞踹而去，正中女尸的脸庞，但见那女尸被踹得飞出箱外数米，撞在舱板之上。

这一脚令空气中灵流翻涌，沉妄自己亦是一愕，他的确有鲛人的血统，力量强过普通人族数倍，却也不应该有如此大的威力。

这突如其来的变故，令灵湫亦是措手不及。还未出手，便见此情景，他松了口气，同时感到心被刺了一下，想起白昇的那句"提醒"。

"王上，手没事吧？"唯恐他沾上什么尸水，惑心忙问。

沉妄摇摇头。

灵湫木然地挪开视线，见苏离还拿着手中之物细看，一把掐紧了袖子里的小银蛇，惹得苏离当场惨叫起来。

叫你手欠！

"哎哎哎……爷爷，别掐！"苏离当场将手中之物甩到一边，双腿一软，险些给他跪下，惑心闻声，心里不禁觉得疑惑——这两个人居然是爷孙关系，不像啊……

此时"咔咔"几声传来，惑心抬眸看去，心下一沉，被沉妄拽着向后退去，但见那个被沉妄一拳击到舱板上的女尸的身子僵硬地扭动起来，袖筒里竟然生出了数对纤细惨白的手爪，几个花朵簇拥的头颅从她的衣襟里钻了出来，尽皆是长发的少女脸孔，其中一张脸被惑心一眼辨出，正是那个渔家女夕儿。

这到底是什么东西……

"娘亲！"听见沉妄低吼一声，惑心一怔，才发觉那鲛母的脸亦在其中，见他便要上前，惑心忙一把将他抓住。

"王上！莫要冲动！"

话音未落，那女尸尖啸一声，朝二人迎面扑来，惑心想也未想，拉着沉妄转了个身，挡在他身前，背后霎时遭了那女尸一爪，背上的梵印也金光大作，绽出一道经咒屏障，将那女尸猛然震飞，下一刻便数手并用，像蜘蛛一般飞快地倒爬上去，转瞬便钻入了头顶那二人掉下来的窟窿里。

听见上方此起彼伏的尖叫、骚乱，惑心觉得心头一凛，却被沉妄扳过身去。见他背上的衣衫碎裂，脊背上赫然出现一道鲜血淋漓的爪印，沉妄登时从旁边的一具尸首上拔起一把长刀，将他扯到一边的货箱背后，一刀割破自己的掌心。

"王上！"惑心一惊，慌忙阻止，却见那渤国使者也跟了过来，他盯着沉妄，蹙着眉心摇了摇头。

沉妄瞥了一眼那渤国来使，冷冷地道："使者跟来做什么？本王要替圣师包扎，还请使者回避。"

灵湫看着惑心，只觉得那一身白衣上沾染的血迹，火焰一样灼在自己的心里，手指不由得蜷缩起来。

见他不动，沉妄的眼神变得阴沉下来，他盯着他，只觉得这位使者透着一种说不出的古怪，尤其是看着惑心的眼神，令他感到极不舒服。

灵湫收牙关紧，僵硬着身子，朝他行了个礼，一字一句地道："久闻圣师仁善之名……在下也甚为仰慕，见圣师受伤，亦有些担心。在下略通些医理，希望王上允许在下为圣师疗伤。"

"不必。"沉妄冷冷地道，见惑心的嘴唇发白，已经失去了耐性，"滚开。"

灵湫只觉得自己的头发都一根根竖了起来，紧咬牙关，紧握双拳，一步一步地退到了箱后，苏离瞧见他黑如锅底的脸色，噤若寒蝉，生怕他一个激动将自己的宝贝银蛇捏碎了。

"王上……"惑心压低声音，见沉妄抬起染血的手递到唇边，仍然摇头拒绝，便被他将手上的鲜血强行滴进他的嘴里。

"唔！"

货箱背后便有人，惑心不敢出声挣扎，只得咽下好几口血。

他发觉从前方的黑暗中已经涌出了数个人影，正是那些船上的海寇。

而周围的死尸，也已经有了起尸之兆。灵湫握紧手中的玉佩，侧头对苏离低道："你们上去救人，我在此处拖一阵子，你去护着我的师尊，若不护好，这蛇……"

苏离忙不迭地点头，贴到了惑心的身侧，沉妄对他一点头："多谢使者相助。"

谁要你谢！灵湫暗骂了自己师弟一番，面无表情地扭过头去。

三个人绕到船舱外侧的甲板上，谨慎地行进。沉妄在最前，一手抓着惑心，一手握刀，只觉得脉搏之中灵流翻涌，这种感受既陌生，又颇为熟悉，心下暗暗诧异。

"苏离，方才你说，那具女尸的身上被下了恶蛊，那蛊有何来由？"思绪还停留在方才所见的惑心忍不住问身后之人。

"啊，那玩意儿我在我们巫族的书上见到过，印象实在太深刻了，"苏离"啧啧"着道，"据说是上古之时，被一痴心于某位神君的巫女以自身执念，辅以天下至毒至阴的邪祟炼成，没想到，竟能在世间见到上古之书中的玄奇之物，不知出自何人手笔。"

惑心的心下一沉，目光落到沉妄得身上，隐约生出一个猜测。

"这妄执蛊，有何效用？"

苏离嘶了一声："那要看种的是妄蛊还是执蛊了。"

沉妄在前方问："那渤国公主的身上，下的是哪种？"

"妄蛊结果，执蛊开花。会开花的，应当是执蛊。"苏离道，"执蛊为中蛊者的执念所驱，会将其化为强大的凶尸怨鬼，令其对执念之人穷追不舍，除非粉身碎骨，灰飞烟灭，才会停息。"

惑心听得脊背发凉："那么，妄蛊呢？"

"妄蛊嘛，乃为执蛊根茎，应是种在下蛊之人自己身上，可以令妄蛊生出执蛊，驱使执蛊诱捕到自愿献祭自己，以求达成夙愿之人，将他们害死后加以驱使。这执蛊数量愈多，执念便凝聚得越大，妄蛊的力量也便愈强，到了一定程度，妄蛊之主便堪比神魔，想要达成自己的执念，哪怕要逆天而为，也是易如反掌。"

制造执蛊？

爱也好，恨也罢，不是皆为执念？

这些邪祟之中，鲛母，夕儿与这渤国公主，皆是冲西海领主而来，那么，其他的那几个亡灵呢，会不会也一样？

这些亡灵，除了鲛母……莫非都是被人蓄意安排与西海领主产生交集，发生纠葛的？

这妄蛊之主，到底是何人，执念所求又是什么？要西海领主的性命吗？可若是如此，何必如此大费周章？

想到此处，惑心追问："妄蛊之主的执念所求，可与执蛊的执念所求相同？"

苏离点了点头："一般来说，自是如此，执蛊需与妄蛊目标一致，否则难以为其所驱。"

沉妄在前方攥紧手中刀柄，冷冷地道："也便是说，侮辱我母亲尸身的人，对渤国公主下蛊之人，其执念的对象，便是本王？"

"可以这么说。只是，不知道这个人到底想对你如何。"苏离摸着下巴，八卦道，"我说，你该不会曾经惹了什么桃花债，有人暗恋于你求而不得吧？"

惑心扶了扶额："无论如何，王上以后都要格外谨慎些，这下蛊之人藏在暗处，这些年蓄谋已久，想必不会轻易放过王上。"

"嗯。"沉妄点了点头。

竟然有人对他使用如此阴毒的招数……

"王上，莫害怕，敝修会守护王上。"

——莫害怕，有师父在，师父上天入地，都护着你。

恍惚之间，一抹黑发白衣的飘逸人影与眼前之人重叠，两个相似的声音，如此说道。

忽然，船舱之内传来一声女子的尖叫，沉妄身侧的舱壁猝然破裂，一团如蜘蛛般的黑影猛扑出来。

惑心将他一把拽向身后，手中念珠掷向前方汹涌而来的一团黑发，但见念珠金光迸发，绽放出数朵曼陀罗，顷刻燎穿发丝，击在那亡灵群尸的额头上，将它们击得尖叫一声，一下翻出船舷之外，往下一看，不见了踪影，不知是不是遁入了水中。

感到袖间被沛然灵力鼓荡而起，惑心一时觉得讶异，他先前的修为，尚对付不了这神秘的凶邪之物，为何此时修为竟然好似暴涨了数倍？

沉妄瞧着他衣袂飘飞的身影，道："圣师可有受伤？"

惑心摇摇头，朝那窟窿之中望去，但见那窟窿之中横陈着几具尸身，不禁心头一沉，纵身跃入，便发现此处正是他们之前被困的那层船舱，有些舱板业已破裂，死伤有数人，还有数人尚被困着，一见他们，皆纷纷呼救起来。

"王上！"闻得广泽的呼声，沉妄撬开一块舱板，便见他和数名鲛族侍卫一跃而上。白昇在其中低着头，深吸了一口气，如蒙大赦，方才与他这宿敌关在一处，他险些要窒息而死。

"你带兵下去助渤国使者一臂之力，将那些海寇尽量拖住。"沉妄吩咐道。广泽点了点头，带着数名鲛族侍卫听命离去。

"白发白衣，莫非你便是大梵圣师？"

诸人甫一被放出，便有一人问道。

闻得这个声音温和，惑心侧眸望去，只见那个说话之人长身玉立，蒙着一块面纱，只露出上半张面孔，额心一枚水滴形的银色印记，身着一袭缥色衣袍，有若谪仙降世。

惑心盯着他额心的印记，心头猛地一震。这人是……这人是他梦中那个，救了西海领主的仙人！

"不错，你是……"惑心怔怔地道，"你是何人？"

"这……"苏离看见那个人，不禁也是一愣，目光在那水滴形印记与那双宛如揽着月华的双眸来回徘徊。这……人……

他看了一眼惑心，感觉似是见了鬼一般。

再看沉妄，亦是被吸引了注意力似的，盯着那人打量。

"在下北溟，乃是一位散修道士，多谢圣师与二位义士出手相救。"那人轻轻一笑，目光从惑心身上飘落至他身后的沉妄脸上。甫一听见"北溟"二字，沉妄便莫名觉得心头一震，目光更是注视着他额心的印记，一时竟挪不开眼，连呼吸也变得有些局促了。

"这位义士，好生眼熟。"那个称自己为北溟的散修瞧着他，温和地道，"我是不是……在何处见过你？"

"我……不知。"沉妄一时似坠入云雾之间，只觉得茫然、困惑。

闻得身后的声音，惑心看了一眼沉妄，见他痴痴地瞧着那个人，心下微起波澜，别开脸去，竟然觉得有些不是滋味。

"承蒙救命之恩，不胜感激。在下代表地爻派多谢三位义士。"一个浑厚的中年男子声音自那被救的诸人中间传来，只见那人黄衫虬须，亦是一副道士打扮，盯着惑心，动作缓滞地作了作揖。

"久慕圣师仁善慈悲，今日一见，果然名不虚传。"另一个青衣芒鞋的年轻人，脸色苍白地冲惑心笑了一笑，抱着手臂道，"在下长乐门器修，幸会。"

"摘星门多谢圣师相救，圣师功德无量。"

跟着那些人皆纷纷表示了感谢，亦自报了家门。闻得他们竟皆是一群修士，惑心不免有些愕然："诸位道友怎么会被海寇们困在这船上？莫非皆是为搭船渡海而来？"

那黄衫人一手捂着小腹，似乎忍着疼痛，愤懑地道："哎，不瞒圣师说，这艘天舟在海上下落不明已有月余，北海有一富商为了寻找船上的家眷，悬赏万金，我们皆是为了寻找此船下落而来，谁料一上船就遭了埋伏。这些海寇不知为何如此厉害，竟能将我们重伤，困在此处，也不知道他们有何目的。"

看来是早有预谋了。

惑心点了点头："不论他们是有何目的，此地也不宜久留，诸位道友请自行离去，散修且留在此处拖上一拖。"

便见一群人皆是一静，神色各异，却都有些说不上来的古怪。有一相貌姣好的绯衣女修楚楚可怜地走上前来，看着惑心，道："圣师，我们皆被那海寇头子下了毒，行动不便，怕是逃也逃不掉，还请……还请圣师护小女子一命。"

说罢身子一歪，便往惑心身上倒来，惑心正要去扶，便见她被另一位中年女修拽住。那中年女修看了惑心一眼，脸色嘲弄地道："小贱蹄子，你想得倒美，他护着你，我们怎么办？"

"你们的伤势如何？"见这些修士行动不便，蹉跎在此，惑心不免有些紧张，看了看舱外，不知道那位渤国使者能拖上多久，道，"苏离，你随我一道，快些为他们检查一下伤势。"

苏离应了一声，敛去了平日吊儿郎当的模样，走到那群修士当中，为他们检查起来。

那妙龄的绯衣女修见状，挣扎上前来，似乎被绊倒摔了一跤，一下子栽向惑心，惑心只得伸手接住，便被这女修扑了个满怀。他堪堪站稳，一时手足无措，便见那个女修竟在他的臂间往后一仰，软了身子。沉妄一蹙眉，正要上前一步，却听身旁飘来一声极轻的叹息："你的眼睛……如今可完全康复了？"

沉妄猛地一震，转过头去，见那长身玉立之人面纱上的双眸温柔地凝视着自己，一如他的想象，他睁大双眼："你……"

他是……

他上前一步，脚步又一滞，回眸看了一眼惑心，见惑心背对着他，正专心地为那个女修检查伤势，对他面对的情状一无所觉。

"我当日回来，不见你的人，我寻了你许久，却一无所获。"那散修轻轻地道，"见你安然无恙，我便放心了。"

"你……"这经年来遍寻不得之人便在眼前，他却一时挪不动脚步，也不知如何开口，千般滋味尽堵在喉头。

惑心握住绯衣女修的手腕，拇指覆在她的脉搏处，只觉得脉象古怪至极，时而急若湍流，时而泥牛入海，不似寻常伤重虚弱之兆，不禁心生疑惑，顾不得男女大防，探向她的颈侧之处。

这一按，便听沙沙一声轻响，只见少女浓密的鬓发间钻出了一朵……紫红色的花苞。

他一把掐住那花苞，便见一缕花藤闪电般迅速缠上他的手腕，附上他的皮肤的一刹那，他便觉得先前肩头那伤处袭来一阵刺痛，竟钻出了一枚枝丫，尖端竟结有一枚紫红瑟的果实。

那个女修已经惊醒，此刻盯着他，变了脸色。

他的瞳孔缩紧，苏离几乎同时震惊地道："圣师，他们……"

"呜啊！"一声凄厉的尖叫从外间袭来，一团黑影从方才的窟窿内猝然扑入，沉妄立刻闪开。却见一股发丝朝那个散修汹涌卷去，将他浑身缠住，拖向舱外。沉妄心头一紧，未及多想，一个箭步纵身追上，随那个散修一并跳向海中。

"王上！"惑心蓦然回头，伸手想抓住沉妄。却听"噗"的一声，他觉得胸口一凉，一把长剑从背后直贯而出。

尸血沿着剑刃滚落，前方的人影消失，像一刹那抽走了他半幅魂魄，剜去了他半身骨髓。

背后传来女修颤抖的声音："怨，怨不得我，那海寇头子说了，身怀蛊引之人就在船上，你身上的蛊，与我们不同，定，定是蛊引！只有杀了你，这蛊才能解，我们才有命活！"

"圣师！"苏离惊见变故，惊叫一声，向他冲去，却见方才被他检查出异状的黄衫道人袖摆一挥，祭出一对铜环，朝他旋击而来。他在心里骂了句脏话，闪身堪堪避过。只见那个道人双眼死盯着他，眼角淌血，一个眼窝里竟然已经爆出了一朵小花，吃痛惨叫之下，更是连环击来，犹如一头疯犬。

二人当即缠斗在一处，不知道是不是身中奇蛊的原因，此人竟是令他一个仙灵应付起来也有些吃力，一时间竟脱不开身。

长剑狠狠地抽出，惑心踉跄了一下，半跪在地。

修士的剑刃是桃木所制，削得锋利无比，令他的胸口如遭火炙，灼痛一片，一时直不起身来，尸血染红了雪白的僧袍，落地如沸，冒起丝丝缕缕的白烟。

"你……"那个女修抓着长剑，看着桃木剑刃上扩散开的一片黑渍，尖声叫道，"生骸……大梵教的圣师是个生骸啊！"

"生骸？"

"看桃木剑上的血！他真的是生骸！"

"圣……圣师怎么会是生骸？"

"你们看他的伤处！"

惑心不可置信地垂眸望着肩头钻出的果实。

怎么会？他是何时中的蛊？莫非是那邪祟上身之时？

他颤抖着伸手，摸了一把，触到的，却是一片虚无，这果实，似乎只是一个幻影而已。

不对，这分明是……

"等等……"他试图发声，却痛得说不出话。

"没错了，他一个生骸，一个邪物，定是蛊引，快快动手！"

"是啊，生骸吃人肉、饮人血，这些年不知道他顶着圣师的名头祸害了多少人，杀了他，可是为民除害！"

……

七嘴八舌的叫嚣响成一片，却犹如万箭穿心，直刺在他心底的疮疤之上，激起庞然的痛楚与恐慌。

惑心浑身发抖，艰难地撑起身子，捂住不断渗血的胸口。

"杀了他！"

"杀呀！"

闻得身后的人群已突袭而来，他跌跌撞撞地转过身，一手挡住一个人再次刺来的剑，掌心被当场洞穿，痛得他向后退去，只见那些他方才救下的人，对他道谢的人，已经变得面目狰狞，如同恶灵。他感到天旋地转，站也无法站稳，只觉得血脉间的灵力随着胸口的窟窿迅速流散，无法集聚。

暗处窥看的一个影子，手默默地收紧，屈指欲轻叩掌心。

"你们不可以杀了他！"见那群人朝惑心杀意腾腾地逼去，苏离挡下黄衫道人的一击，情急之下大吼道，"我是巫医，我知晓这蛊的解法，若他的真身怀蛊引，你们杀了他，才是无药可救！"

见诸人的动作都一滞，那影子的手，亦是略微一松。

见众人都虎视眈眈地盯着他，逐渐逼近，惑心的眼前渐渐模糊下去，终于陷入一片黑暗，整个人仰面倒下。

恍惚之间，惑心蹙了蹙眉，想要睁开眼，眼皮却沉重不已，只听到一声低叹，有个男子的声音传来。

"为何流泪，你伤心了吗？那个孽障也值得你伤心难过？万年之前他负你，万年之后亦如此。瞧瞧，本尊便在身侧，却连本尊也分辨不出，稍受诱惑，便心生动摇，弃你而去……"

惑心浑浑噩噩的，神志不清，听不清此人的话，只依稀闻得"弃你而去"四个字，想起沉妄追着那个仙人离去的背影，一时心下悸痛，眼皮一颤，又滑下一滴泪来。

那人继续道："都怪那个孽障，强逼你结下子母契，累得你要受轮回劫……也罢，既然要受，不如索性让你寒心，叫你明白，那个孽障不配得到你的疼惜。反正，该拿的，你也拿回来了……我愿永远追随你，效忠你，为你生生世世之臣，再不让你受到一分伤害。"

惑心迷迷糊糊的，想分辨这个声音在说什么，却只能听清几个模糊的字眼，不解何意。

他突然睁开眼，惊醒过来，当下便觉得心头一阵剧痛，呕出一口血来，这才看清自己被铁索缠缚着双手，整个人被悬吊在半空之中，身下赫然是一个堆放着无数干柴的巨大石坛。他心下一沉，听见一阵动静，循声望去，便只见方才为他所救的那些人，都围在石坛之外，看着他的眼神，犹如一群嗅到血味的豺狼。

而石坛之外的一根柱子上，另一个人被五花大绑，已经浑身是血，不知道受了多少折磨，垂着头气喘吁吁的，古铜色的脖颈紧紧地绷着，不是别人，正是苏离。

"苏离！"惑心虚弱地道，"你如何了？"

"还是先担心你自己吧……圣师。"那个黄衫道士龇牙咧嘴地道，他一边的眼睛上缠了纱布，还在渗血，手里拎着一截带荆棘的长鞭，又照苏离狠狠地抽下去，"你不是巫医吗？说，要如何才能解蛊！那人分明说蛊引便在圣师的身上，杀了他便能解蛊，你为何又说不行？"

"你们……你们说的那人是谁？"惑心隐约记得，方才他醒来之时，有人在耳畔说话。

是何人暗算他？为何要如此？

"我不知道到底是何人要害圣师，"苏离啐了口血沫，喘着粗气道，"但这个人完全是在胡说八道，圣师若真的身怀蛊引，在你们身上这些蛊开花之时，他便会爆体而亡，他胸口伤处的异象，不过是人为制造的幻术罢了！"

208

"放屁！"那个黄衫道人骂道，捂住自己的眼睛，"那我们身上这蛊也是幻术了？我的眼睛都被这蛊吞了，还能有假！你这巫医满口假话，方才骗我们别杀了他，现下又说他的身上压根儿没有蛊引，老子不信！"

"就是，别信他！巫族人向来坑蒙拐骗，擅长耍阴招，信不得！道长，便按我们之前议定的，烧了那个披着人皮的生骸，众人皆知巫蛊向来畏火，烧了他，我们定然有救！"

惑心浑身的血液仿佛凝固。他是生骸，只要不砍断头颅，寻常兵刃要不了他的命，可火，却足以将他这半死不活的皮囊焚灭成灰。

但见一人取下石坛边照明的火把，一步一步地朝他走来，他的心，一分一分地沉了下去，有些绝望地闭上了眼睛。

脑海中，只浮现出一抹身影，与那双若映星河的眼眸。

只是……他苦笑起来，也罢。他既然已经寻着了他心心念念的那位仙人，定然是……不会再管他了。

"你们住手！"苏离望着那个被缚在火坛上的身影，想起他们走南闯北四处救人的那些年月，眼眶微微泛红。

哪怕这不过是在凡世历劫，他也不应落得如此残酷的结局。

汹涌的海水间，被发丝缠缚的人影迅速向深处坠去。

沉妄的瞳孔剧缩，鱼尾竟挟着丝丝冷光，身形犹如一道霹雳剖开黑暗，朝那个身影迅疾扎去，一把拉住他，在发丝席卷而来之时，掌心凝水成刃，照那个女尸的头顶直劈而下。

这刹那间爆发的力量如有神助，只见那个渤国公主的头颅被蓦然劈碎，厉啸一声，胸口的数个亡灵头颅登时脱体散开，化作数个鬼影，一眨眼钻入了大海深处。

"娘亲……"沉妄目送其中一个鬼影遁去，双目微润，只觉袖子一紧，便被拉着朝上游去。

"哗啦"一声，二人浮出水面。

下意识地朝那艘船的方向回眸望去，背后却是茫茫大海，雾气缭绕，四下看去，皆瞧不见那艘船的所在，竟然不知道游了多远了。

想起跳海前那声呼唤，他蹙起眉头，觉得心脏紧缩起来。

他眼下如何了？

"多谢你，拼死救我。"身畔传来温和的声音，他转头看去，见那个蒙着面纱的男子温和地注视着他，额心的印记泛着淡淡的光晕。他的目光一凝，细细端详眼前之人，这才发现，他的眉眼，与圣师竟然如此相似，正如他想象中一般。

他凝视着近处的眼眸，那瞳仁蕴藏着迷惑人心的柔和，并不似另一双眼睛，澄澈清冷，只在不经意间泛起温柔的波澜。

"这么些年了，你过得可好？"见他不语，男子温和地道，"那时你满身是箭，情状凄惨，真是叫人心疼。这么多年，我心中一直很记挂你。"

似乎与记忆中有些不同，那时那人不曾言语，他却能感到如无声的春雨润泽土地，给自己带来深入自己骨髓的关切，可此时眼前的人一字一句分明地道来，他却似乎感受不到分毫。

心底里，也除了生出感激之意，再无其他。

沉妄迷惑地看着那人："当日你说，让我等你，之后便一去不返，可是有什么因由？"

男子沉默了一瞬间，似乎笑了："我……是去海中为你采可以明目的蚌珠，却遇上了暴风雨，不知道被卷到了何处。"

沉妄一时动容，心道原来如此。

"后来，我寻找了你许久，"男子轻问，"不知你可寻找过我？"

沉妄心中莫名的古怪之感越发强烈。原以为听他道来为何离去，听他表达关切之意，自己会激动万分，可喉头迟滞了片刻，沉妄才干巴巴地说道：

"我一直希望能寻找到你，报答你的救命之恩。只是，你那时并未开口说话，也没有告诉我姓名，我实在……无迹可寻。为何，你那时不说话，要与我写字交谈，可是有什么特殊因由？"

"如今我不是来了？"男子并未回答他的问题，"见你如今无恙地长大，我甚是欣慰。那时我救下你，也是机缘巧合，是因为你我的相遇乃是命中注定。"

"你……"

沉妄瞧着他的双眸，满眼却晃动着另一个人的神态。

"王上，莫哭。"

"请王上……相信敝修。"

"王上不是恶人。"

"王上，莫怕，敝修会守护王上。"

眼前浮现出他染血的脊背，心下泛起的焦灼，渐渐充斥胸口，变得越发浓重。

手指慢慢蜷起来，他退后一步："抱歉，你的救命之恩，我日后再报，我尚有一担忧之人，先走一步。"

说罢，他匆匆转身，袖子却被一把拉住。

"别走，重渊！你为何要走？我是北溟，是你的师尊啊！"

耳畔的声音透着浓重的凄楚，他浑身一僵，只觉得抓住他袖子的双手宛如藤蔓般将他紧紧拽着。垂眸看去，但见那双手已经不像是一双男子的手，指尖变得又细又长，淬着紫红色的蔻丹。浓密的黑发挟着藤蔓与花叶从袖间涌出，攀上他的周身。

他大喝一声，一把挣脱开这双手，回过身去。

但见面纱飘飞，眼前又哪里是那个谪仙模样的男子，一抹婀娜的身影浮在半空，长发涌动，头上挽着双髻，一根结着艳丽果实的根茎嵌在双髻之间，仿佛是从颅顶生出来的一般。女子面容娇俏清丽，双眸漆黑幽怨，好似盛着忘川之水。

沉妄盯着她，震惊地道："你是……莲姬？"

"莲姬……"那个女子哀凄地轻笑起来，面容竟然变幻起来，一会儿变成一张清秀柔弱的鲛族少年模样，一会儿又变出另一副额心带着一抹印记的俏丽脸庞，"重渊，你可记得我的另外两个名字？你可知道，我痴心于你，跟随在你的身边已有几世？可你从来便看不见我……"

"本王听不懂你在说什么！"沉妄回过神来，心下明白自己遭了蛊惑，想起还在那艘船上的惑心，一时觉得心急如焚。却见莲姬的长发暴涨，足下绽开朵朵莲花，身影朝自己突然袭来。

利爪抓向他心口的一瞬，他眉心的蓝光一闪，周身灵流翻涌，聚起惊涛骇浪，一道漩涡自身周扩散开来，他的额心光芒闪耀，令他几乎睁不开眼睛，只依稀看见那团光芒缓缓地聚拢成一抹半透明的人影，升腾到半空之中。

这是……这是什么？为何会从他的额心……

沉妄睁大眼睛，但见那个人影衣袂飘飞，袖摆、袍裾上都燃着淡蓝色的光焰，神圣非常，令莲姬都骇得变了脸色。

"师……师……"

那个人影伸手一拂，一道光箭便朝莲姬袭去，令她尖叫一声便化作一股黑烟钻入了水中，霎时不见了踪影。

"你……你是……"

这是数年前那位……仙人……

沉妄望着那个人影，震惊失神，只见那个人影在月光之下缓缓地回过身来，渐渐变得透明起来，可那张在他午夜梦回间也从未看清过的面庞，在这一刻，终于清晰地呈现在他的眼前。

那是一张和圣师一模一样的脸。那温柔、沉静的眼眸，亦与圣师注视他的眼神并无二致。

风吹拂着人影的衣襟，他的胸口肌肤若隐若现，亦有一颗殷红的朱砂痣，在月光下，好似一滴落在心尖的血泪。

他盯着那颗痣，心头大震，蓦然意识到什么——不论这个人影为何会从他的额心绽出，但他可以肯定的是，他多年之间心心念念的缥缈人影，与如今的圣师，其实便是一个人。

人影消失之际，他纵身一跃，扎入水中。

潮湿的脚底落在甲板之上，他看向那窟窿内的船舱，已是一片黑暗，没有一个人的踪影。圣师，也不在里面。

跳入其内，便见先前他所站之处的前方，一摊血迹早已干涸，那血泊之上，沾染着几缕白发。

仿佛被一把利刃穿心，沉妄蓦然半跪下来，颤抖着手将白发攥进掌心，瞳孔缩成针尖般大小，眼眶殷红如血。

"王……王上。"跑来一个身影。沉妄转眸看去，见广泽提着兵刃，气喘吁吁的，身后跟着几个受伤的鲛族侍卫，却不见那渤国来使。

炽热的温度自下方渐渐蔓延开来。

火舌舔舐着点燃的干柴，燎得噼啪作响，身周的空气，很快都因为缓

212

缓腾起、扩散开来的烈焰而发生了扭曲。

没过多久，烈焰便已经爬到了惑心的脚下。

双脚渐渐变得滚烫，染血的白色衣袍蜷曲起来，生骸冰凉的身体、血液，竟然终于在这燃烧起来的石坛内，拥有了活人的热度。

惑心自嘲地扯了扯唇角，看向石坛外聚集之人，目光缓缓地越过众人的身影，投向他们背后门外黑暗的夜色。

事已至此，他到底……还在期盼什么？

"你们这些人，如此对待圣师，会遭报应的！你们可知他这些年四处奔走，救了多少百姓，可是你们这些为钱财驱使的修士可比！他还救了你们！你们，忘恩负义，畜牲不如！"苏离不住地挣扎，奈何缚着他的锁链无比坚硬，他又日日拿自己的修为、灵力供奉着怀中之物，纵使身为仙灵，也比这些凡人修士强不了几分，竟然无力挣脱束缚。

若是他的蛇在身上……灵湫，你在何处？

再不出现，你的师尊都要被活活烧死了！

火舌渐渐燎上靴尖，脚趾袭来灼烧之感，惑心闭上双眼，等待着那皮焦肉枯的痛楚，只觉得心间的枯地之上，那蓬勃绽放出来的一簇繁花，便要渐渐萎落、凋零下去，与身躯归为一片灰烬。

便在这一刻，却听到外边传来一阵骚动。

"道长，道长！有个不知道是什么来路的疯……疯子，带人杀进来了！"

"拦着他，别让他进来！这蛊引烧死了，我们才能得救！"

"噗"的一声，鲜血四溅。沉妄半身浴血，状若修罗，从尸体身上拔起箭矢，一脚踹开侧面扑来之人，踏着尸首朝台阶之上快步冲去，见台阶顶上的道观内火光冲天，而一路寻来的惑心鲜血的气息清晰无比，分明便在其中。

他急红了眼，扔了弓弦，拔出腰间的佩刀，照着自那道观之中一拥而下的修士们杀去，横劈竖斩，野蛮地厮杀而上。

"王上小心！"

见他孤身一人不管不顾地杀上山巅，广泽快步追去，与数名修士缠斗在一处，一时左支右绌，无法脱身。

"圣师……师父！"

听到这一声声嘶力竭的厉吼，惑心猝然睁眼，见一个身影从门外的夜色中突然闯入。青年满身是血，肩头嵌着断剑，身上扎满暗器，一条腿几乎被斩断，整个人遍体鳞伤，被死亡的恐惧逼疯的人们几乎将他撕碎了。在看见他的一刹那，那已经重伤的青年便宛如扑火飞蛾一般，径直跳入石坛。

满布烈焰的石坛，滚烫犹如炼狱。

鲛人是最怕火的，他却拖着一条断腿，于火海之中跌跌撞撞，一瘸一拐地朝他缓缓走来。

"王上……"惑心的胸口如遭重锤，颤抖着声音道："你快出去！"

火舌爬上青年的身体，渐渐将他烧得皮焦肉枯，浑身龟裂，那绝美的皮相几乎一瞬间便变得面目全非，付之一炬。他摔倒下去，又爬起来，踉跄在火焰间，却好似感觉不到疼痛，一刻也不肯停下，行到近处，几乎已是手足并用，膝行爬来。

惑心的双眼一片模糊，泪水如雨坠落火海。

只看见青年浑身是火地爬到近前，提刀一挥，将自己的左臂猝然斩落。鲛人寒凉的血液喷涌而出，霎时熄灭了惑心下方的一片火焰，他用尽最后一丝气力，嘶吼一声，一跃而起。

铁锁突然寸断。

他抬起眼眸，看见灼灼的火光间，青年的脸已经焦黑龟裂，不辨五官，唯有一双深如沼泽的眼眸，定定地凝视着他。

他的身子渐渐坍塌下去，化作一团焦炭，眼眸里的光晕也渐渐涣散，枯裂的嘴唇微微翕动，似乎想说什么。

惑心侧耳凑到他的唇边，听到他很轻地说："对不起……我来晚了。"惑心抬起手，将他焦枯的身体扶住。念珠在手心猝然绷断，四散崩落，随着断线的泪水，一并坠入青年的身体化作的灰烬之内，如星辰坠落大海。

火焰从四面重新聚拢而来，他维持着这侧耳倾听的姿态，一动不动，任由火焰渐渐将自己吞噬。

"师尊！"

甫一踏入石庙之内，灵湫便瞳孔剧缩，他与那神秘的海寇头子在水下缠斗许久，还是……还是晚了一步。他冲向火光中的两个身影，却见那处光晕一闪，从其中一个焦炭般漆黑的身影头上腾然升起一抹散发着淡蓝色焰火的人影，光华夺目。

"那是……"灵湫盯着那个身影，喃喃着道，"师尊？"

这是……这是师尊的魂焰啊！怎么会……从重渊的体内出来？

灵湫走近，但见那个人影化作一团璀璨无比的淡蓝色焰火，尽数汇入自火光中浮至半空的白色身影之中，与他融为一体。

见他额心的莲花绽开一丝银亮光辉，逐渐成为一枚水滴印记，灵湫一跃而上，想将落下之人接住，却见他突然睁眼，翩然落地，仍是一头白发，周身散发出淡淡的神辉，圣洁得宛如身披月华。

无数纷繁的记忆片段宛如百川归流，尽数涌入北溟的脑海，他站稳身子，尚觉得头晕目眩，胸口处残留着撕心裂肺的痛楚。

灵湫堪堪收回探出的双手，半跪在地，缓缓地叩首。

"师……尊。"

"灵湫？"一眼看穿他的皮囊，北溟讶异地道，"你……"

"弟子……一直跟着师尊。"

北溟却无心听他多说，蓦然回眸，一伸手熄了坛中的火焰，飞落在那已化作焦炭的身体身边，捞起一把灰烬。

傻子……鲛人之身，竟然跳进火海里来救他！

他人呢？

他能重生……应该是因为与沧渊子母契相结，一缕残魂坠入他的命盘，与他共同经历了轮回劫的缘故。魂焰重归体内，那沧渊呢？

沧渊在何处？

"神君想寻找他吗？"

听得一个冷冷的声音从后方传来，北溟回过头去，但见旁边有一个身影自一具尸体上升起，渐渐凝聚成实体，一对异色瞳仁盯着自己，眼底有压抑的怨恨与悲伤。

他的瞳孔微缩："瀛川？你可知道他在何处？"

"他为了再次见到神君，跳了妄生道。"瀛川的语调平静，声音却已经嘶哑，"神君若真的神通广大，便想法子将他带回来吧！"

北溟整个人僵在那里，一时神魂俱裂。

妄生道？

六道之外的妄生道？

那需要拿三魂七魄、毕生寿数，才能换得妄念实现、夙愿得偿的妄生道？这痴儿！

妄生之界在六界六道之外，是永生受缚不得往生的去处啊！

北溟的眼圈红了，眼前一片模糊。

"师尊？"灵湫一手搭上他的肩，方才察觉他整个人都在颤抖，转到他的身前，才惊讶地发现他竟然已经泪流满面。灵湫何曾见过师尊如此，一时不知所措，当下慌了神，抬手以袖去为他拭泪。

那样多的眼泪，竟似拭不尽一般，一瞬间便沁透了他的衣袖，但听天际轰隆一声，竟然有雨水倾泻而下，浸润了天地。

这便是……神泣啊。

千年难得一遇的……上神泣天，有撼天动地之能。

灵湫僵立在那儿，望向天穹，才发现天空中坠落下来的并非普通的雨水，而似乎是无数拖着银色尾芒的闪亮星辰，那是冰封了七百年的溟海深处尚未修炼飞升的无数仙灵，受到主神的感召，纷纷化作雨水降临。

甫一落地，便生成无数半透明的发光飞鱼，聚拢在北溟身周，将这周围一片都照耀得宛如银河般梦幻而璀璨。

北溟展开手掌，露出手心里的一捧灰烬。鲛人的骨灰，在光芒之下，潋滟出晶莹如海水般的蓝色光泽。他小心翼翼、珍而重之地捧着，颤抖着吹出一口气，万分不舍地看它散逸开来。

"去……带我去寻他。无论天涯海角，我都要将他带回来。"

飞鱼们纷纷携起骨灰，渐渐聚拢起来，朝海底涌去。北溟一手祭出灵犀，化作长剑，一道光芒径直通达海床，一下便将海水分作两半，他纵身一跃，径直跃入其内。

"师尊！"灵湫一惊，跃至海上，便见海水一瞬间便合拢来，再探入水中，也不见北溟的身影，似乎他已经赶赴了另一个世界。

被水母们簇拥着，北溟缓缓地穿过海床，进入地心之内。

神龄虽然有十万岁之久，他却从未踏足过妄生界，不知道这到底是个怎样的所在，只听说它存在于六道轮回之外，六界的缝隙之间，在海眼之底，是一片无止无尽、吞噬万物的虚妄之境。他不知道沧渊何以有勇气孤注一掷，将自己扔进那样的地方，莫非就为了与他在这凡世相遇一场？

明明……他这个师父两次重伤了沧渊，明明，他把沧渊抛下过无数次，明明，他令沧渊流了那么多泪，令沧渊等了那么久……那么久。

"渊儿……你等我。"他咬着牙，留下泪水，"等我。"

这一世，为师一定不抛下你。

安生之界

第十八章

"神君，神君，你醒醒！"

"神君，醒醒！"

"神君，呜呜呜……"

耳畔叽叽喳喳的叫嚷声交织成一片，北溟蹙了蹙眉，缓缓地睁开眼睛。他被无数仙灵化成的水母托着身体，悬浮在一片白茫茫的虚空之中。适才想起，他循着仙灵的指引突破了海眼之后，便莫名失去了意识，不知道这里是不是便是所谓的安生之界。

"来者何人……"

忽然，不知道从何处传来一个缥缈低沉的声音。

"在下北溟，乃是神族。"

"神族……来此六界之外的安生界所为何事？"

"为了救一个人。"北溟沉声道，"不知道阁下可是安生之主？"

"救一个人？"

那个声音问道，但见眼前白茫茫的虚空之中，有一星呈黑色，好似一团墨迹落水，在白纸上晕了开来，化成一个巨大无比的水母。

半透明的水母浑身光彩迷幻，头顶生有一个硕大的独目，静静地俯视着他，眼神冷漠，宛如打量着一只卑微无比的小小蝼蚁，渐渐眯起眼来，似乎因为他的直视而颇感不悦："无知小神，入我安生界之人，皆是以魂魄、寿数偿了毕生所愿，心甘情愿而来，何来救人一说？"

北溟心头一紧，生恐自己言语不妥，得罪了这位安生之主，见不到沧渊，忙低下头来，朝他毕恭毕敬地作了一揖。

"是……求一人，望阁下宽恕在下妄言。"

"哼，不拿魂魄、寿数为礼，便敢擅闯此地，是仗着自己是上神之身吧？可惜，妄生界处于六界之外，可不管神鬼妖人，世间众生到了此处，便皆要向本尊俯首称臣，你可知晓？"

"知……晓。"北溟闭上双眼，缓缓屈膝跪下，向他俯身叩首，弯折了上神的脊骨，整个人显得卑微到尘埃里。

他的声音颤抖着："我愿献出魂魄、寿数，神骨魂焰，阁下想取走什么皆可，我只求……只求一人。"

水母俯视着他，沉默许久，方才开口，竟然似乎是笑了起来："神族历来最为冷漠无情，藐视众生……你倒是个例外。"

"……有趣，有趣。"

"你所求是何人？"

北溟低着头，轻道："我的弟子。"

"弟子？只是弟子，能得你如此付出一切？"

北溟心头一怔，缓缓地道："我亦将他视作骨肉亲子。他为见我入了妄生道，我便是追寻他而来。还请……还请阁下怜悯，让我与他重聚。"

一片沉默之中，一道半透明的触须缠住他的腰身，将他拽了起来，强迫他仰头望向那硕大水母头顶的眼球。

"你倒真是重情，也不枉他为你如此。本尊并非冷血无情的神族，怜惜众生妄念，也怜你一片痴心。只是妄生妄生，顾名思义，便是一生尽归虚妄，入了妄生界的生灵，皆会沉眠在某段记忆之中，如若你能寻到这段记忆，便能寻着他的一丝生机，不过要在本尊规定的时间内寻到。如若你未能寻到，便将魂魄、寿数献给本尊，作为擅闯妄生界的赔礼，你可愿一搏？"

"愿。"北溟昂首，声音坚定。

沧渊愿意为他受凌迟之苦，为求他受烛暝之蛊，为再见他进入妄生道孤注一掷，他亦愿为沧渊赌上所有，与沧渊死生相随。

"好。"

话音甫落，一根触须径直刺入他的额心之中，劈开颅骨一般的剧痛袭来，北溟痛得"哼"了一声，咬住牙关，眼见自己的魂焰被聚拢成一缕硬生生地拔出，汇作一团，落入凭空出现的一盏灯台之上。

"魂焰为烛，待你的魂焰燃尽，便是时限，如此可行？"

北溟咬着牙，冷汗涔涔，却道："无妨。"

"来……"

但见那水母触须中的口器一张，便吐出一片墨迹蔓延开来，在他的身前勾画出一扇巨大的石门，拦在他与那扇门前的却是一大片荆棘，荆棘丛间爬满了各种奇形怪状的斑斓毒虫。

北溟觉得头皮发麻，便听那妄生之主大笑起来："本尊探察你的识海，知晓这便是你最恐惧之物……如何，你还想寻找你的弟子吗？"

"何妨……"北溟咬了咬牙，正要起身上前，又觉得背上一沉，似乎被触须压住，那妄生之主道，"狂妄，本尊准许你起身了吗？"

北溟皱了下眉，明白了他的意思，未置一词，只是伸出手……缓缓地向荆棘丛中膝行而去。仙灵们此起彼伏地哀叫起来，向他身周聚拢而来，却阻止不了毒虫们蠕动着爬上他的身体。

尖锐的荆棘刺破手掌、膝盖，无数毒虫游过他的脚踝，钻进衣间……蜈蚣的百足、蝎子的尾刺、蜘蛛的尖螯、水蛭的口器……他平生最恐惧、厌恶之物爬满周身，啃噬撕咬着他的身体。锥心刺骨的剧痛自周身上下不断传来，北溟觉得浑身发抖，脸色惨白，一寸一寸地向前挪着，双眼紧紧地盯着那扇越来越近的门。

那扇可以寻找到沧渊的门。

渊儿……在蓬莱等着的那些年，你便是这样过来的吗？

为师……陪你受一回，才知道你有多疼。

渊儿……等我。

妄生之主静静地俯视着荆棘丛中匍匐而行的身影，见那白发白衣的神此时业已浑身染血，遍体鳞伤，却没有半分迟滞，不由得半眯起了硕大的眼睛，待他终于爬到门前，方伸出触须，将那盏魂灯点燃。灯亮起的一瞬间，门扇轰然开启……

露出门后悬浮在半空中的一个人影。

修长的鱼尾静静地垂着，青年长发及地，发丝飘拂。

北溟踉跄着站起来，冲入石门之内，伸手触及那人影的一瞬间，只见那个人影一下子便涣散开来，化作无数光点，聚成一幕幕幻景，环成一圈，走马观花一般在他的眼前一一掠过。

他在溟海中将重渊捞起，将他点化成仙。

他教重渊识字作画，明辨是非，传授重渊仙法符咒，辅助重渊修行飞升。

他收下重渊亲自酿的酒，与他谈笑对饮。他带重渊下界历练，保护重渊斩妖除魔，带重渊尝尽凡间美食，与重渊共赏日出月落。

他于生死一线将重渊救回，他日夜侍候重渊寸步不离。他亲手铸造赐予重渊的魂器，将重渊留在身畔作掌灯神司，朝夕相伴。

他遇袭受困，将重渊罚入仙狱……重渊堕入魔道，他们反目决裂。他们此世在海上重逢，再续师徒之缘……

他们在蓬莱岛历险，分离三百年。

他探入魔界，与重渊重逢。

沧渊……重渊……你会沉眠在哪段记忆？

会是……他将重渊困住之时？

他看向其中一幕，见沧渊半跪在困坐于蚌壳之中的他的身前，满眼是压抑的痛楚，如此浓烈，他当日竟然一无所觉。

会是在他们被困的孤岛洞穴里吗？沧渊曾经试图将他困在那儿……

他小心翼翼地走近少年沧渊，教沧渊一笔一画地写他此世为沧渊取的名。他凝视着沧渊年幼、认真的面庞，伸出手，抚向沧渊的头，手指仍是触到一片虚无。

这是不是因缘果报？

北溟苦笑。

渊儿，你说我从来不懂你……我如今终于懂了。

我懂了。

眼前模糊又清晰，他的目光忽然一凝。

那一处月光如水，柔柔地笼着两个人影，他半倚在一棵优昙婆罗树下，一手擎着酒杯，一手握着灵犀化成的画笔，正恣意挥毫，画卷上所绘不是他人，正是近处少年舞剑的潇洒身姿。

北溟凝视着他。他记得清，那是重渊的试炼之劫后，他为救重渊损耗了神元，闭关修炼期间。那时的重渊，刚历过试炼之劫，受了缚元之咒，修为倒退得厉害，却被他误以为是试炼中重伤未愈，身骨尚未恢复，便将重渊留在身边作了掌灯神司，亲自铸了魂器赐给重渊，日日悉心教导。师徒二人这段时间几乎是朝夕相伴，形影不离，又因为他闭关，更加没有外人打扰。

如今回想起来，这竟是他与重渊最为平静、美好的记忆。

渊儿……你会在此处？是不是？

他走入那一幕幻景之中，在斑驳的树影间徐徐走近那个少年，见他舞过一整套剑法，收了渊恒，走到当年的自己身边。

"师尊，这次如何？"

"不错。"当年的他落下最后一笔，将少年飞扬的发梢勾完，月华下，眼里噙着赞许的笑意，"比上回有所进步，只是精神尚须更集中些，方能凝紧灵息，可记住了？"

"嗯，记住了。"少年点了点头，在他的身边跪坐下来，扫了一眼画上的自己，脸色微微泛红，"师尊画得……可真好，徒儿乍一看，还当是哪位风姿卓绝的上神呢。"

"你倒会自夸。"他忍俊不禁地一哂，见重渊的头发上沾了朵优昙，便随手替重渊拈起，放入了自己的酒杯之中，仰脖饮下，饮罢懒懒地一笑，"优昙下酒，果真味道不错，渊儿，你下回酿酒时往里添些。"

说罢，他站起身来，身形却是一晃，被重渊一把扶住了："师尊？"

他在神元并未完全恢复的情况下，喝多了酒，便有些醉了。

他揉着额角，一手搭着少年肩头，声音透着微醺之意："为师有些乏了，扶为师回去歇息吧。"

重渊："好。"

北溟在旁边瞧着当年这对师徒和睦相处时的情景，心中感慨万千，一时眼眶湿了。

"师尊，弟子冒犯。"重渊一矮身，将他整个背起，走入优昙树林环绕的一处亭阁之内，将他扶到榻上。

见他闭眼沉沉睡去，少年落了帷幔，熄了灯烛——掌灯神司，便是守候着他入眠的贴身之人，那时他们便是如此亲厚……

重渊尚未犯下大错，堕入魔道，他们尚未经历后来的一切。

若是重渊，会希望时光永驻于此吧？

北溟的双眼有些湿润，见少年垂手静立于半透明的帷幔旁，他们之间隔着的仿佛不是帷幔，而是这三生千年的光阴。

北溟定定地望着他，向前走了一步。

"沙沙。"脚踩在断折的树枝上，发出一声脆响。

亭中的少年似乎被惊动，朝外面望来。北溟这才想起自己此时衣衫破碎，满身狼狈，慌忙整理了一下衣衫。见他飞身跃出，一道寒光直逼而来，北溟不禁向后退了一步，又凝立在了那里。

剑刃抵在喉头之感，竟然如此真实。

漫天飘落的优昙间，重渊抬眸望向他，对上少年惊讶的双眸的瞬间，北溟已是泪水盈眶。

他在此。果然在此。

沧渊恍惚地望着眼前之人，他满身的白衣染血，发丝凌乱，似乎自远方千里迢迢奔赴而来，跨越了刀山火海，才抵达了他的眼前。他沉溺在这段记忆中不知道有多少时日，神志已经不甚清晰，辨不出何为虚妄，何为真实，半信半疑地伸出手去……

北溟的泪水滚落下来。

"渊儿……和我回家。"

滚烫的眼泪落入手心。沧渊浑身一震，如梦初醒，不可置信地望着他，终是一步上前，跪在了他的身前。

"师……师父。"

北溟颤抖着抚上他的脊背，生怕他下一刻又烟消云散，一张口，声音业已嘶哑。

"傻子。"

沧渊浑身颤抖着，仰起头来，

干涸百年的眼底，终于有泪水汹涌而出，混着雨水一并淌落，化成珍珠坠入水中。他咬着牙，从无声的哽咽到泣不成声。

北溟抬起手，十指嵌入重渊的发丝间，轻轻收紧，只觉得重渊的泪水一滴滴落在他心尖上，将那颗他前世泣出的朱砂痣烙得滚烫。

依然是那个依赖他的徒儿啊。

"师父，这妄生界你是如何来的？"意识清醒过来，沧渊想起这层，心下一沉，未听见他的回应，才发觉他已经晕厥了过去。下一刻，四周的幻景退散，一个巨大的水母浮现在二人上方。瞧见水母巨瞳前一盏燃烧着蓝色焰火的魂灯，他这才意识到什么，霎时红了眼，手中光晕闪过，凝出一把长剑，额心光芒闪耀，浑身却煞气环绕。

"谁伤的我师父？"他咬着牙道，"鬼挡杀鬼，神挡杀神。"

那妄生之主俯视着他，巨大的双眸瞳孔微缩。

"狂妄小儿！"

沧渊无心与他多言，凝聚起全部灵力，一剑朝他卷着灯台的触须直刺而去！这一剑的剑势凛冽磅礴，犹如霹雳袭去。

水母伸出无数触须向他卷裹而来，沧渊厉喝一声，剑刃爆出寒凛光芒，那些触须被他剑招中绽出的力量阻得一滞。妄生之主睁大巨瞳，讶然地道："你是从修罗道诞出的魔族……为何灵力中竟混着如此之强的神息？神魔同体，倒是前所未见！"

沧渊眯起双眼，不解何意，也顾不上他说什么，自触须间一剑劈向魂灯。

灯台乍然碎裂。

淡蓝色魂焰泉水般涌回北溟的额心，周围无数仙灵聚拢而来，托着二人朝上方飘去，沧渊提剑护着北溟，警惕着那妄生之主有所动作，却见它却并未阻止他们，任由他们出了海眼。

妄生之主……便如此放过了他们吗？

"师父……"刚一游出海眼，便见海水中四处皆是怨灵，这人间的水域污浊至极，他掐诀开了瞬移阵，钻入其中，却觉得一阵阻力袭来，将二人震了开来。

愣了一下，沧渊这才意识到什么，不禁苦笑了一下——他本无神骨，是北溟以上神魂焰塑造神骨渡他飞升，现下北溟的魂焰归体……他便又打回原形，成了魔族之身，想带北溟回神界，自然是办不到了。只是不知道，师父可会介意……

顾不得许多，他又掐了一决，纵身钻入阵内。

眼前的漩涡散去，便落在了一座蓝光萦绕的城上。

那城上驻守的数名鲛人守卫甫一瞧见他，先是一愣，接着便齐刷刷地朝他跪了下来，高呼声此起彼伏地蔓延开来。

"陛下，陛下回来了！"

沧渊凝目望去，当初他飞升之时，因为痛失北溟，整个人心神恍惚，将座这鲛城交给了列位长老，只带瀛川赶往了神界，再未主管鲛族之事，未承想七百年过去，这里倒是没变多少。

他们倒也还认他这个陛下。

众位长老匆匆赶来，迎他归来。

"陛下，这是……北溟神君？"长老们面露惊讶之色。

"嗯。"他无须多言，带着北溟快步走入自己曾经的寝宫。

这里亦陈设如一，还是他离去前的样子。

将北溟轻轻浸入浴池之中，沧渊低头瞧着他浑身浴血的样子，低声唤道："师父？"

北溟尚未醒来，沧渊却一眼瞧见他周身遍布着斑驳纵横的伤痕。虽然魂焰归体，上神之躯已在迅速愈合，却仍能瞧出，这些伤痕尽皆是虫豸们啃咬造成。

尽管不知详情，他亦猜出，北溟是为了寻找他才落得这一身伤痕。

——北溟平生最怕虫，竟然……

沧渊的眼睛红了，他将手心划破，把鲛血注入浴池的水中。他周身虫噬的伤痕在注了鲛血的浴池中渐渐尽数愈合，仅留下浅浅的红痕。

北溟眼皮微微颤抖，缓缓地抬起眼来。见沧渊的神色带着痛楚，忙温和地安慰道："我已无事了，渊儿。"

"你总说无事，其实什么事都自己扛着，从不愿与我说实话。"沧渊将灵力输入他的灵脉之中，为他疗愈内伤，却只觉得他的灵脉就像个漏风的破庙，四面八风都是窟窿眼，补哪儿也不是，只得用灵力先一一封住。

"渊儿，我的魂焰归体，灵脉中破损之处会慢慢自行修复，你的灵力与我不同，补也补不上的，别白白浪费灵力了。"

……

天尊禅位

第十九章

不知道睡了多久，北溟才在一股幽香中悠悠醒来。脸上传来微微痒意，似乎是花瓣落在了脸上。

"师父……"

北溟懒懒地抬眼，先是瞧见了沧渊的脸，接着便瞧见了头顶一树硕大、皎洁的优昙婆罗。月光自洁白的花瓣间洒下，他恍惚了一会儿，缓慢地眨了眨眼睛，才清醒了几分。

此处是……

目光飘向四周，见这里并不是沧渊的寝宫，反倒像神界之景，他感到一阵讶然，抬眼看向沧渊："此处是……幻境吗？"

沧渊摇摇头，低声笑道："是我寝宫后面的园子。我弄来了这些优昙的种子与仙土，在这儿造了一处与你闭关之所相仿的仙境。七百年前，我便想让你看，可那时这优昙死活也不开花……没想到如今倒全然盛开了。"

要知道这优昙乃是神界才有的花，哪怕挖来仙土，想让它在魔界生长却也是十分困难，更别提开花了。沧渊说得轻描淡写，谁知道他背后花了多少心思？当初费尽心思地造了这处景，便是希望北溟留下来吧？

可惜北溟未曾看见，便与他分离了七百年。

沧渊道："我还为你酿了酒，酒里按你说的，放了优昙，尝尝吗？"

北溟倚在树上，点了点头，笑着道："好啊，让我瞧瞧你的手艺比起当年如何。"

沧渊与他举杯共饮："往后……便留在魔界，师父可愿意？"

北溟刚想回答，便觉得心口传来一阵剧痛，顿时眼前发黑。这熟悉的针刺之感……他再熟悉不过，身为惑心时也会每隔一段时间便发作——是太一的恶诅。

虽然那时与烛暝玉石俱焚，散了魂魄，大半恶诅皆已散去，可还有一部分牢牢地附着在他这一魂半魄上，至今仍在作祟。如今他虽然有沧渊还给他的魂焰护体，可魂魄不全，不知能否抵挡这恶诅日复一日的侵蚀，若抵挡不住，又会如何？

半晌未得到他的回应，沧渊的心又揪起来。他一瞧师父的脸，才发现他的脸色煞白，顿时呼吸一紧："师父，你如何了？"

"无……无事。"北溟喘了口气道。

沧渊的脸色阴沉下来："不许瞒我，往后任何事，不许你自作主张，独自承受，听见没有？快说，到底如何了。"

北溟一时愣住了，轻叹了一声，方道："是先前吸收了那具仙尸怨念所生的恶诅……如今尚未消除。"

沧渊牙关收紧，几欲窒息，那时北溟便已经承受着恶诅，至今为止已经七百年了，他竟然到今日才知晓。

"你……竟瞒我这么久，"沧渊红了眼睛，"你当日不许我进入你的识海，可是因为这个缘由？"

北溟一愣，没想到他将当时的细节记得如此清楚，只得点了点头。

沧渊沉声道："我与你一起去寻这恶诅的解除之法，不许再抛下我。"

"嗯。"北溟点了点头。位列上神日久，高处不胜寒，需要他庇护的人有许多，能庇护他的人却无一，故而遇上了什么麻烦，他向来是独自承受，自行解决的，也并未觉得有何不妥……可自从被长大后的沧渊护着开始，他才知晓，原来有人可以依靠和信赖的感觉竟是如此之好。

"来，让我瞧瞧。"沧渊盯着他。

北溟无可奈何地闭上眼睛，纳他进入了自己识海。

甫一跃入他的识海之内，瞧见他的元神上一片触目惊心的恶诅，沧渊的牙齿几乎咬碎。

"好了，出去吧！没什么好瞧的。"北溟蹙着眉轻声道，却觉得沧渊一手覆在了额心之上，五指收紧。察觉他的意图，北溟心下一惊，当即将他震了出去，呵斥道："你休要胡闹！"

沧渊的眼圈发红，眼神一沉："我怎么是胡闹？你的元神中只有一魂半魄，如何承受？而我……"

"不可！"北溟又是感动又是恼怒，口气现出几分师长的威慑来，沧渊却未退却，强行要再次侵入他的识海。感到额心处的神印被沧渊体内澎湃的灵力冲撞，险些便防守不住，北溟蹙起眉，大喝道："沧渊！"

他深吸一口气："你若如此，我便解了与你的子母契！"

沧渊的瞳孔缩成两道竖线，灵力一收："你说什么？"

北溟心头一软，自知是说错了话，眼见他红了眼眶，忙哄道："呸呸，是我说错了话，你莫当真。"

沧渊转怒为笑："那师父得听我的。我们一起去寻你这恶诅的解除之法，若没寻到，便允许我替你担着。"

北溟蹙了蹙眉，知晓没有别的办法能哄住他，勉为其难地点了点头。神界中不乏仙医，医术最为卓绝的便是岐伯，他与岐伯的私交不错，想寻找他医治，应当并非难事。

……

"请……请神君伸手。"

听到外边战战兢兢的低唤，北溟险些笑出声来，从帘缝间探出一手，容那魔医为自己把脉。

外边那位魔医把脉的手都颤抖了："禀报，报魔君陛下……神君的灵脉与我族……不太相同，小的，小的无能，实在诊不出什么异常。"

沧渊大喝一声："滚。下一个。"

北溟打了个呵欠，实在坐不住了："哎，渊儿，停了吧，想来因为我是神族，这些魔医瞧也瞧不出什么名堂来。"

沧渊道："那我随你去神界为你寻医。"

"好。"

半日之后。

灵犀化成的小船缓缓穿过魔界，浮至人界上空。北溟懒懒地倚靠在船首，与沧渊对弈，师徒间你来我往，杀得畅快淋漓，令他只觉虽然身负恶诅，心情却许久未有地畅快满足，不禁发出一声惬意的轻叹。

"云间对弈，真乃人生一大乐事……若是还有酒就好了。沧渊，若是这盘为师赢了……"

听他如此调侃，沧渊轻哂一声，将了他的军："身子都这样了，还想着喝酒？"

北溟垮了脸，这弟子现在管他管得还挺严格。瞧见上方一处仙屿越来越近，北溟的眼睛一亮，道，"我们要到岐山了。"

岐山便是仙医岐彭所居之地，离中天庭和其他天垣颇远，是个与世无争的桃源。

从一处山头沿路下去，便见山林间百花盛开，各类珍奇的仙草药材。品种繁多，随处可见，北溟不禁啧啧称赞，为人师者的习惯按捺不住，一路教沧渊识辨。

沧渊亦宛如从前跟在他身侧为徒时，听得颇为认真，不时还主动发问，令北溟心情大悦。

"青穄，吃了缓解疲劳，消除火气，梓丹避孕，葵婴，吃了可以教人无惑，忘忧可令人短暂忘却忧郁……"

北溟一个个讲解，不经意间瞧见一株缀满形似婴儿果实的花卉，手中的灵犀顿了顿，直接避了过去。

瞧他的脸上闪过一丝尴尬，沧渊心下一动，握住一颗果实："哎，你瞧，这个果子长得不错，看起来挺好吃的。"说罢，作势便咬，北溟"哎"了一声，连忙捂住沧渊的嘴："你别。"

沧渊挑眉："师父，这是何物啊？"

"此物有助神族繁衍后代……一般与仙侣衍灵不得的神女才会吃这个，可乱吃不得。"

"哦。"沧渊点了点头，脸上闪现出尴尬之色，将果实松了开来。

"你……你……你……你——你是哪里来的小贼！擅闯药山，还偷摘这春生果！"一个声音惊叫起来，同时唰的一声，一根树藤袭向沧渊的后背。沧渊一把抓住，回眸看去，便见那是一个背着大葫芦的少女，正朝他们怒目而视，显然是岐山弟子。

"这位仙姬，我们是来向岐彭神君求药的。"北溟以灵犀一点，便断去了那树藤鞭子，眼神责怪地瞥了一眼沧渊，道，"我这徒儿不懂事，稍后我会向岐彭神君亲自致歉。"

"你是……"那少女见眼前的男子白衣白发，气度不凡，清俊圣洁，又见他的额心有一枚水滴神印，便知晓他绝非普通小仙。

"北溟？"

一个中年男子的声音传来，北溟抬眸望去，但见一个身着青衣，腰间缀着各种药材，背上还背着个大葫芦的清瘦身影。

"你……"岐彭上下打量着他，捋着胡须，朗声笑道，"一别千年，你倒没怎么变。"

"你也是。"北溟调侃着道，"只有胡须长长了些。"

瞧见站在他身边的沧渊，岐彭一眼看出这个身穿深色衣袍的俊美青年乃是魔族，眼底透出些讶异："这位随你一起来的是……"

"我的弟子。"

岐彭一脸震惊之色，未承想他如此正派又一直清修的上神，竟会与魔族同行，又想起前世他那个弟子的种种传闻，不禁结巴了起来，"这……这莫非是你的那位弟子，堕仙重渊——遗墟魔尊？"

北溟点了点头，答："不错。"

岐彭不知道是想到了什么，脸色变了又变："你来此不会是受这个魔尊弟子的胁迫……"

北溟顺着他的目光瞧了一眼，知道他是想歪了十万八千里，为了避免他的思绪继续发散，轻咳道："不是。并非是我的弟子胁迫我要对神界不利，相反，我本来有性命之虞，是我的弟子救了我。但我不幸中了恶诅，魔界无药可医，便想寻你瞧瞧。"

听他回答不是，岐彭张大的嘴巴刚合上，又咧了开："什么样的恶诅能令你这般厉害的上神都化解不了？"

"神医瞧了便知。"沧渊沉声道，"我师父的元神虚损，耽误不得，还请您快些为他救治，我定当重重酬谢。"

倒还挺懂礼节，与传闻中那个杀上中天庭的疯子重渊似乎有些不大一样。岐彭有些意外地瞥了沧渊一眼，对北溟道："你且随我进药庐。重渊便不必跟来了，我探你的元神需要凝神静气，魔族在旁，会有所干扰。"

沧渊皱了皱眉，目送北溟进了药庐之内，忍了忍，止步在帘外。

容岐彭探了一番自己的识海，北溟坐起身来，瞧他的神色有异，便传音入密问道："如何？我可还有救？"

"糟糕至极。"岐彭叹了口气，"你一个上神如何把自己折腾成这般模样？不是重归神位了吗？为何魂魄残损到这种地步？三魂七魄，你只余一魂半魄，元神上更是被那诅虫啃得千疮百孔，若不趁早召回你的其余魂魄，在这恶诅的侵蚀下，你迟早会衰竭而殒。如今你的头发尽白，想来也是缘于此。"

"我本就没有三魂七魄。"北溟哂道，"我自诞生于世时，便与其他仙灵不同，绕着元神的仅有一魂三魄。以前我不明白，现在却懂了，原来这一魂三魄，其实也不是我的。"

"什么意思？什么叫不是你的？"岐彭惊讶地道。

北溟摇摇头："此事说来话长，太过复杂。我若要自救，是不是唯有召回其余魂魄一法？"

岐彭点了点头："这恶诅十分顽固，若要我强行拔除，便须剖开你元神中的神核，可你的魂魄不全，护不住你的元神，根本承受不了如此酷烈的疗法，同样会灵脉衰竭。我只能替你先行压制，让你能多撑一段时间。"

"我知晓了。"北溟苦笑了一下。

要召回其余魂魄，聚齐三魂七魄，岂非就是要他召回延维的残魂碎魄吗？可是延维的魂魄早已在断妄海中尽散，烛暝寻了万年也未将延维寻回，只寻到了他这把笛子，要办到这件事，又谈何容易？恐怕只有逆转时空，回到过去，方有可能吧。

只是天地之间，又哪里有谁能做到呢？

便连娲皇重降世间，也不可能。

岐彭往丹炉里添放着药材、仙石，不知道想到了什么，欲言又止，几番挣扎后，才终于道："其实倒还有一法。但不能根除恶诅，只能暂时缓解，为你争取些时间。"

"什么？"

岐彭犹豫了片刻，才将一枚金灿灿的丹药取出来："……这个，可以修复你的灵脉，使你的魂焰沛然，灵力充盈，神骨会暂时强韧不少。不过，也只是暂时的，最多三个月，药效便会散去。若那时，你还未寻回其余魂魄，情况会比现在更遭。你考虑清楚，再……"

北溟毫不犹豫地从他的手中夺过，仰头咽下。

岐彭猝不及防，"啊"地惊叫出声，破了传音入密。

"师父！"外间的沧渊早已等得心下焦灼，听到动静，立时便掀帘进来，见北溟的喉头滚动，抬眼冲他温和地一笑。

"怎么了？"沧渊见他肌骨生光，流过一层淡金色的光泽，唇色较片刻前红润了些许，显得容颜更盛，"这是……"

顾及岐彭在旁，北溟起身，带着他出了药庐，来到药泉旁："莫担心，我感觉好些了。只是要根治，还需奔波一番。"

"嗯。"沧渊凝视着他，眼底泛红。

北溟瞧着沧渊的脸，心中一颤。他若死了，这视他如命的徒儿又当如何独活于世？

哪怕希望渺茫……他也要去争一争，寻一寻。

突然，一声长啸袭过上空，一个巨大鸟影从天而降，落在了药泉的不远处。

"师尊！你在何处？"一个冰凌似的声音穿透而来。

"灵湫？"北溟蓦然惊醒，从药泉中纵身跃出，立时变出一身素净飘逸的缥色羽袍，便见一个熟悉的人影从树影间走来。

"师尊，你果然在此。"

"你如何寻到此处的？"北溟感到有些讶异。

灵湫握紧手中的玉佩："……我自有办法。"

话音未落，北溟便又瞧见他身后走来的娇小少年的身影，身后不远处竟还有一位戴着罗刹面具的瘦高男子亦步亦趋而来。

回头瞧了一眼身后的人，少年皱了皱眉，加快脚步甩开了与他的距离。

"陛下？"未承想小天尊竟会出现在此，北溟更是觉得意外，"你们……"

"陛下亦是为寻师尊而来。"灵湫缓缓地转过身去，见北溟静静地立在那儿，一身缥色羽袍，容色清冷，一如从前。

稍一挪开视线，便是他身后的鲛人青年。

灵湫的脸色难看了起来。

"大师兄，好久不见啊。"

沧渊却眯起眼睛，挑衅似的冲他冷冷地一笑。

"你倒还知道本君是你的大师兄。"灵湫冷冷地盯着他，"本君当你的心中从来便目无尊长呢。"

沧渊扯起唇角，一手攘住北溟的袖摆，扯了扯："师父，大师兄这是什么意思啊？你说，我的心中有没有尊长？"

北溟呵斥道："你们俩别闹了，一见面便吵架，有完没完？同门师兄弟，几世的情分，便不能和睦相处吗？"

"和睦相处？"

灵湫和沧渊对视一眼，异口同声地道，电光石火间眼神已经厮杀了几个来回，周遭一时灵力汹涌，静得可怕。

"灵湫。"北溟扶额。

灵湫定是还因为当年之事对沧渊心怀芥蒂，他拍了拍这个大弟子的肩，将当年沧渊受惑，一心想要救自己才铸下大错之事——道来，灵湫的脸色几番变幻，低下头去，陷入了沉默。

"喀……"人面螺干咳一声，适时打破了沉默，"那个，北溟啊，我与我儿有要事与你相商。"

老天尊？听出这个声音的主人是谁，北溟一阵愕然。见白昇从袖中取出人面螺，他身子一僵，正要行礼，便被少年扶住了胳膊。白昇瞧着他的眼神有些复杂，道："北溟神君不必拘礼。"

北溟听到他的口气淡漠，心下叹了口气。

当年在蓬莱，不论如何，是自己没能护住他，他心下尚有怨气，自然是有理由的。

这屈辱的经历，怕是老天尊还不知晓吧，否则，心下也定要怪他这个担着教导下一任天尊重任的臣子如此失职。

"是有何要事？陛下请直言。"

人面螺从白昇的袖中探出头来，长叹了一声："北溟，你在凡间蹉跎数百年，想必还不知道如今的天庭是何状况吧？"

北溟心中感到不祥，皱眉问道："天庭……如何了？"

白昇眼含不忿，道："已为东泽和执明全然把控。本尊被彻底架空，也遭软禁日久，好不容易才寻得机会元神出窍，逃出结界。"

"东泽醒了？怎会如此？"北溟惊讶地道，"其他上神呢？玄武，重黎，还有一干元老，他们不足以分庭抗礼吗？"

"这便要问你的好徒弟了。"白昇瞥了一眼沧渊，挑眉冷哼道，"当年不知他是如何神不知鬼不觉地遣人盗走了补天石，以补天石要挟本尊，答应他将你留在魔界，你知晓补天石影响天庭秩序诸神运势，本尊又察觉执明野心勃勃，只好答应重渊的无理要求，谁知道拿回来的补天石竟然有假，令本尊嫡系皆神力大衰，被苏醒的东泽与执明趁机联手夺权……"

北溟一时愕然，却听沧渊沉声道："本君还你的补天石，如假包换，休要污蔑本君。"他并不把这位小天尊放在眼里，只是看着北溟，生怕他不相信自己，忙一字一句道，"师父……我绝没有做这坑害天庭之事。"

"不必解释，为师相信你。"北溟转眸看他，眼神温和。说罢，他又转向白昇，道："臣愿以上神之名担保，此事一定另有隐情，请小陛下莫要冤枉沧渊。"

见北溟毫不犹豫地站在了重渊那边，灵湫心下一阵苦涩，却也知晓他的信任并非盲目，重渊的确没有理由如此行事。

"既然北溟神君作保，那本尊姑且信他所言吧。"白昇负手，小脸微微昂起，看着北溟正色道，"不过到这地步，追究此事的真相已是次要，对付那群乱臣贼子才是当务之急。今时今日，能助本尊夺回大权，匡正天庭秩序的，便唯有你了。"

北溟点了点头："陛下需要臣相助，臣自当义不容辞。"

沧渊的眼神微微一凛："我师父如今魂魄残损……"

"沧渊。"北溟立刻打断他，眼神暗含警告，便听人面螺低声道："北溟，其实有一事，老朽一直瞒着你未说，实在心中有愧。"

北溟看向他，怀疑地道："陛下？"

人面螺凝视着他，想起当年初见他之时。

那时的北溟，委实太耀眼了，耀眼得令他感到害怕。

"当年，你初从仙灵飞升为上仙，踏入神界，出现在老朽的面前之时，

234

老朽便已看出，你并非普通仙灵，身上附有娲族之血，那日才引得老朽御座前的白鸾俯首长鸣。不瞒你说，老朽心下惶惶不安了许久，我白氏一族虽乃鸾鸟纯血，血统也算得上十分尊贵，但你要知……上古之时，鸾不过是女娲一族的驾前鸟，因为娲族神裔凋零殆尽，才有资格站在众神之上。北溟，你比我族任何一人，都有资格坐上天尊之位。"

他顿了顿，在白昇的脸色变得越发难看之时，已说出下一句："老朽此次与我儿前来，是向北溟神君你禅位的，还请北溟神君担起重责，拯救神界与苍生于水火之中。儿子，跪下。"

北溟一愣，见白昇睁大双眼，已经变色，忙摆手道："陛下不可说笑，臣……臣已知晓自己并非娲族后裔，不过是娲族后裔随身灵器所化，会有娲族之血，也是恰巧沾染上了而已。"

人面螺摇摇头，道："老朽怎不知晓你并非真正意义上的女娲族裔？只是无论你身上的娲族之血是如何得来，你的神骨，你的魂焰，皆是由此凝聚而成。你可知，当你化生为仙灵的那一刻起，你便已成了新生的娲族末裔了。如今你的元神尚非人首蛇身之态，不过是因为，你曾经的主人的神血，尚未全部汇聚到你身上，但是北溟，你是可以召回他的血魂的。"

"陛下是想让臣……召唤延维的血魂？"北溟隐约懂了他的言下之意，"为何？"他脑中一闪，"莫非是……天枢？"

"不错。唯有你，唯有天枢，能有此翻天覆地之力。"

北溟看着自己手心掌纹，看来不止自己，连这天地，也需要延维的魂魄归来。

人面螺叹息着道，"北溟，你可还知道为何下界会如此万鬼肆虐？"

北溟一怔："为何？可是与东泽他们有关？"

"他们对往生门动了手脚。老朽猜测，兴许有一部分原因，是为阻止你进入轮回，不欲让你重归神位。"

北溟的目光一寒："他们竟然如此毫无下限，真是枉为上神！"

"如今三界乱成这样，已非重新封闭往生门便可解决……唯今之计，只有你……召回你主人的血魂，驱动天枢。"

"可延维早已跳了断妄海，神魂俱散，想要召回他，又谈何容易？"北溟思忖着道，"对了……禹疆，禹疆可有办法？"

人面螺摇摇头："禹疆业已失踪很久，不知去了何处。北溟，你可还知晓何为……盘古阴阳镜？"

北溟的呼吸一滞，他点了点头。

对于这传闻中封藏在武罗冢中的上古秘宝，他自然是有所耳闻的。传闻此镜为盘古双目所凝，阴阳两面效用不同，但具体有何用处，却因它自上古之时便已封藏在武罗冢中，所以不得而知。

"据说这阴阳镜有一神奇的效力，只要将亡者之物呈现在阳镜之前，阴镜便可召回此亡者的魂魄，无论这亡者是因何原因魂飞魄散，灰飞烟灭，哪怕没有一丝残魂存留世间，盘古阴阳镜皆可逆转过去、颠覆未来，令亡者死而复生……虽不知道这个传说是否为真，但老朽想求你，随老朽前往武罗冢中一探。"

听得"武罗冢"三字，灵湫的脸色一变，他想起了那令他毕生难忘之事，目光不由自主地落在北溟的侧脸上。

"亡者之物……"北溟微蹙眉心，"可延维遗物……"

他忽然想到什么，便听人面螺道："只需你本人临镜自照。"

"师父……武罗冢险恶无比，你可还记得？"沧渊瞧着北溟的侧脸，沉声道。

他又如何能不记得，他在还是重渊之时，便在北溟出关一年后，在蓬莱之战前夕，随北溟去过武罗冢一次。那次只不过是武罗冢的封印破损，结界动荡，逸出了一些内中煞气，便令前去镇压的北溟回来之后昏迷了足足半个月，才在蓬莱一战中落了魑魅下风。

谁知道深入其中会发生什么？他想都不敢想。

北溟摇摇头，温和地道："此行非为师不可，为师不可退缩。"

沧渊牙关收紧，不再言语。深知以北溟柔中带刚的坚韧性情，多说无益，他太过了解北溟，知晓北溟一定会前去。那便也罢，他就陪着北溟，上天入地。

灵湫抿紧双唇，亦没有多说什么，只默默地攥紧了手中拂尘，道："陛下，师父，我们何时动身？"

"自然是越快越好。"人面螺缓缓地道，停顿了一下，看向北溟，"此后，不必再称老朽'陛下'，娲族末裔在此，天尊之位，业已易主，往后你们的

236

师尊，便是这新的天地共主。"

北溟手足无措地道："陛下，万万不可！"

人面螺道："老朽心意已决，我儿，还不跪下禅位？"

白昇皱了皱眉，脸上现出不甘之意，咬了咬嘴唇，却是真的朝北溟缓缓半跪下来，北溟一惊，慌忙搀住他的胳膊："小陛下！"

白昇抬眸看他，手心现出一枚日月相契的符纹，朝他的手心覆来，北溟连忙收回了手，后退一步，沧渊立刻护在他身前。

"二位陛下，我师父无意做这天地共主，你们便莫要强人所难了。"沧渊的眼眸寒凉，他盯着人面螺道，"他的身子不好，心肠柔软，如此重责，只怕要压折了他的脊梁，累得他呕心沥血。"

站在那孤高的万神之巅，非要为天下操碎了心不可……这两个废物点心，到底安的什么心？

"北溟，"人面螺长叹一口气，"你知晓，鸾鸟一族到老朽这儿，已只剩一脉，老朽这个唯一的儿子……先天神骨不足，无力担此大任，这苍穹之契，不宜再留在他的身上了，算老朽求你。"

北溟一怔，见白昇仍然长跪不起，手心朝上捧着那符纹，定定地看着他，脸上的血色退得干干净净，仿佛那一句"神骨先天不足"，将他所有的骄傲与隐痛都剥开袒露在了北溟的面前。

他心下不忍，闭上眼睛，深吸一口气，走上前去。

"师父！"

"师尊！"

二人几乎同时叫出声来，沧渊眯起眼睛，朝人面螺看去："你信不信我现在就把你们一锅炖了！"

"渊儿。"北溟按下他的手，摇了摇头，牙关收紧，缓缓地伸出手去。双手合起的一瞬，日月符纹自白昇的手心缓缓浮起，落在了他的手心，光芒一闪，没入他的掌纹之间，但见他额心那枚水滴印记光华乍现，自银色变成了象征至高神权的金红色，头上的玉冠也凝成一枚蛇尾环绕日月形状的缀羽金簪。

数道金色的脉络亦沿修长的颈侧而下，使他雪白的发梢也染上了些许星星点点的金芒，随风拂动，端的是璀璨难言，神圣非常。

白昇瞧着他，心下黯然。

他接受这苍穹之契时并未如此……果然是神骨优劣之别吗？

先天不足，先天不足啊！他便不该生而为神！

他自嘲地扯起唇角，凄然地笑了。

第四卷　归位

第二十章 武罗之冢

瀛川立在船舱之外，透过缝隙静静地瞧着那个半跪的少年，罗刹面具之下，眼神复杂难辨。

一只异色眼眶里，又仿佛袭来当年被生剜眼珠的剧痛，那剧痛直达心间，令他整个胸腔都隐隐作痛起来。

呵，先天神骨不足……原来如此。

这便是他当年如此待他的因由。

"北溟……陛下，"人面螺凝望着北溟，叹息着道，"是我鸾鸟一族治理不善，累陛下仓促继任，担此重责，还望陛下宽恕。"

"陛下请勿如此唤臣，仍唤臣北溟便是。这天尊之责，臣只代行，日后还需诸神选出更为合适的继位者。"北溟一手托着人面螺，弯腰扶起白昇，"此行凶险，小陛下便不要同去了。"

人面螺道："此行我们却是非去不可。那武罗冢的镇煞封印，唯有我鸾鸟族人才可开启。事不宜迟，我们现下便启程吧。"

北溟点了点头，伸手祭出灵犀，落笔一点，小船御风而起。正在此时，忽听天际传来一声长啸。他双眼一亮，走出船舱看去，果然见昆鹏所化的巨鹏自空中扎入水中，将小船托起，展翅扶摇而上。

一直蹲坐在船头的苏离险些翻下去，稳住身形后朝北溟挥了挥手。

北溟微微颔首，见昆鹏在空中盘旋，显然不知道要去何处，便飞身落在昆鹏的颈部，俯身低声道："昆鹏，你可还记得如何去武罗冢？"

昆鹏答应了一声，振动巨翅，一下乘风飞出万里之遥。衣袍猎猎飞舞，这恣意翱翔于天地的感觉实在久违了。北溟仰头笑了笑，抚了一下昆鹏的羽翎，肩上却微微一暖，一副羽披披在肩上。

知晓身后是沧渊，他微微一笑。

"师父，身负恶诅，却还要担此重任。"熟悉的声音从身后传来。

"无妨。"北溟低声道，"我这恶诅，原本便需寻回延维的魂魄方有希望解除，待到这天地回归正轨，我自当卸了代天尊之职，往后的寿数还长，有的是时间与你饮酒赏月。"

沧渊想起他抽了所有魂焰替自己重塑神骨之时，心下只觉得痛楚难当，昆鹏却在此时骤然盘旋升空，便见前方不远处的云层之中，骤然现出一股贯穿天地的飓风，强劲的气流中裹着数道闪电。

到了——这是……苍灵墟的外层结界！

"你们都抓紧些！"北溟心头一紧，一手攥住昆鹏头顶的羽翎，厉喝一声："昆鹏，冲进去！"

昆鹏一个俯冲，扎进结界之内。强劲的飓风刀子般刮过肌骨。北溟紧闭上双眼，只觉得整个人都要给撕碎，好一阵天旋地转，才觉得周围的气流平缓下来。

再睁开眼睛，一片悬浮在空中的天垣已经呈现在他们的眼前。

"到了。"北溟望向那巨大的天垣，上面终年笼罩着色泽瑰丽的彤云，还可闻得仙乐飘飘，却是个诸神不敢踏入的禁域。

此处便是曾经的苍灵墟，如今的武罗冢。

这不是北溟第一次来此，可此刻想起有关此处的传说，他竟一时有些出神，不知是不是因为知晓了自己是延维之笛所生的仙灵，身怀着他的血魄，在脑海中冒出"延英"这个禁忌的名字之时，他心下亦略微掀起了一丝波澜。

——说来，这个曾经为神界宝地的苍灵墟会沦为神女葬身之冢，变成诸神忌惮的凶煞禁地，与这个名字脱不了干系。

昆鹏缓缓地降落在昆仑之巅的仙台之上，北溟环顾四周，道："这中心结界倒还算稳定，不过我们也得处处小心些。"

灵湫点了点头，他自然是知晓这武罗冢的厉害的。上一次来，若不是师尊舍命相护，他便已陨灭于此。亦是因为那次受伤，蓬莱覆灭之时，他尚在闭关休眠，未与师尊同去，没能护住负伤未愈的北溟与同门的师弟师妹们。

沧渊自然也记得那时之事，记得那时他们师徒三人一同去修补武罗家的封印，灵湫受了重创，险些陨灭，师父竟然将一半灵力渡给了灵湫护住他的魂魄不散，这也便是沧渊对灵湫心存芥蒂的因由。

怪他那时还是个无能小仙，否则……他磨了磨牙，侧头对北溟低声道："师父，你别动，容我先下去一探。"

"沧渊！"

北溟低呼一声，见他已纵身飞下昆鹏的脊背，落在仙台之上。北溟想也未想立刻随他跳下，抬眸望去，见苍灵墟上空的瑰丽的晚霞平静如许，并未有任何异动，方松了口气。

"不是叫你先别下来吗？"沧渊回头看见他，惊讶地道。

北溟蹙眉睨了他一眼，压低声音，轻声呵斥："下回莫再这么冲动，此处危险得很，不是逞英雄的地方。"

沧渊低道："都听师父的。"

"昆鹏，是不是到了？还不放我出来。"

听到怀中传来一串叽叽喳喳的鸣叫，昆鹏这才想起什么，从怀中取出一只小小的红雀，那雀儿摇身一变，成了个绯衣的秀丽少女。

"丹朱？"灵湫瞧见她现身，点了点头，道，"本君刚才还奇怪你去了哪儿，原来是藏起来了。"

"同为灵宠坐骑，神君来了，我怎能不来？"丹朱俏皮地一笑，看向北溟，"何况，丹朱还没有好好谢过……救命恩人呢，他重归神位，我实在迫不及待地要来见上一见。"

灵湫微微颔首："你自当好好谢谢北溟神君，若不是他，你已丧命在忘川之下，我也救不回来。"

"自然，丹朱有恩必报。"丹朱眉眼弯弯，一派烂漫纯真，跃到北溟身前，朝他拱手作了个揖，"丹朱拜见北溟神君。不对……如今，该称天尊陛下了。"

"丹朱？"北溟这才看见她，"你别乱唤，我并未接受天尊之位，眼下没有办法，代行罢了。"

"丹朱多谢陛下当年舍命相救，此后丹朱的命，除了发鸠神君以外，便是陛下的，只要陛下开口，哪怕要丹朱去衔石填海，丹朱也会赴汤蹈火，在所不惜。"

"谁需你赴汤蹈火？"沧渊冷冷地道。他对这个光会拖后腿的废物灵宠没什么好感，见她如此巴巴地过来表心意，更觉得反感，简直比那个废物坐骑昆鹏还要碍眼。

"我就要为他赴汤蹈火，怎么着了？你咬我？"丹朱拉下一边眼皮，对他狂吐舌头。

"你！"沧渊磨了磨牙。

"行了。"北溟忍俊不禁地轻轻呵斥，怎么还和小时候一样……

他放眼望去，整片苍灵墟皆为冰雪覆盖，苍灵城内外琼楼玉宇，在霞光掩映下显得美轮美奂，丝毫瞧不出这里竟是神域禁地。

若只徘徊在苍灵城外围，倒还不算踏入了武罗冢，还算安全，可进入苍灵城的结界内部，便不好说了。他望向远处那环形城楼，不知这盘古阴阳镜到底藏在墓冢中何处。

"时辰不早了，再晚些，便要日落了。"沧渊抬头看了看天穹西方，"师父，入夜之前，我们是不是应该找一个落脚之处？"

——夜幕将至，这苍灵墟的外部结界会更为狂暴，他们夜里是出不去了，而再晚些，武罗冢周围的守陵兽便要苏醒了，那可不是什么好对付的东西，这一点，北溟自然明白，见苏离左顾右盼，已经一脚踏上了通往苍灵城池的吊桥。

"轰"的一声，吊桥两侧腾起一连串的火光，竟是那伫立在仙台与苍灵城之间的数座巨型灯台皆燃了起来。

"哇哇哇……呀——"苏离夸张地惊叫起来，"这，这，这儿不是神冢吗？怎么有人——"

众人循他所指的方向望去，果然见吊桥之后本来紧闭的昆仑城大门徐徐放下，几个身影自漫天飞雪中飘逸而至，竟是几名身姿曼妙的仙姬，簇拥着一名身着五彩羽衣的年轻男子。

"竟是我鸢鸟族人？"盯着那个男子打量了一眼，白昇不禁低呼出声。

"不过是流连在神冢中的幻影罢了。是鸢鸟族人，没什么奇怪的，苍灵墟数万年以前原本便是鸢鸟一族修行之所，小陛下竟然不知道吗？"北溟看了一眼白昇，疑惑地道。

白昇摇摇头，将人面螺托起："父尊为何没和我讲过？"

人面螺在路上睡了半天，此时才醒来，抬起惺忪的眼皮，叹息着道："跟你讲这些做什么？苍灵墟如今乃是神族禁域，你也不会来此修炼，了解它有何用处？鸾鸟一族当年大半皆葬身于此，只留我们白凤族一支……讲起来也不过徒增伤感罢了。"

北溟默然，西灵圣母之女神女武罗成婚之日发生的惨剧，他亦是知晓的。堕神延英与玄曜在苍灵墟的一战撼天动地，惨死的不止当日玄曜的新娘武罗，还有栖息在苍灵墟的鸾鸟一族。

西灵圣母是娲皇远亲，武罗与鸾鸟一族皆深得娲皇宠爱，想必正是因为如此，娲皇才会对延英如此震怒，不但亲手将他诛杀在幕埠山下，更将他的名字封为神界禁忌，还不许延维流露出一丝对这位叔父的哀思吧？

不知武罗冢中有如此浓重的凶煞之气，乃至连娲皇也无法化解，是不是因为那新婚之日惨死的武罗神女心中的怨恨太深。

沉思之时，那几个人影已飘至众人身前。苏离忍不住伸手摸了一下近处的一位仙姬，见手从她身体中径直穿过，不禁发出了"啧啧"的声音："可惜了，可惜了，如此美人，竟然是幻影。"

灵湫冷冷地瞥了他一眼，用拂尘将他的咸猪手一把打落。

"即便是幻影，上古仙姬，也容不得你如此冒犯，何况这些幻影，还残留着他们尚弥留在此的残余灵识。"

"几位神君为何前来？"那身着五彩羽衣的年轻男子微笑着张口，看向众人，额心的鸾鸟印记熠熠生辉。

北溟微微一愣，未承想这幻影竟然会对他们开口说话。他分明记得，上一次他为修缮结界前来之时，这些幻影不过是自顾自地四散飘飞在这苍灵墟中，根本感知不到他们的到来。

为何会如此？

"啊，我知晓了，诸位定是为献贺礼而来吧。"那个彩衣男子扫视了一下众人，侧身为他们引路，"请。"

沧渊盯着那个幻影，眼神微微一凛，拦住北溟："师父，似乎有些不对。"

"我知晓。不进城，亦是同样危险。总归是要深入虎穴，无妨。"北溟点了点头，迈步跟上那个幻影。

"怕是我们上次离去之后，此处发生了什么异变。"灵湫放慢脚步，与他并肩而行，低声道，"师尊，我们需要格外小心些。"

"嗯。"

白昇紧随在三个人的身后，瞥见旁边的瀛川亦步亦趋地跟着沧渊，与自己只有一步之遥，不由得浑身的汗毛都耸立起来，挪了挪脚步，避到了前边左顾右盼的苏离身侧。

瀛川的目光紧随而至，盯着少年白皙细瘦的后颈，数百年不见，他仍是一副弱不禁风的少年模样，一如当年初遇时。

正是这般无害的模样，令当年的他全然未曾意识到，白昇是怀着怎样的目的接近自己，又藏匿着怎样一副蛇蝎心肠。

若非当年尚是小仙的重渊碰巧救起了垂死的他，他早已烂在白昇弃他而去之地，又哪里有命去修魔道，去向白昇讨债。

本以为重。陨灭后他再无可能见到白昇，未承想机缘巧合，他们竟然不得不同行，不知白昇心下作何想？

怕是恨死了他，怕死了他吧？

瀛川扯起唇角，近乎病态地笑了一下，异瞳中幽光闪烁。

进入城门，北溟便是一怔。但见这苍灵城内，仙姬们四处飘飞，为城中的殿阁挂上彩灯红帛，竟然是一番喜庆忙碌之景。

"圣母娘娘尚在陪娲皇赏乐，明日才回，诸位神君且等一等。神君们远道而来，不如先容薰凤领神君们去歇息？"那着五彩羽衣的男子笑着说道。

北溟试探性地问："不知武罗公主现下可在城中？我们可能前去拜访？"

那自称薰凤的男子笑着道："在是在的，不过公主殿下即将出嫁，自然是不方便出来见客的，现下正在自己的寝宫之中呢。"

果然……此情此景，竟然是武罗神女成婚的前夕。

上一次苍灵城封印松动，煞气溢出，他们赶来之际，在这城中所见，乃是一片尸横遍野的幻境，应重现的是武罗大婚之后的景象……如此说来，他们是不是会目睹当年发生的惨剧？

并且……

"封印。"沧渊似与他同时想到了一处，和他对视了一眼，灵湫也脸色略微一变，心下一沉。

若是幻景重现，武罗冢中的封印，会不会如当年那般再松动一次？

北溟心想着，望向那环形城池的中心——如此，倒是不必费劲解除封印，是探入苍灵城中枢，寻找那盘古阴阳镜的好时机。

只是那时，恐怕比当年要凶险百倍了。

"诸位神君今夜便在此歇息吧。"

一路跟着薰凤进入城中，走过一片枝繁叶茂的琼花玉林，便来到了一处仙台上的宫阁。待到薰凤和几位仙姬的幻影离去，几个人纷纷进入了阁中房间，在门窗上画上了神符。

关上最后一扇窗时，北溟注意到此处视角极好，能窥见大半个苍灵城内部，只是被下方的琼林遮挡，不甚清晰。

窗棂外，落日西斜，只余下最后一线血色光晕。

他画下一道神符，将窗户掩好。

便听见门被敲响了两声。

"师尊，此处危险，我们几个人还是待在一处为好。"冰凌般的声音穿透进来。

心知灵湫说得不错，这护身法阵自然是他们聚在一起更为坚固，北溟答应了一声，和沧渊一起朝房门走去。

灵湫在自己身侧给北溟留了个打坐的位置，道："师尊。"

几个人围坐成一圈，是要结法阵度过此夜，北溟点了点头，在他身边盘腿落座。见沧渊还立在一旁，他心下叹了口气，在身侧拍了拍，温和地道："快过来，杵在那儿做什么？"

沧渊眯了眯眼睛，挨着他坐下。

丹朱挑了下眉，走到沧渊与昆鹏之间盘腿坐下，轻轻地"嘻"了一下。见沧渊闻声瞧来，她歪了歪头，将一手伸给沧渊，手指甲尖尖的呈鸟爪状。见沧渊冷着脸不动，她一把抓住了他的手腕，另一只手又握住昆鹏的一手，将灵力结了起来。

"不是要握手吗？"瞥到身边的少年动也不动，瀛川的眼眸自罗刹面具的孔洞闪了一闪，一手探向他在膝上紧紧蜷缩的手，不待他躲闪，便一把攥住，传音入密道："你对我如此如避蛇蝎，到底是因为厌恨恐惧呢？还是因为你不敢面对自己当年对我犯下的罪孽？"

白昇整个人都是一抖，浑身僵硬。

人面螺感觉到他的紧张，传音入密道："儿子，莫怕，北溟在此，这个魔族之人又听命于重渊，不敢对你不利。"

白昇的嘴唇绷成一条直线。

他的父尊听不见瀛川对他说的话，不明内情，只晓得他当年曾落在这个魔族之人手中，成了后来重渊胁迫天庭的人质，却不知道他在魔界期间，在瀛川手中受了怎样的奇耻大辱。

若他知晓，恐怕便不会如此平静地安慰他了吧？

只是当年之事，他又如何说得出口？

这许是……许是他的报应。

感觉瀛川的拇指细细地划过他的手心，他更是冷汗都从脊背淌了下来。便在此时，窗外风声大作，更是传来杂乱的振翅之声，紧接着这座庭阁内所有的窗棂嘭嘭作响，似乎有无数飞鸟在撞击。

北溟的脸色一变，手间光芒流动，将法阵加厚了一层，接着封了几个人的听觉，传音入密道："是守陵兽。"

沧渊点了点头，以灵力在北溟身周筑下一道壁垒，他自然知晓这煞气所生的守陵兽的厉害。虽然今时不同往日，他已不是当日的无能小仙，心下仍不敢放松半分戒备。

但见外边鸟影闪动，沧渊看了一眼北溟，见他神色如常，并未受到多大影响，灵湫、苏离和瀛川亦如是，唯有白昇微微蹙起了眉心，似乎有些难耐。

北溟亦注意到白昇的异状，心下一紧，将灵力向他聚去。

白昇先天神骨不足，只是封闭听觉，显然不足以令他抵御这守陵兽的攻击。若非武罗冢中的封印非鸾鸟族人不可解……

这守陵兽的厉害之处，不仅在于它们的尖爪利喙，更在于它们的声波可以唤醒人心底最深处的痛楚，无论是恐惧、悔恨、愧疚，抑或遗憾，一旦陷入回忆中便极易为其所惑，沦为它们的猎物，被勾走魂魄吞吃，最后化为他们的同类。

见白昇的瞳孔扩大，有些涣散开来，北溟心知不妙，传音喝道："小陛下！无论你想起什么，莫要深想，看着我！"

白昇应也不应，如同石雕。

瀛川皱了皱眉，几乎与北溟同时闯入他的识海之中。

"师父！"

"师尊！"

北溟回眸看去，便见沧渊与灵湫亦同时跟了进来，忙道："渊儿，灵湫，你俩都出去守着，否则此法阵定当不稳，恐怕会挡不住外面的那些守陵兽，我在白昇的识海中，不会有事。"

师兄弟俩对视了一眼，一先一后地退了出去。北溟转眸四顾，只见白昇的这段记忆所在之处竟然并非蓬莱，而是一片雾气弥漫的湿地丛林。

瀛川认出这是何处，脸色变了变，北溟瞧见他罗刹面具下骤然紧绷的唇，道："你来过此地？这段记忆与你有关？"

瀛川未答话，只侧眸望向不远之处。

北溟的瞳孔一缩，竟见一只硕大无比的鼍龙（鼍：鳄鱼的古称）缓缓地从树影下爬过，嘴里竟然叼着个人。那人面色惨白，半身浴血，是个半大少年，一手还抓着把剑，不是别人……正是白昇。

这是何时？

北溟看了看四周，这里不像神界……莫非是某次白昇下界历练之时，为何他竟然一点儿不知他何时有此遭遇？

见瀛川一声不吭，跟着那巨鼍行去，北溟亦紧紧地跟上，走了几步，便瞧见，前方水中现出一个修长人影，不远不近地跟着那巨鼍，男子半身之下，深碧色的鱼尾若隐若现。

"这是……"

北溟心下一动，见前方那巨鼍爬入岸边一处半露在水面上的洞穴，将半死不活的白昇扔在一堆血肉模糊的残骸间，却并未急于吃他，只是摆了摆尾，伏在一旁闭上了铜铃般的巨目。

那绿尾鲛人伏在一块岩石后窥探着洞中，似乎伺机而动。

瀛川静静地凝视着这一切，北溟行至那鲛人身侧，朝他的脸庞看去，呼吸略微一紧。彼时的瀛川，双瞳并非异色，绿得澄澈通透，宛如一对碧玺，亦没有那道当年他为救下白昇失手在他脸上划下的狰狞伤疤，尚是个俊朗的鲛人少年。

"在遇见他之前，我亦曾心地良善。"瀛川轻而冷地笑了一下，梦呓似的低声喃喃着，"是他毁了我。若不是重渊陛下当年下界，碰巧出手救了我，我早已是白骨一具。"

北溟一怔，依稀想起，当年重渊随他下界历练时，有次失踪了几日，他还以为重渊出了事，匆匆去寻，寻到他时，重渊曾与他提过，说自己救了一个垂死的鲛人，莫非那个鲛人便是瀛川？

怪不得瀛川会对重渊如此忠心耿耿。只是，瀛川当年到底遭遇了什么？

他心下怀着疑问，目光追着那个潜入水中朝巨鼍巢穴的鲛人青年而去，见他悄无声息地游到了白昇身边，将他小心翼翼地往外拖。巢穴内有一股浓郁的恶臭，四处皆是骸骨，稍不注意便会惊动那巨鼍。虽然知道眼前发生的仅是回忆，北溟亦忍不住捏了把汗。

就在瀛川快把白昇拖出洞外之时，那巨鼍突然睁开双目，一口咬住了瀛川的尾端！

但见他惨叫一声，却仍然并未放开少年，竟然奋力一挣，硬生生地挣断了自己的尾鳍，带着白昇一头扎入了水中。

北溟感到错愕、震惊，望向身边的瀛川——北溟猜到瀛川与白昇有些旧怨，才导致他在蓬莱报复白昇，又将白昇劫走囚禁……却没想到，最初之时，他竟如此奋不顾身地救过白昇。

失神之际，眼前的景象变换，成了一处瀑布。瀑布之下的潭边，一个人伏着身子为石上昏迷的少年细细疗伤。

不知道过了多久，身上覆满鲛绡的少年才缓缓醒了过来。

"你是……蛇？"瞧见瀛川的尾鳍断去，只有光秃秃的鱼尾，少年的眼里现出惧意，身子往后一缩。

瀛川摇摇头，指了指自己的鳞片，双眸闪闪发光："鲛……鲛。"

"你是鲛人？"白昇登时感到讶然，似乎又惊又喜。

北溟的目光，从那单纯良善的少年的脸上，落在身侧之人的罗刹面具上，面具之后的人，神情莫测。

再转眼看去，眼前的景象又变了。但见白昇托着腮蹲在潭边直笑，身上的伤已经痊愈。月光照耀的潭中忽然哗啦一声，瀛川自潭中一跃而起，手中捧着一枚闪闪发光的明珠。

"哇，这潭底竟然真的直达大海？"白昇惊叫连连，"你真的……为我寻到了千年蚌珠！"

瀛川点了点头，将明珠捧到他的眼前："给……给你。"

"真的给我？"白昇瞧着他，睫毛颤了颤，似乎欣然，神色又有些说不出的复杂。瀛川把明珠放到他的手心，点头："嗯。"

白昇抿了抿嘴唇，盯着那颗明珠瞧了片刻，又抬眸看他："是不是……我想要什么，你都会给我？"

"嗯。"瀛川点了点头。

北溟隐隐约约地意识到了什么，心下泛出一种难以言喻的感受来。

但见眼前的画面一变，是白昇在水边舞剑，瀛川伏在石上凝望着他。少年在水面飞掠而过，身形宛若凌波仙子，飞向空中之时雪白的鸾鸟的羽翼蓦然展开，仿佛要纵身飞赴天际，引得瀛川在水中一路追逐，却见他飞了不过一会儿，便像断线的风筝一般坠落下来，瀛川赶紧飞扑而来接住他。

"你……如何？"

少年脸色惨白，摇了摇头，将他一把推开，纵身飞入林间，独自倚着一棵树缓缓坐下，从怀里掏出些物什来。

这些物什都散发着淡淡的光芒，一看便知道都是珍奇之物。

显然，都是瀛川为他取得的，不知道耗费了多少精力、心思。

北溟盯着他手中之物，一一辨认出来——千年的蚌珠、深海的不死灵藻、海底的息壤、蛟龙的筋，还有一颗青金色的发光圆球，料想是那巨鼍的一目，显然皆由瀛川为他取得。

这些东西……白昇是想要炼制丹药啊……

他是想炼丹，来强健他先天不足的神骨。

"还差一味……就差一味了。"

听到他喃喃地低语，北溟抬眸看去，见他低着头，面目隐在阴影下，显得晦暗不明，只看得清他紧绷得泛白的颈筋。

此刻"沙沙"一声，一只潮湿冷白的赤脚落在他的身侧。

那时的瀛川，显然并不知晓白昇的忧郁，只知道赴汤蹈火为他取来他想要的东西，傻傻地哄他开心。见他的脸色惨白，神色沉郁，也不知道应该如何是好。

白昇仰起头来，泪水盈盈地望着他："瀛川，你……是不是很在意我？视为我此生挚友？"

鲛人少年愣了一下，点了点头。

白昇微微扯起唇角，似乎感到有些喜悦，又有些难过。便在此时，忽然听到二人身后传来一阵雷鸣般的恐怖嘶吼，一个巨大的身影从不远处的树影间如闪电般袭来。

那是一只独目鼍龙。

只见那只鼍龙张开血盆大口咬来，瀛川奋力将白昇一推，自己被鼍龙一口咬住鱼尾，飞快地拖入了沼泽之中。

"瀛川！"白昇惊叫一声，展开双翅追去。

眼前的画面又是一变，成了一处血水猩红的洞穴。但见那只鼍龙双目血肉模糊，头颅歪在一边，似乎已经死去。而瀛川趴在它紧闭的嘴巴之内，一手插在它的眼洞中，鱼尾近乎全部断裂，背脊微弱起伏，也已经是奄奄一息了。

"哈……哈……"

白昇从鼍龙的脊背上拔出剑刃，大口喘息着，仍然惊魂未定。

瀛川昂起头，似乎想与他说什么，却什么也没说出，便昏死了过去。白昇垂眸看着他，不知道在想什么，眼瞳渐渐缩成针尖般大小，却亮得可怕，抓着匕首的那只手颤抖起来，手指松了又紧，紧了又松，终于缓缓地半跪下去。

抓住瀛川被血沁透的长发，提起了他的头。

手起刀落。

鲜血四溅。

北溟蓦地别开头，不忍再看，却瞥见身侧那个戴着罗刹面具的人，静静地瞧着当年的自己遭遇的一切，袖摆下的手骨节青白。

瀛川啊，为何方才你会毫不犹豫地闯进白昇的识海？被夺去一眼，弃

251

之不顾的你难道还……视他为挚友吗？

听见少年大叫一声，北溟又忍不住转眸看去，见他攥着剜下来的一枚碧绿的眼珠，满脸是血，眼神却如凄惶小兽般盯着下方。那个伏趴在血泊里的鲛族青年竟然醒了过来，正剧烈地抽搐着，似乎痛楚至极，染血的一只手，死死地攥住了他的脚踝。

他吓得跌坐在地，双脚踢蹬着，挣脱开来，展开双翅飞向天际。

便在他飞起的一瞬间，一抹血红鸟影竟凭空出现，将白昇瞬间抓住，眨眼间消失得无影无踪。北溟登时变色。

——是守陵兽！它在白昇心智崩溃之际闯入了他的识海！

他立刻从白昇的识海中退出，果然便见白昇附身的那具皮囊软软地倒了地上。

"不好！"

惊叫声甫一出口，数人结成的法阵已经被破，他祭出灵犀，化作弓，回身数箭齐发，射中数只闯入室内的守陵兽。

沧渊亦是反应极快，与他脊背相靠，护住他后方的空门，手中的渊恒化成箜篌，修长的手指挑起数弦，狠狠地一拨，便迸射出一串刀剑相击的金石之音，将周围袭来的致命音波反震开去。

守陵兽们的攻势一滞。之后，它们又遭灵湫挥舞的拂尘中绽开的数道金光的重击，尽皆退散开去。

沧渊化琴为剑，与北溟同时射中了其中一只。见那通体赤红、生得如弯鸟骸骨般的守陵兽坠落在地，沧渊五指一展，手中傀儡线霎时涌去，将它重重缚住。

这邪煞之物如今他是丝毫不惧，抓待宰的鸡一般将它拎了起来，眯着眼睛看向北溟，想讨他一句赞赏。

今时不同往日，再来一次，他可不会拖北溟的后腿了。

北溟赞许地朝他点了下头，弯腰将地上的人面螺拾了起来，道："陛下……是我未护住小陛下，我定会将他救回。"

人面螺面如土色，摇摇头："此地凶险，不怪你，好在，重渊捉住了一只守陵兽，守陵兽昼伏夜出，白日都会躲回武罗冢中聚在一起，应能寻着我儿的下落。"

北溟点了点头，望向窗外，见天际一缕晨曦初露，已近黎明时分，便对沧渊道："渊儿，将它放飞，让它引路。"

沧渊点了点头，傀儡线一松，那只守陵兽便挣扎着飞出了窗外，因为被系着一足又受了伤，飞不了多远。北溟并不迟疑，足尖一点，随着沧渊跃下窗外，飞落在武罗冢的上方。

武罗冢的殿瓦上白雪皑皑，朝下望去，里边琼花树仍是枝繁叶茂，花朵盛开，隐约有少女的轻笑声传来。

与之形成鲜明对比的，是这座宫殿内四处弥漫的浓重煞气，令人甫一接近，便觉得呼吸困难，头颅胀痛，此时封印尚未解除便已如此，不知若是开启封印，这冢中已化为恶煞的神女苏醒过来，又会是怎样一种棘手的境地。

守陵兽扑腾翅膀循声飞去，落在一根树枝上，竟化成了一只尾翎瑰丽的凰鸟。北溟纵身落在树梢，几个人先后而至。

"那莫非就是武罗神女？"

看见树旁花叶掩映下窗内临镜自照的少女，沧渊低声问道。

"玄曜哥哥，你说我是戴这副耳环好看，还是戴这副好看？"那个少女转过身去，摸着自己的耳垂笑道。

"我的罗儿，戴什么都好看，"

原来那屋中竟然还有一人。随着一声轻笑，一个高挑人影走进众人的视线。

那男子生着一副朗朗如日月的好相貌，因为一头赤金色的长发披散，并未戴冠，有种落拓不羁的风流俊逸。

玄曜？不正是传说中因与堕神延英争北帝之位，大婚当日痛失爱妻武罗神女的新郎吗？大婚前夕还在与新娘在闺房私会，看来这一对是真的颇为恩爱。

"只是这镜子，配不上我的罗儿。"玄曜将了将少女的鬓发，看向镜中一对璧人，温柔地笑道，"说起来，我听闻，你的母神藏有那传说中的盘古阴阳镜，我上回，无意听姻缘神女说，若是要成亲的新人照了这镜子，便会长长久久，永世不离呢。"

盘古阴阳镜还有此效用？

北溟望着玄曜，隐约觉得不对，却只见武罗讶然地道："当真吗？我早就听闻这镜子玄妙，只是一直被母神藏在苍灵墟的宝塔之中，她也从未许我去看……"少女转了转眼珠，俏皮一笑，"趁着今日母神不在，我们一块儿去瞧瞧？"

玄曜勾起唇角："好啊。"

　　不知这幻象里的盘古阴阳镜与现实中的盘古阴阳镜可会在一处地方。

　　见少女拉着玄曤偷偷跃出窗外，北溟立时往花叶间躲了一躲，掐了个隐身决将身周的几个人匿去，唯恐惊到了这些还残余着些许灵识的幻影，干扰到他们重演当年发生之事。

　　跃上这宫城穹顶，在檐牙翘角间一路飞掠而去，北溟抓起那只守陵兽，也迅速缀在后边，随着他们飞到了一座高塔之上。

　　守塔的鸾鸟在塔顶盘旋，却未被到来的二人惊动——

　　想是因为武罗身份的缘故。玄曤转头看了那些鸾鸟一眼，随武罗纵身飞落在塔顶高台之上，钻入了塔内。

　　"师父，我们跟进去吗？"沧渊感觉到什么，在身旁低问。

　　"你等等，先别下去。"北溟拉住他，唯恐他又像之前那般下去探路，心弦亦有些紧绷。这座塔内比之武罗冢内，煞气似乎更为深重。未等他凝出一只探路纸鹤，身体另一边的灵湫却已一摆拂尘，落在了那高台之上，在足下扫开一圈结界。

　　竟然下去探路了。

　　"师尊，下来吧。"

　　几个人随着灵湫撑开的结界进入塔内，便听见扑扇振翅的声音由远及近。北溟心头一凛，以为是守陵兽跟来了，却瞧见一侧窗外飞入一只雪鹰来，甫一落地，便化出一个人影来。

　　那人影一头白发，是个身形高挑的瘦削男子，脸庞生得秀致绝伦，双耳缀着一对红玉坠子，双臂上皆缠着青铜蛇形手镯，额心有一枚蛇形印记，一眼瞧去，他的五官有种颇为凌厉的美感，眼角却偏偏生着一滴泪痣，平添三分凄艳之色。

沧渊的目光在那人的脸庞上逗留了一瞬，又挪向了瀛川。瀛川的眼神亦透出些困惑，异色瞳孔微微缩敛。

"师尊……你觉不觉得，此人有些像一个人？"灵湫此时竟然问出了他心中所想。

北溟看着那人的面容，那眉眼轮廓，的确有些……肖似瀛川，这个人是谁？显然，这亦是当年情境的重现。他心下疑云升起，见那个人往塔内甬道悄无声息地走去，立刻跟上。那人走到拐角处，忽然步履一凝。他这个角度，刚巧能瞧见那甬道尽头的塔腹之内，武罗正与玄曜纵情拥吻，在他们身后，正是一面硕大无匹的青铜镜子，镜子之前，一层紫色结界光晕浮动。

玄曜一手扣着少女后颈，将她压在镜前，吻得十分忘我。北溟感到有些不好意思，正要暂且避开，却瞧见少女身子一软。

竟然软软地倒了下去。

再看玄曜捞住她的腰身，脸色却一片平静，只是捏住她的下巴，迫使昏迷的少女面对着那面镜子，便见她额心的神印一闪，镜子上的结界登时便光芒淡去，已经消散掉了。

北溟心头一惊。

看着玄曜抬起一手，缓缓抚向镜框，他隐约意识到，什么痛失爱妻……看来那场上古神祇的悲歌，其实另有隐情。

但见那镜框周围有个可以活动的圆轴，被他一拨，便拨到了镜子的反面，反面看着也像一面镜子，却黑漆漆的照不出人影来。

"原来你百般讨好西灵圣母，求娶武罗，为的便是这个？"

一个清冷的声音在寂静中乍然响起，令玄曜即将触到镜子的手蓦地一顿。他回过身来，脸色微微一变，瞧见那个白发男子，嘴角颤抖了一下，又似乎无所谓地勾起了一边唇角。

"我当是谁……原来是阿英啊。"

北溟一怔，这才意识到这个白发男子的身份。

他便是延维的那位叔父，武罗大婚之后，被娲皇亲手诛杀镇压的堕神延英！

延英盯着他，并未言语，玄曜又笑起来：“是又如何？你要去告密吗？”

延英蹙起眉心，双手握起拳头，那一双漂亮、凌厉的眉眼间泛着复杂矛盾的情绪，好似一只被逼到悬崖的鹰。

“你不忍心的，是不是？你我从小便相依为命，从小到大，你孤身一人，一直是我陪着你，若我死了，你不孤单吗？”

延英的神色一怔，凌厉的眉眼分明软了。

“娶武罗，不过是为了北帝之位……阿英，试炼大会上，你不会与我争，也不会说出去的，是不是？”

“在这神界能身居高位，当真对你如此重要？”延英盯着他道。

“不错。”玄曜微微昂起头，眼神变得极为锐利，“明神身为玄凤一族的族君独嗣，却先天神骨不足，我自小受尽了白眼、嘲笑……欺辱，眼睁睁地看着大半族人在讨伐共工一役中陨灭而无力相护，眼睁睁地看青鸾一族沦为鸾族之末……弥补神骨，爬上高位，凌驾诸神众仙之上，于我便是如此重要。我非但要这北帝之位，往后我更要做这天地共主，睥睨众生！”

北溟心里咯噔一下，不禁觉得，玄曜说这话时的神态竟与白昇……如此相似。久远的记忆里，少时在他膝下修行的白昇，在某次试炼大会的名次落末后，便与他说过一番类似的话。

他还记得白昇那时的神色。因为一直没有长开，白昇那时的模样，与现在并无二致，只是更加青涩、稚嫩些。在试炼中明明受了不轻的伤，却躲开了他要来搀扶的手，以剑强撑着，独自站立起来，半折的白色羽翼强行支棱着，仿佛要撑住自己最后一丝倔强与骄傲，来迎接场上诸神众仙们或质疑或嘲谑或鄙夷的目光。

他双眼泛红，似乎想哭，又硬生生地忍住，咬着牙，一字一句地道：“我是天尊之子……我是天尊之子。我会变强……我会证明给你们看，我是天之骄子，不是先天不足的废物，白凤族不会因我没落，我不会让父尊失望……不会！”

或许，是因那时的白昇，背负着与玄曜相似的东西吧。

天尊继承人的使命，诸神的期待与质疑，白鸾一族的兴衰……

这些沉重不堪的包袱，俱压在他单薄的脊背上，迫使他畸形地生长，不择手段地挣扎，一定令他时时透不过气吧。

……

"你……好大的野心！"延英的声音将北溟从回忆中拽回来，"天尊向来都是娲族后裔继承，你休要痴心妄想！"

说完，延英双手将玄曜一推，似乎是负气要走，却被对方挡住："我曾听闻，若是两情相悦之人在这盘古阴阳镜前双修，便能聚汇天地阴阳之气，修为大涨……你不是不知，我天生神骨不足，唯有此法能补足自身。本来我想与武罗……却被你坏了好事。既然如此，你若能渡我精元……我或许可以放过武罗。"

"你……"延英蓦然变色。玄曜有些病态地笑了起来，道："若你不愿……你可以走，只是若你离去，我便只好对你的小师妹下手了。你曾在西灵圣母身边修行，一定不忍见到恩师的爱女如此吧？"

"你并不爱她，便休要祸害她。"延英冷冷地道，"你当我不知，这阴阳镜阳面蕴藏日月灵气，阴面则含至阴混沌之气，此消彼长，在此双修……你是想聚阴补阳，借走她的修为吧？"

"不错，阿英真聪明。"玄曜笑起来，"自然，你可以去告状。可若如此，便是置我于死地了，你真忍心？阿英，我们可是一起长大的。"

延英浑身发抖，后来便认命般地闭上了眼睛，道："好……我愿渡元于你，你需答应我悔婚，不可娶武罗。不许你祸害她。"

"好。"玄曜求之不得，"有阿英的精元足矣。"

片刻之后，延英半跪在地上，脸色泛白，一手捂着胸口，喘息声断断续续，反观他身旁的玄曜，却是容光焕发，额心的神印熠熠生辉。

只听得武罗呻吟了一声，似乎要醒，玄曜一惊，一把抓起他往窗外一推，转身便抱起了地上的武罗："罗儿？"

"玄曜哥哥，我怎么……晕倒了？"武罗喃喃着道，坐起身来，突然"呀"了一声，指着那镜子，"那是……那是……"

北溟亦是一惊，那盘古阴阳镜上，不知何时，竟然出现了延英的身影——他闭着双眼，头发衣袍摇曳，宛如浸没在水中，一动不动。联想到延英所说，他心下登时生出了一种猜想："莫非这阴阳镜还有别的效用？"

人面螺亦有些不可置信地摇摇头，叹道："兴许是这阴镜吸走了延英一部分的魂魄。"

"这镜上怎么会有延英的影子？"武罗惊讶地道，又拾起地上一物，竟是一枚精巧的蛇纹香囊，"蛇……是娲族所佩，他……"

玄曜顿了一下，道："他方才来过，便是他弄晕了你，我与他交手了一番，已经将他赶走了。看来这延英如今还觊觎你呢。"

武罗轻皱秀眉："从前他便喜欢跟着我们，现下我和玄曜哥哥要成婚了，他还……真是阴魂不散！"

"都怪我家罗儿太过可人，时候不早了，我们出去吧，被你母神发现便不好了。"玄曜笑了一声，将少女打横抱起，飞身跃出了塔外。

北溟一时惊愕难言，没想到那则上古传说竟然包含着如此隐情。什么延英为北帝之位与武罗和玄曜相争，失手将武罗杀死……

想来，延英后来会在大婚之日去找玄曜的麻烦，恐怕不是因为什么北帝之位、爱之恨，而是由于玄曜违背了他的诺言，仍然迎娶武罗，延英是为了破坏婚礼，保护武罗。

诸神史上将延英描绘得十恶不赦，可真正坏的人，其实是后来的北方天帝玄曜啊。

不过到北溟为海神之时，玄曜已归墟千年，他并未"有幸"一睹本尊，只听说玄曜失去武罗后性情大变，变得孤戾乖张，虽然坐拥着北域天垣，却成日里幽居不出，政事全交给座下臣子处理，直到归墟也无人在意，是个毫无建树的帝君。

可照现在看，他又哪里像是会为武罗陨灭而伤心的人呢？

见手中被傀儡线缠缚的守陵兽挣扎着往那阴阳镜的方向扑腾，北溟心下一动，莫非白昇的元神被守陵兽带入了那镜中？

想想一路进入这座塔内，并未遇上什么封印、结界阻拦，此处的结界、封印皆要鸾鸟族人才可解，白昇的确很有可能就在镜里。

将手指稍微一松，便见那守陵兽飞入了镜中，将沧渊手中的傀儡线瞬间绷紧。沧渊眸光一凛，将傀儡线迅速收回，却听得"啪"的一声轻响，傀儡线居然蓦然断裂，缩回了他的手中。

"怎么回事？"沧渊喃喃着道，"傀儡线怎会断裂？"

259

北溟走到镜前，只觉这阴镜中阴寒无比，煞气深重，如果白昇真的被带入了镜中，现下可谓命悬一线。

"师父。"

"师尊。"

见他似乎要一探阴镜之中，两个徒弟将他的双臂先后抓住。

北溟蹙眉："放开！"

话音未落，却见一个人竟然与他擦肩而过，纵身投入镜中！

"瀛川！"沧渊伸手抓了个空，见他已经消失在阴镜之内。

"我去救小陛下。"北溟将抓住双臂的两个人的手震开，亦纵身跃入其内，沧渊与灵湫想也未想，一先一后跟了进去。

"哎……"见此变故，苏离一愣，正要跟上，眼角的余光忽然看见怀中飘出几片花瓣，他睁大眼睛，将一直揣在怀中的永生木槿花取了出来，只见那上面承载着云瑾残魄的花瓣，竟然片片散开，飘向了镜中，不由得惊诧难言，便也立刻跃入了镜中。

见昆鹏也要跟上，丹朱一把抓住他："先等等，他们都进去了，外边也需有人照应，你我先待在此处，待有变故再说。"

昆鹏"嗯"了一声："还是你考虑得周到。"

丹朱笑了一声，望了一眼塔外："昆鹏，你出去巡逻，防着外面有什么变故，我守在此处便是。"

昆鹏数百年间已习惯听她的话，一听此言，不多犹豫，当即便飞了出去。

“瀛川，你别冲动！”

北溟一入那镜中，便抓住瀛川的一只手臂，待看清周遭景象，顿时吃了一惊，但见镜中的场景亦是塔中，只是左右翻转，换了个方向，而塔的外面，不是进来之前的白日，而是一片混沌漆黑。

再低头看看自己，亦成了左手拿着灵犀，右手抓着瀛川，也是个反的。

瀛川甩开他的手，看向四周，找寻白昇的身影。

“师父。”耳边传来沧渊的声音。北溟抬眸看去，沧渊亦是反的，后面的灵湫也是如此，他便嘱咐两个徒弟道，“这镜中不知有何古怪，我们需要格外小心些。”

说完，灵犀一闪，化作长剑被他紧握在手。

沧渊与灵湫的目光都不禁凝在他的身上，只觉得自家师尊此时因担起了这天尊之责，较平日温和清冷的模样要严肃许多，隐隐透出一种凛然不可侵犯的霸气，让他们皆不由自主地以弟子的身份听命于他，乖乖地点了点头。

“哎，等等我！”

苏离的声音远远地传来。一个人影从外面一片混沌黑暗中跃了进来，在地上打了个滚儿站起来，手里还小心翼翼地捧着一朵花，花瓣已经没了一半，还有几片被他死死地捂着。

北溟瞧清楚那朵花，不由得一愣——这不便是他在忘川之下，亲手在云瑾与云陌冢上种下的那朵永生花吗？

那时他身陷陷阱，没有别的办法，只能先种株永生花在那儿，想着待到日后还可以去寻，或许有办法让云瑾与云陌重逢。

苏离这是将它带出来了。

"我……我来寻找神君，原本就是想托神君救救我哥与他这冤家寄在这花上的些许残魄，我保存了它几百年，好不容易才……谁料它竟然在这个时候散了！"苏离急得全没有平日那吊儿郎当的模样，眼底竟然红了，"这可是他们唯一的希望了，北溟神君，那几片花瓣，不知何故，都飘进了这镜子里！"

见他已经语无伦次，北溟安抚道："你先莫急。"说完，手指一展，将那永生花拢入掌心，以灵力将几片摇摇欲坠的花瓣凝住，轻轻放入袖间。

不知道这镜中到底藏着什么，当年能吸走延英的魂魄，现在能带走白昇，连云瑾与云陌的残魄竟然也遭了殃。他握剑的手紧了紧，镜中与外界是反的，既然如此，那越往塔外走，便应是越深入镜中了。于是，他转过身，朝他们方才落地的高台走去，沧渊与灵湫二人对视一眼，便默契地一左一右拱卫在了北溟身侧。

虽然塔外一片漆黑，什么也看不见，北溟却隐约觉得，那黑暗中有什么在涌动，手中的剑刃燃起炽亮光辉，往前探去。他突然睁大眼睛——

便见外面的黑暗如同黑夜中被蓦然照亮的水面，变得透明起来，朦胧间可以窥见外面的城，而在城的上空，静静地飘浮着无数大大小小的尸骸，有各种辨不清名字的巨兽的，小一些的飞禽走兽的，还有许许多多的人影。

这里就像是一块巨大无比的琥珀，凝聚着无数死去的生灵。

而其中最为醒目的，是一把庞大得足以横亘整个苍灵城的巨斧，斧柄之上有两个古老的神文——盘古。

北溟猛地一怔，突然意识到了这片黑暗可能是什么东西。

"师父？这到底是什么？"沧渊见他的面色凝重，忍不住问。

北溟摇摇头，看向灵湫手里捧的人面螺，正巧与他投来的目光相交。人面螺点了点头："不错，正如你所猜测，这里是'混沌'，便是盘古剖开天地之前所存在之物。"

"混沌既非生灵，也没有意识，只是一片无形无状、无边无际的纯然黑暗，却可以吞没世间万物，吸附了恶它便为恶，吸附了善它便为善，吸附了怨恨它便滋生戾气。怪不得这苍灵墟的煞气会如此之重，原来是因为这混沌在阴阳镜中。"

北溟喃喃着，莫非是因为这阴阳镜乃是盘古双瞳所化，他劈开混沌，分离天地，肢解化作世间万物陨灭之后，这混沌又聚在了他的一瞳之中，故而藏在了这阴镜之内？

"有一种说法，说是盘古并非是劈开了混沌，而是自我牺牲，吞掉了混沌，这才得以开辟天地。兴许，他陨灭后是因为混沌反噬，盘古之斧才会出现在此。"人面螺低声说，"看来在武罗大婚之日陨灭的我鸢鸟族人，尽皆沉眠在此啊。"

"延英被阴镜吸走的一魄，应该也在此处。混沌本身没有意识，可吞噬了这么多人，不知到底变成了个什么东西。"

北溟转动剑刃，借着光扫视混沌内部，瞳孔一凛——那是！

但见那远处的黑暗之中，隐约飘浮着一个人首蛇身的人影，长长的蛇尾间缠卷着一个娇小的人影，不知道在对他做什么。

"白昇！"瀛川手凝长鞭，一鞭劈向混沌之中。

北溟大惊："瀛川！"想抓住他的手，却已经来不及，塔周的混沌霎时被鞭梢劈裂一道口子，整片静止的黑暗如一石激起千层浪的海，一下子涌动起来。他心下猛地一沉——这吞噬了如此多魂魄的混沌被惊醒会发生何事，他根本无法预料。

但见那混沌中的无数人影、兽影似乎微微扭动起来，他的脊背一阵发凉，却见瀛川无所顾忌地一跃而入！

北溟亦顾不上许多，跟着纵身跃入，沧渊如影随形而至，灵湫亦紧缀其后。见混沌间的无数魅影纷拢而来，北溟旋身舞剑，剑尖所过之处生出炽亮闪烁的紫电青霜，光华大盛，白发飘飞间一道凛冽的剑气将影子们瞬间驱散不少，紧跟着一手掐诀，瞥了一眼沧渊和灵湫。师徒三人配合默契，当下背靠背一并撑开一个银光璀璨的防护法阵，朝瀛川追去。

但见瀛川挥舞长鞭，左右躲闪，避开不断袭来的混沌之灵，已快到前方那个人影附近，突然下方猛然窜出一只硕大无比的影子巨手，一把攥住了那盘古之斧，朝他当头斩下。

北溟双眸一敛，身形一闪，整个人如紫电青霜一般闪至瀛川上方，厉喝一声，长剑光芒爆闪，堪堪架住那落下的大斧！

"瀛川！快去救他，这里有我挡着！"

"师父！"

北溟腰间一紧，架住斧刃的长剑霎时多出一把。见下方另一只巨手袭来，沧渊带着他一闪，堪堪避开，灵湫纵身而上，拂尘一甩，尘线暴涨数丈，将巨斧重重缚住。

硕大的巨人影子提起巨斧，疯狂地朝师徒三人斩来，那巨斧煞气横生，每每只近身便令北溟感到灵脉袭来撕裂之感，可想而知若真砍到身上会造成多重的伤势。同时法阵外围的无数黑影亦汹涌而至，扒拉着结界想要钻进来，三人一时腹背受敌。

镜子之外，一双眼睛静静地瞧着这一切，悄然凑近，朝其中一人吹了口气。

一阵狂风袭来，北溟猝不及防地被吹向法阵之外无数混沌之灵中，沧渊的瞳孔剧缩，顾不得阻挡落下来的斧刃，闪至他身前。斧刃眼看朝沧渊的脊背落下，北溟惊叫："渊儿！"

拂尘突然卷住斧刃，偏了一偏，斧刃擦着沧渊的脊背掠过，令他当下咳出一口鲜血，他却不管不顾，落回阵里。

"渊儿！"北溟一掌覆住他的脊背，将伤处封住。

"我无事。"沧渊摇摇头。

灵湫抓着拂尘卷紧斧刃的手微微发抖，眼前浮现出当年这里封印松动、煞气外溢时北溟那将他打出结界外的救命一掌。

他也清清楚楚地记得那一刻——

"灵湫，你快走！"北溟暴喝一声，收回手，脸色惨白地咳出一口鲜血，却回身将死活不走的少年重渊护在了身后。

或许，是因在前一瞬，重渊令他挣脱不得，他才做此无奈之举。

又或许，彼时师尊知晓他们三人只能活下一个，选择了让最有可能活下来的他出去，而与重渊一起困在煞气泄漏的死地。

无论师尊到底是如何想的，从那一瞬间直至今日，他都羡慕重渊。

——羡慕重渊总能争到机会，和他同生共死。

灵湫苦涩地一笑，脸色变得冷厉起来，握着拂尘的手一紧，将斧刃猛然拽出阵外。北溟甫一回头，变了脸色，手中的灵犀化作长练将他猛拽回来，罕见地厉声斥责他道："你做什么？想牺牲自己做英雄？为师尚在世，还轮不到你！"

说着北溟一剑斩断拂尘，将灵湫扔到沧渊的身边，两指从额心划至剑刃，剑上突然金光溢出："沧渊，灵湫，结阵！"

这个法阵需要三个人才可成，亦是拥有日月之契的天尊才有资格施展的法阵。如今他魂焰归体，体内又暂时有岐彭给的仙药护住元神，而徒弟们一个是魔君一个是上神，撑住这个法阵不是问题。

沧渊与灵湫对视一眼，都握紧手中魂器，但见北溟高喝一声："吞敛日月，号令诸神，天地俯首，驱尔为臣！光来！"

便见无数金色光丝凭空从混沌中穿刺而来，在他的剑尖汇聚，竟聚成一只燃着光焰的硕大金乌，飞舞的白发亦淬上金色光华。金乌与他整个人乎融为一体，随他一剑劈向挥舞下来的斧柄，长啼一声冲向那影子巨手，将它霎时吞入光焰之中。

一时间，周围的混沌之灵亦纷纷散开了数丈，不敢逼近。

灵湫将目光凝在重渊的脊背上，微微蹙眉。方才他看见师尊唤"光来"之时，竟有一缕金光从重渊的伤口之中绽出，这是为何？

魔族体内，怎会有日月光华？

是他看错了吗？

那持斧的盘古影子退去，北溟方得以看见，方才前去救白昇的瀛川竟然已经不见了踪影，那处只有那个长发飘浮的人首蛇身的人影，还静静地缠绕着不知死活的白昇。

"小陛下！"北溟提剑逼近，剑刃的光芒在黑暗中甫一照亮那人首蛇身之人的面庞，他便不禁一惊——

但见那人五官凌厉，与瀛川生得有些相像，眼角却有一滴泪痣，显出几分凄楚。

那是……延英。

延英被阴镜吸走的魄。

见延英的魄一动不动，北溟一把抓住了白昇的手，想将他从蛇尾中拽出来，整个人却被一股无形的力量猛地震开！

"师父！"沧渊横飞而来将他接住，两个人一并被震得飞出了混沌之内，灵湫亦紧随而至。见那片混沌汹涌起伏，北溟心知情况不妙，立刻招呼众人退出了镜子。

但见镜子的表面已经开始龟裂，白昇却还未救回，北溟心头一沉，听人面螺低喝道："北溟，以大局为重，且先召唤延维的魂魄！阴镜入阴，阳镜还阳，照阳镜！"

北溟立刻翻过镜面，但见镜中映出的不是他本人的身影，竟是一把通体光润的玉笛。他伸手抚上镜面，刹那间镜面光芒大作，将所有人都耀得睁不开眼睛。

他遮住双眼，忽然听到一声不知从何处传来的缥缈的叹息。

北溟一怔，努力睁开双眼，见四下皆是一片白茫茫的，无数光点从四面八方聚拢而来，在眼前聚成一个修长的人影。

青金色的蛇尾长长垂曳，白发飘飞，额心一抹金色的蛇形印记，与他一模一样的面孔，如临镜自照。下一瞬间，这个人影便伸出双臂按在他双肩，如同温暖的海水潮涌而来将他重重裹覆，汇入他的额心神印之中，令他顿时感到灵脉充沛、激荡。可与此同时，双腿亦袭来一种炽热的剧烈的痛楚，仿佛已经灼烧起来。

"啊……"

他止不住地呻吟起来，眼前的光芒散去，整个人登时软倒下去，被沧渊眼疾手快地扶住了："师父？"

"师尊，这是怎么了？"灵湫一步上前，便见北溟衣袍下摆的双腿绷得笔直，裤子被什么东西刺破，暴露出来的白皙的皮肤上竟然已经生出了一片片青金色的鳞片……

他震惊地瞳孔剧缩："这是……"

人面螺亦变了脸色，似乎没有料到这个突发状况："是了……我竟然并未想到，他聚合延维的魂魄，便等于承了娲族血脉，要经历这娲族蛇尾初生时的蜕变，快，寻一处潮湿寒凉的安全之地！"

"此处哪里有这样的地方？"沧渊厉声问道。

沧渊咬了咬牙，忽然想到了什么，将全身发抖的北溟一把背起，却听此时"嘭"的一声，那阳镜乍然破碎，背后的阴镜竟然翻过面来，镜中溢出一团漆黑雾气，一个人从镜中翻然落地，身上背着一个昏迷的少年。

266

诸人皆不由得睁大了眼睛——那个背着少年之人分明是瀛川，又有些不像瀛川，他的发色已经变得全白，额心处竟然出现了一枚蛇形印记，眼角更有一颗泪痣，令他原本凌厉的面庞平添一丝凄艳。

"瀛川……"北溟愕然地盯着他眼角的那颗泪痣，"不对，你是……"

或许是因为延维的魂魄尽归于他的体内，他亦有了延维的记忆，瞧见这颗泪痣，便亦觉得心头一怔，像瞧见亲人般百感交集。

"他不是瀛川，他是延英！"

沧渊扶着北溟向后退去，手心的渊恒化成长剑，几个人亦纷纷护在二人身前，却见瀛川脸色平静地看着北溟："维儿，你不必如此戒备，我又怎么会伤害你？陛下，你说错了，我是延英，你的叔父，亦是瀛川。"

几个人皆是一怔。

虽然起先已经从他们相似的面容间猜到了什么，可听他亲口道来，北溟仍然觉得惊愕难言，有些不可置信，目光落到昏迷的白昇身上，想起方才幻景里玄曜说的那句"神骨先天不足"，猛然意识到了什么。

白昇与玄曜，瀛川与延英……

"哎！怎么回事？"苏离惊叫一声，指着北溟的一只手。

北溟垂眸看去，见袖中的永生花竟然飘了出来，方才那些飘入镜中的花瓣都渐渐聚合成一双人影，一个是云瑾，一个是云陌，分别重叠到了瀛川和白昇的身上，与他们合为一体。

"哥……"苏离喃喃道，"我原本是想求楚大仙人寻回你的魂魄的，没想到……"

瀛川拾起落在白昇脸上的一瓣花，眼角下的泪痣闪动，"他们都是我与玄曜魂魄的一部分，因我渡了他精元，无意间与他结下了同生共死的命契，他逐我而来，才历此两世轮回之劫。

"不论你们是谁，人也救到了，先出去再说！"见镜中溢出的混沌黑气弥漫开来，北溟颤抖得越发厉害，双腿已初具蛇形，沧渊带着他抢先跃出塔外。

几个人跃上塔底，那混沌之气如影随形而来，无数的守陵兽从黑雾中涌现出来，其间还夹杂着难以辨别的黑色人影，一刹那便弥漫到他们上空，宛如一片遮天蔽日的乌云。

"这些恐怕是都是武罗大婚之日陨灭在此的神族……"人面螺的声音颤抖着，透着难以掩饰的恐惧。

听着头顶传来此起彼伏的凄厉的号哭，黑影群兽当头扑下。北溟咬了咬牙，一手刚刚祭出灵犀，便猝不及防地被沧渊拦住："有弟子在，何须师父操心。"

"渊儿！"

"嘘……"沧渊一展袍袖，将他塞入袖间，一手祭出渊恒化作长剑，手臂一震，剑上轰然燃起重重冷焰，足尖一点，迎向上空！

灵湫一咬牙不落其后，几乎与他并肩飞上，师兄弟两人一人持剑，一人执拂尘，不约而同地护住对方背后的空门，背靠着背与周围的煞灵、恶兽厮杀起来，竟一时配合得默契无比。

"如今你我倒像是同门了。"沧渊戏谑地哂笑一声，一剑劈碎数只守陵兽。

灵湫冷哼一声，将数只煞灵卷入拂尘："少废话！"

北溟被裹在沧渊袖间，天旋地转间只觉双腿如筋骨折裂，一寸寸被揉碎开去，化生出娲族的蛇尾来。为了避免沧渊分心，他咬住手背，难耐地扭动着翻滚起来。

"公子！"

"神君！"

昆鹏大喝一声，与丹朱亦加入战局，可即便如此，对付起这神族化生的煞灵与守陵兽也颇为吃力。

"也罢。"见弥漫上空的混沌之气渐渐要吞噬所有日光，瀛川凛然地将白昇推向苏离，"苏离，你往后替我好好护着他吧。"

"哥，你……"苏离接过白昇，瞧出他眼中的决绝之意，一怔。

"这些煞灵，终究是我当年在心魔侵入元神、煞气横生之下，一时冲动铸下的大错，便该由我亲手去弥补。"

瀛川侧眸看了白昇一眼，目光中涌动着无限复杂的情绪，最终决绝似的别开脸去，声音低低地道："待他醒来之时，替我转告他，我已经不恨他了，唯愿玄曜解了这契约，下一世，莫再来……扰我……祸害我了。"

言罢，他纵身飞向高空，大吼道："我乃延英，害死你们的延英，诸神厌弃，十恶不赦之徒，若有恨怨，便冲我来！"

吼完此一句，他一手掏入心口，猛然一捏！

但见他心口暴露出来的魔丹绿芒闪烁，刹那间，上空所有煞灵、恶兽皆似嗅到了血腥味的鲨鱼一般朝他汹涌而去——

"瀛川！"沧渊瞳孔一缩，想阻拦他，却已经来不及。

煞灵、恶兽尽皆涌入他胸口的伤处之时，瀛川伸手一捏，魔丹猝然爆出万丈绿芒，犹如一团熊熊鬼火将无数黑影瞬间点燃！

白昇像是刚从噩梦中惊醒，看向上空，瞳孔扩得极大。

两世的记忆在他的脑海中尽皆涌现，他呆呆地看着上空爆丹而亡的人影，泪水自大睁欲裂的双眸间悄无声息地落下。

他隐约想起，与武罗大婚当日的惨剧发生之后，他受了重伤，缠绵病榻，心里恼恨极了毁了他的婚礼、更害死了日后可助他登上天尊之位的新娘的延英，却突然闻得延英被娲皇镇杀在幕埠山下的消息。这个消息本应是一则喜讯才对。

堕神受诛，大快人心……

他当日拍着掌，大笑不止，却不知不觉中已满面是泪。

此后一连数日他都精神恍惚，总觉得这个消息不是真的，娲皇如何狠得下心亲手将延英诛杀呢？

就算……就算他疯子一般破坏婚礼，误杀了武罗，毁了整个苍灵墟，亲手挖出了他半个神核捏碎，可延英是娲族血裔啊。

伤好之后，他便踏遍了与延英从小到大曾经去过的地方。从昆仑墟的峡谷，到东海之滨的桑林，到轩辕之丘的诸天之野……

那是他们一起长大、一起修炼、一起嬉闹切磋的地方，处处皆有延英的影子和足迹。

他还记得延英自小性子孤僻，是个面冷心热的主儿，又因为神骨格外出挑，便成了众仙家弟子嫉妒、孤立的对象，除了他那个小侄子延维，也便只有他这自小因为神骨先天不足受尽欺负和白眼的废物小子爱缠着延英，缠得延英不胜其烦，又被他逗乐，后来他每次被其他仙家弟子欺负，都是延英站出来维护他。

一开始，他接近延英的目的并不单纯，不过是因为知晓延英之父与自己母亲的一段情事。知晓自己的母亲曾经为了救这位伯父的命，在识海内已有后裔元灵之时，为他献出了自己最宝贵的护心翎，灵脉受损，这才导致自己先天不足。可是这位伯父伤愈之后，却辜负了自己的母亲，娶了另一位貌美的神女，而且因为得了护心翎之故，还令妻子生出了延英这般神骨卓绝的后裔，而自己的母亲却衰竭而殒，令他成了个神骨残缺，又丧母无父的孤儿，却不得不背负着一族的兴衰。

故而他接近延英，是存了向他讨债的心思的。

因为怀着如此阴暗的心思，他便将延英对他的好当成了理所应当，当成了一种父债子偿的弥补。他贪婪无耻地索取，便像一只扒在延英身上吸血的蚂蟥，而延英却心甘情愿地受着。

他一直不觉得有什么，后来一朝这个人没了，他方才觉得，他便像那蚂蟥被拔出了血肉，纸扎的老虎拆了骨架……心底整个都空了。

他还清楚地记得，他与武罗大婚时，延英一掌将他重伤之际，满怀恨意地对他发出的诅咒。听延英咒他生生世世皆先天不足，他那时不无恶毒地回应，若真的如此，他便生生世世地向延英索债。

未承想，这般气话，竟然一语成谶。

登上北帝之位后，他却再也没了实现宏图伟业的心思，整日浑浑噩噩地昏睡，后来瞧见延英的命星出现，才想起自己与他结有命契，竟感到欣喜若狂。

诸神皆以为他那一日是病衰归墟，不知道他是跳了轮回道，逐延英而去，想与延英共历轮回劫，将延英寻回来。

他都想好了。到时延英打他也好，骂他也罢，只要肯原谅他，怎么都行。

娲皇已经归墟，到时诸神要是敢反对延英重归神位，他便是拼了这一副神骨，也要护得延英周全，便似延英曾经护他那般。

可造化弄人，他分明是逐延英而去，却因这先天不足的诅咒，因他对根植骨髓的恶劣本性与不甘执念，令他一次又一次……重演悲剧，伤了延英，害了延英。

白昇眼底绽出一丝血泪来，又哭又笑。

三生的记忆尽现眼前。

手里捧着槿花朝他笑的云瑾，捧着深海蚌珠、双目澄澈的鲛人……还有最初的最初，那个侧头朝他看来的白发少年。

清瘦的少年独自坐在树下打坐修炼，眼角下有一颗泪痣，在不远处嬉闹的一群少年小仙的对比下，显得分外孤僻。

"哎，你们为什么不跟他一起玩儿？"

"延英吗？看那副臭脸，谁想跟他一起玩呀？不过仗着自己是娲族血裔，灵脉优秀些，对谁都不屑一顾，讨厌得很。"

"就是！咱们个个都是上神后裔，可你瞧他那样，看得起谁？"

"哎，那不是那个先天不足的废物玄曜吗？他干吗呢？"

微风拂动的树影下，他悄悄走近那个打坐的少年，捧着脸，歪着头，蹲在侧面瞧了延英半天，笑嘻嘻地道："喂，听说，你算是我的堂弟啊？我叫玄曜，你叫延英，对吧？"

少年延英闭着的双眼缓缓抬起，朝身侧的他看去，眼神里透着迷惑和惊讶，甚至还有一种不知所措的慌乱。

那个男孩咬碎了嘴里的仙果，笑眯眯地伸手递给他一枚："延英，你没人一起玩，我也没人搭理，不如以后我们一块儿修行吧？"

延英一愣，睁大眼睛看了半天他带着笑意的脸，又看向他的手心。

他将那枚仙果一把塞进了延英手里："就这么定了，往后你护着我，我陪你玩。"

……

白昇望着上空渐渐与混沌之灵们一起消散的人影，忽然纵身一跃，化作一只银白色的鸾鸟，飞向瀛川燃烧之处。

"儿子！"人面螺嘶声大吼。

"小陛下！"灵湫见状想要去拦，却已经来不及阻止，那只白凤已经投入魔丹燃起的绿焰之中，鸟羽熊熊燃烧起来。他疼得全身发抖，却仍然用翅膀紧紧地裹住了那个已经快成枯骨的人。

"对不起……对不起……阿英……瑾儿……瀛川，对不起，我求你……恨我也好，怨我也罢，要杀要剐也都随你，只求下一世，容我再见一见你，容我向你赎罪，好不好？"

没有应答，只是魔丹蔓延出的火更大些，转瞬间便烧穿了他的神骨，下一刻，他便感到自己的身体随瀛川一并散碎开来。

沧渊抬眸看着空中散开的两个身影，叹了口气。

见混沌之气渐渐散尽，沧渊飞身一跃，跃出了苍灵城，径直跃过一座山峦，到了山阴处，赫然有一泊寒潭云雾缭绕。

这便是传说中西灵圣母的沐浴之所玉露潭，此处因为有山峦遮挡，多年来未被城中的煞气侵染，白日还算安全，不会有守陵兽来此，上一次来，他们便在此小憩过，故而记得清楚。

设了个隐蔽的结界，沧渊将袖中的北溟放了出来，见他已经陷入昏迷，衣袍下的双腿化作一条修长优美的青金色蛇尾，脸上、身上大汗淋漓。

"师父……"沧渊一手覆住他的神印，强行闯入他的识海之内，护住了他的灵脉。

远远地望着他们，一路跟踪而来的一人瞳孔一震，目光徘徊在北溟的一头白发与青金色的蛇尾上，眸底波流暗涌，轻轻地喃喃出声："少君……"

不由自主地迈出一步，他忽然捂住腹部，身躯一僵，脸上现出怒容，自言自语着道："你笑什么？你凭什么笑我？"

停顿了一下，又怒斥出声："你闭嘴，休得提此污秽之名！凡世也便罢了，此次，我绝不会……绝不会容你再害他！"

"当——当——当——"

钟声从苍灵墟最高的城楼传来。

北溟缓缓地睁开眼睛，朝钟声传来之处望去，便听见百凤齐鸣之声传来，无数五彩鸾鸟从苍灵城内飞至上空盘旋起来。

"师父，怕是这幻境中的武罗成婚之时要来临了。"沧渊低声道，扫了一眼他已经完全蜕变成蛇尾的下半身，"你现在感觉如何？"

"无妨。照我们上次来的情形推测，婚礼开始之时，这武罗冢的封印便会有所松动，既然我已召回延维的魂魄，还是速速离去才是。"

二人飞回城楼顶部，扫视了一圈，才发现不见了白昇与瀛川的踪影，而人面螺卧在灵湫手中，脸色灰白，竟似乎已经昏死过去。北溟心下不由得一沉，有种不祥之感。

方才他被沧渊护在袖中，又被带离此地，不知道发生了何事："小天尊和瀛川……延英呢？"

灵湫低声道："他们已经与这镜中溢出的混沌之灵同归于尽。"

北溟心头一震，眼底泛红，久久说不出话来。

白昇虽然不是他正式的徒儿，亦是他亲手教导过，亲眼看着长大的。而延英的逝去，因为他融入了延维的记忆，亦令他骤然感到一阵血脉割裂的痛楚。

"小陛下……叔父。"

"北溟……"一声颓然长叹传来，人面螺睁开了深凹的双眼，目光落到他青金色的蛇尾上，"吾儿已逝，不可挽回……可天庭的秩序，下界苍生，尚可挽回，你已经继承娲族的血脉，便速速寻回天枢，回中天庭去，收拾那群乱臣贼子吧。"

"神君！"一声低喝从外边传来，昆鹏和丹朱一先一后钻入塔中，神色有些慌乱，"结界外有异动，我们方才去一探，发现外面来了一批羽卫，约有数百人，已经将苍灵墟重重包围！"

"糟了，是那帮贼子……"人面螺的双瞳突然大睁，"他们是如何知晓我们来了苍灵墟的？你们有谁将此行告诉过旁人？"

几个人皆否认，丹朱歪着头道："我们几个人都不会走漏风声，莫非是岐彭？"

灵湫道："不会。"

的确，北溟心想，岐彭与他有多年交情，他亦了解这位神医的为人，断不会将他的消息泄露给中天庭。

"纠结此事毫无意义，准备应战吧。"他沉声道，可话音未落，便听塔顶传来"当——当——当"的一串钟鸣，响彻整片苍灵墟，刹那间数百只鸾鸟从城中飞至高空，扇动双翅翱翔间，洒下漫天花雨，此起彼伏地发出一声声悦耳的长啼。

"是武罗大婚，封印要松动了。"北溟心下一沉，看向苍灵墟外侧电闪雷鸣的云层结界，"昆鹏，你说来的，只有数百人？"

昆鹏点了点头。

"人数不多，是调不动全数天禁司的羽卫吧。他们怕是想借刀杀人，把我们困死在此处。不能容武罗神女苏醒，否则我们会腹背受敌……我们得先下手。"北溟说完，提剑直飞入苍灵城内，沧渊与几个人紧随在他的身边。

城内已经重现出当年的盛景，仙姬们在城中广场的高台上跳起悦神之舞来，来参加婚宴的神君神女们也已经纷纷落座，一派欢欣热闹的景象。见婚典尚未开始，北溟略微松了口气，施了隐身咒隐去众人的身影，直入武罗所居住的宫殿。

神女的宫阁内张灯结彩，洋溢着欢声笑语，走廊中的仙姬们捧着新嫁娘用的衣服饰品，向武罗的寝宫走去。

与此情景形成鲜明对比的，却是宫中越发浓重的煞气。

这幻景不过是粉饰太平，却令他们的处境更加险恶，因为看不见这里真实的样子，反倒容易放松警惕，防不胜防。

"哎，哎，什么东西摸我？"苏离忽然叫了一声，看向方才与他们擦肩而过的一位仙姬，见仙姬奇怪地回过头来，灵湫一把捂住他的嘴，脸色冷冷地传音入密道："你给我闭嘴！我说过这里残存的灵影皆存有灵识，你想提前惊动武罗吗？"

"不是，方才不知道是什么？像蛛丝似的……"苏离低头看向自己的脚，抬脚乱踹了几下，像在甩什么脏东西。

此处的确有什么东西。北溟垂眸看去，亦觉得蛇尾掠过地面时，触到了什么丝线一般的物事，却什么也看不见。

沧渊眯起眼睛，手中的傀儡线往下一探，似乎缠住了什么，那东西却猛地一缩，自他的缠缚中逃逸了开去。

"师父，似乎有些不干净之物。"他传音入密道，北溟点了点头。神族若未堕魔，含怨陨灭为煞，虽然力量十分可怖，却也并非邪祟之物，按理说不会有邪祟污秽之气。

"而且，有股味道一直跟着我们，不知师父可有闻见？"

北溟点了点头，没动声色。的确，身周隐约有那么一丝若隐若现的香味，透露着邪祟气息，不知道是因为化身娲族之后嗅觉变得格外敏锐才嗅见了，还是因为他曾经闻到过这种香味。

方才他和沧渊回来，还没有进入武罗家时，这股香味似乎就已经徘徊在身边了，只是没有此时那么浓烈。

北溟蹙起眉心，扫视了一圈身边的人，心间浮出一丝疑惑。

随着越来越深入走廊，前方隐约传来女子们的欢笑声。

镜台前，一群侍女众星拱月似的围绕着中间身着嫁衣的美貌少女，叽叽喳喳、七嘴八舌地为她梳妆打扮着。

"公主殿下今日实在太美了，玄曜神君看了定会心醉神迷。"

"时辰不早了，快为公主抹上额红，诸神都已经在等候新娘了。"

"来的人很多吗？"武罗盯着镜中，问道。

"那可不是，广场里都要挤不下了，半个神界都等着一睹公主的风华呢。"

"那个讨人厌的延英应当没来吧？"

"他呀，神界皆知他爱慕殿下，与玄曜相争，结果在试炼大会中落败，来了多丢人。"

武罗不屑地轻笑了一声。

"可不是嘛！"一群侍女哄笑起来，其中一位年长些的，拿起桌上的额红，用手指蘸了一点，朝武罗的额心抹去。

便在此时，北溟忽然闻到了一股似曾相识的异香。

等等，这个味道……

他的瞳孔一缩，目光凝在侍女手中那盒额红上，这才看清那额红并非朱砂混金的色泽，而是透着一种艳丽的紫红色，似乎便是那股隐约透着邪气的，仿佛在哪儿闻到过的异香的源头。

与那种他在凡世身为惑心时，在那几处惨剧现场见过的胭脂一模一样。

"等等！"他一步冲入殿内，却已经来不及，便见那个侍女蘸有额红的手指已经落到了武罗额心的神印之上。

那额红甫一侵染，武罗的脸色便是一变，她盯着那镜中，似乎是看到了什么，瞳孔急剧扩大，额心的皮肤渐渐凸起。

"师父，小心！"沧渊将他一把拽回。

北溟侧眸看去，那镜中竟然是玄曜，只见他半身赤裸，搂着一位面容陌生的女子。武罗突然站起，后退了一步，指着那镜中，嘴唇颤抖着："玄曜哥哥……他在和哪位仙姬……"

这时那个侍女的脸上露出一丝诡异的笑容，北溟当下一剑朝她刺去！

剑尖尚未触及，那个侍女立时尖叫一声，化作一团漆黑发丝涌向殿内帷幔低垂的床榻之中，武罗的灵影抱住头颅，发出歇斯底里的尖叫："呀，啊啊啊——"

"噗"的一声，数朵妖艳的紫红色异花从床帷的缝隙间钻出、绽放，无数花藤花叶霎时在武罗的寝殿内蔓延开来。

妄执蛊！糟了，武罗化成的煞被这蛊的蛊主控制了！

北溟一咬牙，灵犀化出弓箭，朝那床帷中射出一箭，便听一声凄厉尖叫，周围的幻象顿时涣散开来，他们这才看清这殿内真实的景象：满壁满地皆是浓稠的血污，血污之上有无数蠕动挣扎着的黑色人影，皆是化作戾灵的神族。

只是看上一眼，便令人头痛欲裂，气血翻涌。

神族化成的戾灵恶煞，对付起来不知要比普通的邪祟魔族棘手多少——神族的戾煞之气皆能污染神骨，乱人心智。

沧渊一手持剑，与灵湫紧紧地护着北溟的后方，盯着那鼓动不已的床帷之中，见一道硕大如象的诡影从那紫红色的花丛间爬了出来。那身影手脚漆黑奇长，却仍可瞧出是个身着嫁衣的女子，虽然盖着头纱看不见面目，也可猜出便是武罗所化的厉煞，只是她的裙裾之下，还有无数长发蠕动。

而在武罗的背上，竟然还立着一个纤长的人影，因为头发披散，看不见面目，只分辨得出似乎是个女子，周身上下花藤缠绕，却不见一朵绽开的花，只有心口结着一颗艳紫色的果实。

"是妄执蛊主。"沧渊眯起眼睛，盯着那个身影，想起凡世沉妄的记忆，"莲姬……你为何会出现在神域禁地，你到底是谁？"

"哈哈哈……我是谁……"那个人影大笑出声，发丝间的一只诡亮的眼睛看着他的脸，又看向他身边的北溟，声音缠绵，"待我杀了你的好师尊，捕获了你，你便会知晓我是谁……"

北溟不解，不知道这妄执蛊主到底是何来头，似乎对他怀有很深的恨意，但见武罗的头颅四下转动，似乎并没有攻击他们的意思。他不由得想起苏离的话来，冷冷地对那个武罗背上的人影道："妄执蛊主，你所求为沧渊，武罗与你的执念不同，为何会为你所驱使？她沦为厉煞已经十分凄惨，你不如先放她走，再来向我寻仇？"

"谁说她与我的执念不同？我所求有二，一为重渊之心，二则为你北

277

溟之命！"

那个人影弯下身来，凑到武罗的耳边，一指北溟："你认不认得出来，他便是延英最疼爱的那个侄子延维？"

一听见"延英"二字，武罗便浑身一僵，抬起头来，头纱下一双赤红灼烧的煞目死死地盯住了北溟，发出一声凄厉的喊叫。周围的煞灵跟着尖叫起来，整个武罗冢一时煞气冲天，令身在其中的众仙都感到一阵灵脉翻涌，头昏脑涨。

北溟心道不妙。煞神不比堕神或鬼魔邪祟之流，神骨犹存，自古以来神族诛杀神族除非已开过天祭昭告日月诸神，否则就会引来天罚，唯有以天尊名义施展吞敛日月法阵，才可以名正言顺地诛杀神族，这也便是他之前在混沌之境中对那个貌似盘古魂魄的影子施展此阵的因由。

方才已经用过一次吞敛日月，此阵的威力极大，可是对灵力的损耗也极大，再来一次他恐怕难以支撑。

沧渊脊背与他紧靠："此处煞气于魔族无碍，师父，莫离开我的身边。"

北溟点了点头，便见武罗一跃而起，飞快地爬到殿穹上方，身上的嫁衣与乌黑的长发铺天盖地向四面八方蔓延开来，将他们笼罩其中，瞬间交织成一张巨大的蛛网。无数煞灵被困在其中，好似一群被激怒的毒蜂朝他们扑袭而来。

"结阵！"

北溟一声令下，一张防护结界被撑开，众人各自施展法术，将第一波煞灵击溃，却见蛛网之中很快又聚起一波，气势汹汹地反杀回来，与此同时，武罗像只巨蛛一般猛跃而下，口中厉啸一声，喷出一大团猩红恶臭的煞气。

结界挡不住神族的煞气，当即被穿透，众人立刻闪开。沧渊掩护着北溟飞至武罗的身后，与对面的灵湫对了个眼神。

灵湫心领神会，立时幻化成延英的模样，飞落在武罗的前方，挥舞拂尘吸引她的注意力。

"神君，我来助你！"丹朱大喝了一声，飞到灵湫的身边，振动双翅，用手中的扇子驱逐煞灵，昆鹏亦飞到北溟的身后相护。

见武罗不听使唤地朝灵湫冲去，莲姬反身杀来，无数黑发袭来。沧渊瞳孔一凛，提剑迎去，凛冽冰寒的剑意剖开发丝，将莲姬逼得向后飞去，在嫁衣结成的网中躲避他的追击。

"我倒要看看，你到底是谁？"

"你还想不到我是谁吗？重渊？真是枉费我对你一片痴心……"

北溟蓦然想到了什么，眉头一蹙，拉开弓弦。箭头金光涌现，瞄准武罗的后背，暗叹一声，手指骤然收紧："吞敛日月！"

数道金光再次袭来，聚拢成一簇，与此同时，沧渊一剑逼至莲姬的额心，袖间裹着傀儡线的鲛绡狂涌而出，反将想缠住他的黑发尽数绞住，将莲姬整个人裹成了一个茧。

"渊儿，别杀她，留她一命！"见沧渊提剑直取莲姬的咽喉，北溟厉喝一声，手指一放，朝武罗的背后放出一箭！

灵湫向后闪开，眼角的余光一闪，再次瞧见沧渊的后背绽出一抹金光，汇向师尊射出的那一箭，眼底不禁泛起一丝异样。

金箭当场贯穿武罗的心口，令她发出一声凄厉的吼叫，身子迅速萎缩下去，周围的煞灵哀号着四处乱窜，一时煞气四溢。

这一箭射出，北溟以袖掩着口鼻，感到一阵眩晕。沧渊迅速闪到他的身边，一手扶住他，见他的脸色煞白，知道他的损耗太大，忙蓄起一股灵力输入他的灵脉之中。

瞧见方才那一箭，他也恍然想起，上上世，北溟与他对战之时，对他放出的一箭，并没有动用这诛神的法阵。

从始至终，北溟都是怜惜他的，哪怕上一世他犯下滔天大错，北溟也没有想过要对他痛下杀手……最后还替他挡下了天罚。

念及此，他不禁唤了一声："师父。"

"我无妨。"北溟只当他是担心自己，摇了摇头，走到萎缩成一副枯骨的武罗身旁，将她尚未散去的魂魄聚起，存入灵犀之中，"可怜她当年含恨而亡，化为厉煞却恨错了人。若有机会，我当度她一程，令她得以重新转生成仙灵。"

"哈哈哈，果真仁慈……当年却能狠得下心亲手献祭众徒……哈哈哈，果真仁慈！"

一串癫狂的笑声却从旁边传来，竟是那莲姬发出的。

"你胡说什么？"北溟拧紧眉心，走到那个被裹成人茧的莲姬身前，伸手一拂，掌风掀起她掩住面孔的长发，深吸了一口气，"这不是你真实的模样，现出本相吧。"

莲姬的肩膀耸动，似乎在笑，面上的皮相变幻，最终呈现出一张秀丽姣好的面孔，几个人皆是一怔。

灵湫愕然地喃喃着："小八……连姝？怎么会是你？你不是……"

他万万没有想到，这妄执蛊主……竟然会是他的师妹。

那张姣好的脸一时又哭又笑，抬头看向北溟："是啊！我早就死了……死在了蓬莱岛上，被重渊献祭出去，用来交换师尊的命，我那般爱他，却被他亲手杀死……师尊，你怎么忍心逼重渊将我杀死？"

北溟一怔，见沧渊侧眸看来，一时哑然。

连姝前面半截全然是胡言乱语，多半是受赝魅当年设下的幻象迷惑才颠倒是非，可后半截所言，确实不假。

自试炼之劫过后，因为被重渊救过一命，连姝便对重渊生了恋慕之心，不过碍于重渊不受同门的待见，不敢明着表露，便是藏着掖着暗送秋波，还被他撞见过几次，印象最深刻的便是那次——那日下着大雨，连姝上山来给伤势未愈的重渊送丹药，还顺带塞给重渊一个香囊，那欲言又止、满脸羞红的样子，令他这样迟钝的人都瞧了出来，重渊倒浑然未觉，回来便将香囊随手扔到了一边，被他偷偷打开瞧见，里边赫然是一缕头发，上面扎着一根红绳。他一看便知，连姝是对重渊动了与他结下姻契的念头。

之后闭关出来后，连姝便来偷偷跪求他，又是撒娇又是耍赖，说重渊对她爱搭不理，要他这个做师尊的去找姻缘神女为他们牵线，找天尊给他们赐婚，他无奈，心软之下，便应诺了。

可此事还没来得及和重渊提，便发生了蓬莱之劫。

包括连姝在内的众弟子陨灭，他将重渊打入罪仙之狱，再无机会开口。

灵湫沉声道："小八，你糊涂！"

"不怪她。要怪就怪，将她蛊惑至此，对她下蛊，利用她暗中加害我们的人。"眼见自家弟子被祸害至此，北溟心下又痛又怒，目光冷厉，转眸四顾，"赝魅，你在何处？给我滚出来！"

"啊……"此时，旁边突然传来一声低呼，丹朱捂住了手，昆鹏一把抓住她的手腕，惊讶地道，"丹朱！"

几个人朝丹朱看去，皆是一惊，只见她的虎口处有个像是被发丝划伤的口子，里边竟然钻出了一朵紫红小花。

"这是何时……"灵湫脸色一沉，出手如电，封了丹朱的灵脉，触到她手腕的一刻，指尖却感到微微一刺。他不禁蹙了蹙眉，收回手看了一眼指腹，却并没有什么异状。

丹朱痛苦地抿着嘴唇："或许是方才没注意……"

"蛊主已经被控制，灵湫封了你的灵脉，暂时应当不会有事。"北溟看向她的虎口，伸手想去察看，却见沧渊的手指一弹，鲛绡唰唰几下将丹朱的双手缚住了。

昆鹏立即护在丹朱身前，怒气冲冲地道："你做什么？"

"虽然是个废物，毕竟中了蛊，还是得以防万一才行。"沧渊似笑非笑道，气得丹朱双目圆睁："你这臭鱼！"

"别闹了。"北溟轻声呵斥一声，环顾四周，见武罗嫁衣结成的蛛网并未随武罗的陨灭而散去，上面竟然还隐隐泛起瑰丽的彩色光泽，心下不禁一沉，目光掠到武罗寝宫内蔓延出妄执妖花的床帷间似乎有影子一闪，他抬手便是一箭射去！

刹那间，无数蝴蝶从床幔间蜂拥而出，蝴蝶扇动翅膀，蝶翅上瞳纹闪烁，犹如无数双眼睛散布到整片蛛网之中。

这情形，一如当年在蓬莱岛。

床帷间，一只手将帘帐掀起，迷幻的彩光流泻而出，勾勒出一个瘦长的人影。那人一身淡绿色衣衫，面容俊雅，双瞳映着瑰丽的妖光，却是定定地凝视着北溟，喃喃着道："少君，好久不见。"

"禹……禹疆？"北溟愕然地睁大眼睛，看着他背后扇动的一双幻彩蝶翅，目光微寒，朝他拉开弓弦，"不对，魇魁！你为何要冒充禹疆？现出你的本相，莫侮辱了冥君！"

"少君，我是宴京啊，你的掌灯神司。你不认得我了吗？"禹疆嘴角微牵，半跪下来，向他伸出一手，"我终于盼得你归来了。少君，来，我已经寻回我族长老的魂魄，你随我一瞧？"

北溟一怔，有些不可置信："魇魁……你是如何知晓禹疆的前世经历的，

281

你对他做了什么？"

"少君是在担心我吗？"禹疆的眼底泛起波澜，幻光涌动，他似乎感到有些欢欣，又有些苦涩，又自腹中发出一串古怪的笑声，"可不是我对他做了什么，北溟，是他自愿献祭于我的。至于堂堂幽都冥王为何会沦落到如此地步，自愿被我一个魔物吞噬、寄生。那，便要问你的好徒儿重渊了。"

"魇魃！"听到这个噩梦一般的声音，北溟的心头一紧，什么寄生、吞噬，禹疆他……沧渊手持的长剑已化作箜篌，十六根弦上杀意凛冽，幽光流转。

"你若想要救他，便来这里边，与我一战。记住，只能你一个人前来。"禹疆腹中发出的声音轻笑着说道，便见他背后的双翅扇动，床帷散开，露出内里之物——竟是那盘古阴阳镜。镜面上泛着霓虹色泽，一圈圈犹如漩涡，中心似乎无比深邃。

"盘古镜中的溯洄之力……"人面螺愕然失声，"魇魃想做什么？莫非是想带你回到过去某一时刻，目的何在？"

"你想回到被我挫去仙骨之前吗？"北溟盯着他，冷冷地道，"不可能。我平生最后悔之事，就是未能护住重渊，令他受你坑害，平生最后悔之事，便是挫去你的仙骨，将你逐出神界！"

"哈哈哈——"魇魃大笑起来，便见禹疆的眉心一皱，捂住腹部，神色变得十分痛苦，双眼睁大，"少君，我……"

"宴京！"北溟心下不忍，下意识地唤出他过去的名字，手握紧弓身。沧渊盯着他，传音入密道，"不要去。"

溯洄之力，回到过去，万一回不来会如何？

"看来是筹码还不够啊。"魇魃又笑了一声，便见禹疆一手不由自主地伸出，取出怀中一枚紫色的果实，猛地捏住！

"嗯！"灵湫发出一声闷哼，当即觉得头痛欲裂，仿佛有什么尖锐之物要从额心的神印突破而出，他捂住额头，一下子半跪下来。

"哎——你怎么了？"苏离一把将他扶住。北溟回过身来，见灵湫捂住额头的指缝间竟颤抖着钻出一朵花，花朵甫一绽开，里边便钻出一只幻彩的蝴蝶，振翅而飞。

那蝴蝶的翅膀上有双目的图案，赫然是一只魇蝶。

当年，便是这种靥蝶蛊惑了重渊的心神，令他犯下大错。

北溟的心骤然绷紧，"咚"的一下往下沉去："灵湫！"

灵湫何时中了靥魃的蛊？北溟一步上前，灵湫却一把推开苏离，踉跄后退几步，脸上极力维持着平静，双唇却颤抖着："师尊，莫碰我……不要管我，切莫为了我进入那镜中！"

"你若不进……便会眼睁睁地瞧着你傲雪凌霜的首徒，沦为被心中之欲驱使的凶尸邪祟，等到那时，你又该有多么痛心啊？"靥魃大笑不止，令禹疆一点点捏紧手中的果实，每捏一分，灵湫便颤抖一下，"那可真的就是玉璧蒙污，冰雪染垢了……"

"你住嘴！"灵湫嘶哑地吼出声来。

"师尊……"灵湫满脸冷汗，伸手攥住拂尘，化出长剑，便要当胸一刺。北溟见此情景五指一收，阻住剑势。苏离几乎同时横扑而去，一下将灵湫挡住。

剑尖扎入脊背半寸，苏离忍着痛道："爷爷，你莫冲动！"

灵湫咬紧牙关："你给我滚开！"

苏离抿紧双唇，嘴角掠过一抹苦涩，伸手封住了他的灵脉。

长剑当啷一声落地，北溟寒了眸色，如冰雪封河："苏离，你制着他。"北溟侧过头，看向沧渊，"渊儿你替我，替我护着……"

沧渊的手指抠进肉里，牙齿刺进唇间，脸色惨白，眼底泛血。

"你要去，是吗？"沧渊死死地盯着他，自知动摇不了他的心意，"你去吧！只是师父且记得，我们结有子母契，若你死了，弟子也无法独活。"

"好，为师知晓。"

北溟热泪盈眶，说完这几字，一咬牙纵身飞向镜中，禹疆扇动羽翅，向后迅速飞去，二人的身影转瞬被镜中的漩涡吞没。

沧渊牙关紧咬，一步一步地缓缓逼去，手中的长剑一横，抵住了丹朱的咽喉，昆鹏蓦然变色，又惊又怒："你做什么？"

"是你吧？"沧渊盯着丹朱，眯起双眼，眼底的杀意蔓延，"是你将那胭脂放入武罗冢中，是你对灵湫下蛊，是你在忘川之下，诱我师父开阵救人，引恶诅上身……亦是你，调换了补天石，破坏了天庭的秩序，使贼子上位，顺带还想陷害于我。"

灵湫的瞳孔剧烈地收缩，他急促地喘息着，看向双手被缚的丹朱。

方才那手指被刺之感……可丹朱是一直跟在他身边的灵兽，是他当年亲手将她捡回，抚养长大……怎么可能？

丹朱瞪着眼睛骂道："你在瞎说什么啊？臭鱼，我怎么听不懂！见你师父为我家神君独自赴险，你患失心疯了不成？"

沧渊冷笑一声，一把抓住她手上钻出的花藤，往外一扯，便见那花藤被拽出的一刻登时消失得无影无踪——竟然是幻术。

而且是以假乱真，连上神也看不出来的幻术。

好高的道行！

丹朱的脸色骤变，赤红色的双翅猛然撑开，整个人向后飞起，双手现出钩状利爪，赫然变成了一只通体燃烧着烈焰的毕方。

这只传说中的上古神鸟，业已消失万年了。

灵湫感到震惊难言，丹朱在他的身边长大，他竟然从未见过丹朱的真身。当年他在昆吾山捡到丹朱，因为昆吾山上多羽毛呈丹赤色的鸰鹧，便一直当丹朱不过是这种寻常的仙鸟罢了。

"身为神鸟，为何跟魘魅之流狼狈为奸？我不懂。"沧渊的手指轻轻地掠过手中的箜篌，"还是说魘魅其实有神族撑腰？是东泽，还是执明？"

"他们也配？"丹朱咯咯一笑，声音竟然还像个烂漫少女，金色的双瞳看向灵湫，"神君是个磊落的君子，我实在不该利用神君，可惜了，我是由我的主君亲手孵化，他待我的好，你还比不上。若非延维与烛瞑作梗，我的主君还会是如今的天地共主。"

"你的主君？"人面螺意识到什么，"莫非是——"

"不错，我的主君是娲皇钦定的天地共主，东皇太一。"丹朱想起少年笑着亲手将她和她的弟弟捧出蛋壳之时的情景，不禁仰首悲鸣。烛瞑倾断妄海毁去中天庭，将太一吞噬之时，他们俩便想追随而去。

可火鸟毕方天生是最记仇的灵宠，如此殉主，他们仍然觉得不甘，于是他们跟了助太一上位的司命泽离，从他那里窥得天机，知晓烛瞑与延维的魂魄残片尚存世间，未来皆会重生，命轨相交。

于是她的弟弟修炼出人形，化名星桓，以弟子的身份跟在泽离身边，帮助她一步步变成神界位高权重的东泽帝君，而他则制造巧遇，蛰伏在北

284

溟收下的第一个弟子灵湫的身边，静待时机。

北溟与重渊相遇之时，便是他们得以窥见主君归来的希望的那一日。若北溟不身负恶诅，若天庭的秩序不乱，何须召唤延维的魂魄……她和厴魃又何以接触到盘古阴阳镜呢？

终于，教他们盼到了如今。

第
惊天真相
二十四
章

　　"所以，你对我，也都是利用吗？"昆鹏攥紧双拳，化成巨鹏之身，扑扇着双翅朝丹朱冲去，沧渊一跃而上，踩上他的脊背，手中的箜篌乍然音裂，掀起狂烈音浪，与丹朱正面相击！

　　跃入镜中的一刻，强劲无比的涡流席卷周身，北溟只觉得自己的魂魄都要撕裂开来。天旋地转了不知多久，他忽然感到周身传来一阵被锐物贯穿的剧烈痛楚，不禁痛得惨呼出声。

　　下一刻，眼前骤然陷入一片漆黑。

　　"少君……少君！怎么如此？少君！"

　　声声厉呼从近处传来，将他从昏迷中渐渐唤醒。

　　北溟睁开双眼，眼前一片模糊的血红。眨了几下眼睛，眼前才慢慢变得清晰起来，映入眼底的是一条修长的青金色蛇尾，尾端被尖锐的青铜贯穿，已可窥见白骨。

　　那是他自己的尾巴。

　　再往上看去，每隔一寸，蛇骨之上皆钉了一根铜刺。

　　便连七寸之上，也钉了一根，而且尤为硕大，上面还刻了奇异的符文，仔细一看，似乎竟是镇魂之咒。

　　他艰难地抬起头来，从白发的间隙间，看见禹疆半跪在不远处，手抓着栅栏，目眦欲裂地望着他，俊雅的脸上血泪交织。

　　不，此时的他，还叫宴京——

　　这是延维受烛瞑所累，被冤下罪狱之时。

　　"怎会如此……鬺魌分明是想回到被你搓去仙骨之时，为何会回到此时？"瞧见里边受刑之人的身影，令他痛了几生几世的噩梦竟然重现眼前，宴京浑身发抖，几乎崩溃地嘶吼出声，"少君……少君！我不想如此……这不是我要的……"

北溟闭了闭眼睛，强迫自己冷静下来，亦猜到了什么。

靥魃的目的，并不只是向他复仇这么简单。

如若如此，靥魃不需要如此大费周章，吞噬禹疆，跟踪到此，利用阳镜中的溯洄之力，带他回到此时此刻。

靥魃想要的，兴许是……颠覆这万年以来的天地。

他的身份，兴许与……那若能复生便能颠覆天地之人有关吧。

"不怪你，宴京。"北溟叹了口气，低声道。

靥魃乃为欲魔，最擅长乘虚而入，利用人心中之欲蛊惑人心，令人陷入疯狂，失去思考能力，虽然不知道禹疆是如何被靥魃所惑，向他献祭了自己，他也相信，此般结果绝不是禹疆所求。

"都是重渊……若非他那日逼我太甚，我不会如此荒唐……"宴京抓着栅栏的手指深深地刺入掌心，眼前被血泪模糊成一片，数百年来一直浑浑噩噩的思绪却渐渐清醒过来。

那时知晓万魔之源崩毁，魔族四处溃散，他抓着了靥魃，将其封入幽都，重渊却不知从哪儿听得谣传，以为他寻到了北溟的魂魄私藏，疯魔一般闯入幽都，将九重地狱翻了个底朝天，更和他进行了一场大战，不仅将他重伤，更误将镇住靥魃的封印破坏。

他本来便已经痛得要走火入魔，靥魃乘虚而入，蛊惑他的心神，易如反掌。看见靥魃为他制造的美梦，想着能与少君像从前那般如清风明月相伴相守，便好似得了失心疯一般，向靥魃献出了他重修一世才修好的这副神躯，容一个魔物寄生在应该以斩妖除魔为毕生使命的冥君体内，将连姝的魂魄从忘川勾回，炼成妄执之蛊的蛊母，利用她对付凡世的重渊，想将重渊与北溟分离……如此种种，竟然都是他疯魔之下干出来的事。

为此，在凡世，他竟然令身为圣师的惑心被一剑穿胸，架在火上……

他那时是怎么忍心的？心中只有欲求，什么都不管不顾了……

"少君，宴京对不起你。"

他厌恨烛暝，自己如今干出来的事，却比烛暝还要卑劣。

"哈哈哈……"一串轻笑声传来，北溟抬眼望去，见一抹着赭色绣金长袍的颀长人影缓缓地走来，穿过万年光阴，来到他的眼前。娲族与狐族混血的青年微笑着，一双上挑的凤眼蕴着胜利者的得意之色，一手轻抚着臂上一只通体赤红的火鸟。鸟儿亲昵地蹭着他的手心，双翅轻轻颤抖，不住地发出啾啾的啼叫。

"星儿……这万年，辛苦你们姐弟俩了。不枉我养你们长大。"

鸟儿啾啾叫着，摇摇头，一双与主人颇为相似的上挑鸟目睁了开来，睨向北溟这边，眼中透出怨恨锐利的光芒。

只与那眼神对视一眼，北溟便认出，这便是魇魅的真身。

"延维，好久不见。"太一笑着道，"我的好堂兄。怎么样？我为你准备的礼物，你可还受用？那时，你可没有这样的待遇。"

北溟的目光扫过钉住他七寸的镇魂钉，说的便是这个吧？

的确，那时在延维的记忆中，他未曾瞧见这根东西。

他的心底突然一沉。太一在尝试改变过去！

"畜牲！"禹疆嘶吼一声，纵身朝他杀去，被太一身边的神侍一掌击中，倒飞出去，重重地撞在栅栏之上，倒地呕出一口血来。北溟牙关一紧，挣了挣尾巴，便感到一阵裂魂般的剧痛。

"你可别乱动，否则容易魂飞魄散。"太一弯了弯唇角，伸手一拂，竟将狱门大开，伸手拽起神骨折裂的禹疆，将禹疆一甩，扔到了北溟的身前，缓缓地走入。

"少君……"禹疆一点点爬到他被钉死的蛇尾边上，颤抖着抚上他染血的鳞片，仰起头来，神色痛楚、疯癫，"你疼不疼……"

太一抬起一只穿着金靴的脚，踩住禹疆的脊背，重重地碾压，当下将禹疆踩得神骨寸断，发出咯咯的碎裂之响。禹疆却一声不吭，只是一手向上伸来，紧紧地攥住了他的衣摆，指节攥得青白。

"宴京！"

北溟心下痛楚难言，抬眼逼视着太一，咬牙吼道："你不过是想要回天枢，想要我死，何必如此折磨他？"

"为何如此？"太一笑意森寒，"若是那时，我不过是嫉妒你，怕你夺权，想逼你说出天枢的下落罢了，可后来烛瞑因为你将我困在忘川之下，令我

288

受万年煎熬，虽然因为溯洄之力回到此刻，可带着未来的那些记忆……我真是恨死了你。折磨你在乎的人，便是诛你的心，我乐意啊。"

"你……"北溟的双眼充血。

太一垂眸，目光扫过北溟蛇尾上的那枚镇魂钉，道："而那时，我也不曾料到你为何如此虚弱之时元神脱体，能爆发出如此大的威力，能逃出天狱将我重伤，后来才想明白，唯有一种可能，那就是天枢便在你的体内……重来一遍，我不会再犯当年的错误。"

这是个谋划已久的局。

北溟觉得脊背发寒，想到如若历史改变，他回不去，沧渊当如何，一时心头紧缩，咬紧牙关，试图蓄积灵力撼动镇魂钉。

稍微挪动一丝，他整个人便如同要被撕裂开来，冷汗落下。

渊儿……

无论如何……他都要回去。

太一轻笑一声，一低头狠狠地咬住他的颈侧，大口吮吸起他的娲族纯血来，一手探到心口，五指径直插入他的神元之内，猛然抓紧！

渊儿……

一滴泪水自眼角滑落，北溟攥紧五指，便要自爆神元之际，忽然听得一声巨响袭来，一条庞然的赤色巨龙撞入视线。下一刻，太一整个人被咬进一张血盆大口之间，獠牙贯穿他的身体，他立刻被撕咬得鲜血四溅。

太一惨叫起来，还没来得及挣扎，身体便被龙口中喷吐出的黑色烈焰吞噬。"主君！"餍魅发出厉声尖叫，化成毕方扑在巨龙的身上，被它的长尾狠狠地一甩，抽得骨筋折裂，摔在一枚长钉上，被贯穿了身子，整座天狱乍然之间也四分五裂开来。

烛瞑！他怎么会在此时赶到？

他的瞳孔剧缩，见那条赤红色的巨龙掠过眼前，巨爪将他的镇魂钉根根拔起，他的身子一松，立刻将不省人事的禹疆抱起。

"师尊……我来了。"

听到这声颤抖的呼唤，与那双漆黑的眼睛甫一对上，北溟心头一惊，在龙身将他卷住的一瞬身形一晃，闪避开来，朝断妄之海的方向疾飞而去。

不成……不能让烛瞑在此刻救他……

如此，历史便要被更改了。

落到断妄之海的崖边，他将禹疆轻轻放下，施展灵力替他修复神骨。

"师尊！"

听到背后传来一声厉呼，他回眸望去。

海风飒飒，掀起他的白衣白发。

一眼万年。

烛暝化成人身，踉跄着往前走了几步，冲他半跪下来。

与沧渊有七八分相似的少年红了眼睛，膝行而来。

"师尊，不要走。"他一面膝行，一面叩首，满脸皆是泪水，将那时未曾当面告诉延维的话倾吐而出，"你不要走……暝儿错了，暝儿愿意把天枢还回去，去天庭请罪，师尊怎样罚暝儿都好，下罪狱也罢，暝儿往后生生世世都听你的话……不要走。"

北溟的心头泛起一丝凄楚和怜惜。

若他便是沧渊，留在此，也无妨。

可他终究不是。

沧渊不过是他的眼泪所化之灵，若不跳这断妄之海，让历史重演，他便再也……见不到沧渊了。

"师尊……你走后，暝儿真的好后悔。"

"烛暝，"他叹了口气，望着不远处满脸是泪的少年，目光温润，"往事不可追，来者犹可忆。为师……原谅你了。"

说罢，他纵身一跃！

"重渊，你且饶他一命！"

见昆鹏挡在身前，沧渊的手指在琴弦上一凝，目光森然地看了被鲛绡裹成一个人茧、七窍渗血的丹朱一眼，回身望向阴阳镜。镜中的溯洄之阵在北溟消失时便已经消失，此时还未出现。

"这溯洄之阵如何再次开启？"他看向丹朱，逼问道。

"唯有天尊之契与娲血集于一身者才能开启，"丹朱冷哼着道，"你便莫要想了，即使你进得去，也不一定能遇见他。若他回不来，你便认命吧，你与他的一切，原本就是错误。"

沧渊怔怔地望着镜子，走到镜前，伸出手去，将五指覆上。

你说过的，会来寻我。

师父，我相信你，不会骗我。

蓦然之间，镜中一个漩涡扩大，一双手从镜中突然探出，抓住了他的双臂，沧渊猛地一怔，泪水泉涌般喷涌而出。

"渊儿……"

"我便知道，师父定会回来。"沧渊喃喃着，"我便知道往后师父都不会骗我。"

额心的痛楚已经消失，灵湫望着镜前二人，仰倒在地上，一直紧握着的手，缓缓松开了。

苏离解了灵湫的灵脉，目光从他的脸上收回，默默地起身，抬手摸了摸后背的伤处，自嘲地牵了一下嘴角，却忽然觉得背上一凉。

灵湫从他的伤处上收回手指："多谢。"

"你竟然回来了……莫非我的主君……星桓……"丹朱睁大双眼，话未说完，便咳出一口鲜血来，昆鹏哀号一声，双翅将她紧紧地裹住，"丹朱！"

"对不起，昆鹏，我不该欺你……我喜欢你，不曾有假。可主君于我有养育之恩，情义难两全……你忘了我吧。"丹朱轻轻地道，在他的侧脸轻轻啄了一口，一如初见之时的绯衣少女。然后她的双眼渐渐闭上，一身烈如火焰的羽毛迅速褪成了灰黑色。

昆鹏哽咽着出声。

但听轰隆一声，地动山摇，整座武罗冢都坍塌下去，昆鹏的双爪抓住丹朱，展开巨大的双翅，将几个人托起，飞向上空。

刚一飞出电闪雷鸣的结界，便见一队手持弓弦的天禁羽卫已经布阵候在外围，将他们重重围困。兵阵后方，一位健硕的男子骑着白虎，另一位则是一个长发飘飞的男子，半卧在金色麒麟之上，有种漫不经心的懒散，显然便是白虎神君执明和东泽帝君了。在他们身后，便是一干追随他们的乱臣，看阵容，委实有几个不易对付的厉害武神。

瞧见由上方悬浮的二十八颗补天石结成的紫色法阵与石上浮现的二十八个先神的人影，北溟的瞳色凛冽，人面螺亦道："他们竟然……竟然利用补天石驱使先神元灵，简直无耻！"

——若说这世上有什么可以诛杀怀有日月之契的天尊，那么便是眼前这名为"审判之刑"的法阵。自古以来，便唯有娲皇动用过一次……以此诛杀了延英。

这群贼子，为了夺取中天庭，竟敢如此逆天而为。

北溟的怒意滔天，长长的蛇尾伸展开来，手中的弓箭凝成，他喝道："谁敢妄动，当场诛杀！"

"他怎么会有娲族的特征？我记得北溟并非娲族血脉！"执明盯着远处那个人青金色的蛇尾，不可置信道。

"多半是通过盘古阴阳镜成功地召回了延维的魂魄……看来星桓的计策并没有成功，太一终究是回不来了。"泽离将目光投向那坍塌的武罗冢中，眼中闪现出深沉的痛楚。除了星桓，世上再也无人知晓，当初他愿意追随太一，并非迫于他的威逼利诱……是他亲手为太一破壳，将初具仙灵之形的太一捧出神巢，后来又看着太一渐渐长大，看他成长为风姿俊秀而野心勃勃的少年，早在太一来寻他相助之时，他便已对太一有了难以割舍的舐犊之情……明明身为司命，他早已测出，真正的天地共主并不该是太一，他亦愿为太一逆天而为。

如今太一回不来了，这天尊之位，他也要亲手为太一夺来，斩杀北溟，以此为祭奠。

"都到这一步了，执明，你该不会怕了吧？"泽离嘲谑地笑着，一只戴着金镯的手搭上身旁执明坚实的肩膀，"你若怕了，此时退缩倒还来得及，将来向北溟俯首称臣，他心地仁善，尚能饶你一命，不过我嘛，毕竟才是幕后的主脑，便不知道会被如何处置了。若到那时，我便主动承担了这一切。"

"胡说什么？"执明道，"谁说我怕了？再说往生门是我亲手封的，如此大罪，他再仁善也不会饶恕，既然如此，不如一条路走到黑，这审判之阵在此，只要他们全数陨灭在此，往后在神史上抹去这一页，又有何难？"

说完，他高喝一声："诸位先神，罪神北溟勾结其弟子遗墟魔尊重渊，与其结下契约，私闯神族禁域，诛杀武罗神女，盗取盘古阴阳镜，意图倾覆天庭，其罪不容诛！"

听得那句"勾结"，北溟牵了牵唇角。

沧渊双眼微眯，一手扶着北溟，另一只手长剑凝聚成形。上一回与这么多神对阵，还是上上世他为求北溟，杀上天庭之时，而这一回，他们师徒竟然已经并肩作战了。

何其之幸。

"诸位莫听他们颠倒是非！"灵湫手中的拂尘一甩，环顾四周，"重渊虽为魔族，绝无侵犯神界之意，更无盗取盘古阴阳镜，诛杀神女之事！"

沧渊微微一愣，瞥了一眼灵湫，没想到这个素来与他不合的大师兄，竟然会在此时为他说话。北溟心下泛起一丝欣慰，低声道："不必解释，没用的，灵湫。这些先神之影皆是被补天石吸附而来的神力凝聚而成，并没有太多判别是非的能力，只要感应到这阵中有魔族存在，便会忠诚地为掌控阵眼者所驱使。"

说着他望向东泽之处，见东泽背后一轮法阵光晕璀璨，显然便是阵眼无疑。北溟拉开弓弦，瞄准了东泽，一箭射去，箭光却被一位先神之影抓住，沧渊见状正要出剑，却被北溟一把抓住："这是神族最厉害的法阵，你别妄动。"

"虽然如今是天尊，你也得敬这些先神三分。"

与他对视一眼，泽离恨恨地一笑，喝道："众羽卫听令殉阵！若有不从者，株连九族，挫去仙骨投入幽都，永生不得超生！"

北溟一愣，见阵外先前犹豫不前的羽卫们皆步入阵内，将佩剑纷纷刺入自己的心口，一时间神元化成一团团光晕，在阵中此起彼伏地散碎开来。他震惊难言，想要阻止都来不及，同时立刻意识到了，泽离与执明为何要如此行事。

他仰头看向头顶，这审判之阵不过是将他们困住，魔族在此，众仙又纷纷献祭，他们是想引天罚降下，兵不血刃。

人面螺吼道："北溟，快召唤天枢，唯有天枢能破坏此阵！"

"天枢……"

北溟看向掌心，想起太一所言，天枢就在他的体内吗？

要如何召唤出来？

眼前浮现出记忆中天枢受到延维之血召唤的情景，北溟划破掌心，握住灵犀，拉开弓弦，再次瞄准东泽，便见一缕缕金光自伤口之中涌出，却听见旁边的沧渊闷哼一声，似乎万分痛苦地半跪下去，背后的伤口亦有金光涌现出来，汇向他的手心。

北溟握着弓弦的手一颤，人僵在那里。

"天枢……"他的瞳孔扩大。

对了，天枢的另一半在烛瞑那里……

是天枢一开始便藏在沧渊的体内，还是……他在忘川之下与烛瞑同归于尽之时，烛瞑体内的天枢汇入了沧渊的骨血之中？

"果然，重渊的体内藏着天枢。老朽先前只是猜测，待到你第一次用吞敛日月之时，老朽才敢确定。"人面螺颤抖着声音道，不敢抬头看他，"北溟……若天罚降下，我们会尽数折在此阵中，天庭将落入乱臣之手，他们不会放过不肯臣服于他们的人，届时天庭将会横遭屠戮，下界也会因他们而众生凋零……"

"住口！"北溟厉喝出声，眼底泛出血色，双唇发抖。那便要他拿沧渊去换吗？他缓缓地摇头，不可……他做不到。

头顶的天罚渐渐凝聚而成，电闪雷鸣间，他的双手却颤抖得根本无法握住弓弦。

"我不是什么良善伟大的英雄……师父，这天地世间，我唯独珍重你一人，所以不愿你为我而使苍生凋零，背负罪责……"

北溟拼命地摇头，泪如泉涌："渊儿，不可！"

"我愿为你去珍惜这苍生。"

低沉的话音落定，弓弦被沧渊紧抓他的手，蓦然拉开！

"不！"北溟撕心裂肺地吼叫出声，心神俱裂。

沧渊的双手化作一片金光，在眼前猝然爆裂开来，淹没天地。北溟泪眼模糊，眼前一片白茫茫的，恍惚之间，听到熟悉的声音在耳边道："我不会就此离去的，师父……我们还结有子母契呢。"

北溟闭上眼睛，幸而，还有这子母契。

这曾经令他万分头痛的子母契，竟是他此生最大的幸运。

"当——当——当——"

庄严的盘古之钟响彻天地，天际日月同升，紫光萦绕。

新天尊继位的这一日，诸神俯首。

灵湫抬眸仰视着在一众神司的簇拥下，拖曳着青金色蛇尾缓缓坐上天尊宝座的那个身影，只觉得他孤独至极。

回首落座，北溟的目光穿过低垂的冕旒，穿过拜服的众神，远远投向殿外的云层。

待登基的典仪过后，天庭稍稳，我便可以去寻你了。

渊儿，等我。

……

人间。仲夏。

烟火璀璨，花灯漫天。

庙会上，热闹得很，大街小巷挤满了前来猜灯谜、放河灯的人，红尘滚滚，游人如织。

白衣玉冠的公子穿梭在人群灯火之间，心头不知为何，有些怅惘。

这惆怅之感似是与生俱来，他总是隐约觉得，心里缺了些什么，虽然自小锦衣玉食，人们如众星拱月般簇拥着他，使他在万千宠爱中长大，可他一直觉得心里空落落的。

"公子，你这般微服出游，该不会是瞧上了哪个民间女子吧？"一个温和的声音在他的身边笑道。

楚溟瞥了一眼旁边面容俊雅的侍从，轻声呵斥："胡说什么？"

二人说话间，已走到了一座桥上。桥上挤满了放灯的人，忽然人群中爆发出一阵喧哗，有女子惊呼起来："快看，那不是澜音坊的灯船嘛，快看啊，那是不是那个天下第一乐师！"

"据说他的容貌俊美，终于能一睹真容了！"

"这位乐师，是男的还是女的？我怎么听说是个男的？"

"是个男的，不过说是有鲛人的血统，容色更甚女子。"

一串银泉乍泄般的拨弦之音由远而近，楚溟不知怎的，心里一动，下意识地侧头，朝那琴声传来的方向望去。

但见河道之中，一艘乌木游船缓缓地驶近，船上鲛绡拂动，一抹墨色人影坐在绡纱之后，身形颀长，拨弹着怀中的箜篌。

"咚……咚……咚咚……"

虽然不见面目，楚溟的心，却是一下比一下跳得急促起来。

未曾谋面，却仿佛已经期待了许久许久。

若要见他一面，需要多少金子？

此番他出来，带够了没有？

楚溟手忙脚乱地摸向自己怀中，想一睹乐师容颜的女子们争先恐后地挤上前去，潮水一般将楚溟也挤到了栏杆之前。

船缓缓行到桥下，刚刚摸到怀中的镶金玉璧，他整个人便不知道被谁撞得往前一倾，从那桥上直接跌了下去。

下一刻，他便坠入一片柔软的鲛绡中。

他慌乱之下，刚一抬眼，便对上了一双幽深如沼的眼睛。

低沉的声音响在耳畔："公子怎么如此不小心？"

楚溟的呼吸一凝，似曾相识之感涌上心头。

北溟长舒一口气，如大梦初醒一般，从凡世的人生中醒来。

这一世，他与沧渊相遇后，沧渊成了一名宫廷乐师，常伴他左右，虽然他这个帝王体弱多病，英年早逝，但至死沧渊也守在他的身边，未曾离去。

临死之际，沧渊还为他抚了一曲。

296

耳畔，还萦绕着他如泣如诉的歌声。

这一世已经结束，他该回来了吧？

坐起身来，他才发现自己还躺在凡世逝去的那艘小舟之上。

身旁不见沧渊，外边却哗啦啦的，下起了倾盆大雨。

他掀开帘子，探出船舱，见外面碧波万顷，船已经浮到了空中，一个颀长的身影穿过重重雨幕，踏云而来，落在了船头。

"师父。"雨丝间，那个人朝他微笑，"我回来了。"

北溟含泪凝视着他。

沧渊飞落在船头，衣袖一挥，雨便停了，一抹长虹笼罩着二人的身影。

自此，云消雨散，海阔天空。

© 团结出版社，2024 年

图书在版编目（CIP）数据

　沧海月明：终章 / 崖生著 . -- 北京：团结出版社，
2024. 10. -- ISBN 978-7-5234-1263-3

　Ⅰ . I247.5

　中国国家版本馆 CIP 数据核字第 2024H3U458 号

责任编辑：张　茜
封面设计：木南君

出　版：团结出版社
　　　　　（北京市东城区东皇城根南街 84 号 邮编：100006）
电　话：（010）65228880 65244790
网　址：http://www.tjpress.com
E-mail：zb65244790@vip.163.com
经　销：全国新华书店
印　装：三河市兴博印务有限公司

开　本：145mm×210mm　32 开
印　张：9.5　　　　　　　　字　数：210 千字
版　次：2024 年 10 月 第 1 版　印　次：2024 年 10 月 第 1 次印刷

书　号：978-7-5234-1263-3
定　价：49.80 元
　　　　　（版权所属，盗版必究）